BİR TRUMP YETİŞTİRMEK

SOLA YAYINLARI
Şakayık Sok. No: 40/8 Kat: 2 Teşvikiye Şişli/İSTANBUL
Telefon: 0212 939 76 52 - E-posta: info@solayayinlari.com
www.facebook.com/solayayinlari
www.twitter.com/solaunitas
www.solayayinlari.com

ISBN: 978-605-2250-51-8
Yayıncı Sertifika No: 32858
1.Baskı: İstanbul 2018
İmtiyaz Sahibi: Umut Kısa
Genel Yayın Yönetmeni: Tansel Mumcu
Editör: Buket Konur
Redaksiyon: Hale Özdemir
Düzelti: Abide Tekelioğlu
Son Okuma: Ayça Kabaş
Çeviren: Can Uzmen
Mizanpaj: Sibel Deniz
Kapak Uygulama: Sibel Deniz
Orijinal Adı: Raising Trump

BASILDIĞI YER
Deren Matbaacılık Ambalaj Sanayi ve Ticaret Limited Şirketi
Beylikdüzü Osb Mahallesi Orkide Caddesi 9/Z Beylikdüzü/İstanbul
Sertifika No: 34011

BİR TRUMP YETİŞTİRMEK

IVANA TRUMP

Sola Unitas
happiness.learning.performance

Hayatımı tamamlayan ve eğlenceyle dolduran harika çocuklarım Don'a, Ivanka'ya ve Eric'e,

Bana dünya üzerindeki tüm sevgiyi veren annem Babi'ye ve babam Dedo'ya; büyükanneme ve büyükbabama,

Bu yol boyunca bana yolun her kilometre taşında destek veren Trudy'e, Bridget'e ve Dorothy'ye,

Palm Beach'teki evimde bana, anneme ve çocuklarıma gözü gibi bakan David Moya'ya,

Hem çocuklarımın babası hem de biricik dostum olan Donald'a...

İçindekiler

GİRİŞ

Yaramaz ve şımarık zengin çocuklarından daha kötüsü yoktur, değil mi? Ailelerinin tüm servetini başlarına çalasınız gelir. Muhtemelen hemen aklınıza uçaklarda olay çıkartan, sarhoş araba kullanırken yakalanan, seks kaseti olan ve onlara sunulmuş her fırsatı boşa harcamış olan ultra zengin ailelerin yetişkin çocuklarından birkaçı gelmiştir bile.

Benim üç çocuğum -Donald Jr., Ivanka ve Eric- ise bunların tam tersi. Geçen sene babaları için seçim kampanyası çalışmalarında bulunurken zekâları, soğukkanlılıkları, fedakârlıkları ve özgüvenleri ile herkesin takdirini topladılar. Birçok Amerikalı, çocuklarımla ilgili ilk izlenimlerini babalarının seçim kampanyasını desteklemek için konuşmalar yaptıkları Temmuz 2016 Cumhuriyetçi Parti Ulusal Kongresi'nde edindi. Bir anne için -kırk yıldır medyanın yoğun ilgisi altında yaşamış olsa bile- çocuklarının tüm dünyanın gözü önünde başarılı olması oldukça mütevazi bir deneyim. Bazı insanlar -ki bunlara Hillary Clinton da dâhil- üç çocuğumuzu Donald Trump'ın en büyük başarıları olarak görüyor. Geçen sene ekim ayında bir kasaba merkezinde yapılmış olan başkanlık seçimi münazarasında bir izleyici, adaylardan birbirleri hakkında saygı duydukları bir özelliği söylemelerini istemişti. Hillary orada, "Çocuklarına saygı duyuyorum. Çocukları inanılmaz becerikli ve fedakâr. Bunun Donald hakkında çok fazla şey söylediğine inanıyorum." demişti.

Bu harika çocukları yetiştirme konusunda övgüleri hak edenin ben olduğuma inanıyorum. Boşanmamızdan önce çocuklarımızı büyütmek benim sorumluluğumdaydı ve ayrıldıktan sonra da velayetleri tamamen benim üzerimdeydi. Eğitimleri, aktiviteleri, seyahatleri, çocuk bakımları ve harçlıkları hakkındaki tüm kararları ben verdim. Her biri üniversiteyi bitirdiğinde eski kocama, "Ürün hazır, artık sıra sende!" dedim.

Donald belki bana karşı harika bir koca değildi ama çocuklarına karşı iyi bir babaydı. Apaçık bir şekilde babalarına tapıyorlar ve sonuna kadar da ona bağlılar. Kötü bir baba olmuş olsaydı bu durum böyle olmazdı. Donald da babalık hakkında bir kitap yazmak isterse okumaktan mutlu olurum ama *Bir Trump Yetiştirmek,* geçmişte ve hâlâ ailem için yaptıklarımı benim bakış açımdan anlatan kendi hikâyem.

Tam zamanlı çalışan bir anne olarak üç çocuk büyütmek bakıcılarla bile kolay değildi. Donald ile olan on dört yıllık evliliğim süresince Grand Hyatt Hotel ve Trump Tower'ın iç tasarımını yaptım; Trump Castle'ın başkanı ve CEO'suydum (bildiğim kadarıyla dünyadaki tüm kumarhaneler içerisinde en yüksek pozisyonda bulunan tek kadındım) ve 1990 yılında yüksek prestijli Yılın Otel Yöneticisi ödülünü kazandığımda Plaza Hotel'in başkanı ve CEO'suydum. Üç adet uluslararası çok satan kitap yazdım ve HSN Tampa, QVC Londra ve TSC Kanada'da House of Ivana kıyafetlerini, parfümlerini ve mücevherlerini satarak milyonlar kazandım. Ne kadar meşgul olursam olayım çocuklarımla her gün birlikte kahvaltı ettim. Her akşam yemeğinde onlarla birlikte masaya oturdum ve Versace gece elbisemi giyip bir hayır gecesine katılmak için evden çıkmadan önce ödevlerini yapmalarına yardım ettim (matematiğe bayılırdım). Ben ve çocuklarım birlikte güldük, birlikte seyahat ettik ve birlikte ağladık. Birbirimize olan bağımız en değerli varlığımızdı ve hâlâ da öyle.

Aslında Don Jr., Ivanka ve Eric, anne babaları boşanmış, varlık içinde yaşayan ve medyanın gözü önünde olan çocuklar olarak dünyadaki en sorunlu, uyuşturucu bağımlısı, üzgün zengin yavrucaklara dönüşebilirlerdi. Ama bunun aksine, oğullarım sadık birer eş ve baba olarak birlikte milyarlarca dolarlık bir şirketi yönetiyorlar. Ivanka ise harika bir anne ve eş olmanın yanı sıra kendi kıyafet, mücevher ve ayakkabı firmasını kurdu, iki kitap yazdı (*Women Who Work* [Çalışan Kadınlar] adlı son kitabında benden ilham aldığına inanıyorum) ve şu anda da Amerika Birleşik Devletleri başkanı olan babasının yardımcılığını yaparak aktif bir şekilde kadınların ve çocukların hayatlarını iyileştirmek için çabalıyor. Donald'ın başarısında Ivanka'nın büyük bir rol oynadığını düşünüyorum. Seçmenler Ivanka'yı gördüklerinde *ondan hoşlandıklarını, ona güvendiklerini ve o babasını bu kadar sevdiğine göre babasının o kadar da kötü biri olamayacağını* düşündüler. Kim bilir? Belki de bir gün ilk kadın -ve Yahudi- Amerikan başkanı o olabilir.

Bana sık sık başarılı anneliğin sırrını soruyorlar ve ben de hep aynı yanıtı veriyorum: Anneliğin gizli bir tarifi yoktur. Çocuklarıma, "Yalan söylemeyin, hile ve hırsızlık yapmayın. Sigara içmeyin, uyuşturucu ve içki kullanmayın." dedim. Katı ve zorlu bir anneydim ama her zaman sevgi dolu ve şefkatliydim de. Spor yapmaları ve rekabetçi olmaları için onları teşvik ettim. Onlara farklı kültürleri ve sanatları tanıtarak hayatlarını zenginleştirdim. Onları her zaman yaptıkları hareketlerden sorumlu tuttum ve *hiçbir* şeyin yanlarına kalmasına izin vermedim. Onlara kendi davranışlarımla örnek olarak ağırbaşlı, çalışkan ve kararlı olmayı öğreterek yaşlarına uygun sorumluluklar ve kurallar verdim. Bunlara harfi harfine uydular, yoksa kıyameti koparırdım.

Onları doğru yetiştirdim ve sonunda mükemmel bireyler oldular. Dışarıdan basit görünüyor. Ancak yine de insanlar nasıl oluyor da çocuklarımın enkaz hâlinde olmadıklarına ya da yoğun bir terapiye ihtiyaç duymadıklarına çok şaşırıyorlar. *Saturday Night Live* televizyon programında anlatılanlar doğru olsaydı Don'un katı, ciddi ve espriden anlamayan biri olması gerekirdi. Ama gerçekte çok hassas, oldukça komik ve beş çocuğu ile karısı Vanessa'ya tamamen âşık biridir. Eric'i ise *tamamen* yanlış gösteriyorlar. İyi kalpliliğini saflıkla karıştırıyorlar. Evet, Eric *tabii ki* iyi kalpli ama aynı zamanda da bilge, sadık, cömert, açık yürekli, zeki, kibar, harika bir hoşsohbeti olan, enerjik ve heves dolu biri. Ve Ivanka... Evet, insanlar onun süslü, zarif ve kontrol manyağı küçük bir prenses olduğunu düşünüyorlar. Gerçekte ise ayakları tamamen yere basan, anlayışlı, bilgili ve zaman zaman da hassas biri olan Ivanka, sevdiği insanlara ve desteklediği davalara çok derinden bağlı.

Çocuklarımın gerçekten nasıl insanlar oldukları konusundaki tüm yanlış anlaşılmaları ortadan kaldırmak adına, bebekliklerinden günümüze kadar hayatlarının her evresi ile ilgili bazı hikâyeleri paylaşmaya karar verdim. Aynı zamanda benim de tam olarak nasıl biri olduğumu anlamanız için kendi çocukluğumdan ve gençlik yıllarımdan da bazı hikâyeleri sizlerle paylaşacağım. Çocuk annesinden belli olur. İyi bir anne olmak konusunda bilmem gereken her şeyi Donald Trump'ın ilk eşi olmamdan çok daha önce öğrenmiştim. Siz de çocuklarımı takdir ediyorsanız ve kendi çocuklarınızı da becerikli, hırslı ve başarılı bir şekilde yetiştirmek istiyorsanız bu kitabın sayfalarında benden ya da çocuklarımdan bir şeyler öğrenebilirsiniz. Don, Ivanka ve Eric'in de kendi hikâyelerini ve görüşlerini kitap boyunca aşağıdaki gibi kutucuklarda görebilirsiniz

---

IVANKA: Annemizle çok gurur duyuyorum ve bu kitabı yazdığı için çok heyecanlıyım. O hepimiz için inanılmaz bir anne, öğretmen ve ilham kaynağıdır.

Her kız çocuğu da annesi onun ergenliği ve eski erkek arkadaşları ile ilgili hikâyeleri açığa çıkartacak diye bu kadar heyecanlı ve gururlu olmaz. Ama Ivanka'nın endişe edeceği bir durum yoktu. O her zaman çok usluydu. Yanlış bir şey yapsaydı onu öldüreceğimi iyi bilirdi.

ERIC: Annem çok katıdır. Saçma sapan şeylere hiç gelemez ve ben de onun bu yanını severim. Katılığının onun en büyük özelliği olduğunu düşünüyorum. Aynı zamanda zarif, cana yakın ve komiktir de. Kişiliği çok geniş bir yelpazeye sahiptir. Birçok insan onun kadar cana yakın olabilir belki ama onun kadar titiz olamaz. Annemizin ufak, muzır bir gülüşü vardır. Bir hikâye anlatırken aynı anda hem komik olup hem de dinleyenlerde saygı uyandıran bir sertlikle konuşabilir.

Ne diyebilirim ki? Çocuk beni tanıyor.

Bölüm Bir

Çek Aile Değerleri

- 1 -

İzleniyorsunuz

Otuz yıl kadar önce, bir kürk tasarımcısı olan arkadaşım Dennis Basso, o zamanlar Madison Bulvarı'ndaki butiğini yeni açmıştı ve ilk defilesinde başrolde yer almamı istemişti. Defilenin finalinde podyumda tam boy bir samur kürk ile yürümüştüm. 1980'lerin ortalarında kürk karşıtlığı tam gaz devam ediyordu ve zaman zaman PETA protestocuları, sokakta kürk giyen kadınlara kırmızı boyalar ile saldırıyorlardı. Bazı arkadaşlarım bana bir defilede kürk giymekten emin olup olmadığımı sormuştu. "Basının ne diyeceğinden korkmuyor musun?" demişlerdi.

"Hayır, basından korkmuyorum." demiştim. "Ben komünist Çekoslovakya'da büyüdüm. Gizli polis bizi her zaman izliyordu. Bize ne yiyeceğimizi, nerede çalışacağımızı, nasıl düşüneceğimizi söylüyorlardı. Ben Amerika'ya özgürlüğü ve fırsatları tatmak için geldim. Ne istersem giyeceğim ve kimse de bana aksini söyleyemez!"

O samur kürkü bir güzel giydim ve bundan çok da keyif

aldım. Basında defiledeki rolüm ile ilgili en ufak kötü bir şey yazılmamıştı ve yazılmış olsaydı da hiç ama hiç umursamazdım. Benim büyüdüğüm yerde, sosyete ve defileler hakkında yazılar yazacak özgür bir basın yoktu. Gençliğimde profesyonel bir kayakçı olarak Batı'ya seyahat edene kadar 'moda' diye bir şeyin varlığından bile haberim yoktu! Bırakın hayvan -ya da insan- hakları için protesto etmeyi, hangi konuda ağzınızı açarsanız açın tutuklanıp hapse atılırdınız ve belki de bir daha sizi ne gören ne de duyan olurdu.

Bu yüzden hayır, kimseden korkum yok; ne gazetecilerden ne protestoculardan ne de eski kocalardan. Şüphesiz ki bu korkusuzluğum Demir Perde'nin diğer tarafında büyümüş olmamdan geliyor.

Sovyetler Birliği'nden yoldaş Joseph Stalin, Şubat 1948'de demokratik Çekoslovak hükümetine zorla el koydu. Ona karşı direnen herkes müebbet hapse mahkûm edildi. Ben doğmadan önce anavatanım özgür ve mutluydu ama yalnızca birkaç ay içerisinde bir diktatör tarafından paramparça edilmişti.

Stalin'in darbesinden tam olarak bir yıl sonra güneydoğuda bir fabrika şehri olan Zlín'de (komünistler buraya Gottwaldov derler) bir mühendis olan Milos Zelnicek ve bir telefon operatörü olan Marie Zelnickova'nın kızı olarak dünyaya gelmiştim. Prag'dan 300 kilometre uzaklıkta bulunan Zlín'de, Batı'dan gelebilecek tüm bilgi ve haberler iktidar tarafından tamamen engelleniyordu. Sadece 1,3 kilo ağırlığındaymışım, 2 ay erken doğmuşum ve annemle babam henüz bana ne isim vereceklerine karar vermemişler. Annem hastanede yanında yatan dostane bir kadına dönmüş ve "Siz kızınıza ne isim verdiniz?" diye sormuş. Kadın da "Ivana!" diye yanıtlamış. Benim ismim de buradan geliyor. Annemle babam Ruslar'dan nefret ederdi ama bana Rusça bir isim vermişler. Belki de Sovyetler'e karşı bana yardımcı olacağını düşünmüşlerdi.

Stalin başa geçmeden önce babamın ailesinin durumları iyiymiş. Babaannem Katrine, bölgedeki en büyük işveren olan Bata ayakkabı fabrikasının başkanıymış. Sabahın beşinde fabrikaya gider tüm gün başında dururmuş. Bu sırada dedem Emmanuel ise evde kalır ev işlerini ve alışverişleri yaparmış. 1940'lı yıllar için duyulmamış şekilde ters cinsiyet rolleri. Benim de iş zekâm babaannemden geliyor. Tutkulu yanım ise yoğun bir baskıya rağmen, Komünist Parti'ye katılmayı reddeden babamdan geliyor. Daha iyi bir iş, ev ve okul gibi sadık parti üyelerine (genellikle hükümetin casusları) verilen ayrıcalıkları reddetti ama onurunu korudu. Her zaman gözetim altındaydık. Polis babamı Komünist Parti'yi reddettiği için tutuklayamamıştı çünkü yetenekli bir elektrik mühendisi olduğu için ona ihtiyaçları vardı. Ben bebekken mutfak masasının üzerinde açılmış duran şablonları ve babamın bana bunları nasıl okuyacağımı öğretişini hatırlıyorum. Bu beceri ileride Trump mülklerinde çalışırken ve Manhattan Altmış Dört Doğu Sokağı'nda yer alan yedi katlı kasaba evimi baştan sona yenilerken oldukça işime yarayacaktı.

Komünizm altında herkes kocaman bir orta sınıf olarak aynı hayat şartlarında yaşıyor. Zengin ya da fakir insanlar yok. Bir doktor, bir çiftçi ile aynı hayat kalitesine sahip. (Babamın ailesinin ayrıcalıkları komünizm ile yok oldu ama Katrine yine de ayakkabı fabrikasında başarılı bir şekilde çalışmaya devam etti.) Kendi işinizi kurmanıza, dükkânınızı açmanıza ya da evinizden yeni bir şirket kurmanıza izin yoktu. İnanılmaz bir şekilde çalışıp büyük bir terfi alsanız bile yine aynı maaşı alacaktınız. Bu yüzden de kimse bunun için uğraşmıyordu bile. Hayallerinizin peşinden gitmek mi? Sevdiğiniz işi yapmak mı? Bunlar gerçekleşirse bile tamamen şans eseriydi. Kimse dekorasyon, tasarım ya da emlakçılık kariyerlerinde bir meslek sahibi değildi. Tüm gelişimi ve konutlandırmayı devlet kontrol ediyordu.

Evimiz bir devlet tesisi içerisinde bulunan üst ve alt katlarında başka ailelerin yaşadığı iki katlı yalnızca kullanışlı olması düşünülerek inşa edilmiş bir kutuydu. Her biri tamamen aynı olan bu beton kutular birbirleriyle hiçbir farkı olmayacak şekilde bir araziye inşa edilmişti. Her evin ufacık bir bahçesi vardı. On yaşıma kadar önce bir beşikte sonra da babamın yaptığı bir yatakta yatarak anne babamla aynı odada kaldım. Babam büyüdüğümde bana, merdiven ve tavan arasındaki döşeme boşluğunda bir oda inşa etti. Bugünlerde bu odaya çok cömert bir şekilde tavan arası odası diyebilirsiniz. Yatıp uyumaktan başka bir şey yapamayacak kadar mini minnacıktı ama duvarlarına çizdiğim resimleri asarak orayı bana ait bir yuva hâline getirmiştim. Odamda çok fazla kitap okumazdım çünkü kitapları bulmak zordu ve peri masallarına ayıracak zamanım da yoktu.

Okulumdaki diğer kızlardan babaları sadık birer parti üyesi olanlar, mağazadan alınma kıyafetler giyerlerdi. Benim tüm elbiselerimi ve kıyafetlerimi ise annem elleriyle dikerdi. Parti üyeleri bizden daha fazla et, un ve şeker karnesi alırlardı ve asla temel ihtiyaç gıdaları ay sonundan önce bittiğinde kara borsadan alışveriş yapmak zorunda kalmazlardı. Yine de hiçbir zaman aç ve yoksul kalmadık çünkü annem ve babam çok çalışkandı. Dedo diye seslendiğim babam eve yakındaki gölden sazan ve yayınbalığı tutup getirirdi. Babi diye seslendiğim annem yiyecek toplama ve saklamada tam bir ustaydı. Anneannem ona elmaları ve havuçları tüm kış boyu çıkarıp yemek üzere içi kum ile dolu saksılara gömmeyi öğretmişti. Ormanda horoz mantarı ve çörek mantarı arardı, kavanozlarda saklamak üzere ahududu ve yaban mersini toplardı. Armutları ve şeftalileri konserveleyip saklardı. Kışın, tazelerini bulmak neredeyse imkânsızdı. Noel'den önce bir portakal alabilmek için sekiz sokak kadar sıra beklerdiniz. Bir keresinde babam bana bir muz getirebilmek için saatlerce beklemişti ama eve gelip muzun tadına baktığımda hiç beğenmemiştim bile. Doğum günlerimde annem bana fırında üzeri vanilya kaplı ve meyveli pasta yapardı. Bu, kışın çok nadiren bulabileceğiniz bir ziyafetti.

Ellilerde ve altmışlarda büyümüş olan Amerikalılar için içerisinde televizyon, *rock'n'roll* ve arabalı sinema olmayan bir hayatı düşünmek çok zor. Bizim eğlenmek için bunlara benzer hiçbir şeyimiz yoktu. *Elvis*, *Marilyn* ve *The Beatles* mı? Bunların varlığından bile haberimiz yoktu. Boşuna Demir Perde demiyorlardı. Kimse dışarı çıkamazdı ve Batı'dan hiçbir şey de içeri giremezdi. Eğlenmek için annemin masa örtüsü ve peçetelerden iğne işiyle yaptığı bez bebeklerle oynardım ve tüfek atışı gibi havlaması olan en iyi dostum Brok (Alman kurdu) ile zaman geçirirdim. Kuyruğunu çekerdim, gözlerini ellerimle kapatırdım ve bahçede ata biner gibi üzerine binerdim ama hiç umurunda olmazdı. Bana bayılırdı ve beni korurdu. Yanıma yaklaşan olursa hemen hırlardı ve herkesin ödünü koparırdı.

Müziklere ve bazı kitaplara erişimimiz vardı ama bunlar yalnızca Çek ve Rus komünistler tarafından onaylanmış olanlardı. Ders kitaplarım bile sansürlüydü. Amerika diye bir yer olduğunu dünya haritasında bulunan büyük kara parçasından dolayı biliyordum ama orada hayatın nasıl olduğu ile ilgili en ufak bir fikrim bile yoktu. Tüm Batılı fikirler ve özellikle Amerikan kültürü tamamen yasaklıydı. Yalnızca ailemizi, onaylanmış olan sanat, edebiyat eserlerini ve sporları tanıyıp bildiğimiz bir şekilde yaşıyorduk. Neyi kaçırdığımı ya da kaçırılacak bir şey olup olmadığını bile bilmiyordum.

Komünistler dini de yasaklamışlardı. Anne babam birer Katolik olarak yetiştirilmişti ama polis kiliseye yaklaştığınızı görürse sizi sokakta durdurmak, evinizi aramaya gelmek ya da yemek karnelerinize el koymak gibi çok da gizli olmayan yöntemlerle hayatınızı zorlaştırmaya başlardı.

Mütevazı ve dikkatli yaşamımıza rağmen sahip olduğumuz sevgimiz sayesinde gönlümüz zengindi. Güzeller güzeli annem ve çok yakışıklı babam birbirlerine ölesiye âşıktı. Her zaman öpüşürlerdi ama onları görünce hiç utanmazdım. Tam babacı bir kızdım, Dedo'ya her zaman sarılır kucağına kıvrılıp elini tutardım. Ivanka ve Donald'ın baba-kız ilişkisi bana babamla beni hatırlatırdı. Basının ikisinin eski fotoğraflarını bulup çıkartarak birbirlerine olan sevgilerini çirkin bir şeymiş gibi göstermeleri çok büyük bir haksızlıktı. İnsanlar bana Donald'ın Ivanka'nın ne kadar güzel olduğu ile ilgili yaptığı yorumlar hakkında ne düşündüğümü soruyorlar ve ben de bunları geçiştiriyorum. Donald'ın anlık olarak içinden gelerek yaptığı yorumlar zaman zaman başına bela açıyor ama ikisinin eskiden beridir var olan yakınlıklarında uygunsuz olan hiçbir şey yoktur. Ivanka küçüklüğünde babasının dikkatini çekmek isterdi, her fırsatını bulduğunda işyerine giderek onu ziyaret ederdi ve okuldayken de gizlice telefonla babasını arardı. Ben de Dedo ile aynı şekildeydim. Onunla daha fazla vakit geçirebilmiş olmayı çok isterdim ama o, her gün işine gitmek için binmesi gereken iki otobüsten ilkine yetişmeye çalışıyordu. Bize verebileceği her şeyi verebilmek için ve beni kimsenin size gelip beş kuruş vermeyeceği bir hayata hazırlamak için sabah akşam çalıştı. Beni koruyacağına ve her zaman, her şeyden önce beni düşüneceğine tamamen güveniyordum. Hem annem hem de babam bana -yani tek çocuklarına- bir prensesmişim gibi davranırlardı. Aslında erkek ve kız kardeşlerim olsun isterdim ama tek başıma kendimi eğlendirmek zorunda kalarak büyüdüğüm için bağımsız ve kendine yeten biri oldum.

Babi hayatını bana göre organize etmişti. Her sabah gündoğumunda beni kaldırmak için uyanırdı, okula gitmeden önce bana kahvaltı hazırlardı, ödevlerime yardım ederdi ve saçımı örerdi. Annemin 'boş' saatleri ayakkabı fabrikasında bir telefon operatörü olarak çalışarak, alışveriş yaparak, temizlik yaparak, tamirat yaparak ve yemek yaparak geçerdi. Birden fazla çocuğu olsaydı hayatı ne kadar zor olurdu hayal bile edemiyorum. Beni okuldan sonra saat üçte gelip alırdı ve öğleden sonraki spor antrenmanıma götürürdü. Daha sonra akşam yemeğini yapmak için eve dönerdik ve yatmadan önce tekrar ödevlerime yardım ederdi. Her akşam saat yedide yatakta olurdum. O saatte radyoda hep aynı halk türküsü çalardı ve bunun çaldığını duyunca ne yapıyorsam bırakıp yatmaya giderdim.

Her yaz anneannem ve dedemin Çekoslovakya'nın Moravya bölgesinde bulunan üzüm bağı çiftliğine giderdim. Annem beni şehirden trene bindirirdi ve yolun yarısında kendi başıma tren değiştirirdim. Dikkatinizi çekerim o zamanlar yalnızca altı yaşındaydım. Anneannem Anna beni diğer tarafta karşılardı. Taşra hayatı Zlín'e göre çok daha kolaydı. İlk olarak polis her adımınızı izlemiyordu ve okula ya da spor antrenmanına gitmek için gündoğumunda kalkmam gerekmiyordu. Tavuklarla, keçilerle, ördeklerle ve köpeklerle oynayabiliyordum. Riesling üzümleri ezerek şarap yaptığımızı hatırlıyorum. İnsanlar şaraplarımızı ev yapımı ekmek ve pastırmayla birlikte tatmak için çiftliğe ziyarete gelirler ve bazen de bir fıçı kendileri için satın alırlardı. Anneannem Anna ve dedem Vaslav ile on iki güzel kız çocuğunun ve on iki yakışıklı oğlanın geleneksel kostümler giyerek dans ettiği ve herkesin fırında içi peynirli, üzeri fındıklı ya da meyveli *kolacky* poğaçalarından yaptığı yaz kutlamalarına giderdik.

Yazları çok güzel yemekler yerdim. Tüm yemeklerimizi çiftlikten hazırlıyorduk. Domateslerimiz, taze fasulyelerimiz, şeftalilerimiz, salatalıklarımız, havuçlarımız ve marullarımız vardı. Anneannem karaciğerleri yağlı olsun diye ördekleri mısır ile beslerdi. Karaciğerleri kızartırdık ve ördek yağını da ev yapımı ekmek ile tuzlayarak yerdik. Çok lezizdi. Domuz da yetiştiriyorlardı ve domuzlar senede bir gün kesilip, domuz sosisi ve beyaz sosis yapılmak üzere kilere inen merdivenlerin yanındaki şiş platformuna takılırdı. Burnundan kuyruğuna kadar domuzun her yeri kullanılırdı. Bir keresinde kilerde oyun oynarken birdenbire tüm domuz platformu çökmüştü. Yüz kiloluk ölü hayvanlar çıkışı kapatmışlardı ve tüm gün aşağıda mahsur kalmıştım. Hiç de umursamamıştım. Aşağıda sakladığımız pastırmalar ile tereyağı ve ekmekleri yerken keyfim çok yerindeydi. Beni bulduklarında tereyağı kalıbının üzerinde diş izlerim vardı.

Yaz sona erdiğinde işlerime devam etmek için şehre geri dönüyordum. İki işim vardı: Okul ve spor. Öğrenci olarak parti üyesi olmadığımız için notlarım yakından izleniyordu. Mükemmel notlarım olmasaydı okuldan atılır ve bir fabrikada çalıştırılmaya zorlanırdım. Aynı zamanda altı yaşımdan beri de yüzme ve kayakta antrenman yapan ve yarışmalara katılan bir atlettim. Beni spora güçlü olmam, yükselmem ve muhtemelen ülkeden bir çıkış yolum olması için babam yazdırmıştı. Komünist Çekoslovakya'da ailenizi daha yüksek bir statüye çıkarabileceğiniz ve başarılı olabileceğiniz yalnızca iki yol vardı. Birincisi sporcu olmak ve yarışmaları kazanmaktı. Diğer yol ise yetenekli bir müzisyen ya da balerin olmaktı. İyiyseniz yarışmalara katılmak üzere diğer ülkelere gönderilirdiniz. Gerçekten iyiyseniz ve yarışları kazanıyor ya da seyircileri çok etkiliyorsanız da evdeki aileniz için özel ayrıcalıklar kazanabilirdiniz.

Her zamanki gibi parti üyeleri bu alanlarda da avantajlıydı. Bana göre daha iyi koçları ve öğretmenleri vardı. Babam iyi hazırlanan atletlere karşı yarışacağımı bildiğinden, kazanabilmem için beni bir o kadar daha zorlu çalıştırırdı. İlk hatırladığım anılarımdan biri, kendisi de profesyonel bir yüzücü olan Dedo'nun beni evimizin yakınlarındaki bir göle götürmesi, kollarımı boynuna dolaması, beni sırtına yerleştirmesi ve yüzmeye başlamasıdır. Dört yaşlarımdaydım. Su dondurucuydu -soğuk sudan nefret ederdim ve hâlâ da ediyorum- ama o suları gölün ortasına kadar aşarak yüzerken Dedo'nun sırtında olmaktan çok keyif almıştım. Kollarımı boynundan çekip suya dalmıştı ve benden birkaç metre uzakta su yüzüne çıkarak beni su içinde kendi başıma bırakmıştı.

"Şimdi kıyıya yüz bakalım." demişti.

Ne yapmaya çalıştığını biliyordum. Beni daha önce de yüzdürmeye çalışmıştı. "Hayır!" demiştim. İnatçı bir çocuktum ve bana yapmak istemediğim hiçbir şeyi yaptıramazdı.

"Yüz koruna vereceğim." dedi. Bu beş dolara karşılık geliyordu.

İşte bu yeniydi. Biraz düşündüm ve "Tamam, anlaştık!" dedim.

Yüzmek düşündüğüm kadar da kötü değildi ve yarışmalara girmeye başlamıştım. Her kazandığımda Dedo bana bir portakal verirdi. (O zamanlar bu tropik meyveyi komünist Küba'dan ithal ediyorduk ve bu yüzden de çok özel bir sürprizdi.) Bana bir sürü portakal vermek zorunda kalıyordu çünkü sık sık kazanıyordum. Beş yaşındayken babam beni ilk kez kayağa götürdü ve buna ânında bayıldım. Yarışmalara katılmaya başladım ve ilk yarışımı altı yaşında kazandım. O kadar sık kazanıyordum ki devlet bunu fark edip beni daha da yakından izlemeye başlamıştı.

Önümüzdeki beş sene boyunca okulda olmadığım ya da uyumadığım her an ya yüzüyordum ya da kayıyordum. Sabahları uyanır, kahvaltı eder, ödevlerimi yapar, havuza gider ve saatlerce yüzerdim, sonra okula gider, eve döner, ödevlerimi bitirir, akşam yemeğimi yer ve akşam yedide uyuyakalırdım. Her hafta sonu yamaçlara gider tüm gün kayardım. Spor annemin hayatını da doldurmuştu. Beni tüm antrenmanlarıma ve yarışmalarıma götürmesi gerekiyordu. Amerikalı, banliyödeki çocuklarını spora götüren anneler ile kıyaslayabilirsiniz ama Babi'nin ne evde bir yardımcısı ne düzgün bir arabaya erişimi ne benzin parası ne alışveriş yapabileceği bir süper market ne dondurulmuş yiyecekleri ne de modern ev aletleri vardı. Sapasağlamdı ve hayatının zorluklarından bir kere bile şikâyet etmezdi.

Tüm çocukluğum boyunca bu yoğun tempo ile yaşadık. İki spor dalında da yoğun antrenmanlar yapıyordum. Bunu hiç sorgulamadım. Ama on üç yaşıma geldiğimde, koçlarım spor geleceğim ile ilgili bir konuda babamla görüşmüşlerdi. Her atletin amacı Olimpiyat takımına katılmaktı. Babam iki sporda da şansım olduğunu düşünmüştü ama koçlar yüzmenin üst vücudu geliştirdiğini ve kayağında bacakları geliştirdiğini söylemişlerdi. Sonuç olarak ikisini de yapamazdım. Ya birini ya da ötekini seçmem gerekiyordu. Ailem bu seçimi bana bıraktı.

O hafta sonu ailemin dağ evine gidiyorduk. 'Ailemin dağ evi' deyince aslında olduğundan çok daha etkileyici bir şeymiş gibi duruyor. Ufacık bir evdi ve oraya varmak için önce otobüse binip sonra da karlar altındaki dağlardan üç kilometre yürümeniz gerekiyordu. Yürüyerek çıkar, kayarak inerdiniz, çekici halat ya da teleski yoktu. Arkadaşlarım ve komşularımızla birlikte gitmiştik. Önden yol açmak için birkaç erkek gitmişti, ortada çocuklar en arkada da kadınlar geliyordu. Herkes sırt çantalarında hafta sonu için yiyecek taşıyordu. Babam otobüsün üstünden çantamı alırken yanlışlıkla yere düşürmüştü. Gizlediğim kavanoz kırılmıştı ve her yer reçelle kaplanmıştı. Bana o kadar kızmıştı ki otobüs durağından eve kadar beni kovalamıştı.

Dağ evine, babam koçlarla yüzmeyi ya da kayağı seçmem

gerektiği konusunda konuştuğu hafta sonunda gitmeyi planlamıştık. Yola çıkmadan önce babam bana, "Ivana, yüzmeye devam etmek istiyorsan dedenlerle birlikte şehirde kal ve havuza git. Kayak yapmak istiyorsan da yarın dağa gel." demişti. Düşünmeme bile gerek yoktu. Dağa gitmiştim.

Yüzmek bana göre değildi. Suyun altında etrafım dört duvarla çevrili olmak çok sıkıcıydı. Bir çift çubuk üzerinde buzlu yamaçlardan aşağı saatte 120 kilometre hızla inmenin tehlikesini ve heyecanını tercih ederdim! Yüzme takımında havuzdan havuza gidiyorduk. Kayak takımındaysa dağlardan dağlara, İtalya'dan Avusturya'ya, İsviçre'den Fransa'ya gidiyorduk. Batılılarla tanışıyordum ve diğer tarafın güzelliklerini görüyordum.

Gençler kayak milli takımına girdim ve artık spora daha da fazla zamanımı ve enerjimi veriyordum. Sonuç olarak ders notlarım kötüleşmişti. Kötü notlar okuldan atılma konusunda beni ciddi bir tehlikeye sokmuştu. O yaz çiftliğe gitmek yerine, babam beni eğitimsiz hayatımın nasıl olacağını görmem için Bata ayakkabı fabrikasının üretim hattına koymuştu. Louboutin ne bilmezdim, tek bildiğim Bata'ydı. Bunlar heyecan verici ayakkabılar değildi. Hayatımın geri kalanı boyunca üretim hattında çirkin ve sıkıcı ayakkabılar üreteceğimin düşüncesi korkunçtu. Babama ayrılmama izin vermesi için yalvardım ama dersimi öğrenene kadar beni orada tuttu. Kendi kendime, "Bir daha ölsem de bunu yapmayacağım." dedim. Yazdan sonra okula döndüğümde tüm ders notlarımın pekiyi olduğuna emin olabilirsiniz.

Anne ve babam benim için çok çalıştı ve ben de bizim için çok çalıştım. En iyi olmamak gibi bir şansım yoktu çünkü gerçekten de bir hata hayatınızı bitirebilirdi. Aile dışından kimseye güvenebileceğimizden emin değildik. Komşuların, öğretmenlerin ve koçların insanları yanlış şeyi söyledikleri ya da yanlış bir şey yaptıkları için polise ihbar etmeleri çok yaygın bir durumdu. Çocukluğum disiplin, kararlılık ve sadakat ile şekillenmişti. Hayatta kalabilmek için bundan başka bir yol bilmiyordum.

- 2 -

KISA ŞORTLAR, RUJ VE TANKLAR

On dört yaşındayken Çek genç takımı yaz sonunda antrenman için İtalyan Alpleri'nde bir kayak kampına gitmişti. Hayal ettiğim Batı deneyimi olmamıştı. Dünyanın herhangi bir yerinde de olabilirdim çünkü tek gördüğüm şey kaldığımız yurt, kayak yolları ve kafeteryaydı. Attığımız her adım komünist koçlar ve eğitmenler tarafından izleniyordu. Sporcuların yanlarında polis olmadan odalarından ayrılmalarına izin verilmiyordu. Şafak vaktinde uyanıp üç saat boyunca antrenman yapmak üzere doğrudan dağa gidiyorduk. Benim antrenmanım, slalom (birbirine yakın şekilde yerleştirilmiş çubukların arasından kaymak), büyük slalom (birbirine daha uzak yerleştirilmiş çubukların arasından kaymak) ve benim uzmanlığım olan alp disiplinli kayaktı (dağdan dümdüz aşağı olabildiğince hızlı kaymak). Parkur boyunca hızlı bir şekilde kayar, teleski ile tekrar zirveye döner ve tekrar tekrar yeniden kayardım. Güneş yükseldiğinde ve kar ağırlaştığında dağdan inerek koçlarımızla koşu ve ağırlık antrenmanlarımızı yapardık. Öğle yemeğinden sonra tekrar dağa dönerdik, güneş batana ve yamaçlar kayak takımınızın altında çatırdayan buza dönüşene kadar yarışırdık.

Hayatım, kayak, kayak, yemek, koşmak, antrenman, kayak, yemek ve uyumaktı. Sistemin bir mahkûmuydum ve doğal olarak kendimi kapana kısılmış hissediyordum ama en azından hayattaydım ve yarıştığım zamanlardaki zindeliğin, hızın ve tehlikenin içerisinde özgürdüm. Daha hızlı olmak ve kazanmak için hep kendimi zorladım. Zorlamasaydım belki de takımdan atılabilirdim. Sürenize yalnızca birkaç saniye bile eklerseniz yerinizi kaybedebilirdiniz. Ciddi bir düşüş yaşadıysanız ve bir kemiğinizi kırdıysanız atılırdınız. Seyahat etmeye ve aileniz için özel ayrıcalıklara güle güle, hayat boyu fabrikada çalışmaya merhaba.

Takım yaşadığım şehirden yalnızca iki saat uzaklıktaki Viyana, Avusturya'ya gitmişti ama sanki başka bir gezegene gelmiştik. Bir markette hayatımda ilk kez şubat ayında çilek gördüm. Gözlerime inanamamıştım. İnsanlar kışın taze meyve yiyebiliyorlar mıydı? Herkes gelip alabiliyor muydu? Tüm market beni büyülemişti. Daha önce hiç görmediğim renklerde her tür meyve ve sebze vardı. Kasapların önünde paketli şekilde bir sürü kesilmiş et vardı. Her türde insan markete gelip ne istiyorlarsa alıp kahverengi kese kâğıtlarına doldurup evlerine dönüyorlardı.

Viyana'daki tüm güzelliklerden büyülenmiştim: Sokaklarda yürüyen kadınların üzerlerindeki son moda kıyafetlerden, kitap, mobilya, sanat eserleri, müzik aletleri, şapkalar, güzel ayakkabılar (burada Bata giyen yoktu), şekerlemeler, çikolatalar, pretzel satan dükkânlar ve bira... O kadar çok bira vardı ki restoranlar ellerindeki sonsuz seçeneklere sahip menülerden sipariş veren mutlu, gülen insanlarla doluydu. Şehirde yürürken hep ağzım açık geziyordum. Tüm bu çeşitlilik beni şaşkına çevirmişti. Böyle bir bolluğun var olabileceğine dair en ufak bir fikrim yoktu. Benim için tuz bile lükstü. Ayda bir et yemek aşırılıktı.

Burada pastalar ve şampanya, büyük parlak arabalar ve kürk mantolar vardı. Diğer taraftaki bu hayat daha iyiydi. O gün, bu hayatı yaşayacağıma yemin ettim.

On yedi yaşımdayken 1348 yılında kurulmuş olan (Harvard'dan üç yüz yıl önce) Orta Avrupa'nın en eski üniversitesi olan Charles Üniversitesi'nde okumak için Prag'a taşındım. Notlarım ve kayak yeteneğim bu kadar iyi olmasaydı asla orada okumama izin verilmezdi ve ileride dünyayı ayaklarıma sermeme yardımcı olacak Almanca ve İngilizce dillerini de öğrenemezdim. Evimden birkaç saat uzaklıktaydım ama şehirde tek başıma güvende hissediyordum.

O zamanlarda Çekoslovakya, daha sonraları adına Prag Baharı denecek gelişmeler ile uzun Sovyet kış uykusundan uyanmaktaydı. Alexander Dubcek isimli yenilikçi bir siyasetçi Çekoslovakya Komünist Partisi'nin genel başkanlığına seçildi ve sanat, medya, konuşma özgürlüğü ve seyahat konularındaki kısıtlamaları kaldırdı. Bunun sonucunda başkentimiz yeni kültürel fikirler ile dolup taşarak yirmi yıllık baskı iklimini yıkmaya başladı. Kafeler ve dans salonları açıldı. İnsanlar yasaklı kitapları okuyorlar ve yenilerini yazıyorlardı. Dünyamıza yeni müzikler girmeye başladı ve ben de bu kültürel devrimin tam ortasındaydım.

Tabii hâlâ yakından izleniyordum. Üniversite kayak takımında olmanın yanı sıra modellik ve oyunculuk yapmaya başladım. Okulda biraz ünlü olmaya başlamıştım ama devlet kontrolün kimde olduğunu öğretmeyi iyi bilirdi. Batı'daki bir spor etkinliğinden her dönüşümde karakola gidip iki saatlik görüşme yapmam gerekiyordu. Bu aslında komünistler tarafından sorguya çekilmekti. Beyaz duvarları olan bir odada metal bir sandalyeye otururdum ve iki adam bana her seferinde aynı soruları sorardı; "İnsanlar ne giyiyordu?" "Ne yiyorlardı?" "Ne diyorlardı?"

Kafamın içine girmelerine izin verir sorularını yanıtlardım. Yanıtlarım kısa ve doğruydu. Gerçek duygularımı gizli tutardım. Viyana'da kışın çilek gördüğüm konusunda çok heyecanlı davranırsam kaçabileceğimi düşünüp bir daha seyahat etmeme izin vermezlerdi. Soğukkanlı davranmak zorunda kalmak hayatımda daha sonraları medya ile uğraşırken oldukça işime yarayacak ve aynı zamanda da beni duygularımı engelleme ve gizleme konusunda şartlandıracaktı. Bugün bile herhangi bir kırılganlığımı göstermek benim için çok zor.

Bir saat sorguladıktan sonra gitmeme izin verirlerdi. "Tamam, Ivana. Bir sonraki ay görüşürüz." derlerdi ve yavaşça yürüyerek oradan çıkardım. Aslında koşmak isterdim.

Zaman içinde beni sorgulayanları çok iyi tanımaya başlamıştım çünkü kayak için çok fazla seyahat ediyordum ve bir süre sonra bu insanları birer düşman olarak değil, işini yapan normal insanlar olarak görmeye başlamıştım. Onlara seyahatlerimden hediyeler getirmeye başladım -sakız, sigara, ruj, kız arkadaşları için külotlu çorap- ve sorgu sürelerim çok daha kısalmıştı. Babamın bana kıyıya kadar yüzeyim diye beş dolar kadar para teklif etme numarası o beyaz odada çok işime yaramıştı. Biraz rüşvet harikalar yaratmıştı.

Kayakçıların seks yapması yasaktı. Koçlar böyle bir şey yaptığını öğrenirse takımdan atılırdınız. Aynı şey alkol için de geçerliydi. Bir bira takımdan temelli olarak atılmanız için yeterliydi. O zamanlar George adında bir erkek arkadaşım vardı ve ilişkimizi gizli tutuyorduk. Arkadaşlığımız ise gizli değildi. Birlikte antrenman yapardık, şehir içinde ve ormanda spor için buluşurduk. Hayatımda ilk kez Avusturyalı sponsorlarımız Fischer ve Atomic Skis sayesinde biraz param vardı. Kendime lacivert bir Fiat 500 aldım, George da bir BMW almıştı. Okuldaki notlarımızı iyi tutmak zorundaydık ve bize özel bir sınav takvimi hazırlamışlardı. Ağustostan nisana kadar dağlardaydım. Bu yüzden tüm sınavlarımı mayıs, haziran ve temmuzda veriyordum. Kafama bir haftada bir yıllık ders konularını sokar, sınavı geçer ve sonraki gün hepsini unuturdum. Okulda özel bir yemek odamız vardı ve günlük olarak öğle ve akşam yemekleri için bilet verirlerdi ama okuldan o kadar çok uzakta zaman geçirdiğim için fazla biletlerim birikirdi ve ben de tüm arkadaşlarımı -sanatçılar, müzisyenler ve mimarlar yani Prag'ın şeytanları- yemek odasına çağırırdım ki normalde yiyemedikleri et, tavuk ve taze sebzelerden yiyebilsinler.

Sporcular, ulusal kahramanlar olarak görülüyorlardı ve bir konuda da kayırılırlardı. Kayak takımında olduğum sürece Fiat'ımı şehirde istediğim her yere park edebilirdim. Bir keresinde tramvay yoluna çok yakın bir yere park etmiştim; tramvaydan birkaç adam aşağı indi, arabayı kaldırdılar ve bir metre sola taşıdılar. Okulumun yakınında beni evimden okulun tam önüne beş dakikada çıkartan bir tünel vardı. Ama tünelin okul yönüne giden tarafı kapatılmıştı ve etrafından dolaşmanız gerekiyordu ki bu da fazladan yirmi dakika demekti. Ben de bir tramvay gelsin diye beklerdim ve arabamı tramvayın yanından yasak olan yönde sürerdim. Diğer taraftaki polisler beni göremiyordu. Bunu sonunda bir polis beni durdurana kadar yıllarca yaptım.

Kısa şortum ve deri botlarımla (Dubcek'in reformları sayesinde giyebildiğimiz yeni moda kıyafetler) küçük masum kızı oynadım ve ağlamaya başladım. "Memur bey kayboldum!" dedim.

Polis, "Bunu yıllardır yapıyorsun ve şimdi cezasını çekeceksin." dedi.

Numaram buraya kadarmış.

Bana ceza kesti ve ondan sonra da her yakaladığında kesmeye devam etti. Seyahat sonrası sorguya girmek için karakola bir sonraki gidişimde polislere bir karton sigara, külotlu çorap ve bir tomar park ve trafik cezası verdim. "Kayak ve ödev yapmakla o kadar meşguldüm ki bunları ödeyemedim." dedim. Cezalar yüz dolar değerindeydi.

Baş komiser hediyelerimi masasının çekmecesine koyup, "Tamam, Ivana. Yine de cezalarını ödemen gerekiyor. Bana iki yüz koruna ver." derdi. Bu da yaklaşık on dolar ediyor.

İyi bir öğrenciydim ve beden eğitiminde yüksek lisansımı yapmak için okula devam etmeye karar verdim. Aynı zamanda kayak takımına da devam ettim. 1968 yılında Prag Baharı'nın yazı oldu. Yakında kayak kampı için Cervinia'ya gitmem gerekiyordu ama bu kadar eğlenirken arkadaşlarımı bırakıp gitmeyi hiç istemiyordum. Ama Ruslar, Çek halkının düşünüp öğrenmesini ya da kontrolün kimde olduğunu unutmasını istemiyordu. Ağustosta beş bin Sovyet tankı Prag'ın kültürel ve tarihsel kalbi olan Wenceslas Meydanı'na girdi. Sovyetler Birliği'nden ve diğer Varşova Paktı ülkelerinden iki yüz bin asker kontrolü yeniden ele geçirmek, yeni özgürlükleri yok etmek ve Dubcek'i indirmek için şehri işgal etti. Prag Radyosu'nda işçiler komünistlerin istasyonu ele geçirmesine izin vermedi ve yirmi kişi oracıkta öldürüldü. Karşı çıkan hükümet yetkilileri işkence edilerek öldürülmek üzere tutuklanıp Moskova'ya gönderildi. Ben ve arkadaşlarım gibi öğrenci olan yüzden fazla gösterici sokaklarda öldürüldü. İkinci Dünya Savaşı'ndan sonraki en büyük düşman işgali ile karşı karşıyaydık.

Prag kaos içindeydi, bir kabus gibiydi. Tankların geldiğini görüp koşarak üniversite yurduna saklanmıştım. Sonraki gün takımımızla birlikte trene binip İtalya'ya gitmiştik. İki hafta boyunca Cervinia'da kaldık ve Prag'da neler olduğunu gazetelerden öğreniyorduk. Korkudan ödüm patlamıştı. Hemen oracıkta İtalya'ya iltica etmeyi uzun uzun ve ciddi olarak düşündüm. Bunu yaparsam bir daha ailemi göremezdim ve onların da başlarını belaya sokardım, özellikle de bu olaylardan sonra. Onların acı çekmesine sebep olamazdım ve Prag'a geri döndüm. Yeni değişikliklerden dolayı çok üzgündüm. Kafeler ve salonlar kapatılmıştı. Müzik durdurulmuştu. İnsanlar sokağa çıkmaya korkuyordu. Sokaklar fanatik komünist polis ve askerlerle doluydu.

George ile buradan nasıl kaçabileceğimizi konuşuyorduk. Onun fırsatı ikimizin de beklediğinden çabuk geldi. Babası bir mimardı ve Londra'daki Çek Konsolosluğu'nun tasarımını yapıyordu. Ailesi İngiltere'den Prag'a geldiğinde George'a, İngiltere'ye iltica edeceklerini ve onu da yanlarına almak istediklerini söylediler. Gitmeyi seçtiği için onu kim suçlayabilirdi ki?

Gitmeden önce George benim için bir plan yaptı. Alfred (Fred) Winklmayr adında Avusturyalı bir kayakçı dostumuz vardı. Fred ile evlenirsem Avusturya pasaportuna sahip olabilir ve komünist Çekoslovakya'dan yasal bir şekilde ayrılabilir ve ailemi de görmeye gelebilirdim. Evliliğimiz tabii ki de gerçek bir evlilik olmayacaktı ve Fred'de bunun hiçbir anlamı olmayacağının farkındaydı. Bu sadece ben gerekli belgeleri alabileyim diyeydi. Fred bana neden mi yardım etti? Dostumuzdu ve bir insanın baskıcı bir rejimden kurtulmasına yardımcı olmak gibi bir iyilik yapmak istemişti. Fred, Prag'a geldi ve 1971 yılında ben yirmi iki yaşındayken bir devlet dairesinde evlendik. (Devleti kandırmak için iki yıl evli kaldık ve artık güvende olacağımız en yakın tarihte, 1973 yılında boşandık.) Nikâhtan sonra Fred, Viyana'ya döndü ve Avusturya pasaportumun gelmesi için bir ay bekledim. George da nikâhta bizimle birlikteydi ama bundan kısa bir süre sonra ailesiyle buluşmak için Londra'ya gitti ve oradan da Kanada'ya yerleşti. Vedalaşırken ağlamadık ve üzgün de değildik. George kurtuluyordu! Üzülmek yerine özgürlüğüne kavuşmasını kutladık.

George, Prag'dan ayrıldığında en yakın arkadaşımı kaybettim ve kendimi çok yalnız hissediyordum. Ama rahatlamıştım ve o kurtulduğu için mutluydum. Yeni pasaportumun gelmesine rağmen henüz ülkeden ayrılamıyordum. Yüksek lisansımın yarısındaydım ve yarım bırakamazdım. Ailemin tek çocuğuydum ve bana güveniyorlardı. Kendimi aileme yardım edebilecek bir pozisyona yükseltmem için o diplomaya ihtiyacım vardı. George'u seviyor ve özlüyordum ama yalnızlığımın üzerinde durmadım. Kendi hedeflerime ve aileme olan sorumluluğuma odaklanarak George'u tekrar görmeyi umduğum geleceğime bakıyordum. Ne zaman yalnızlığım aklıma gelse kendimi meşgul ediyor ve bunu düşünmüyordum. Derslerime daha çok çalışmaya başladım ve kayağa devam ettim. Bir arkadaşımın kaniş köpeği yavruladığında, yavrulardan ufak siyah olanını bana verdi. Adını Chappy koydum ve artık o bana dost olmaya başlamıştı.

Çok geçmeden yalnızlığı sorun etmeyi bıraktım. Köpeğim vardı ve birkaç ay sonra da âşık olmuştum.

Bir müzisyen ve şair olan Jiří Štaidl ile ortak arkadaşımız aracılığıyla tanıştım. Erkek kardeşi Ladislav (Lada) besteleri yapıyor, Jiří de sözleri yazıyordu ve efsanevi Çek şarkıcı Karel Gott şarkılarını söyleyerek iki kardeşe itibar, ün ve para kazandırmıştı. Jiří kesinlikle atletik bir tip değildi. Hafif topluydu ve spor ya da egzersiz için gerekli disipline sahip değildi. Ama yetenekliydi, tatlıydı ve beni güldürüyordu. Birbirimize derinden âşıktık ve onun ilham perisi olmuştum. Hafta sonları genelde Lada'nın Jevany'deki villasına giderdik. Ben ders çalışırken o da daktilosunda olurdu. Yan odadan gelen *tık tık tık* seslerini duyardım ve muhtemelen benim hakkımda olan yeni bir şarkının sözlerini yazdığını bilirdim. İkimizde kendimizi aşkımıza kaptırmıştık ve Jiří ile birlikte olmak bana George ile aramızdaki şeyin çok yakın bir arkadaşlık olduğunu ve gerçek aşk olmadığını fark ettirmişti. Jiří gerçek aşkımdı. Kaçmak için gerekli evraklarım elimde olmasına rağmen onu bırakamıyordum.

1973 yılında bir kayak turnuvası ile ilgili bazı evrakları tamamlamak için Viyana'ya gitmem gerekiyordu ve bu kısa yolculuğa tek başıma çıkmıştım. Prag'a geri döndüğümde her zamanki gibi polis sorguma girdim; "Evet, Avusturya çok güzel. Evet, kadınlar güzel kıyafetler giyiyor ve parfümler sürüyor. Al bir şişe parfüm, karına hediye edersin!" Sonra Jiří'nin beni alacağı kafeye gittim; birlikte huzur ve dinginlik bulduğumuz Jevany'ye gidecektik. Onun yazacağı on şarkı benim de çalışmam gereken sınavlarım vardı. Ama o hiç gelmedi. Öğrendim ki bazı işleri halletmek için arabayla gezerken bir trafik kazası geçirmiş ve ölmüştü.

Kazanın detayları bulanıktı ve ne olduğuna dair ailesinden de bir açıklama alamamıştım. Direksiyona geçmeden önce bir iki kadeh içmiş olabilirdi ama kesin olarak bilmiyordum. Sadece otuz yaşındaydı ve o kadar yetenekliydi ki... Parlak genç bir hayat için korkunç ve trajik bir sondu.

Yıkılmıştım, tamamen bitmiştim. Hayatımı bir şarkıya çeviren, komünizm altında yaşamayı çekilir kılan adam artık yoktu. Bir anda aşkımı kaybetmiştim ve ölümünün gizemli detayları yüzünden de bunu kabullenemiyordum. Bir an önce yanımdaydı ve bir an sonra yoktu. Bu konuda soru sormamam ve konuşmamam gerekiyordu. Yirmili yaşlarımın başındaydım yani çok gençtim ve bu kadar büyük bir kayıp, üstesinden gelebileceğimden çok fazlaydı. Panik ataklar geçirdim ve üzüntüden öleceğimi düşünüyordum.

Şimdiye kadarki (ve gelecekteki) tüm zorlukları atlatmamı sağlayan güç kaynağım olan aileme döndüm. Eve döndüm ve omuzlarında ağlayarak beni teselli etmelerine izin verdim. Babam bana hedeflerimi hatırlattı: Eğitimimi bitirip yasal olarak ülkeyi terk edecek ve özgür bir ülkede daha iyi bir hayatım olacaktı. Doğduğumdan beri benim için planladıkları buydu. Jiří'nin ölümünden sonra beni Çekoslovakya'ya bağlayan tek şey ailemdi ve onların da tek istediği başka bir yerde sıfırdan yeni bir hayata başlamamdı. Ben gidip yerleştikten sonra beni ziyarete geleceklerdi. Bu açık plana sahip olmak, hissettiğim acı ve üzüntüden başka bir şeyler düşünebilmemi sağladı. Derin kaybım hâlâ kalbimdeydi ama en azından yeni bir hayat hayalleriyle bundan kaçabiliyordum.

Kalp ağrılarımın içinde son derslerimi de zar zor bitirdim. Başka bir seçeneğim olmadığı için ve doğduğumdan beri de bunu yapmaya koşullandığım için üzüntümü belli etmedim. Jiří'nin cenazesinde dayandım ama sonraki haftalarda ortak arkadaşlarımız olan müzisyenleri, sanatçıları ve ressamları görmeye dayanamadım. Aynı yerlere gitmek ya da aynı restoranlarda yemek yemek istemedim. Jiří'nin bazı arkadaşları bana asılmaya çalıştı ve bu hepsinden nefret etmemi, Prag'dan nefret etmemi ve gitmek için her şeyi göze almamı sağladı. Bu kadar yıl sonra bile o günleri hatırlamak beni derinden üzüyor. Her sene ölüm yıldönümünde istisnasız olarak mezarına çiçek yolladım.

Jiří'nin hayatının bittiği gün benim de Prag'daki hayatım sona erdi. Diplomamı alır almaz pasaportumu aldım, bavulumu Fiat'a koydum, Chappy ile birlikte havalimanına gittik ve yola çıktık. İlk olarak Viyana'da kısa bir duraklama yaptıktan sonra ilerideki yeni evimize devam edecektik.

- 3 -

AMERİKA'YA HOŞ GELDİNİZ

Jiří'nin ölümünü diğer her şeyden çok özgürlüğü hayal ederek atlattım. Soru şuydu ki dünyada nereye gidecektim? Avrupa'ya taşınabilirdim. Kayakçılar arasından tanıdığım insanlar vardı ama bu tam anlamıyla bir uzaklaşma olmazdı. Ailemin bu kadar yakında olması beni, onları ziyaret etmeye iterdi ve belki de sonsuza kadar burada kalırdım. Çekoslovakya harika yemekleri ve insanları olan güzel bir ülke ama Prag'ın işgali ve aşkımın ölümünden sonra arama bir okyanus koymam gerekiyordu.

Babamın kız kardeşi ve kocası Kanada, Toronto'da Forest Hill isimli prestijli bir mahallede büyük bir evde yaşıyorlardı. Chappy ile birlikte bir süre orada kalmamı teklif ettiler. Toronto'ya indiğimde eski hayatım bittiği için bir rahatlama ve yeni hayatıma başlamak için de büyük bir heyecan hissettim. Prag'dan ve Jiří'nin hatırasından ne kadar uzaklaşırsam nefes almam o kadar kolaylaşıyordu.

Araba ile havalimanından şehre giderken bazı evlerin daha ufak ve bitişik olduğunu, bazı evlerin ise daha büyük ve birbirlerinden ayrı olduğunu fark etmiştim. Daha önce hiç banliyö sınıf ayrımını görmemiştim. Burada insanlar Çekoslovakya'da olduğu gibi doğumdan ölüme kadar tek bir sınıf içinde hapsolmuş değillerdi. Batı'da büyük bir fikriniz, büyük bir işiniz ya da büyük hayalleriniz varsa hayatınızı değiştirebilirdiniz. Her şey BÜYÜKLÜK ile ilgiliydi.

Evlerden, caddelere kadar her şeyin boyutu bana aşırı büyük geliyordu. Avrupa'da sokaklar dardı ve çoğuna yalnızca bir araba sığıyordu. Ama Kanada'da dört şeritli otobanlar, dev kamyonlar, iri insanlar, gökdelenler, koca bir apartman kadar alışveriş merkezleri ve on katlı otoparklar vardı. Otoparktan alışveriş merkezine yürüyerek tüm gününüzü orada geçirebilir sonra da arabanıza dönebilir ve dışarıya bir adım bile atmayabilirdiniz.

Benim için her şey yeniydi. Tüm bunların heyecanı ev özlemi duymamı engellemişti ve ülkeden yasal olarak ayrıldığım için ailem beni ziyaret etmek için izin alabilirdi. (Çek tenis yıldızları Martina Navratilova ve Ivan Lendl iltica ettikten sonra ailelerini yıllarca görememişlerdi.) Yeni hayatımdaki ilk hedefim bir iş bulmak ve aileme uçak bileti alabilecek kadar para kazanmaktı. Gelip tüm bunları görmeleri gerekiyordu.

Amcam bir mimardı ve yengem de Toronto'da Avrupa'ya ve Karayiplere büyük gemi turları düzenleyen Costa Line şirketini yönetiyordu. Geldiğimden kısa bir süre sonra beni bir Karayip turuna çıkardılar. İlk gece gemide bir kostüm partisi vardı. Yirmi dört yaşındaydım, çok güzeldim ve Playboy tavşanı kostümü giymiştim. Birincilik ödülünü kazandım! Gemide bana çok ilgi gösteren bir denizci ile tanıştım ve o zamanlar İngilizcem çok iyi olmasa da benimle flört ettiğinden emindim. Başka hiç arkadaşım yoktu; ben de onunla çıkmayı kabul ettim. Çekoslovakya'da dikkatli olmakla ilgili o kadar çok şey öğrenmiş olmama rağmen bu denizci beni kandırmayı başarmıştı. Bana saygılı bir şekilde davranacak düzgün bir çocuk olduğunu düşünmüştüm. Ama bunun yerine beni kamarasına davet etti ve orada tecavüz etmeye çalıştı. Kapı kapanır kapanmaz üzerime saldırdı ve her yerimi elleyerek kıyafetlerimi yırtmaya çalıştı.

Daha önce hiç saldırıya uğramamıştım ve bu, tüm komünist sorgularından çok daha korkutucu bir şeydi. Kelimenin tam anlamıyla kapana kısılmıştım. Denizci canımı yakmak istiyordu. Hayatım tehdit altındaydı ve bu deneyim daha önce tatmadığım türde bir korkuydu. "Bırak beni!" diye çığlıklar atmaya başladım ve vücudumdaki tüm kasları zorlayarak kendimi kamarasından dışarı zor attım. Çığlıklar atarak koridorda koştum ve kendi kamaramın güvenliğine eriştim.

O gece özgürlüğün birçok farklı tonu olduğunu ve bunlardan bazılarının da oldukça karanlık olduğunu öğrendim. Çok uzun zamandır devasa büyüklükteki bir düşman olan komünizme karşı savaşıyordum ve o gece bunun yanı sıra, çok büyük kötülükler yapabilecek bireysel ve daha somut tehlikelerin de olduğunu fark ettim. Sırf özgür bir ülkedeyim diye hayatın belli başlı yönlerini ve tehlikelerini görmezden gelemezdim. Daha önce hiç fiziksel bir tehdit altında kalmamıştım. Zor ama önemli bir ders öğrenmiştim: Her zaman dikkatli olup kendini koruyacaksın. Kibarlık ile saflık seni tehlikeli durumlara sokabilir. Ne kadar zihinsel ve bedensel olarak güçlü olsam da hâlâ kırılgandım. O günden sonra insanlara karşı içgüdülerimi keskinleştirdim ve kendimi içimden gelen uyarı sistemine kulak verecek şekilde eğittim.

Bir buçuk yıl kadar akrabalarımın yanında yaşadım. İngilizce öğrendim ve modellik yapmaya başladım. Prag'da biraz modellik yapmıştım ama Kanada'da devam etmeyi düşünmemiştim. Bu fırsat bir gün Toronto'da bir kafede oldukça güzel giyimli bir kadın yanıma gelip kendini William Morris ajansından biri olarak tanıttığında karşıma çıktı. "Seni temsil etmek istiyorum." dedi. "Neden olmasın ki?" diye düşündüm. Kadının doğruyu söylediğinden emin olmak için önce kontrol edip araştırmıştım ve sonra da Toronto'da işler almaya başlamıştım. Kadın, Montreal'de daha da fazla iş alabileceğimi söylemişti. Böylece yirmi altı yaşında tekrar taşındım.

George (kim, hatırladınız mı?) Montreal'de ailesiyle birlikte yaşıyordu. Böylece Chappy ile ben de onun ailesiyle kalmaya başladık. Onu birkaç yıldır görmemiştim ama sanki hiç ayrılmamış gibiydik. Yarım yamalak bir şekilde üniversiteden kalan ilişkimize de yeniden başlamıştık. Dostluğumuz gençliğimizdeki kadar güçlüydü ve beraber olmayı çok doğal karşılıyorduk. Anne babası da bana sevildiğimi ve hoş karşılandığımı hissettiriyordu.

Kışın hafta sonları George ile birlikte Montreal'dan arabayla iki saat uzaklıkta olan Vermont'daki Jay Peak kayak oteline gidiyorduk. Amerikan kayağı Avrupa'da yarışmaktan çok farklıydı. Burada kar kuruydu ve Fransa ya da İtalya'dakine göre çok daha hafifti. Ağır ve ıslak karı itmeye alışmıştım. Vermont'daki kar belime kadar geliyordu ama o kadar hafifti ki Amerikalıların etrafında daireler çizerek kayıyordum. Kısa süre sonra Jay Peak'te kayak eğitmeni oldum ve çocuklara nasıl kayılacağını öğretmeye başladım.

Bilmiyorsanız söyleyeyim, Kanada inanılmaz *soğuk* bir ülke! Hava sıcaklığı dondurucu rüzgârlar ile birlikte eksi ellilere kadar düşebiliyor. Fiat X1/9 spor arabası kullanıyordum ve tüm kış kara saplanmamak ya da bir çukura girmemek için dua ediyordum. Dağdayken daracık kayak kıyafetim, şık ceketim ve pantolonumun altındaki taytımla hep soğuktan titrerdim. Daha sıcak tutan kıyafetler giyebilirdim ama şık görünemeyeceğim bir sporu yapmam. Isınmak için daha hızlı kayıyordum.

George ile başka üç çiftle beraber hafta sonları ve tatiller için bir dağ evi kiralamıştık. Chappy'i de her zaman yanımda götürüyordum. Bu evde biraz gerginlik çıkmasına yol açmıştı çünkü diğer çiftler Chappy'nin evin içinde uyumasına izin vermemişti. Onu geceleri bir sürü battaniyenin altına gömülmüş şekilde arabada bırakmak zorunda kalıyordum. Sabahları nefesinden dolayı arabanın camlarının içi buz tutmuş oluyordu. Dağ evinde sekiz kişilik yemek yapıyorduk ve ben de annemin gulaş ve biberli tavuk tarifleri ile hava atıyordum. Yazları taze ıstakoz almaya giderdik ama ben ıstakozları pişirmeyi reddediyordum. Kaynar suya attığınızda çığlık atarlardı. Seslerine dayanamıyordum ama limonlu tereyağlı sulu ıstakoza bayılırdım.

Model ajansı haklı çıkmıştı: Montreal'de başta Vali satış salonunda tam zamanlı bir iş olmak üzere birçok fırsata sahip olmuştum. Tasarımcı, Audrey de aynı zamanda Çekoslovakya'dandı ve birbirimize hemen bağlanmıştık. İşim, Audrey'nin kıyafetlerini büyük mağaza alıcıları için satış salonunda model olarak giymekti. Elbiseleri benim üzerimde görünce büyük siparişler verirlerdi. Ajansım beni aynı zamanda Montreal'deki defileler için tüm modelleri ayarlamakla görevli olan Yolande Cardinal ile de tanıştırmıştı. (Yolande ile hâlâ dostuz. Bir keresinde çocuklarından biri bir sağlık sorunu yaşadığında Amerika'da doktor bulmasına yardımcı olmuştum. Bana hâlâ yazar ve ailesiyle ilgili bilgiler verir.) Montreal'deki bir kürkçü firmasının yüzü olmam için beni tutmuştu ve tüm reklam kampanyalarında ve aynı zamanda firma ile ilgili dergi ve gazete yazılarında palto ve ceketlerini giyerek modellik yapmıştım.

Kaymadığım, modellik yapmadığım ya da George'a kışları kayak takımı, yazları da bisiklet satmak ve tamir etmek için açtığı ufak spor mağazasında yardım etmediğim zamanlarda McGill Üniversitesi'nde İngilizce dersleri alıyordum. Durumumuz çok iyiydi ve George'un ailesinin yanından taşınıp güzel bir mahallede tatlı bir yer olan Château Maisonneuve'de kiralık bir daireye taşınacak paramız vardı. Zengin olmak umurumda değildi. Bir işim varsa, faturalarımı ödeyebiliyorsam ve fakir değilsem mutluydum. Kariyer hedeflerim veya beş yıllık planlarım yoktu. Hangi işi yapıyorsam en iyisini yapıyordum. Eaton alışveriş merkezinde satış görevlisiysem, Çek yanımı kullanarak altı ay içinde müdür olurdum. Evlenmeyi ve Kanadalı kokoş bir anne olmayı ya da ev yapımı akçaağaç şurubumun şekerini nasıl ayarlayacağımı öğrenmeyi düşünmüyordum. Daha özgürlüğüme yeni alışıyordum.

Kanada'ya yerleştikten birkaç yıl sonra ajansım bana sekiz modelden oluşan bir grup işi ayarladı. '76 Montreal Yaz Olimpiyatları'nın tanıtımını yapmak için Kanadalı tasarımcıların bir defilesiydi. İyi bir işe benziyordu bu yüzden kabul ettim. Sonra, bir hafta sonu için New York'a gideceğimizi ve orada defileye çıkacağımızı söylediler, ben de 'Hayır!' dedim. Babam benimle olmak için Çekoslovakya'dan daha yeni gelmişti. Birkaç günlük için bile olsa onun yanından ayrılmayacaktım. Ajansım ise defilenin koreografisinin yapıldığını ve sadece ben bildiğim için yerime başkasını bulamayacaklarını söylemişti. Gitmezsem diğerlerinin de işini berbat edecektim.

Ne yapabilirdim ki? Babama ve George'a veda ettim, eşyalarımı topladım ve New York'a gidecek uçağıma bindim. Orada neyi -ve kimi- bulacağıma dair hiçbir fikrim yoktu.

Bölüm İki:

Trump Olmak

- 4 -

BABALARIYLA NASIL TANIŞTIM

İlk görüşte âşık olmuştum; birlikte olmak için yaratıldığımızı ve tutkumuzun asla sönmeyeceğini fark etmek çok güçlü ve âni bir heyecandı.

Tabii ki de New York şehrinden bahsediyorum. Şehri ilk gördüğüm de benimle aynı enerjiye sahip bir yer bulduğumu anlamıştım. Tek kelimeyle mükemmeldi. Montreal'deki gökdelenleri etkileyici sanırdım ama New York'takilerin yanında birer hiçtiler. Uzun binalara, sarı taksilere ve sokaklardaki inanılmaz insan çeşitliliğine bakan tipik bir turisttim. Tüm binaları, sanat müzelerini, diskoları, konser salonlarını, restoranları ve mağazaları keşfetmek istiyordum. New York saf adrenalindi: Büyük, cesur ve gürültülüydü. Orada yaşamaktan emin değildim (henüz) ama ziyaret ettiğim için çok mutluydum.

Defile için yaptığımız tüm seyahat ayarlanmıştı: Uçuşlar, oteller, her şey... Yedinci Cadde'deki elli üç katlı ve renkli bir tarihi olan Americana Oteli'nde kalıyorduk. Beatles bir keresinde otelin gece kulübünde çıkmıştı ve *Baba* filminin bazı sahneleri de burada çekilmişti. (O zamanlar artık rock müziği ve mafya filmlerini öğrenmiştim, bu yüzden de oldukça etkilenmiştim.) Diğer kızlarla birlikte günümüzü temmuz sıcağında etrafı gezerek harcamıştık. Bu hem heyecanlandırıcı hem de oldukça yorucuydu. İlk akşam otele döndüğümüzde klimaya, oda servisine ve yatağıma hazırdım. Bir sonraki gün erken saatte provalarımız vardı ama arkadaşlarım *gerçekten* gece dışarı çıkmak ve yetmişlerin bekâr swing dansı sahnelerini görmek istiyorlardı. "Hadi, Ivana! New York'a geldik!" demişlerdi. Beni ikna etmelerine izin vermiştim ama çok da istekli değildim.

Kırmızı biberleri, hamburgerleri ve ünlü müşterileriyle meşhur, o zamanların en gözde restoranı olan Maxwell's Plum'a gitmiştik. Kızlar Warren Beatty ya da Barbra Streisand'ı görmeyi ve bir iki tane de seksi Amerikan erkeği ile tanışmayı umuyorlardı ama benim umurumda değildi. Ben George ile birlikte yaşıyordum, hayatımdan memnundum ve ne gerçek aşk ne de kısa süreli bir macera arayışında değildim. Gerçekten akşam yemeğinden başka hiçbir şey ilgimi çekmiyordu.

Hayatta ne zaman bir şeyi aramazsanız gelip tam da karşınıza çıkar.

Girişte beklerken, kızlar yakışıklı çocuklar için kalabalığa bakıyorlardı ve ben de mekânın kaotik ve aşırı dekorunu inceliyordum; kırmızı kadifeler, kristaller, Tiffany avizeler, çılgın ve renkli desenlerle dolu renkli cam tavan, duvarlardan sarkan içi doldurulmuş kaplanlar ve hayvanlar, kalabalık masalar, bardaki toplu insan grubu ve hepsinin oldukça şık elbiseleri ve göz alıcı makyajları.

Ben üç çeyrek kollu ve topuklu ayakkabı ile birlikte kırmızı bir mini elbise giyiyordum. Sarı saçlarım uzun ve düzdü, belime kadar sarkıyorlardı. Grubumuzdaki tüm kızlar harika görünüyorlardı. Resepsiyonist bizi gördüğünde sevinçle ellerini birbirine sürdü. Aklından geçenleri okuyabiliyordum. *Birlikte gelmiş sekiz güzel model.* Bizi tüm gece olabildiğince görünür şekilde orada tutmaya çalışacağından emindim. Tabii ki de bir masa istediğimizde bizi barın ortasına götürdü ve biraz beklememiz gerektiğini söyledi. Yorgun ve açtım. Ruh hâlim gittikçe kötüleşiyordu.

Sonra kolumda bir el hissettim.

"Bir de bu çıktı!" diye düşündüm. Barlarda yabancılar tarafından dokunulmak hoşuma gitmiyordu. Elin sahibine komünist ölüm bakışını atmak için hışımla arkamı döndüm ve uzun boylu, gülümseyen, mavi gözlü, yakışıklı sarışın bir adam buldum.

"Rahatsız ettiğim için çok özür dilerim. Ben Donald Trump. Siz ve arkadaşlarınızın masa beklediğini gördüm. Buranın müdürünü tanıyorum ve size hızlı bir şekilde masa ayarlayabilirim." dedi.

"Çok iyi olur." diye yanıtladım. "Teşekkür ederim." İşi halletmek için uzaklaştı. Arkadaşlarıma döndüm ve "Size bir iyi bir kötü haberim var." dedim. "İyi haber, şuradaki adam sayesinde yakında masamıza oturacağız,"

Kızlardan biri, "Kötü haber ne?" diye sordu.

"O da bizimle oturacak."

Üç dakika sonra restoranın en iyi masası bizdeydi ve bu Donald Trump da benim yanıma oturdu. Garson gelip siparişlerimizi aldı. Bir sonraki sabah erken uyanacağımız için modellerin hiçbiri şarap ya da kokteyl içmiyordu. Donald'ın da içmemesine şaşırmıştım. Buzlu çay istemişti. Yemek güzeldi, ben tavuk söylemiştim o da hamburger. Kibar bir şekilde havadan sudan konuşmuştuk yersiz hiçbir şey olmamıştı. Doğru bir şekilde benimle flört etmenin bir işe yaramayacağını hissetmişti ve bir centilmen gibi davranmıştı. Sahtekâr bir adamı üç sokak öteden tanırdım. İçgüdülerim bana Donald'ın zeki, komik, tam bir Amerikalı ve iyi bir adam olduğunu söylüyordu.

Yemeğin sonuna doğru Donald hiçbir şey söylemeden garip bir şekilde masadan kalktı. Garsondan hesabı istedik ve zaten ödendiğini söyledi. "Ne oluyor?" diye düşündüm. Adamın biri dokuz kişi için 400 dolarlık hesabı ödeyecekti -ki bunu oldukça gizli şekilde yapması hoşuma gitmişti- ve sonra da karşılığında hiçbir şey istemeyecekti. Donald 'güle güle' bile dememişti.

"Teşekkür etmek için gelmesini bekleyelim mi yoksa kalkıp gidelim mi?" diye konuştuk. On dakika sonra gitmeye karar verdik. Restorandan çıktık ve Donald'ı dışarıda büyük, siyah bir Cadillac limuzinin direksiyonunda gördük. Masadan kalkıp şoförlü limuzinin hazırda beklediği binasına gitmiş ve bizi otelimize şık bir şekilde kendisi bırakmak için restorana geri gelmişti. Onu yüzünde şapşal bir gülümsemeyle şoför koltuğunda görmek bana oldukça komik gelmişti ve gülmeye başladım. Tepkimi görünce o da gülmeye başladı. Hepimiz limuzine doluştuk ve bizi otelimize bıraktı. Arabadan indim ve odama çıkmadan önce arabanın penceresine eğilip yanağına kibar bir öpücük kondurdum. İşin burada bittiğini düşünmüştüm.

Bir sonraki gün otele yüz kırmızı gül ve bir not geldi; "Ivana'ya sevgilerimle. Donald." Aranjman ve jest çok güzeldi ama ben de daha önce hiç çiçek gönderilmemiş utanıp yüzü kızaran bir bakire değildim. Yirmi yedi yaşındaydım ve on dört yaşımdan beri sayısız erkeğin bana asılmasına maruz kalmıştım. Tüm tavlama numaralarını bilirdim.

"Beni şimdi arayacak." diye düşündüm. *Beş... dört... üç... iki...* telefon çaldı. Telefonu açıp masum bir şekilde "Alo..." dedim.

Arayan Donald'dı ve beni öğle yemeğine davet ediyordu. O öğleden sonra defilem vardı. Bu yüzden teklifini akşam yemeğine yükseltti.

Beni Elli Sekizinci Doğu Caddesi'nde yer alan ve Le Club diye çok da özgün bir ismi olmayan özel bir kulübe götürdü. Burası Mike Nichols, Roy Cohn, Jacqueline Kennedy ve Al Pacino gibi bazı isimlerin gözde mekânıydı ve beni mekânın müdürü olan Patrick Shields isimli kocaman bir adamla tanıştırdı. Seksi şalvar pantolon ve çiçekli kırmızı bir bluz giyiyordum. Donald da kravatlı ve cep mendilli üç parçalı bir takım elbise giyiyordu. Zeki bir iş adamı gibi görünüyordu ve tarzının bu olduğunu anlamaya başlamıştım.

Sakin bir pazartesi gecesiydi ve Le Club bize kalmış gibi görünüyordu. Üst kattaki balkonda oturduk, güzel bir akşam yemeği yedik, televizyonda olimpiyatları izledik ve sporcular hakkında konuştuk. Romanyalı Nadia Comaneci'nin mükemmel onluğunun, İngiltere için at binen Prenses Anne'in (cinsiyetini kanıtlamak için teste girmesi zorunlu olmayan tek sporcuydu) ve Bruce Jenner'ın dekatlondaki başarısının yazıydı. Donald babası Fred Trump ile birlikte bir inşaat sahasında çalıştığını ve her sabah Manhattan'dan Queens'e işe gittiğini anlatmıştı. O zamanlar Altmış Beşinci Doğu Caddesi ve Üçüncü Cadde'de bulunan Phoenix House'da yaşıyordu.

Donald'ı dinledim ve ben de kendimden bahsettim ama ona karşı özel bir şey hissetmemiştim. Yalnızca rahat bir sohbet ve güzel bir akşam yemeği için zaman geçirilecek iyi ve centilmen bir adamdı. "Onu bir daha görmezsem de sorun değil." diye düşünmüştüm. Donald'ın başka fikirleri vardı. Beni otele bırakırken, "Yarın akşam yemeği yiyelim." dedi. Yiyemezdim çünkü Montreal'e uçağımız öğleden sonra kalkıyordu. "O zaman öğlen yemeği yiyelim." dedi.

Adam pes etmiyordu! Elli İkinci Doğu Caddesi'nde bulunan, biftekleri ve giriş kapısının üzerindeki balkonda duran sıra sıra demirden heykelleri ile meşhur olan 21 Club isimli bir başka şık restoranda hızlı bir öğlen yemeği için buluşmayı kabul ettim. Üç günde üçüncü yemeğimizdi. Vedalaşırken elimin arkasını öpmüştü.

Oldukça masumdu. Donald randevulaştığım ilk Amerikalıydı ve daha yemek masaya gelmeden üstünüze çullanan Avrupalı erkeklere kıyasla daha utangaç ve saygılı görünmüştü. Donald yalnızca bir konuda çok ısrarcıydı o da telefon numaramı almak. Dürüst olmak gerekirse nedenini anlamamıştım. Başka bir şehirdeki ve başka bir ülkedeki erkek arkadaşım sayılabilecek adamın yanına eve dönüyordum. Bu Donald'ın New York'ta elinin altında içlerinden seçebileceği bir şehir dolusu güzel kadın vardı. Bir iki günlüğüne beni düşünüp sonra numaramı kaybedeceğini bekliyordum. Ama sırf isteyip durmayı kessin diye numaramı verdim.

Eve döndüğümden bir gün sonra aradı ve sonraki üç ay boyunca da gün aşırı aramaya devam etti. Bu benim için evde biraz gerginlik yaratmıştı çünkü George'a Donald'ı ya da Donald'a George'u anlatmamıştım. Bu yüzden Donald aradığında George dışarıdaysa rahat bir nefes alıyordum. Birkaç kere de kapının açıldığını ve George'ın "Ben geldim!" dediğini duyduğumda acilen telefonu kapatmam gerekmişti. Donald'ın aramasını bekler hâle gelmiştim ve gün içinde yaptıklarımı ona anlatmak için bekliyordum.

Ekim ayında Montreal'de bir defilede podyumda kürk bir palto ile yürüyordum ki izleyiciler arasında uzun boylu sarışın bir adam fark ettim. Gözlerimiz buluştu ve bana gülümsedi. Donald defileye mi gelmişti? Bir şekilde öğrenmişti ve Montreal'e gelip bana sürpriz yapmıştı. Benimle ilgili ona söylemediğim bilgilere sahip olması aslında beni biraz rahatsız etmişti -belki de komünist çocukluğumdan kalma bir düşünceydi- ama aynı zamanda da hoşuma gitmişti. Kürkçü için defileden sonra biraz daha kalıp fotoğraf çekimi yapmam gerekiyordu. Bittiğinde dışarı çıktım ve bir yanım Donald'ı yolda bir limuzinin direksiyonunda bulmayı bekliyordu. Ama sanki bir hayalet gibi ortadan kaybolmuştu.

Gelişinin ve sonrasında ortadan kayboluşunun garipliği beni etkilemeye başlamıştı. Git gide onu daha da çok düşünmeye başlıyordum. Daha kalbime girmemişti ama ondan hoşlanmaya başlıyordum ve ilgimi çekiyordu. Benzer türde bir enerjiye sahiptik. Bizim gibi çok fazla insan yoktu ve birbirimizin bu özelliğini görebiliyorduk.

Noel yaklaşırken aradı ve beni bir tatile götürmek istediğini söyledi; "Kumsal mı dağlar mı?" diye sordu.

"Benim ülkemde Noeller hep beyaz olur. Dağları seçiyorum." dedim. Donald, Aspen'i önerdi ben de kabul ettim. Orada, kasabanın merkezinde bir kayak okulu ve butiği olan eski günlerden arkadaşım Avusturyalı kayakçı Tony gibi bazı dostlarım vardı.

Bir gün tatilimizi planladığımız zamanlarda ben dışarıdayken telefonu George açmıştı ve beklenmedik bir şekilde Donald ile tanışmıştı. Daha sonra George bana neler olduğunu sormuştu ve ben de doğru bir şekilde Donald'ın bir arkadaşım olduğunu söylemiştim. Hiç öpüşmemiştik ve yazdan beri yüz yüze görüşmemiştik bile. George ile birbirimizi o kadar uzun zamandır tanıyorduk ki Donald ile ciddi bir şeyler olduğunu benden bile önce hissetmişti. Aspen'deki tatil randevumuzu George'a anlattığımda iyi karşıladı. Dostluğumuz kıskançlık için fazla eski ve derindi. Bana izin verdi.

Tüm detayları Donald halletmişti: Birinci sınıf uçak biletleri ve Chris Hemmeter'in inşa ettiği, kayak merkezine oldukça yakın ve nefes kesici bir dağ manzarası, şöminesi, tavanda aynaları ve yatak üzerinde çinçilla kürkü olan lüks bir dağ evi. Oldukça seksi bir dağ eviydi. Donald'ın burayı benim için seçtiğini biliyordum. Gerçekçi biriyim ama aynı zamanda ay ve yıldızları fark eden güçlü romantik bir yanım da vardır. Donald ayın kendisi gelip kafasına düşse fark etmezdi.

Bu arada süitin iki yatak odası vardı.

Henüz nerede uyuyacağıma karar vermemiştim ama evi gördükten sonra hemen kararımı verdim. Orada onunla birlikte olacağıma dair açık ve bilinçli bir karar vermiştim. Akşam yemeği davetlerine, sürekli açtığı telefonlara, bu seyahate yani her şeye 'hayır' diyebilirdim ama her şeye hep 'evet' demiştim.

Tatilimizin ilk sabahı Donald bana "Kayak yapabiliyor musun?" diye sordu.

Az daha kahvem boğazıma kaçıyordu. Nasıl olduysa tüm yediğimiz yemeklerde ve telefon konuşmalarında hiç kayak hakkında konuşmamıştık. Bu nasıl mümkündü? Hayat hikâyemin büyük bir bölümünden haberi yok gibiydi.

Omuz silkerek "Fena değilim." dedim.

Donald'ın pek deneyimi yoktu ve ilk gün bir iki ders aldı. İkinci gün birlikte dağ yamacına çıktık ve ne kadar fena olup olmadığımı bizzat görmüş oldu. Beni dağdan aşağı uçarak inerken izlerken, benim kadar iyi bir kayakçı olmaya karar vermişti. Asla usta seviyede bir kayakçı olmadığını kendisi bile kabul edecektir ama bu spor onun için -ve ileride çocuklarımız için de- önemli bir hâle geldikçe o da kendisini geliştirdi. Noel'i Aspen'de geçirmek en sevdiğimiz aile geleneğimiz hâline gelecekti.

Kayak yaptığımız, dağ evimizin ve birbirimizin keyfini çıkardığımız harika bir hafta geçirdik. Hayatımın en romantik zamanıydı. O da aynı şekilde hissetmiş olmalıydı ki bana yılbaşındaki akşam yemeğimizde, "Benimle evlenmezsen hayatını mahvedersin." demişti.

Gülecek gibi olmuştum ama sonra yüzündeki ifadeyi gördüm. *Aman Tanrım! Bunu ciddi olarak söylüyordu.* Uyumluyduk ve benzer isteklerimiz vardı ama işin doğrusu birbirimizi daha yeni tanımaya başlamıştık. Yalnızca birkaç ay önce tanışmıştık ve bu zamanın çoğunu da birbirimizden ayrı geçirmiştik.

Önümüzdeki ay yirmi sekiz yaşına giriyordum ve çocuk istiyorsam (ki kesinlikle istiyordum) yakında evlenmem gerektiğini biliyordum. Hayatımı Donald ile paylaşmak istiyor muydum? Ona âşık oluyordum ama bu yeterli miydi? Montreal'deki modellik yıllarımda birçok varlıklı adam ile tanışmıştım ama hepsi kendilerini üstün gören havaları ile beni kendilerinden soğutmuştu. Donald ise basit yemeklerden ve basit zevklerden hoşlanıyordu. O zamanlar babası için çalışıyordu ve geliri ileriki yıllarda kazanacağına göre orta hâlli sayılırdı. Bana büyüleyici bir zenginlik sunmuyordu. Yalnızca aşk, dostluk ve iki karatlık elmas bir yüzük. Bir atlet olarak içgüdülerimi dinlemeyi ve tereddüt etmeden onlara uymayı öğrenmiştim. İçimden bir ses Donald'ın güvenilir olduğunu ve bana iyi bakacağını söylüyordu.

"Hayatım kurtuldu..." dedim. "Seninle evleneceğim!"

"Şubat nasıl?"

Bir sonraki ay mı? "Çıldırdın mı sen!" dedim gülerek. Düğün planlamak için birkaç haftadan daha fazla zamana ihtiyacım vardı. Daha Donald'ın ailesiyle tanışmamıştım ve kendi aileme de ondan bahsetmemiştim. İlk olarak nerede oturacağımıza karar vermemiz gerekiyordu. İlk başta yapacak çok şey vardı. Nisana kadar beklemeyi kabul etti.

Sayıyorsanız, New York'a taşınmam yedi yıl içindeki dördüncü taşınmam ve üçüncü ülke değişikliğim olacaktı. Aspen'den sonra Montreal'e döndüm, eşyalarımı topladım, George'a gözü yaşlı bir şekilde veda ettim. Kendisi bugün dahi benim en eski ve en iyi dostumdur. Yepyeni bir hayata başlamak için New York uçağına atladım.

- 5 -

TRUMPLARLA TANIŞMA

New York'ta ne bir işim ne dostlarım ne de ailem vardı ve ilk birkaç ay boyunca doğru kararı verip vermediğimden emin değildim. Sıfırdan başlamak hiçbir zaman için kolay bir şey değildi ve New Yorkluları da Kanadalılar kadar sıcakkanlı ve misafirperver bulmamıştım. Şehrin çözmeniz gereken kendine özgü gizemli gelenekleri ve şifreleri vardı ama hızlı öğrenir ve hızlı uyum sağlardım. Çok geçmeden alışacağımı biliyordum.

Donald ile birlikte Le Club, 21, Elaine's ve Regine's gibi onun havalı mekânlarına gitmeye başladım. Bu restoran ve diskolarda zengin ve meşhur modacılar büyüleyici kıyafetler giyerler, birbirlerinin dedikodusunu yaparlar, içerler ve uyuşturucu kullanırlardı. Bir bardak şampanya ya da şarap içerdim ama New York'ta Aspen'deki karlar kadar yaygın olan kokainden her zaman için burnumu uzak tutardım. Donald asla bir damla bile alkol almaz ya da hiçbir uyuşturucuyu kullanmazdı.

Donald'ın dünyasına girdiğim ilk aylardaki gerçek sınavımı ailesiyle, Batı Central Park ve Altmış Yedinci Cadde'de bulunan çok sevilen bir New York tavernasında büyük bir brançta tanışmam sırasında verdim. Donald bana kimlerin geleceğini kısaca anlatmıştı ve hepsinin de yeni nişanlısını inceleyeceklerine dair beni kibar bir şekilde uyarmıştı. Ben büyük ihtimalle onun için hayal ettikleri gibi biri değildim. Bildiğim kadarıyla ailesi varlıklı bir aileden gelen ya da kendi üniversitesi olan Pennsylvania Üniversitesi'nden (bir keresinde Donald'a sormuştum sizin bu Ivy League dediğiniz şey nedir diye) mezun Amerikalı bir kıza evlenme teklifi etmesini istiyorlardı. Yine de onlara kendimi sevdirmek için elimden geleni yapacaktım. Tek çocuk olarak büyüdüğüm için büyük ve yakın bir ailenin üyesi olmanın nasıl olacağını merak ediyordum.

Tüm Trump kabilesi tam zamanında geldi. Hepsinin aşırı dakik olduklarını erkenden öğrenmiştim. Onlar için 'zamanında gelmek' beş dakika erken gelmek demekti. Donald toplantı odasına geldiğinde, uçaktaki yerine oturduğunda ve kapı kapandığında iş bitmiş demekti. İçeride değilseniz toplantı ya da uçuş siz olmadan gerçekleşirdi. Donald bir keresinde Don Jr.'ı havalimanına beş dakika geç kaldı diye uçak pistinde bekletmişti.

Sanırım Donald beni ailesiyle tanıştırdığında benden daha gergindi. Ellerini sıktım ve babası Fred'e, annesi Mary'e, kız kardeşleri Maryanne -ki kendisi bir Amerika Birleşik Devletleri bölge savcısı oldu- ve Elizabeth'e -o da bir bankacının asistanıydı- erkek kardeşlerinden pilot olan Fred Jr.'a ve kendisi de aile işinde çalışan Robert'a ve onların eşleriyle çocuklarına gülümsedim.

Uzun bir masada oturmuştuk. Menüye yalnızca ben bakmıştım. Garson siparişlerimizi almaya geldi. "Ben biftek alacağım." diyerek ilk siparişi Fred verdi.

Mary, "Biftek lütfen." dedi.

Kız ve erkek kardeşleriyle çocukları, "Biftek, biftek, biftek..." dediler.

Oda da eko mu vardı?

Donald da aynı şekilde şaşıracaksınız ki "Biftek istiyorum." dedi.

Ben de herkes gibi büyük, sulu bir bifteğe bayılırım ama sabah sabah on birde? Yok almayayım. Garson bana geldiğinde, "Lütfen fileto dilbalığı alabilir miyim?" dedim.

Donald hemen yanımda kasıldı.

Fred, "Hayır o da biftek alacak." dedi.

Ben de gülümseyerek, "Hayır, fileto dilbalığı alacağım." dedim.

Zavallı garson ne yapacağını bilememişti. Bir ileri bir geri baktı ve sonunda gitti. Bu sırada masada ölüm sessizliği hâkimdi. En az üç dakikadır kimse tek kelime bile etmemişti. Neler oluyordu? Trump ailesinde brançta et yemek zorundasınız diye bir kural mı vardı?

Ben gülümsemeye devam ettim.

Sonunda birisi konuşmaya başladı ve ortam yumuşadı. Yemek geldiğinde Fred imalı şekilde bana, "Balığın nasıl, Ivana?" diye sordu.

"Çok lezzetli, teşekkür ederim." dedim.

Sonra eve döndüğümüzde Donald, "Neden sen de lanet biftekten yemedin? Ne fark eder ki?" diye sordu.

"Hayır." diye yanıtladım. "Daha en baştan her dediğini yaparsam baban hayatlarımızı kontrol eder." dedim.

Güçlü bir babanın, ailenin lideri olması fikrini anlıyordum ama yemek istemediğin bir şeyi zorla yedirmeye çalışan bir adam? İşte bu çok fazlaydı. Çekoslovakya'dan zar zor çıkıp dünyanın en iyi şehrine, brançta ne sipariş edip edemeyeceğimin iznini almak için taşınmamıştım. Sonuçta ufak bir isyankârlık yeterli olmuştu. O günden sonra Fred bana ona ne kadar meydan okuyacağımı görmek için hep ufak testler uygulamaya başlamıştı. Duvarı gösterip, "Bu duvarın rengi yeşil. Sen ne düşünüyorsun, Ivana?" diye sorardı.

Ben de "Duvar yeşil *değil*, Fred. Bej rengi." derdim. Sonra benimle tartışmaya başlardı. Fred benim ona karşı çıkmamdan çok eğleniyor gibiydi. Etrafında ona karşı çıkabilen çok fazla insan yoktu.

Benimle ilgili *hoşlanmadığı* bir konu ise nasıl giyindiğimdi. Dekoltemi gösteren dar büstiyerlerim ve bacağımın çoğunu açıkta bırakan elbiselerimle benim yanımda, Elizabeth ve Maryanne uzun kollu, yüksek boyunlu ve uzun etekli kıyafetleriyle neredeyse rahibe gibi kalıyorlardı. Bense tam tersi şekilde, Waldorf Astoria'da smokinli bir akşam yemeğine göğüs dekolteli, kolsuz bir Versace gece elbisesi ile katılıyordum ve Fred'in gözleri yerlerinden fırlayacak gibi oluyordu.

Bir keresinde Fred, "Donald, Ivana'ya biraz para ver de kollarını da kapatacak kadar kumaşı olan elbiseler alsın." demişti.

Donald yalnızca gülerek geçiştirirdi ama Fred'in yanında biraz daha kapalı giyinebileceğimi rica etmişti. Ben de "Tamam, babanı mutlu edeceğim." dedim.

Birlikte gittiğimiz bir sonraki etkinlikte kollarımı açıkta bırakan ama yüksek boyunlu ve yerlere kadar uzun, askılı bir elbise giydim. Fred, "Ivana! Bu akşam çok güzel görünüyorsun." dedi.

"Teşekkür ederim, Fred." dedim. Sonra arkamı döndüm ki elbisenin tangama kadar inen sırt dekoltesini görebilsin.

Ben gülerek uzaklaşırken arkamdan, "Aman Tanrım!" dediğini duydum.

Donald'ın annesi Mary çok iyi biriydi. Çok tatlı bir İskoç aksanı ve kocaman da bir kalbi vardı. Beş çocuğunu da Queens'deki evlerinde dadı, temizlikçi ya da aşçı olmadan tek başına büyütmüştü. Bunu nasıl başardığına dair en ufak bir fikrim bile yok. Tüm Trumplar (birkaç istisna haricinde) istekli ve hırslı insanlar olarak çok çalışırsanız çok başarılı olacağınızı söyleyen Amerikan rüyasına inanıyor. Ama hiçbiri Mary'den çok çalışmamıştır. Aynı kendi annem gibi Mary de kocasına olan açık aşkı ve sevgisi ile çocuklarına olan bağlılığı sayesinde destek bularak ayakta kalıyordu.

Mary kibar ve sabırlıydı. Fred ise zorlayıcı ve inatçı biriydi. Bu yumuşaklık ve sertliğin birleşimi anne babalık için mükemmel bir kombinasyondu. Daha sonraları anne olduğumda benim de annelik tarzım Fred ve Mary'nin birleşimi gibiydi; hem sevgi dolu hem de zorlayıcı.

Meşgul hayatlarına ve kariyerlerine rağmen Trumplar her pazar, Mary ve Fred'in Queens'teki evinde birlikte öğle yemeği yemek için zaman ayırırlardı. Mary tüm yemeği kendisi hazırlardı; karides kokteyli, hindi çorbası ve kendi tarifi olan *rulo köfte.* Tadı mükemmeldir ve bugün bile hâlâ Trump Tower'daki Trump Grill restoranında servis edilmektedir. Bazen yemek masası sohbetleri oldukça tutkulu ve hassas olurdu. Donald kardeşleriyle hep bir rekabet içerisindeydi; özellikle de Maryanne ile. Siyaset ve iş dünyası ile ilgili fikirlerini -hatta genel olarak her konudaki fikirlerini- birbirlerine empoze etmeye çalışır dururlardı. Sohbetleri ne kadar hararetlenirse hararetlensin aralarında asla tatsızlık ve küskünlük çıkmazdı. Trumplar birbirleriyle yüksek sesle konuşarak ve bağırarak anlaşıyorlardı.

Birlikte yedikleri bir başka olağan yemekleri ise çarşamba günleri Willamsburg, Brooklyn'deki efsane Alman mangal restoranı Peter Luger'da akşam yemeğiydi. Restoran uzun çiftlik masaları, yerlerdeki testere talaşı ve siyah kıyafetlerin üzerine uzun beyaz önlükler takan garsonları ile oldukça köy havası veren bir yerdi. Üç koca masaya otururduk ve sıcacık yanan tabaklarda gelen biftekleri sipariş ederdik. Garsonlar eti kemiklerden dilimlerken etin suyu, tabağın bir ucundaki soğan halkalarının üzerine akardı. Etin en iyi yeri, kemiğe yakın yeriydi ama kemiği elinizle tutup yemeniz gerekiyordu ve kimse restoranda bunu yapmazdı.

Bir keresinde yemekten sonra garson sofrayı kaldırırken Donald, "Kemikleri köpek için paketleyin." dedi.

"Ama Donald..." dedim şakalaşarak, "Bizim köpeğimiz yok ki!" Çok sinirlenmişti. (Tabii ki Chappy bizimleydi ama ailesi bunu bilmiyordu.)

O gece dörtte Donald'ı buzdolabının önünde oturmuş kemikleri kemirirken buldum. Ama onu suçlayamıyorum. Gerçekten de çok lezzetliydi.

- 6 -

ÖNCE EVLİLİK

New York'taki bu ilk günlerimde kimseyi tanımıyordum ve orada yaşamak hakkında da hiçbir şey bilmiyordum. Yemeklik malzemeleri ya da tuvalet kâğıdını nereden alacaktım? Tırnaklarımı nerede yaptırabilirdim? Donald'da bu konuda bana pek yardımcı olamıyordu çünkü sabah yedide işe gidiyordu ve akşam yedide eve dönüyordu; sonra da birlikte akşam yemeğine çıkıyorduk. Beni şehirde gezdirecek ve önemli yerleri gösterecek zamanı yoktu. Bu yüzden New York'taki ilk aylarımı yanımda kanişimle birlikte keşfe çıkarak geçirdim.

Donald köpekleri çok sevmezdi. New York'a, Chappy'i de getireceğimi söylediğimde, "Hayır!" demişti.

"Ya Chappy ile birlikte gelirim ya da hiç gelmem." diye ısrar etmiştim ve konu kapanmıştı.

Chappy'e tasmasını takardım ve birlikte mahalleyi gezerdik. Chappy kendine bazı belli başlı işeme noktaları belirlemişti. Bunlardan biri de New York başpiskoposunun da içinde yaşadığı yüz yıllık Gotik tarzda mimariye sahip olan Beşinci Cadde'deki Saint Patrick Katedrali'nin dışındaki sarmaşıklardı. Chappy işini görürdü, ben istavrozumu çıkarırdım ve devam ederdik.

Chappy en sevdiği yerlerini belirlemişti ama ben hâlâ kendiminkileri bilmiyordum. Neyse ki bir numaralı New York rehberimi, minyon, keskin esmer saçlı ve ateşli Nikki Haskell şeklinde buldum.

Nikki sosyeteden bir isimdi, bir televizyon sunucusu, diyet yardımcısı ürünler girişimcisi, dedikodu köşesi yazarı, yetmişler ile seksenlerin cesur isimlerinden biriydi. Onunla bir akşam Donald ile Elaine's restoranında yemek yerken tanıştım. Bir yan masamızda oturuyordu ve doğrudan benimle konuşmaya başlamıştı. Hemen çok iyi anlaşmıştık. Kırk yıldır en iyi arkadaşım. Saint-Tropez ve Aspen'de benimle birlikte kalır ve hâlâ her gün konuşuruz. Donald'ın 2016'daki seçim kampanyasında Nikki de kendilerine 'Trump Kızları' diyen sesi çok çıkan ve cazgır Bel Air kadınları grubunun (Bill Clinton'un metresi Genifer Flowers da bu grubun içindeydi) bir üyesiydi.

Nikki'nin bana ilk söylediği şeylerden biri, "Nişan yüzüğüne bakayım." olmuştu. Yüzüğümü ona gösterdim ve "Neredeyse gözle görülmüyor! Büyüteç getirin bana!" demişti. *O kadar* da küçük değildi. Başka bir kadın olsa kırılırdı ama Nikki bana çok komik gelmişti. Ona şöyle bir baktığımda bile ikimizde gülmeye başlardık. Böyle bir dostluğumuz vardı. Yıllar boyu yüzük aramızda bir şaka hâline gelmişti. "O ufacık şeyi ne zaman değiştireceksin?" derdi. Asla değiştirmedim çünkü sert katmanlarımın altında duygusal bir kalbim var.

Nişanlım, köpeğim ve yeni en iyi arkadaşımla New York'u evim gibi hissetmeye başlamıştım.

Donald çalışırken Nikki, Chappy ve ben Yukarı Doğu Yakası'nın her yerini birlikte gezer ve işerdik (yalnızca birimiz.) Kısa süreli 'öğlen yemeği yiyen kadınlar' günlerimde beni, La Grenouille ve La Goulue'deki diğer kadınlarla tanıştırdı. Izgara kırmızı hindiba ve rendelenmiş rezene salatası yiyerek tüm gün içen ve dedikodu yapan bir grup sosyete kadın ile birlikteydim. Şöyle bir sorun vardı ki ben içki içmeyi hiçbir zaman pek sevmezdim. Akşam yemeği ile bir iki kadeh şarapta sorun yoktu ama öğleden sonra martini içmek bana göre değildi. Ayrıca geç kalmaya da tahammül edemiyordum. Trumplar gibi ben de dakik bir insandım. O çevrelerde bir yere zamanında gelmek en büyük zaman kaybıydı. La Cote Basque'da tek başıma oturup kırk beş dakika bir işleri bile olmayan bu süslü ev kadınlarının gelmesini beklerdim. Hiç disiplinleri yoktu. Sonunda geldiklerinde, "Trafik berbattı!" derlerdi ama yalnızca üç sokak ileride oturuyorlardı. Ben hep zamanında gelirdim ve nereye gittiğimi bile bilmiyordum.

Bu sırada Donald ve sekreteri düğün planlarının çoğunu hallediyorlardı. Pasta ya da çiçekler için kimi aramam gerektiğini ya da düğün ve resepsiyon için kimleri tutmam gerektiğini bilmiyordum ama Donald biliyordu. Kiliseyi ayarladı ve sonrasındaki akşam yemeği için 21 Club'ı tuttu. Çiçekçileri getirtti ve ben de aranjmanları onayladım. Kendi başıma hallettiğim tek şey elbisemdi. Gelinliğimi yapması için Kanadalı bir tasarımcı olan arkadaşım John Warren'ı aradım.

Trumpların on yıllardır gittiği, Beşinci Cadde ve Yirmi Dokuzuncu Batı Sokağı'nda yer alan Marble Collegiate Kilisesi'nde 7 Nisan 1977'deki düğünüme gelen altı yüz kişi içinden yalnızca altısını tanıyordum: Montreal'den kız arkadaşlarım, Nikki, teyzem ve babam. Annem kendini iyi hissetmiyordu ve Çekoslovakya'da kalması gerekmişti. Donald ve Dedo ilk kez düğünde tanıştılar. Birbirlerinden hemen hoşlandılar ve saygı duydular ama sohbetleri biraz durağandı çünkü Dedo o zamanlar çok iyi İngilizce bilmiyordu.

Donald ve ailesi iş adamlarını, Vali Abe Beame'i ve yüzlerce başka insanı çağırmıştı. Bu kadar önemli insanın önünde gelinliğimle durup (beyaz, dantelli, straplez ve üzerime oturan) sert aksanımla evlilik yeminlerimi okuyacak olmamdan ödüm patlıyordu. Bir de üzerine, çiçekler gelmemişti! Çiçekçi arayıp geç kalacağını söylemişti (hiç o konuya girmeyeyim). O kadar korkmuştum ve sinirlerim o kadar gerilmişti ki kendimi şapelin yanındaki küçük odaya kilitleyip ağlamaya başlamıştım. Beni sakinleştirmek için babam odaya gelmişti. Bana lakabımla hitap ederek, "Bunu yapabilirsin, Iva!" dedi. Dedo'nun beni sakinleştiren konuşması olmasaydı, o odadan hiç çıkamayabilirdim.

Çiçekçi *sonunda* buketimi getirdi ve düğüne başladık. Babam beni nikah alanına getirerek Donald'a teslim etti. Nikahımızı rahip Norman Vincent Peale (*Olumlu Düşünmenin Gücü* kitabının yazarı) kıydı. Düğün yemeği 21 Club'taydı. Yemeği dedikodu köşesi yazarı Cindy Adams'ın kocası komedyen Joey Adams yönetiyordu. Yalnızca gülümseyerek kendini tanıtan ve beni tebrik eden yabancıların yüzlerini ve bir iki lokma yemek ile bir iki yudum şarap içtiğimi hatırlıyorum.

Acapulco, Meksika'daki balayımız yalnızca iki gün sürdü. Kocam Commodore Hotel'i satın alıp Grand Hyatt'a çevirmek için yapacağı anlaşmayı imzalayabilsin diye acele bir şekilde New York'a dönmemiz gerekmişti. Bu Donald için büyük bir riskti ama ona dedim ki, "Riskleri gençken al çünkü ileride yaşlandığında alamayacaksın!" Burada beni haksız çıkardı. Çünkü kendi parasını kullanarak başkanlığa aday olmak daha da büyük bir riskti! En büyük risk!

İnanılmaz bir şekilde balayında hamile kaldım. Neden mi inanılmaz? O zamanlar rahmimde spiral vardı. Spiral ile hamile kalmamın ihtimali neredeyse imkânsızdı. Kendimi her zaman milyonda bir, bir kadın olarak görürdüm ama bu inanılmazdı. Ama Donald ile ben bu konudan mutsuz değildik. Ben yirmi sekiz o da otuz yaşındaydı. Şoku atlatmamız iki saniye sürdü ve hamileliğin aslında beklenmedik bir sevinç olduğunu anladık. Anne olacaktım! New York'ta, Çekoslovakya'daki ailemin gurur duyacağı bir aile kuracaktım. Ailem benim bir numaralı önceliğimdi. Her zaman böyleydi her zaman da böyle kalacak. Anneliğin neler getireceğini bilemiyordum ama diğer her şeyin üstesinden geldiğim gibi bunun da üstesinden kararlılık ve kendime güvenim ile geleceğimi biliyordum.

Donald ile birlikte, Elli Birinci Doğu ve Beşinci Cadde'de yer alan Olympic Tower'da daha büyük bir eve taşındık. Evimizi hamile bir yeni gelinin heyecanı ve tutkusu ile dekore ettim. Peki, tüm zamanımı çıplak ayak ve hamile şekilde evimin yeni mutfağında mı geçiriyordum? Kesinlikle hayır! Aslında evde o kadar zaman geçirmiyordum bile, yalnızca uyuyor ve kahvaltı ediyorduk. Donald ile her akşam yemeğe çıkıyorduk ve gündüzleri de bir inşaat sahasındaki yeni işimde tam zamanlı olarak çalışıyordum.

Balayından döndükten kısa bir süre sonra Donald beni yeni otelinin iç tasarımı ve düzenlemesi için başkan yardımcısı olarak atadı. Kırk İkinci Doğu Sokağı'ndaki tarihi Commodore Hotel'i, Grand Hyatt'a dönüştürmekle görevliydim. O zamana kadar profesyonel bir kayakçı, kayak eğitmeni ve model olmuştum. Bu işi benden daha iyi bilen düzinelerce insan tutabilecekken neden beni bu önemli projenin başına getirmişti? İşe almaya gelince Donald içgüdülerini kullanırdı. Deneyimim olmasa da kendime güvenimin ve harika bir tasarım anlayışımın, bitmek bilmeyen heyecanımın, kuvvetimin ve güçlü çalışma ahlakımın olduğunu biliyordu. İşi almam için ısrar etti ve benim altından kalkabileceğime güvendi. Ben de kabul ettim. İş hayatı ile aile hayatını karıştırmaktan korkmuyordum. Donald'ın işi bir aile işiydi ve ailenin yeni bir üyesi olarak benim de onlarla birlikte çalışmam çok doğruydu.

İşe nasıl mı başladım? İlk günden işi *uçurdum*!

İlk başlarda otelin diğer sahipleri olan ve sahibi Jay Pritzker olan Hyatt Corporation beni işe uygun bulmadı ama Donald ısrar etti ve kabul ettiler. Fred Trump'da benden çok emin değildi ve gözü hep üzerimdeydi. İşler bir gün bile aksarsa Donald'a şikâyet ediyordu. Ama ben ekiplerimin başında durdum ve her zaman için işleri yetiştirdim.

Her bir karar, büyüklerden küçüklere kadar -havlulardan parkelere, kimin işe alınıp kimin kovulacağından, bitiş süresine kadar- bana bağlıydı. Tüm günümü mermercilerle, duvarcılarla, elektrikçilerle, tesisatçılarla konuşarak geçiriyordum. Taşınır taşınmaz ve evlenir evlenmez, iki kocaman projenin altına girmek -bir otelin estetiklerini yaratmak ve yeni bir insanı dünyaya getirmek- beni korkutmamıştı. Hızlı ve zeki kararlar vermek konusunda doğuştan yetenekliydim. Donald bana inşaat sahasına istediğim günler gidebileceğimi söylemişti ama haftanın yedi günü oradaydım. Bu sırada o da diğer yeni projemiz olan Trump Tower'ın finansmanını yapıyordu ve o da sürekli çalışıyordu.

Çok mutlu ve meşgul zamanlardı. Birçok insan için yeni evli ve hamile olarak yeni bir işe başlamak çok zordur. Ama bu yüksek aktiviteli ortam bana çok iyi gelmişti. Yapacak bu kadar çok işimin olması ve bu kadar çok sorumluluğumun olması beni çok mutlu ediyordu. Dakikada milyonlarca şeye karar veriyordum ve bu baskı altında kendimi rahat hissediyordum. Arkadaşlarım bana bunun fazla gelip gelmediğini soruyorlardı. Hayır! Etrafımda hortumlar dönerken ben fırtınanın merkezinde sakindim. Evde oturup televizyon seyrediyor olsaydım gergin bekleyiş ile düz duvarlara tırmanıyor olurdum.

Hamilelik konusundaysa, bundan *nefret* etmiştim! Bazı arkadaşlarımınkilere kıyasla benim hamileliğim çok kötü değildi. Sabahları midem bulanmıyordu ve diğer mide rahatsızlıklarını da çekmiyordum. Yalnızca beş kilo almıştım. Bazı kadınlar tüm gün dondurma yemek için hamileliği bahane eder. Aşermek için ve günde beş öğün yemek için fazla meşguldüm. Smokinli davetler için seksi Versacemi bir kenara bırakıp omuzlardan kalçalara kadar dümdüz inen Yves Saint Laurent elbiseler giymek zorunda kalmıştım. Ayaklarım ve bileklerim acı verici şekilde şişmişti ama düz ayakkabıya geçmeden sekiz ay boyunca topuklularımı giymeye devam ettim. Kusmasam ve balon gibi şişmesem de hamileliği rahatsız edici bulmuştum ve olabildiğince çabuk bitmesini istiyordum.

Tatil zamanı geldiğinde git gide doğuma işyerinde, asansörü olmayan bir binada, tesisatçılar ve elektrikçilerden başka kimsenin olmadığı bir katta ya da seyahat ederken gireceğimden korkmaya başlamıştım. Ayrıca parmaklarım ve ellerim o kadar şişmişti ki parmağımdaki elması zar zor görebiliyordum. (Nikki, "Ben sana söylemiştim." demişti.) Tatil geldi geçti ve hamileliğim devam etti. Mutlu Noeller mi? Benim ki oldukça sinirliydi!

Artık sabrımın sonuna gelmiştim. NYU Medical Center'daki doktorum Robert Proges'u aradım ve "Artık kaldıramıyorum!" dedim.

"Tamam, seni doğuma alacağım. Akşam beşte hastanede görüşürüz." dedi.

Yılbaşı gecesiydi. Donald ile nişanlanmamızın birinci yıl dönümüydü. Saate baktım ve öğlendi. Hastaneye gidip anne olmama yalnızca beş saat kalmıştı. Otelde bir toplantıya katıldım ve sonrasında eve uğrayıp gece kalmak için çantamı yapmadan önce pedikür manikür yaptırmaya gittim. Saat tam beşte, Donald ile birlikte hastane odasındaydık ve doğuma hazırdım.

Dr. Porges, elinde hamilelik sancılarımı başlatacak ilacın olduğu iğne ile birlikte geldi. "Etkisini göstermesi biraz zaman alabilir." dedi.

İki dakika sonra ilk hamilelik sancım başladı, sonra ara vermeden hemen ardından bir tane daha. Epidural verebilecekleri zamanları kalmamıştı. İnsanlar hep çektiğiniz acıyı sonradan unutuyorsunuz diyorlar ama ben asla unutmadım! Özellikle sırtım beni öldürüyordu! Sırt ağrım için bir hap vermişlerdi ama yine de işkence gibiydi.

On dakika sonra ıkınma zamanım gelmişti.

Donald'ı odadan dışarı attım. Doğumu izlemesine izin vermeyecektim. Asla! Bundan sonra cinsel hayatımız biterdi. Bazı insanlar çocuklarının doğumunu videoya çekiyor biliyorum ama ben hemşirelerin bile görmesini istememiştim. Herkesi odadan dışarı attım. Bu benimle doktor arasındaydı.

Doktor, "Ikın!" dedi.

Bir atlet olduğum için vücudumu iyi tanıyordum ve hep doğru kaslarımı sıktım. Sanırım diğer kadınlar yanlış yerlerini sıkıyorlar, kulaklarını, boyunlarını ya da yanaklarını. Ben enerjimi lazım olan yere odakladım. On dakika sonra oğlum doğmuştu. Duvardaki saat beşi yirmi geçeyi gösteriyordu. Başından sonuna tüm doğumum yirmi dakika sürmüştü. Kayakta, arabada ve doğumda hız yapmayı seviyordum ama bu benim için bile çok hızlı olmuştu ama yine de aşırı çabuk da değildi. Doğum yapmanın acısını ve mutluluğunu hissetmek için yirmi dakika yeterli bir zamandı. Her bebeğim için bu şekilde olacaktı: Korkunç, şanslı bir şekilde hızlı ve güzel bir deneyim.

Dr. Porges dikişlerimi atarken hemşirelerin içeri girip bebekle ilgilenmelerine izin vermiştim. (Bu dikişler yüzünden bir hafta içimde bir tüple oturmak zorunda kalmıştım.) Donald'ın odaya girmesine ancak doktor dikişleri bitirince izin verdim ve bebeğimizi ilk kez birlikte kucağımıza aldık. Çok tatlı, sıcak ve Zelnicek gözleriyle mükemmeldi. Bebeğimde babamı, annemi ve kocamı gördüm. Hamilelikten nefret etmiştim ama sonucuna âşık olmuştum.

Donald, "Adını ne koyacağız?" dedi.

"Donald Junior." dedim.

"Hayır, olmaz!" dedi.

"Neden olmasın?" dedim.

"Ya başarısız biri olursa?"

"Onu dokuz ay karnımda ben taşıdım. İsmine de ben karar veririm. Donald olacak!" dedim.

Bebeği sırayla kucağımıza aldık; birlikte yapacaklarımızı ve ne kadar harika, mutlu bir hayatı olacağını konuştuk. Ayrıca biraz da işten bahsettik. Yeni anne baba olduğumuz bu ilk saatlerde bile kendimizi durduramamıştık. İş kafası kanımıza işlemişti. Dediğim gibi ben bu iş odaklı zihnimi büyükannem Katrine'den almıştım ve Donald ile evlendiğimde de iyice belirginleşmişti. Ufak Don'un da böyle biri olacağından emindim.

Dr. Porges'u yılbaşı partisinden alıkoyduğum için kötü hissediyordum ve o yüzden onu evine yolladım. Donald akşam sekize kadar benimle kaldı; sonra onu da eve yolladım. Nikki şampanya ile uğradı ve sonra bir partiye gitmek için ayrıldı. Kız arkadaşlarımdan birinin sırt ameliyatı sonrası hastanenin başka bir katında kaldığını biliyordum. Bu yüzden saat on civarı hemşireler Don'u uyutmaya götürdüğünde geceliğimin üstüne yılan ve samur kürklerimi giyip arkadaşımın odasına onu ziyarete gittim. Yılbaşına birlikte girdik ve sonra odama geri döndüm.

Panik içinde bir tıp öğrencisi odama daldı ve "Bayan Trump'ı arıyorum!" dedi.

"Buyurun benim!"

Beni şöyle bir süzdü ve "Siz Bayan Trump olamazsınız o birkaç saat önce doğum yaptı." dedi. Sonradan öğrendim ki benim kaçırıldığımı zannetmişler. Tüm görevliler çılgın gibi hastanede beni arıyormuş.

Grand Hyatt'taki çalışanlarım hafta sonu Don'u doğurduğuma çok sevinmişlerdi. İşleri zamanında yetiştirmeleri konusunda çok sert davranıyordum ve anlaşılan o ki bazıları benim doğum sonrası bir ay izinli olacağımı düşünüp çok mutlu olmuşlardı. 2 Ocak'ta Pazartesi günü, "Ben geldim! Beni özlediniz mi?" diye oteldeki çalışanlarımın karşılarına çıktım.

Hiçbir çocuğumu emzirmedim. Buna karşı olduğum için falan değil, yalnızca gün içinde saatlerce bir çocuğun göğsüme yapışık kalması fikrini hayal edemiyordum. İş programıma uymuyordu. İnsanlar, "Sütü pompalayabilirsin." demişlerdi ama boş verin gitsin. Hem meme uçlarıma bir makine bağlanması hiçte seksi bir şey değildi; hem de zamanımı nasıl ayarlayacaktım ki? Üç saatte bir inşaat sahasındaki portatif tuvaletlere gidip göğüslerimi mi pompalayacaktım? Yok. Mamalar yeterliydi. Tüm çocuklarım mamalarıyla sağlıklı ve uzun boylu olarak büyüdüler.

Doğum kontrol için hap kullanmayı düşündüm ama her gün aynı saatte almayı unutacağımı biliyordum. Birkaç zorluktan sonra yeni bir spiral taktırdım. Üç yıl sonra yine aynı şey oldu! Alet takılı olmasına rağmen, Ivanka'ya hamile kaldım. İkinci sürpriz mutluluğumuza benim adımı verdik ve adını Ivanka koyduk, bu da "Küçük Ivana" demek. Herkes lakabının gerçek ismi olduğunu düşünüyor. Donald o zamanlar Beşinci Cadde'deki Trump Tower'ın yanındaki mücevher dükkânı Tiffany&Co.'nun yayın haklarını aldığımız için bebeğimizin adını Tiffany koyalım mı diye düşünmüştü ama ben bu fikri veto etmiştim. Onun Don'u vardı, benim de Ivankam olacaktı.

Yeni bir spiral taktırdım ve doktorlar bu sefer işe yarayacağına dair yeminler ediyorlardı. "Ivana, hamile kalmayacaksın!" demişlerdi.

Bir buçuk yıl sonra Eric'e hamile kaldım.

Yaz hafta sonları için Donald ile birlikte Georgica gölünün kıyısında Doğu Hampton'da bir orman evimiz vardı. Bizden başka kimsenin olmadığı çok güzel bir evdi ve hep gül kokardı. Okyanus sakinse, Don'u ve Ivanka'yı alır yüzmek için sahile inerdim. Saatlerce kumda oyuncaklarıyla oynar, kumdan kaleler yaparlardı. Okyanus dalgalıysa gölün kenarında oynarlar, kurbağalar yakalarlar ve oyuncak gemilerini yüzdürürlerdi. Bir sebze bahçesi yetiştiriyordum ve topraktan domates, salatalık ve havuç çıkartıyordum. Yazın sonunda o kadar çok domatesimiz olurdu ki herkese dağıtamazdım bile ve inanın bununla uğraşırdım. Don ve Ivanka'nın kendi yatak odaları vardı, aynı şekilde tüm yaz bizimle kalmaya gelen anne ve babamın da kendilerine ait bir odaları vardı. Babam çocuklarla oynardı, annem de bahçemdeki sebzeleri kullanarak akşam yemeklerini pişirirdi. Çocuklarla Hampton'da çok mutlu anılarım var. Bisiklete binmeye ve çilek toplamaya giderdik, köylülerin pazarından taze mısır ve patates alır, sonra onları pazar günü barbekülerinde biftek ve karideslerle birlikte kızartırdık.

Bir tane çöl ATV'miz vardı. Hız yapmaya o kadar bayılırdım ki bununla sahilde kum tepelerinin üzerinden zıplayarak geçer havaya fırlardım. En son yazın son günlerinde Eric'e dört aylık hamileyken binmiştim. Yapmam gerekenden biraz daha yüksek sıçrayışlar ve biraz daha hızlı dönüşler yapmış olabilirim. Eve döndüm ve yazın son sürüşünü yapması için aracı Donald'a verdim. Kumsal kıyafetlerimi değiştirmek için eve girmiştim ki şortumda kan olduğunu gördüm. Kalbim ağzıma geldi. "Bebeğimi kaybediyorum!" diye düşündüm.

O zamanlar daha cep telefonları yoktu. Bu yüzden Donald'ı arayıp eve gelmesini söylemezdim. Yan komşumuz dostum ve ileride avukatım olacak Michael Kennedy'nin evine koştum ve "Beni acile götürün!" dedim. Ana yoldaki trafik berbattı ama Michael tüm arka yolları iyi biliyordu ve beni hastaneye zamanında yetiştirmişti.

Doktorlar düşük yapmayacağıma emin olana kadar iki gün boyunca Southampton Hastanesi'nde yattım. Neyse ki Eric kurtulmuştu ve hiçbir zarar görmemişti ama dikkatsizliğimden ötürü kendimi affedemedim. O gün ATV'ye binmem aptallıktı. Daha dikkatli olmam gerekirdi. Daha önceleri kayakçı olarak vücudumu çok daha tehlikeli risklere sokmuştum ve bana bir şey olmaz diye düşünmüştüm. Bu olay beni kendime getirmişti. Artık vücudumda yalnızca benim yaşamadığımı fark etmiştim.

Eric de bu hikâyeyi biliyor ve benim aslında onun doğmasını istemediğimi söylediği zamanlarda yüzüme vurmak için kullanıyor. Hamileliğimin planlarımızda olmadığını kabul ediyorum ama kanadığımı gördüğümde ve onu kaybedebileceğimi düşündüğümde yaşadığım dehşet, onu katbekat daha çok sevmeme sebep oldu ve bu da kesinlikle doğru.

Anne olmak beni birçok yönden değiştirdi. Hayatımı be-

beklerimle paylaşmanın yanı sıra, artık onları korumak ve sevmek üzere yaşayacaktım; aynı ailemin bana yaptığı gibi. Onların öğrendiği her şeyden, düzgün değerlerle büyümelerinden ve ben gençken sahip olmadığım güvenli bir hayatı onlara sağlamaktan ben sorumluydum. Onları tüm dünyadan daha çok seviyordum. Çocuklarım hem sevgime hem de güvenli, konforlu ve özgür bir hayata sahip olacaktı.

Eric'in doğumundan sonra ailem tamamlanmıştı. Doktorlar bir başka spiral isteyip istemediğimi sordular.

"Çıldırdınız mı siz?" dedim.

Onun yerine tüplerimi bağlattım. Otuz beş yaşındaydım. Altı yılda üç bebeğim olmuştu ve bu yeterliydi. Dükkânı kapatmıştım.

DON: Doğum sırası dinamikleri düşünmesi çok enteresan bir konu. Standart sıraya göre ilk doğanlar güvenilir ve başarılı; ortancalar dışa dönük asiler; en küçükler de eğlenceli ve benmerkezci karakterlidir. Bu sıra bizim ailemize tam uymuyor. "Kendini övme!" derler ama bana her zaman çok korumacı bir insan olduğum söylenir. Ivanka'ya karşı çok korumacıydım ve Eric de benden altı yaş küçük olmasına rağmen her zaman benim yanımda ya da arkamda yer alırdı. Her zaman yanımdaydı. Bu yüzden bir ilk doğan olarak belki güvenilirdim ama bazı yönlerden üçümüzün içinde en asi olanı bendim. Ivanka ortancamızdı ama onu asla dışa dönük bir asi olarak tanımlayamam. Belki çok az dışa dönüktü ama ortanca çocukların asiliğine sahip olmak mı? Asla! En küçüğümüz Eric

eğlencelidir evet ama asla benmerkezci değildir. İçinde en ufak bir bencillik ya da kötülük yoktur.

Don bebekken, Olympic Towers'ta iki yatak odalı bir dairede yaşıyorduk. Biz Donald ile bir odada kalıyorduk ve Don ile İsviçreli dadısı da diğer odada. Âni bebek ölümü hastalığından çok korkuyordum (o zamanlar buna 'beşik ölümü' deniyordu) ve geceleri bebeğimin nefesini kontrol etmek için sessizce odasına girerdim. Ayrıca katı İsviçreli dadıdan da korkuyordum. Don'u uyku düzenine göre uyutuyordu ve yanlışlıkla uyandırırsam bana kızıp ona güvenmemekle suçluyordu. Ama oğlumu kontrol etmezsem geceleri yatağımda uyuyamıyordum.

Bir ay sonra İsviçreli dadıyı kovdum ve Trudy'i işe aldım. Alman genç bir kızdı ve çok tatlıydı. Annesine on erkek kardeşini büyütmede yardım ettiği için bebeklerden ve çocuklardan çok iyi anlıyordu. 805. Cadde'deki çatı dairesine taşındığımızda Trudy'de bizimle geldi. Bir keresinde eve geldiğimde ne Trudy ne de Chappy evde yoktu. Evi aradım ve bir yaşındaki Don'u tek başına küvette otururken buldum. Dadı köpeği gezdirmeye çıkmış ve oğlumu beline kadar sıcak su içinde küvette bırakmıştı. Tabii ki geri geldiğinde çıldırdım ve ona bağırdım. Ne yaptığını fark edince ağlayarak özürler diledi ve bir daha bu hatayı yapmayacağına yeminler etti.

İnsanlara ikinci şans vermeye inanırım. Hepimiz hata yapabiliriz. Onu affetmeye ve kovmamaya karar verdim. Trudy'de bir daha bu hatayı yapmama sözünü tuttu ama çok daha büyük başka bir hata yaptı.

Trudy çok fazla parası olmayan büyük bir ailede büyümüştü ve annesi her hafta koca bir tencere tavuk çorbası yapardı.

Trudy de küçük porsiyonlarda yemek yapmayı bilmiyordu. Bu yüzden annesinin bir tencerede üç tavuk tarifine göre yapardı. Havuçları ve soğanları keserken iki yaşındaki Don'a göz kulak olabilmek için onu da mutfak tezgâhına koymuştu. Bir anlığına başka bir yöne baktığında Don tezgâhtan yere düşüp bacağını kırmıştı. Hemen Don'u hastaneye yetiştirdik ve doktorlar bacağına diz kapağından ayak parmaklarına kadar alçı taktılar. Donald öğrendiğinde küplere binmişti!

Ben yine de Trudy'i kovmadım. Bunu yapmayı düşündüm ve Trudy de kovacağımdan çok korkuyordu. Ama sonunda kıyamadım. İyi bir insandı ve çok zeki olmasa da çok sevgi dolu, düşünceli ve tatlı biriydi. Sonuçta o da insandı ve hata yapabilirdi. Aynısını ben de bir gün yapabilirdim. Kırık bacak hayati bir tehlike değildi. Kıza üzülmüştüm. Bu işe ihtiyacı vardı ve biz de onu seviyorduk. Donald'ı dersini aldığına dair (tekrar) ikna ettim ve kalmasını sağladım. Şimdi düşününce aslında belki de kovmalıydım diyorum.

Trudy beş yıl boyunca, Don'un çocukluğundan Ivanka'nın bebekliğine kadar ailemizin yanında çalıştı. Ocak 1984'te Eric doğduğunda Trump Tower'ın en üst üç katındaki iki bin sekiz yüz metre karelik çatı katı süitine taşınmıştık. Üç katlı evimizin meşhur fıskiyeli lobisinden diğer tüm odalarına kadar iç mimarisi ve tasarımından ben sorumluydum.

Son taşınmamız yeni ve doğal bir başlangıç gibiydi. Trudy'i işten çıkardım ve yerine başka birini bulmak için farklı bir ajans ile çalışmaya başladım. Görüşme için Bridget Carroll adında bir kadın geldi. İrlandalı, yaşlı, dindar Katolik biriydi, John Kennedy Jr.'ın dadılığını yapmıştı ve harika referanslara sahipti. Bana oldukça iyi kalpli ve mütevazı biri gibi gelmişti; o ise beni korkunç bir cadı gibi görüyordu. Benden neden bu kadar korktuğuna dair hiçbir fikrim yok. Koridorda ona doğru yürüdüğümde duvara yaslanırdı. Onunla ne zaman konuşsam gözlerini yerden ayırmıyordu. Çocuklarımı sevdiği ve çocuklarım da onu sevdiği müddetçe benimle ilgili ne düşündüğü umurumda değildi. Bridget hayatımıza Ivanka yürümeye başladığı sıralarda girdi ve ikisi hemen birbirlerine bağlandılar. Kızımı sevmek çok kolaydı. Asla ağlamaz ve yaramazlık yapmazdı. Yalnızca günışığı gibi gülümsemesiyle tatlı tatlı otururdu. Bridget de Donald ile ben gibi onun üstüne düşüyordu.

Bridget haftanın yedi günü çalışamayacağından ve çalışmaması gerektiğinden, ajansı arayıp Bridget'in sorumluluklarını paylaşması için birini yollamalarını istedik ve Dorothy Curry'i yolladılar. Dorothy de İrlandalı ve dindardı, aynı zamanda parlayan gözleri ve heyecanıyla da Bridget'den çok daha gençti. Eric 'onun' bebeği oldu ve birbirleriyle bugün hâlâ daha paylaştıkları özel bir ilişki ve yakınlık kurdular.

Çocuklar büyüdükten sonra Dorothy benim kişisel asistanım olarak ailemizde yeni bir görev almaya başladı. Bugün ilk tanışmamızdan otuz iki yıl sonra hâlâ daha benim için çalışıyor.

Bridget iki gün çalıştıktan sonra, iki gün de Dorothy çalışırdı. Çalışma saatlerindeyken evde çocukların katında mutfağın yanındaki çok güzel bir odada kalıyorlardı. Çalışma saatleri dışındayken kendi evlerine dönüyorlardı. Bu sistem çok güzel bir şekilde oturmuştu. Sonunda ailemiz gibi olan iki harika kadının da desteğiyle nihai yuvamıza yerleşmiştik. Benim için Trump Tower'a taşınmak ve Bridget ile Dorothy'i işe almak sanki yapbozun son parçalarını yerine yerleştirmek gibiydi ve artık bir eş, anne ve iş kadını olarak yeni hayatımı berrak bir şekilde görebiliyordum.

ERIC: Dorothy benim ikinci annem. Bebekliğimden beri beni o büyüttü ve ayrılmaz şekilde birbirimize inanılmaz bağlıyız. Onu inanılmaz çok seviyorum. Onun ailemizde çok büyük ve çok önemli bir yeri var.

Dorothy aslen İrlandalı ve yaz aylarında bir iki haftalığına beni de oraya götürürdü. Memleketi Cavan bölgesinde ufak bir kasaba olan Belturbet. Dorothy'nin bir sürü kız kardeşi vardı ve onların evlerinde kalırdık. İrlanda'nın her yerini gezerdik ve tüm eski kalelerini ziyaret ederdik. O zamanlar Kuzey İrlanda'nın siyasi iklimi biraz sorunluydu. Seyahat ederken güvenlik kontrol noktalarından geçmemiz gerekiyordu. Makinalı tüfekli adamlar pasaportumuzu kontrol ederlerdi ama Dorothy'nin yanındayken kendimi hep güvende hissederdim.

Tabii artık çok şey değişti. Birkaç yıl önce Trump Grubu, İrlanda'nın batı kıyısında Shannon'ın kırk kilometre dışında Doonbeg diye bir yerde bir otel satın aldı. Bir yönden beni Dorothy'e bağlayan çok güzel bir yer. Kan bağıyla İrlandalı olmayabilirim ama çocukluğumdan beri onun varlığı sayesinde kendimi bir tarafım İrlandalı gibi hissediyorum.

Bölüm Üç:

Trump Büyütmek

- 7 -

Hayatımdan Kesitler

On yedi yaşımdayken Zlín'deki ufak evimizin merdiven altındaki odasında kalıyordum. Otuz beş yaşıma geldiğimde ise Beşinci Cadde'deki Trump Tower'ın çatı süitinde yaşıyordum. Bu yol boyunca birçok aşamadan geçtim: Prag'daki öğrenci hayatım ve Montreal'deki mütevazı evim. Donald ile New York'taki ilk üç dairemiz güzeldi ama kimsenin aşırı lüks diyeceği türden evler değildi. Hayat şartlarımdaki değişiklikler on beş yıl içinde oldu ve yavaş yavaş yükselen bir grafik çizdi. Bir gün uyandığımda zengin olmamıştım. Hayatım boyunca aşırı zor şartlarda çalıştım ve iş ahlakım ile enerjim sayesinde zengin oldum. Hem bu sayede hem de iş ve hayat arkadaşımın benimle aynı hırslara sahip olması sayesinde. Asla varlıklı olmak için ya da zengin bir adam ile evlenmek için yola çıkmadım. Donald ile tanıştığımda aşırı zengin değildi ama büyük hayalleri vardı. İkimizde bu hayalleri gerçekleştirmek için durmadan çalıştık ve üç bebeğimizle birlikte Trump Tower'a taşınmamız bu hayallerin meyvesiydi. Bu yol boyunca ne kadar şey başardığımızı durup düşünecek pek zamanımız olmamıştı. Harika bir koca, sağlıklı çocuklar ve bana mükemmel şekilde uyan bir kariyere sahip olduğum için inanılmaz şanslı olduğumu biliyordum. Güzel bir evde yaşamakta işin kaymağıydı.

Peki, Trump Tower da yaşamak nasıl bir deneyimdi? Durun size bir resmini çizeyim.

EVİMİZDEN BİR KESİT

Şüphesiz bir şekilde lüksün kucağında yaşıyorduk. Trump Tower'daki üç katlı evimizi dekore ederken yapılabilecek tüm masrafları yapmıştım. Bir şey altınla ya da Şam işi ipek kumaşlarla kaplanabilirse emin olun kaplanmıştı. İtalyan mermerler mi? Bir dağ kadarını satın almıştım. Krem ve eskitmeli kahverengi akik taşından yer kaplamaları ve bin kristalli avizeler mi? Neden olmasın ki? O zamanlar seksenlerdi ve benim de estetik anlayışım aşırıya kaçan parlak, pırıltılı ve dramatik bir tarzdı. Amacım eve gelen misafirlerimi şoka uğratmak ve hayran bırakmaktı.

Altmış sekizinci kat 'çocukların katı' olarak biliniyordu. Bu katta çocukların yatak odaları, bir eğlence odası, dadıların odası, bir mutfak ve biri anne babam biri de misafirler için olan iki süit oda vardı. Çocukların kendi odalarını dekore etmelerine izin vermiştim. Son onayı ben veriyordum -abuk sabuk rock gruplarının ya da yarı çıplak mankenlerin posterlerine izin vermezdim- ama bunlar haricinde çocuklar istediklerini yapmakta özgürdü. Eric rafları oyuncakları ve kitaplarıyla dolu sarı ve beyaz duvarlar seçmişti. Ivanka'nın odası leylak ve nane yeşiliydi, işlemeli bir yatağı ve fırfırlı bir kanepesi vardı. Duvarları Bon Jovi ve *Beverly Hills, 90210* posterleri ile süslüydü. Yerden tavana kadar olan pencereleri Central Park'a bakıyordu. Donny oldukça basit, mavi ve beyaz deniz renkleri seçmişti ve duvarlarını film, spor ve müzik grubu posterleriyle kaplamıştı. Don'un gerçekten odasını pek umursadığını sanmıyorum, orası onun için sadece uyumaya ve kıyafetlerini değiştirmeye geldiği sonra tekrar dışarı çıktığı bir yerdi.

Eğlence odasından türlü türlü oyuncaklar, oyuncak atlar, ufak arabalar, kamyonlar, yapbozlar, oyunlar, kitaplar ve içi Lego dolu kocaman sepetler vardı. Ivanka ve oğlanlar koltuk yastıkları ve battaniyelerinden kendilerine ev yaparlardı. Seçebileceği yüzlerce oyuncak bebeği olmasına rağmen Ivanka 'kız' oyuncaklarıyla pek ilgilenmezdi. Erkek kardeşleri ne yapıyorsa onlarla birlikte oynamayı tercih ederdi, oyuncak arabaları için yarış pisti kuruyorlarsa o da onlara katılırdı. Don en büyükleri olmalarına rağmen kardeşlerine büyüklük taslamazdı. Hepsi aynı oyuncakları sevdiği için o gün hangi oyunu oynayacaklarına karar verirlerse mutlu mutlu birlikte onu oynarlardı. Büyük ekranlı bir televizyonları ve video oynatıcıları vardı. Ivanka'nın en sevdiği film *Neşeli Günler* müzikaliydi. Bu kaseti haftada on kez izler ve filmle birlikte şarkı söyleyerek eşyaların üzerine çıkıp dans ederdi. Don daha çok *A-Takımı* ve *MacGyver* gibi aksiyon filmlerini severdi. Eric ufakken Pee-wee's Playhouse'una bayılırdı. Kahkahalarını evin diğer ucundan bile duyabilirdiniz.

Evde onlarca özel marka tasarımı olan bizon, samur ve çinçilla paltolarım için nem ve sıcaklık kontrolüne sahip kürk odam vardı. Çocuklar bazen içeri girer ve kürklerimi askılarından alarak oyunlarında kullanırlardı. Bir keresinde eve geldiğimde kürklerimi eğlence odasında Kızılderili çadırı olarak bulmuştum. Chappy de kürk odasını istila etmişti ve çinçilla kürkümü dünyanın en pahalı köpek yatağına çevirmişti.

GÜNLÜK HAYATIMIZDAN BİR KESİT

Evdeki hayatımızı bir rutine oturtmuştuk. Ailemizin reisi bendim ve benim koyduğum kuralları kimse sorgulamazdı. Hafta içlerimiz saat gibi tıkırında giderdi. Belki de çocuklar biraz daha rahat ve âna göre yaşamak istiyorlardı ama sıkı programlarıyla ilgili bir kez bile şikâyet etmediler. Bizim için bu, anayasa ya da on emir gibi bir kanundu ve çocuklar da asla çiğnemeyeceklerini bilirlerdi.

Sabah altı buçukta kalkıp giyinirdik. Yedi de mısır gevreği, meyve ve yoğurttan oluşan kahvaltımızı yapardık ve hep masada bir arada otururduk. Sonra ya ben ya da dadılar çocuklarla yakındaki okullarına yürümeden önce onları alıp yirmi sekizinci kattaki Trump Grubu'nda Donald'a 'günaydın' demeye giderdik. Sonra ben işe giderdim ve okul bitiminde de çocukları okuldan alırdım. (Yetişemezsem dadıları alırdı.) Sonra çocuklarla birlikte bir iki saat güneş ve temiz hava alarak etrafta koşturmaları için Central Park'a giderdik ya da onlar dadılarıyla birlikte okul sonrası aktivitelerine giderlerdi. Öğleden sonra dört buçuk civarı çocuklar tekrar Donald'ın ofisine giderler ve orada onlar için sakladığı oyuncaklarla halıda oynarlardı.

Öğleden sonra beşte Donald dışında herkes çocukların akşam yemeği için evde olurdu. Onlar yerken ben de masada onlarla birlikte otururdum ve günlerinin nasıl geçtiğini konuşurduk. Onlara "Bugün neler öğrendiniz?" gibi klasik anne soruları sorardım ya da Ivanka'ya "Balesinin nasıl geçtiğini?" sorardım. Sonra ödevlerini yaparlardı ve zamanları kalırsa televizyon izleyebilir ya da oyun oynayabilirlerdi. Akşam yedide banyolarını yapmış, masallarını dinlemiş şekilde yataklarında olurlardı. Yatma saati konusunda hiçbir soru işareti olamazdı. Erken yatıyorlar gibi görülebilir ama çok yorulmuş olurlardı. Ben de erken kalkıp erken yatmaya alışmış şekilde büyümüştüm ve günümün içine birçok aktiviteyi sıkıştırırdım. Akşam çocuklar yattıktan sonra Donald ile birlikte ya bir akşam yemeğine ya da bir kulübe veya bir etkinliğe giderdik. (İnsanlarla iyi geçinmek emlak işinin büyük bir bölümünü oluşturuyordu ve bu benim için iş gününün devamı gibiydi.) Bazen Donald ile akşamları evde oturur *Dynasty* ve *Dallas*'ı izlerdik.

Hayatlarının her ânının planlı olması bana bir güven ve rahatlık veriyordu. İnşaat sahasında olabilirdim ya da başkan yardımcılarımla bir toplantıda olabilirdim ve saate baktığımda her çocuğumun tam olarak o an nerede olduğunu ve ne yaptığını biliyordum. Aynı zamanda bu sayede sabahları ve akşamları da onlarla olabildiğince çok vakit geçirebiliyordum. Bu onların da faydasınaydı çünkü sıkı bir programları vardı ve hep doluydular. Yaramazlık yapacak zamanları kalmıyordu.

Hafta sonları daha rahattı. Hafta sonlarının başlangıcı çocukların bağırarak yatak odamıza dalıp yatağımıza sıçramasıyla gerçekleşirdi. Yatağımız o kadar büyüktü ki kendine ait bir posta kodu olabilirdi! Biliyorum çılgınca lüks geliyor ama o yatağa bayılıyordum. Çocuklar da onu zıplamak için oyun alanları olarak görüyorlardı. Chappy de tüm bu hareketlilikten heyecanlanır kuyruğunu sallayarak havlardı. Yataktan çıkar Chappy'i hızlıca çişini yapsın diye, alır merdivenlerden yukarı çatıya çıkarırdım. Çatının her tarafı yüksek duvarlarla kaplıydı. Bu yüzden Chappy'nin orada olması gayet güvenliydi. Çocuklar da aşağıya sokağa kadar inmek istemedikleri zaman burada temiz hava alabiliyorlardı. Hafta sonları genellikle şehir dışında geçirdiğimiz ailemize özel zamanlardı. Çocuklar bisikletleriyle bahçelerde özgürce dolaşırlardı. Dışarı çıkma planı yaptıysak her şeyi zamanında yetiştirmeye çalışırdım ama hafta sonu programını biraz daha özgür tutardım. Herkesin hayal gücünü kullanması için özgür ve kısıtlanmamış zamana ihtiyacı vardır.

Haftanın her günü çocuklar uyumadan önce dualarını ederlerdi. Komünistler yüzünden ben büyürken ailem Katolik olmasına rağmen kiliseye gidemezdik ve evde gizlice dua ederdik. Amerika'ya ilk geldiğimde Donald ile birlikte (benim için) Saint Patrick Katedrali'nde gece yarısı ayinine giderdik ve (onun için) Marble Collegiate'de de Protestan Pazar ayinine giderdik. Çocuklarımın imanlı bir şekilde büyümelerini istiyordum. İngilizce dua bilmiyordum. Bu yüzden onlara dualarını dindar İrlandalı Katolikler olan dadıları öğretmişti. Bridget haftada üç kere kiliseye giderdi ve tüm duaları ezbere bilirdi. Her gece Bridget ve Dorothy, çocukların yataklarının yanına diz çöker ve onlara tekrarlamaları için dualarını öğretirdi. Şu an hayatımda dinin büyük bir yeri olduğunu söyleyemem ama çocuklarım büyürken Tanrı ile konuştukları ve inanacak bir şeylere sahip oldukları için memnunum.

GİYİM TARZLARINDAN BİR KESİT

Okul üniforması giymeleri gerekmediği zamanlarda çocuklar, cumartesileri ve pazarları ne giymek istiyorlarsa onu giyerlerdi. Bu da genellikle kot, tişört ve Adidas spor ayakkabıları olurdu. Çocuklar gençken giyim tarzları pek önemli değildi. Ivanka kadife ve dantelli parti elbiselerini ve deri rugan ayakkabıları severdi ama oğlanlar ne giydiklerini hiç umursamazlardı.

Ailenin kuaförü bendim. Ayda bir kere oğlanların saçları dağınıklaşmaya başladığında Don ve Eric'i bir sandalyeye oturtur, boyunlarının etrafına bir havlu bağlar, kafalarına lafın gelişi bir kâse koyar ve alttan taşan saçlarını kırpardım. Yalnızca beş dakika sürerdi ama onlar için sanki saatlerce hareketsiz durmak zorunda kalmışlar gibiydi.

Ben, "Tamam, bitti!" der demez ben onlara kesilmiş saçlarını yerlere dökmemeleri için bağırırken havlularını Süpermen'in pelerini gibi peşlerinden sarkıtarak odada koştururlardı.

Ivanka'nın saçını da evde keserdik ama onun kafasına kâse koymazdım. Yalnızca ölü uçlarını keserdim. Dorothy Hamill gibi bir kahkül ona yakışacak olsa da saçını o da ben de prenses uzunluğunda severdik. Ufak bir kızken annemin saçımı fırçaladığı ve ördüğüne dair çok güzel anılarım var. Umuyorum ki Ivanka'da ikimizi bu şekilde hatırlıyordur. Partilerde ve fotoğraf çekimlerinde Ivanka'nın saçına, giydiği beyaz dantelli *Bonpoint* marka elbiseler ile uyumlu tokalar ve kurdeleler takardım. Onu ikimizin de çok sevdiği 'kız' kıyafetleri ile şımartmayı çok severdim.

IVANKA: Anne babam neredeyse her gece dışarı çıkardı. Akşam yemeği yedikten sonra banyomu yapardım ve sonra pijamalarımı giyip annem ile giyinip hazırlandığı güzel ve büyük banyosunda kırk beş dakika zaman geçirirdim. Annemin banyosu Trump Tower'ın altmış yedinci katındaydı ve şehrin gökdelenlerine bakan inanılmaz bir manzarası olan duvar pencereleri vardı. Küvetin ucunda oturur onun giyinmesini izlerdim ve sonra makyajını yapardım.

Şimdilerde New York'ta sokağa çıkmak çok daha rahat olabilir ama o zamanlar, seksenlerde her şey daha süslü ve resmîydi. Kokteyl elbiseleri ve smokinler giyilirdi. Kocaman dolabına gidip ne giyeceğini seçerdi ve ben de elbisesinin arkasındaki fermuarı kapatmasına yardım ederdim. Annem makyajını yaparken aynanın karşısında yan yana otururduk. O mavi göz farlarını sürerken ben de onun kırmızı rujunu sürerdim. Bazen annemin makyaj malzemelerini sürüp palyaçoya ben-

zediğim için ikinci kez yıkanmam gerekirdi. Nereye giderse gitsin ve ne kadar acelesi olursa olsun çıkmadan önce beni hep yatağıma yatırırdı.

HAYATLARINDAN BİR KESİT

Don sekiz, Ivanka dört ve Eric iki yaşındayken bir partide Jill Krementz adında bir kadınla tanışmıştım. Bana kendinin serbest çalışan bir fotoğrafçı olduğunu ve çocuklarımın fotoğraflarını çekmek istediğini söylemişti. Daha önceleri tüm aile ile birlikte, beşimizin de kırmızı ve siyah giyerek üç katlı evimizin beyaz merdiveni önünde poz vererek çektirdiği portre fotoğrafımız da dâhil olmak üzere birçok resmi fotoğraf çekimi yapmıştık. Ama Jill'in âdeta bir vahşi doğa fotoğrafçısının hayvanları ve kuşları doğal ortamında yakalaması gibi çocukları oyun oynarken rahat ve doğal pozlarda bir seri olarak çekme fikri hoşuma gitmişti.

Bu yüzden bir öğleden sonra çocuklar tişörtleri ve kotlarını giydiler ve her zamanki gibi okuldan sonra dadıları ile Central Park'a geldiler. Jill de oyun parkına geldi ve hiç fark ettirmeden bir ağacın arkasına geçip onların fotoğraflarını çekmeye başladı. Çocuklar çekimin çoğu boyunca orada olduğunu fark etmediler bile.

Çekim sırasında ben de gelip onları izledim. Dadılar çocukları izliyordu. Güvenlik görevlileri çocukları izliyordu. Fotoğrafçı da çocukların fotoğraflarını çekiyordu. Ben de dadıları, korumaları, fotoğrafçıyı ve çocukları izliyordum. Çocuklar da çimenlerde yuvarlanarak birbirlerini kovalıyorlar ve çok eğleniyorlardı.

Aynı benim çocukken izlendiğim gibi çocuklarım da izleniyorlardı ama onları izleyenler yalnızca onların iyiliklerini düşünüyordu. Çok şükrettiğim bir andı. Çocuklarıma ailemin bana verdiği disiplini ve karakteri verebilmiştim ve onlar benim yaşadığım korku ve endişeleri yaşamıyorlardı. Jill, birkaç fotoğraf için çocuklarla poz vermemi istediğinde ağzım kulaklarımdaydı.

- 8 -

UFAK BİR SUÇ VE CEZA

Don büyük ihtimalle en büyükleri olduğu için diğerlerine göre benimle daha çok tartışıyordu. Ivanka ve Eric onu cezalandırdığımı görürler ve onun hatalarını tekrarlamamayı öğrenirlerdi. Bir keresinde Montauk'da meşhur bir otel ve spa olan Gurney's'te tüm Trump kabilesiyle akşam yemeği yiyorduk. Özel bir kutlamaydı ve herkes çok şık giyinmişti. Don takım elbise giymişti ve çok yakışıklı görünüyordu. Ivanka tatlı beyaz elbiselerinden birini giymişti. Eric daha bebekti ama o da ufak bir kravatı olan bebek takım elbisesi giymişti.

Eminim, Trumpların yemekte ne sipariş ettiklerini asla tahmin edemezsiniz.

Neyse... Yemek bir türlü bitmek bilmiyordu. Çocukları anlıyordum, çok uzun süre sıkılıp oturmaları gerekmişti. Ben de aynı şekilde hissediyordum ama aileyle dışarıda yemek yerken, özellikle de çocukların yetişkinlerin konuşmalarını bölmesinden rahatsız olan Trumplarla yerken uslu durmaları gerekiyordu.

Şimdilerde iyi bir yemek, şarap ve sohbet ile sessiz bir akşam yemeği yerken bağırıp çağırarak etrafta koşturan küçük çocuklar kadar beni rahatsız eden hiçbir şey yok. Anne babaları da yalnızca gülümseyip omuz silkerek, "Çocuk işte..." diyorlar. Çocuğunuz McDonalds'ta çocuk olsun, üst sınıf lüks restoranlarda değil. Zaten çocuğunuzu en başından böyle restoranlara getirmemelisiniz ama diyelim getirdiniz o zaman kontrolünüz altında tutamıyorsanız kalkıp gitmelisiniz.

Gurney's'teki akşam yemeğinde Don komiklikler yapmaya başladı. Komik suratlar yapıyordu, tereyağı ile oynuyordu, çatal bıçaklarını birbirine vuruyordu ve gülüyordu. Herkes -buna kayınpederim de dahil olmak üzere- ona onaylamaz şekilde bakıyordu.

"Don, hadi lavaboya gidelim." dedim.

Don'u boş bir koridora çektim ve "Uslu durmazsan popona tokadı yiyeceksin!" dedim. Ciddi olduğumu anlasın diye poposuna birkaç kez hafifçe vurdum ve masaya geri döndük. Sandalyesine oturdu ve tüm ailenin önünde ağlamaya cesaret edemedi. Ceza yediği her hâlinden belliydi. Çenesini kontrol altında tutmakta zorlandığını görebiliyordum ama tuttu ve hem o gece hem de gelecekteki tüm uzun akşam yemekleri boyunca uslu durmayı öğrendi.

ERIC: Annem popomuzu tokatlamak konusunda hiç çekinmezdi. Birimiz yaramazlık yaparsak hemen cezalandırılırdık ve böylece uslu olmayı öğrendik. Hiçbirimizin kaprisleri ya da egosu yoktu. Böyle bir davranışta bulunursak ya da annemize cevap verirsek onun öfkesine ve hayal kırıklığına maruz kalırdık. Uslu durmamızı sağladı ve bize bir sürü de özgürlük

verdi. Büyüklere göre olan filmlere, boks maçlarına ve konserlere gidebiliyorduk ve oradaki tek çocuk biz oluyorduk. Çocuğu yerde bir solucana dokundu diye peşinden bir şişe pürel ile koşan takıntılı annelerden değildi.

New Yorklular trafikten bahsederken sanki savaş anılarından bahsediyorlar. Arkadaşlarla kahve içerken ya da yemek yerken birisi, "Aman Tanrım! Pazar günü Hamptons'dan Manhattan'a trafik kâbus gibiydi!" dediği an diğerleri hemen dinlemek için kulak kesilir çünkü ondan sonra sıra gelince kendi korkunç trafik hikâyelerini anlatmayı beklerdi. Trafik cehennemine tek iyi gelen şey sürekli ondan şikâyet etmekti.

Tabii ki de 'hafta sonu evinizden', normal evinize giderken yaşadığınız trafik herkesin sahip olmak isteyeceği türden bir problem ama yine de çok sinir bozucuydu. Pazar günleri Long Island otobanı sanki park yeri gibiydi. Öğleden sonra üçte barbekü yaptıktan sonra yola çıkarsanız Jones Beach'teki 56. Çıkış'ta kitlenip kalırdınız. Akşamüstü altı da çıkarsanız kapıdan çıkar çıkmaz trafikte tıkanır kalırdınız. Akşam sekizde çıkarsanız Manhattan köprüsünü geçer geçmez kitlenirdi. Gece on birde yola çıkarsanız da gece birde eve varıyordunuz ve bu da bir sonraki gününüzü öldürüyordu. Erken kalkayım sabah beşte yola çıkayım deseniz bile bu sefer de balık ve sebze taşıyan tırların arasında kalıyordunuz.

Bunun gibi bir sorunumuz olduğu için şanslı sayılırdık ama Donald ile ben yine de bundan nefret ederdik. Pazar trafiği güzel bir hafta sonunun tüm iyi duygularını silip atardı. Helikoptere binip gidip gelmeyi konuşmuştuk ama bu bizim için bile aşırıya kaçıyordu. Evi satıp, Greenwich, Connecticut'ta Manhattan'dan yalnızca kırk beş kilometre uzaklıkta yeni bir hafta sonu/yaz evi almış olmamız bile trafiğin ne kadar berbat olduğunu anlatmaya yetiyordur. Artık çok daha kısa sürede gidip geliyorduk, evden çıkıp diğer eve varmamız kırk beş dakika sürüyordu.

Bir emlakçı tuttum ve bölgede helikopterle gezerek satılık evlere baktık. (Kulağa ne kadar çılgınca geldiğini biliyorum. Bazen ben de durup "Bir helikopterim var." diye düşünürdüm ve hayatın iniş çıkışlarına hayran olurdum. Sahip olduğum her şeyin değerini bildim; özellikle de evlerimizin.) Havadan bakarak hangilerini ziyaret edeceğime karar vermiştim. Tekne ve Yat Kulübü'ne ve Manero's Restoranına yakın, on yedi yatak odalı, yirmi kişilik masası olan bir yemek odası, çiftlik kadar geniş bir oturma odası, bir solaryumu, kahvaltı odası, üç geniş mutfağı, çocuklar için bir oyun odası, on arabalık bir garajı ve bodrum katında da bowling salonu olan bir malikâne seçtim.

IVANKA: Manero's Restoranı Greenwich, Connecticut'ta bir et restoranıydı ve orada birçok aile yemeğimizi yedik. Hepimiz aynı şeyi sipariş ederdik: Biftek ve ortaya koca bir Sezar salata. İçinde aşırı fazla, sağlıksız ve saçma büyüklükte krema olan kocaman bir fırında patates sipariş ederdim. Her zamanki siparişim buydu. Garsonların "İyi Ki Doğdun!" şarkısını söylediği, o zamanlarda diğer restoranlarda pek görülmeyen çok sıcak ve dost canlısı bir aile ortamı olan gürültülü ve kalabalık bir yerdi. Çocuklarla birlikte yemeğe gelmenizi o kadar çok istiyorlardı ki duvarda üzerinde, "Bebeğinizi Manero's'ta doğurursanız tüm aileniz burada hayatınız boyunca bedavaya yiyebilir!" gibi bir şey yazan bir tabelaları vardı. Anneme bir bebek daha doğursun diye yalvarırdım ki sonsuza kadar o patateslerden yiyebileyim!

Tüm evi, halıları, duvar kâğıdını, duvarlardaki resimleri, mobilyaları ve ışıkları bile ben dekore ettim. İçinin çok güzel olmasının yanı sıra evin en güzel yanı, üç tarafının su ile çevrili olmasıydı. Bir tarafında Long Island Kanalı, diğer iki tarafında da büyük bir göl vardı. Sürat teknesi, kanala bakan bir de marinamız vardı. Çocuklar evden çok suda -babamla birlikte yüzerek, balık tutarak ya da tekneye binerek- veya suyun etrafında vakit geçiriyorlardı.

Cuma öğleden sonraları Greenwich'e gitmek için dadılar, çocuklar, köpek ve muhabbet kuşumuz limuzinin arkasına doluşurlardı ve direksiyona da ben geçerdim. Kendimi bir otobüs şoförü gibi hissederdim. Limuzini kullanmak o kadar da zor değil. Yalnızca daha uzun, bu yüzden caddelerde daha geniş açılı dönüşler yapmanız gerekiyor. Otoyolda limuzinin geçtiğini gören diğer sürücüler durup bakarlardı. Bu tabii ki çok doğal. Hele kullananın Ivana Trump olduğunu gördüklerinde iki kere yanımdan geçerlerdi. Hiçbir trafik kazasına sebep olmadığıma şaşırıyorum. Pazar günü cehennem trafiği ile şehre dönüş mü? O da tamamen hallolmuştu. Donald pazartesi sabahı otoban tıkanmaya başlamadan spor arabası ile erkenden yola çıkardı. Çocukların okulu varsa, dadılar şoför ile birlikte limuzine binerdi. Ben de bizim marinamızdan deniz uçağına binerek o zamanlar çalıştığım Trump Plaza Oteli ve Kumarhanesine -ki daha sonra adı Trump Castle olarak değişti- gitmek için Atlantic City'e uçardım.

Bir hafta sonu, cumartesi sabahına kadar Atlantic City'de tıkılı kalmıştım ve deniz uçağına tek başıma binmiştim. Eve yaklaştığımız son dakikaları çok severdim. Evimiz yavaş yavaş uzaktan görünmeye başlardı ve doğrudan cam duvarlı kahvaltı odasından içeri baktığımda en sevdiğim porselen şamdanlarımı görebiliyordum.

O gün, deniz uçağının pencerelerinden çocukların da içeride olduğunu gördüm. Onların kendilerine ait çok daha çocuklara göre olan bir kahvaltı odaları vardı ve cam duvarlı odaya girmeleri hele hele orada oyun oynamaları tamamen yasaktı. Marinaya iner inmez uçaktan aşağı atlayıp eve koştuğumda olan biteni anladım. Üçü de yere eğilmiş masadan ve yerden bir şeyin parçalarını topluyorlardı.

Hemen baktım ve şamdanlardan birinin kırıldığını gördüm.

Çığlık atmış olmalıyım. Çocuklar hareket etmeyi bırakıp araba farı görmüş tavşan gibi kitlenip kaldılar.

"Ne oldu burada?" diye sordum.

Sekiz yaşındaki Don, tenis topuyla oynadıklarını ve masadan sekip şamdana çarparak porselen kollarından birini kırdığını, onun da yere düşerek bin bir parçaya ayrıldığını anlattı.

"Kim yaptı bunu?" diye sordum küplere binmiş bir hâlde.

Dört yaşındaki Ivanka "Donny!" dedi.

Onu yakaladığım gibi poposundan tokatlamaya başladım. Bu süre boyunca sürekli "Ben yapmadım!" diyordu.

Daha sonraları gerçeği Dorothy'den öğrendim. Don masumdu. Gerçek suçlu ise Ivanka'ydı! Ivanka her zaman erkeklerle oynamak isterdi ve onlar kadar güçlü olduğunu göstermek için tenis topunu çok hızlı fırlatmıştı. Kardeşi onun yerine cezalandırılırken bile suçunu itiraf etmemişti ve Don'da onu ispiyonlamamıştı.

Yanlış çocuğu tokatladığım için kendimi kötü hissetmiştim ama ne yapabilirdim ki? Ivanka'yı mı tokatlasaydım? Öfkem zaten geçmişti. Don'dan özür mü dileseydim. O zaman kız kardeşinin kahramanı olmaktan çıkardı. Tüm olayın peşini bıraktım.

Gizlice ondan gurur duyuyordum. Bu yüzden tüm hafta sonu boyunca ona ekstra sevgi gösterdim ve fazla fazla dondurma verdim. Ivanka için de onun kendi suçluluk hissi ona yeterdi. Bundan sonra bir daha kendi yaptığı bir şey için hiçbir zaman erkek kardeşlerini suçlamadı. (En azından bildiğim kadarıyla...)

Çocuklar çok usluydular. Ergenliğe girdiklerinde asileşeceklerinden hiç korkmuyordum çünkü onları ergenken de çok sıkı denetimim altında tutuyordum.

Ivanka bazı lise arkadaşlarıyla birlikte göbek deliklerini deldirmeye gittiklerini ve orada yapıp yapmamaya nasıl karar verdiği hikâyeyi anlatmayı sever. O karar ânında dedi ki babasının ve benim nasıl tepki vereceğimi düşünmüş ve yaptırmaktan vazgeçmiş. Doğru karar! Eve delinmiş bir burun ya da göbek deliğiyle, bir dövmeyle ya da saçları traşlı şekilde gelseydi onu öldürürdüm!

IVANKA: Doksanlardaki Punk dönemlerimde Nirvana'yı çok severdim. Dolabım yırtık kadife kotlarla ve tişörtlerle doluydu. Bir keresinde okuldan sonra saçımı maviye boyamıştım. Annem bundan hiç hoşlanmamıştı. Saçıma bir bakış attı ve hemen dışarı çıkıp en yakın eczaneden on dolarlık saç boyası alıp geri geldi. O gece saçımı zorla tekrar sarıya boyattı. Aslında seçtiği renk kendi saç rengimden üç ton daha açıktı ama ben de bir daha hiç değiştirmedim.

Bundan kısa bir süre sonra Nirvana'nın solisti, söz yazarı ve gitaristi Kurt Cobain intihar etti. Benim için bir şok olmuştu ve yıkılmıştım. Annemin Kurt Cobain'in kim olduğu hakkında hiçbir fikri yoktu ancak

bir yere kadar beni teselli edebiliyordu. Yirmi dört saat boyunca odamda tek başıma hıçkıra hıçkıra ağladıktan sonra -büyük bir dramaydı- annem beni zorla çıkarıp akşam yemeğine indirmişti.

On beş yaşlarındayken çocuklar geceleri arkadaşlarıyla dışarı çıkmaya başladılar. En geç akşam on gibi erken bir saatte eve dönmeleri gerekiyordu. Ivanka bunu gece on ikiye çekmeye çalışmıştı. Tüm arkadaşlarının o saate kadar dışarıda kalabildiğinden ve eve en erken dönen olmanın sosyal hayatına zarar verdiğinden bahsediyordu.

Hiç umursamadım. Ergenlerle ilgili gerçek problemler akşam ondan sonra başlardı ve o saatte çocuklarımın güvenli bir şekilde evde olmaları gerekiyordu. Eve dönmeleri gereken saati geciktirirlerse bunun ne demek olduğunu çok iyi biliyorlardı: *Hayat boyu ceza!*

Ivanka'nın, arkadaşlarımın kızları gibi gece dörtlere kadar diskolara gidebilmesi için cesedimi çiğnemesi gerekiyordu. O kızlar ve onların da ultra, ultra zengin arkadaşları cüzdanlarında deste deste yüzlük dolarlar taşır ve eve dönmeleri için de hiçbir saat kuralları olmazdı. Tabii ki gece kulüplerine gidiyorlar, şişe şişe şampanyalar, içkiler alıyorlar ve güneş doğarken evlerine taksiyle dönüyorlardı. Benim çocuklarımın gece kulüplerine, uyuşturuculara ya da taksilere verecek parası yoktu. Çocuklara para verirseniz ve kuralları da gevşetirseniz onlara çok büyük zarar verirsiniz. Bunu New York'ta etrafımızda birçok zengin ailede gördüm. Aileler disiplin konusunda çok rahattı ve çocuklar da bunu kullanıyordu. Arkadaşlarım beni arayıp çocuklarının onlar evde yokken gizlice parti verdiğini ve evlerini darmadağın ettiğinden şikâyet ederdi. Çocuklarımın arkamdan gizlice iş çevirdiklerinden, kurallara uymadıklarından ya da bana yalan söylediklerinden şüphelenseydim bile küplere binerdim. Asla cesaret edemezlerdi. O zamanlar kurallarımı o kadar içselleştirmişlerdi ki onlara otomatik olarak uyarlardı. Kafalarının içinde hep yüksek bir ses "Ya annenin söylediğini yap ya da görürsün başına gelecekleri!" diye onları uyarırdı. Saat tam onda kapının önünde bekleyeceğimi ya da ajanlarımın -dadılar ve güvenlik görevlileri- bana çocukların eve geliş saatini rapor edeceklerini bilirlerdi. Üçünün de akşam erkenden saat onda evde olması birlikte zaman geçirmeleri anlamına geliyordu. Arkadaşları dışarıda partilerde uyuşturucu kullanırken benim çocuklarım bugün yirmi beş yıldır değişmeyecek güçlü kardeşlik bağları kuruyorlardı.

IVANKA: Annemin asla kuralları çiğnemediğimi ve hoşuna gitmeyecek hiçbir şey yapmadığımı düşündüğünü biliyorum ama ergenlik yıllarımda sınırları zorladığım birçok zaman olmuştu. Anne babam katıydı ama yine de diğer ergenler gibi asilik yapabileceğim kadar özgürlüğe sahiptim.

Şoka girdim! Tam olarak ne yaptığını öğrenmek istiyorum! Aslında istemiyorum. Bazı şeyleri benden gizlemiş mi? Peki! Ama ne yapmış olursa olsun asla tutuklanacak ve onu gidip karakoldan çıkarmamızı gerektirecek kadar ya da internette bir daha unutulmayacak korkunç bir video yüklenmesi gibi kötü şeyler değildi. Ailelerine zarar verecek veya onları utandıracak riskli davranışlardan hep kaçınırlardı. Ailemizden birinin adı dedikodu köşelerinde vahşi partilerle anılacak olursa, bilin ki o bendim.

- 9 -

Rekabetçilik

Spor çocukluğumun çok büyük bir parçasıydı. Ergenlik yaşlarımda kayak yapmak bana dünyayı ve asla hayal edemeyeceğim farklı yaşam tarzlarını göstermişti. Aynı zamanda her çocuğun öğrenmesi gereken dersler olan korkularımla yüzleşmeyi, kazanmak için kendimi zorlamayı ve kaybettiğimde de bunu kabullenmeyi öğretmişti.

Çocuklarım ayakta durabilecek hâle gelir gelmez ayaklarına kayak bağladım. Ivanka ve Don ilk günden bayılmışlardı. Yalnızca otuz santim boyları olduğu için hiç korkmuyorlardı. Yere düşerlerse bile çok kısa bir mesafe düşeceklerdi. Eric ise daha ilk günden kayak yapmaktan nefret etmişti. Bir keresinde hatırlıyorum yazın ortasında üç yaşındayken kahvaltı sırasında tamamen alakasız bir anda, "Aspen'e gitmek istemiyorum. Kayak yapmak istemiyorum." demişti.

"Aspen'e *gideceksin* ve kayak *yapacaksın*!" dedim.

Konuşma sona erdi.

İçgüdülerim bana Eric'in kaymayı öğrendikçe hoşuna gideceğini söylüyordu. Çocukların hiçbirinin benim gibi kendilerini kayağa adamalarını ya da günde sekiz saat antrenman yapmalarını beklemiyordum. Bu onlar için hep birlikte yapabileceğimiz eğlenceli bir aktiviteydi. Benim içinse bundan çok daha fazlasıydı.

Hayatta ve sporda, nasıl oynayacağınızı ve nasıl kazanacağınızı yaparak öğrenirsiniz. Çocuklarıma öğretebileceğim en iyi ders bir hedef belirlemeleri ve bunu başarmak için olabildiğince çok çalışmalarıydı. Asla olimpiyatlara katılamadım ama çok yaklaşmıştım. Bir sporcu olarak kayak performansımla gurur duyuyordum. Spor yapmak insana en iyi olma arzusu veriyor. Gençken rekabetçi bir yan kazanırsanız bunu hayatınız boyunca yanınızda taşıyorsunuz.

ERIC: Her Noel'i Colorado'da kayak yaparak geçirdik. Tabii ki annem harika bir kayakçıydı. Ben daha zar zor adım atarken ayağıma kayakları takıp beni Toz Pandalar (Powder Pandas) isimli bir kayak okuluna yazdırmıştı. O zamanlar bundan hiç hoşlanmıyordum. Hava soğuktu. Çok mutsuzdum. Kayağı beceremiyordum ve yetişkinlerden ayrılmayı sevmiyordum. Annem tüm gün okulda durursam bana McDonald's'tan elmalı tart alma sözü verirdi. Onlara bayılıyordum, o yüzden her gün dayanıyordum.

Bundan bir sonraki yıl ve bir sonraki yıl daha tekrar oraya gittik ve ben iyi bir kayakçı oldum. Dört ya da beş yaşlarındayken Toz Pandalar'dan 'mezun' oldum ve benden büyük çocuklarla birlikte kaymam gereken Aspen Dağı'na geçtim. Trump ailesinde boş durmaya pek vakit yoktu. Kendi kendinizin başının

çaresine bakmak zorundaydınız. Sırayla kayıyorduk, en önde annem, arkasında Don, sonra Ivanka, sonra ben. Arkada onlara yetişmeye çalışırken tamamen kontrolden çıkardım. Kendimi göstermem gerekirdi. Diğerlerinin teleferiğe yürüdüğünü görürdüm ve tüm eşyalarım sırtımda onları yakalamak için koşturmam gerekirdi. Bu şekilde kayak öğrenirken çok fazla gözlük kırdım ama aynı zamanda gerçekten de iyi ve çok hızlı hâle geldim. Bir kere işi kavrayınca, kayak yapmaya bayılmıştım.

Tipik bir Aspen tatili sabahında dağın yan tarafındaki siyah elmas ustaların kaydığı yamaçlara giderdim. Öğleden sonra Donald telefondayken eğitmenleri Rick ile amatör pistinde kayan Don, Ivanka ve Eric ile buluşurdum. Teleferikteyken çocuklar havanın soğukluğundan ve ne kadar yorulduklarından şikâyet ederlerdi. Birbirlerine bakarlardı ve Don hepsi için konuşarak, "Bugün daha fazla kayak yapmak istemiyoruz." derdi.

Aralık ayında Aspen eksi yirmi dereceleri bulabiliyor. İnce kayak pantolonum ve altındaki Hanes külotlu çorabım, balıkçı yaka kazağım, üzerime oturan dar ceketim ve tüylü kaftanımla her zaman üşüyordum. Ama çocuklar beş kat kaz tüyü, ikili eldiven, ikili çorap ve kocaman ponponlu bereler giyiyorlardı. Isınmak için onlara bakardım. Ben bu kıyafetimle dayanabiliyorsam, onlar da kendilerininkiyle bir saat daha kayabilirlerdi.

"Peki, kayak yapmak zorunda değilsiniz ama o zaman Rick bugün para kazanamaz. İki çocuğu için akşam yemeği alacak parası olmaz. Rick'in çocuklarının karnı aç uyumalarını istemiyorsanız kayak yapmanız lazım. Ama bunu umursamıyorsanız bırakabilirsiniz." derdim.

"Hayır!" Dehşete düşmüş görünürlerdi.

"Emin misiniz?"

"Evet!"

Kayak alanında bir saat daha geçirirdik. Artık vazgeçmek bir seçenek olmaktan çıkınca çok eğlenirlerdi. Güneşli bir havada Aspen'deydiniz, bunda sevilmeyecek ne var?

Bu arada, Rick'in çocuğu olup olmadığından bile haberim yoktu ve biz ne zaman kaymayı bırakırsak bırakalım o zaten günlük olarak parasını alıyordu.

Onları zorlamamın bir sebebi vardı. En ufak zorlukta vazgeçmeye karar verirseniz zayıf insanlar olurdunuz. Dayanma sınırınızı güçlü olurdunuz. Onları zorladığım tüm zamanlar birbiri üzerine eklendi ve şimdi bakın medya önündeki kişiler ve iş dünyası liderleri olarak ne kadar kuvvetliler. Onlara çocukken, "Üşüdüm!" "Ayakkabılarım sıkıyor!" "Yoruldum!" gibi küçük zorlukları görmezden gelmeyi öğretmeseydim şimdi bu kadar kuvvetli olabilir miydiler? Dayanarak kendilerine belirledikleri sınırları aşmanın ne kadar iyi hissettirdiğini öğrendiler.

Kayak sırasında onlara hedefler belirleyerek hem rekabetçi yanlarını hem de kardeşler arası rekabeti desteklerdim. Teleferiğe en hızlı kim varacak? En keskin dönüşleri kim yapabilir? Çok fazla bir şey yapmama gerek yoktu. Çocuklar kimin en iyi olduğunu görmek istiyorlardı. Donald'da onlara karşı yarışırdı. Bir keresinde Donald az bir mesafeyle Ivanka'nın gerisindeydi ve elini uzatıp Ivanka'nın sopasını kaparak onu geri çekti ki kendisi öne geçip yarışı kazanabilsin. Ivanka buna hiç sinirlenmemişti. Tam tersine bir dahaki sefere onu yenmeyi kafasına koymuştu.

Kennedy ailesi de her zaman Trumplarla birlikte aynı zamanlarda Aspen'de olurdu. Birlikte onlara karşı yan yana slalom yarışları yapardık. Trump'a karşı Kennedy'ydi ve Trump her zaman kazanırdı. Hem bunu çok eğlenceli karşılarlardı hem de birlikte hem güzel zaman geçirirdik. Trumplar için eğlence kayak yamaçlarıyla sınırlı kalırdı ve Aspen'in meşhur bar ve gece kulüplerinde devam etmezdi. Kennedylerin çocukları ise çok uçuklardı ve her zaman partilerdeydiler, bazen kayak yaparken bile! Daha geçen yıl RFK'nin erkek torunu Conor, Aspen'de bir gece kulübünde kavgaya karıştığı için tutuklandı.

1997'de Michael Kennedy öldüğünde dağdaydım. O gün için kayakla son inişimi yapıyordum ki bir ağacın etrafında toplanmış kalabalık bir insan grubu fark ettim. Bir kayakçı düşmüş ve ayağını ya da kolunu kırmış gibi görünüyordu. Çoğu kaza gün sonunda insanlar yorulmaya başladığında yaşanırdı. Daha sonra otele döndüğümde televizyonu açtım ve Michael ile bir grup arkadaşının ve akrabasının kayak futbolu -kayak futbolu dağdan aşağı hızlı bir şekilde kayak yaparken birbirinize top fırlatarak oynadığınız bir oyundu- oynadıklarını ve Michael'ın da bu sırada bir ağaca çarpıp kafasını vurduğunu ve oracıkta da öldüğünü öğrendim.

İnsanlar aptalca şeyler yapıp birçok risk alıyorlar.

Ama ben ve çocuklarım asla. Onlara kendi güvenliklerini ve dağdaki diğer insanların güvenliğini en ön plana koymaları gerektiğini öğretmiştim. Beni her zaman dinlemiyorlar. Bir keresinde Ivanka paraşütlü serbest atlayış yapmaya gitmişti. Gittiğini önceden bilseydim onunla konuşarak bundan vazgeçirirdim. Sonrasında, "İnsan neden tamamen güvenli ve sağlam bir uçaktan aşağı atlar ki?" diye sormuştum.

Ama ne kadar kaçınmaya çalışırsanız çalışın kazalar yaşanıyor. Ivanka ergenlik çağındayken (boşanmamızdan birkaç yıl sonra) yılbaşı için babasının Palm Beach'teki evine gitmeden önce, Noel zamanı Aspen'de birlikte kayak yapıyorduk. Ağaçların arasına girdiğimizde ben önden kayıyordum ve arkamda onun buzda çıkardığı kayak seslerini duyabiliyorum. Birkaç dakika sonra artık sesini duymadığımı fark ettim. Acaba düştü mü diye düşündüm. Ivanka harika bir kayakçıydı ve çok nadiren düşerdi. Kayak teleferiğine gittim ve beş dakika bekledim... Sonra bir beş dakika daha. Yirmi dakika sonra arkadaşım olan bir kayak eğitmenine seslendim ve Ivanka'yı görüp görmediğini sordum.

"Gördüm. Birazdan aşağı inmiş olur." dedi.

Sonra Ivanka'yı gördüm. Bana doğru yavaşça kayıyordu. Yaklaştığında gözünün etrafının mosmor olduğunu ve yanağında kan olduğunu gördüm.

"Ne oldu?" diye sordum.

"Snowboard yapan biri bana çarptı."

Snowboardcunun çok dikkatsiz olduğunu ve ağaçların arasından çıkarak ona çarptığını ve yere düşürdüğünü anlattı. Adam durup da "İyi misin?" diye bile sormamıştı.

"Orospu çocuğu!"

Hemen öldürebileceğim rasgele bir snowboardcu bulmak için etrafa bakınmaya başladım. "Bu muydu? Ya da şu muydu?" diye Ivanka'ya soruyordum ama kim olduğunu bilmiyordu. Olay o kadar hızlı yaşanmıştı ki kıyafetini bile görememişti. (Büyük ihtimalle kıçından düşen geniş pantolonlar giyen bir tipti.)

"Onu boş ver anne, asıl babama ne diyeceğim? Bir daha asla kayak yapmama izin vermez."

Tanrım! Haklıydı. Donald, Ivanka'nın herhangi bir tehlike

içerisinde olduğunu düşünürse çıldırırdı. "Little Nell'in önünde buzda kayıp düştüğünü söylersin." dedim. Little Nell kaldığımız oteldi. Ivanka'da olayı Donald'a aynen böyle anlattı ve Donald da buna inandı. Otele dava açmamasına çok şaşırmıştım!

Çocukların tek yaptığı spor kayak değildi. Oğlanlar futbol oynardı. Ivanka kısa bir süreliğine kaba bir spor olan çim hokeyine merak sarmıştı. Onu bundan vazgeçirdim ve jimnastik takımına katıldı. Aynı zamanda hepsini hem fit kalmaları hem de kendilerini koruyabilmeleri için karateye yazdırmıştım. Donald'ın firması, Trump Tower'dan beş dakikalık bir yürüme mesafesinde bulunan Central Park'taki Wollman Rink buz pateni alanını yenilemişti ve kışları hafta sonlarında çocukları buraya buz pateni kaymaya getirirdik. Yazları da Central Park'ta paten kayarlardı.

1985 yılında Donald ile Palm Beach'te deniz kenarında eskiden oranın mirasçısı Marjorie Merriweather Post tarafından inşa ettirilmiş önemli bir tarihi yapı olan 126 odalı, on bin metrekarelik altın kaplamalı Mar-a-Lago sarayını satın aldığımızda, tenis bizim için önemli bir aile sporu hâline geldi. Spa & Tenis Kulübü hemen kapı komşumuzdu. Çocuklar tenis dersi almaya başladılar ve çok iyi tenis oyuncuları hâline geldiler. Donald da oldukça iyiydi. Hepsi de kulübün turnuvalarında yarışırlardı ve özellikle de birbirlerine karşı oynarlarken aşırı rekabetçi davranırlardı.

Donald çocukların ellerine -boyları savurabilecek kadar uzar uzamaz- birer golf sopası tutuşturmuştu. Oğlanlar bugün bile hâlâ golf delisiler. Eric, Trump Grubu için tüm dünyada yeni golf sahaları açarak onları teftiş ediyor.

Ben golften hiçbir zaman hoşlanmadım. Flört ettiğimiz zamanlarda Donald beni golfe başlatmayı denemişti. Sonraları

Trump National Tatil Köyü hâline gelecek olan Miami'deki bir golf sahasına gitmiştik. Golf yerine spaya gitmeyi tercih ediyordum ama o gün Donald'ın birlikte oynayacağı kimse yoktu. Bu yüzden ben de onunla birlikte gittim. Topa vurdu ve top deliğin içine düştü. Zıplayarak bağırmaya başladı. "Gördün mü? Tek atışta deliğe soktum!"

Omuz silktim. "Ee yani? Zaten öyle olması gerekmiyor mu?" Golf hakkında hiçbir fikrim yoktu. Herkesin kolayca deliğe sokabildiğini zannediyordum.

Donald oyunu öğrenmem konusunda ya da en azından bir denemem konusunda ısrar ediyordu. O benim için kayak yapmayı öğrenmişti ve golf her ne kadar ayakta durup ufak arabalarla sağa sola gitmek gibi görünen hiçte aktif olmayan ve oldukça sıkıcı bir spor gibi görünse de kabul etmiştim.

Başlar başlamaz nefret etmiştim. Golf sahasının kadınlar ve erkekler birlikte oynayamaz şeklinde saçma sapan bir kuralı vardı ve bir örnek etekleri ve spor gözlükleri ile sürekli çocuklarından ya da torunlarından bahseden bir grup kadınla birlikte oynamak zorunda kalmıştım. Boş muhabbetten nefret ederdim.

Topa vurdum ve çalılıklara doğru gitti. Gidip çalıların arasından topu bulmam gerekiyordu. "En azından birkaç dakikalığına şu sinir bozucu kadınlardan uzaklaşacağım." diye düşündüm. Topumu buldum ve sopayla tekrar bir vuruş yaptım.

Tam o anda bu geveze kadınlarınkinden bile daha kötü bir ses duydum. Adamın biri, "Hey! Dur! Ne yapıyorsun!" diye bağırıyordu.

Golfün sessiz bir spor olduğunu zannederdim.

Pembe pantolonlu iri bir adam bana doğru koşarak "Seni kaltak! Topumu aldın!" diye bağırdı.

Öyle mi yaptım? Farkında değildim. Bir top bulmuştum ve hemen sopayla vurmuştum.

"Bu oyuna on bin dolar yatırdım! Öldüreceğim seni!" diye bağırarak sopasını bana doğru salladı.

Hemen golf sahasından çıkarak kulübe doğru yürüdüm ve bu iş bu kadardı. Bir daha asla golf oynamadım. Çok tehlikeliydi!

Balık tutmak rekabetçi bir spor sayılır mı? Bizim için öyleydi. Babam her yıl Zlín'deki yerel gölde gerçekleştirilen sazan balığı tutma yarışmasına katılırdı. En büyük balığı yakalayana ödül verilirdi. Beni gündoğumundan önce kaldırırdı ve birlikte en sevdiği sazan noktasına giderdik. Tüm sabahı balık tutarak geçirirdi ve yakaladığı en büyük balığı saat iki de yarışmanın sonlanma saatinde tartılması için teslim ederdi. Ben yedi yaşındayken Dedo tüm sabah boyunca hiçbir şey tutamamıştı. Sonra saat ikiye çeyrek kala oltasında bir titreşim hissetmişti ve çektiğinde canavar gibi bir balık çıkarmıştı! Balığı hakemlere zamanında yetiştiremezsek ne kadar büyük olduğunun bir önemi kalmayacaktı. Koca balığı kollarıma verdi -büyük ihtimalle benim ağırlığımın yarısı kadardı- ve "Koş, Iva! Koş!" dedi. Hakemlerin masasına, "Bekleyin! Bekleyin!" diye bağırarak kaygan balık kollarımda bir kilometre kadar koştum. İkiye bir dakika kala balığı hakemlerin masasına bıraktım. Birkaç saniye daha geç kalsaydım kazanamayacaktık. Ama kazandık ve babamla zaferimizi paylaşarak tadını çıkardık ve yeni bir balık oltası kazandık!

Babam oğlanlara da balık tutmayı öğretmişti ve ellerine geçen her fırsatta bunu değerlendirirlerdi. Oğlanlar babamla birlikte Greenwich'te evimizin yanındaki Long Island kanalının önüne ufak bir çadır kurarlar ve üçü de yaz kış hiç fark etmeden çadırın içinde saatlerce otururlardı. En büyük balığı tutan günün kazananıydı ve Trump ailesinde hava atacak bir başarı elde etmek çok önemliydi. Mar-a-Lago, Boston'dan Florida'nın burnuna kadar uzanan dört bin sekiz yüz kilometrelik iç suyolunun tam üzerinde yer alıyor ve burası göç eden balıkların güzergâhında bulunuyor. Babam ve çocuklar kumsaldan oltalarını atardı ve ton balığı ile büyük köpekbalıkları yakalarlardı, sonra da bunları tekrar suya salarlardı. Bu geçtiğimiz mart ayında Don oğullarını sömestr tatili için Mar-a-Lago'ya götürdü ve iki metrelik bir siyah yüzgeçli köpekbalığı yakalayıp serbest bıraktılar hem de kıyıdan denizde yüzen üç yüz yetmiş kiloluk çekiçkafaları gördüler. Don, Eric'i bekârlığa veda partisi için Alaska'da somon balığı tutmaya götürmüştü ve bu kardeşler arasındaki bağı artıran seyahati her yıl tekrarlamaya çalışıyorlar.

Oğlanlar ayrıca sık sık ava gider ama ben bundan pek hoşlanmıyorum. Don avlanmaya kırsal Pennsylvania'daki yatılı okulda kaldığı sırada başladı ve bu hem onun hem de onun sayesinde Eric'in hayatlarının tutkusu oldu. Kuş vurmak için Patagonya'ya gitmelerine bir itirazım yok nasıl olsa orada milyonlarca kuş var. Ya da Westchester'da tavşan avlamak, bir sorun değil. Ama Bambi ve Dumbo'yu vurmak için neden Zimbabwe'ye gidiyorsunuz? İnsanların buna karşı çıkarak onları protesto etmelerini anlayabiliyorum. Onlara hayvanları vurmalarından hoşlanmadığımı söyledim ama artık kocaman adamlar. Hiçbir yasayı da çiğnemiyorlar. Yakın zamanda Don, *New York Times* gazetesine yaptığı açıklamada avlanmanın heyecanından çok o büyük av macerası sırasında kardeşi ve arkadaşlarıyla aralarında oluşan bağdan hoşlandığını söylemişti. Onun meditasyonu da saatlerce hiç konuşmadan ördek avında oturmak. Herkes kendine... Ben havuz kenarında ya da bahçede şezlongumda uzanmayı tercih ederim.

Spor yalnızca rekabetçi yanlarını güçlendirmek için değildi. Hareket etmeye ve dışarıda olmaya yönelik sevgimiz ile birbirimize bağlanıyorduk. En unutulmaz tatillerimizden birinde ata binmiştik. Ailemizdeki en iyi binici Ivanka'dır. Greenwich'te İngiliz tarzı ata biniş dersleri almıştı. (Yakınlarda o zamandan kalma kaskını açık artırma ile sattım ve yardım kuruluşları için birkaç bin dolar para kaynağı yarattım.) Çocuklar on bir, sekiz ve beş yaşındayken at çiftliği olan bir arkadaşımın organize ettiği Aspen'de eylül ayında üç günlük bir kamp gezisine gitmiştik. O sene Aspen'de anne ve babam da bizimleydi (çoğu yılda olduğu gibi.) Annem Little Nell otelinde kalmayı tercih etmişti ama babam, ben, Dorothy ve çocuklar kovboy rehberlerimizle dağlardan geçerek vadilere ulaşmıştık.

Atımın adı Pepsi'ydi. Ivanka'nın ki ise Cola. İkisi de çok güzel, tatlı hayvanlardı. Babamın atını arı sokmuştu ve at birden yerinden fırlayınca az daha babamı öldürüyordu. Babama bir şey olmadı ve birlikte kırmızı, turuncu ve sarı renklerine dönmeye başlamış olan ağaçların arasında ilerlemiştik. İlk kamp alanına vardık ve tüm kızlar için kocaman bir çadır, erkekler için de üç ufak çadır diktik. Kovboylar kamp ateşinde akşam yemeğimizi hazırladılar. Bir tanesi gitarını çıkardı ve birlikte John Denver şarkıları söyledik. Gitarı babama verdi ve babam da bazı Çek türküleri çalarak söylemeye başladı. Kamp ateşinin çocuklarımın yüzünü aydınlattığını ve hem onların hem de etrafımızdaki doğanın ve şarkıların ne kadar güzel olduğunu düşündüğümü hatırlıyorum.

Sonra yağmur başladı. O kadar iri damlalarla yağıyordu ki kamp ateşimizi söndürmüştü. Çadırlarımıza koşmuştuk. Ivanka, Dorothy ve ben büyük çadırda kalıyorduk. Yağmurdan aceleyle kaçarken çadırı yerde tutan kazıklara dikkat etmeyi unutmuştum ve birine takılıp yüz üstü çamura düşmüştüm. Ateş olmayınca hava soğuktu ve hemen uyku tulumlarımıza girmiştik. Islak ve çamurla kaplanmış olmaktan hiç memnun değildim.

Birkaç dakikalık sessizlikten sonra Ivanka, "Çadırın içine yağmur mu giriyor?" diye sordu.

Birkaç delikten içeri yağmur giriyordu ve çadırın zemini gölcük olma yolunda ilerliyordu. Deliği kapatacak bandımız yoktu. "Deliği kapatıp suyun girmesini engelleyecek ne kullanabilirim?" diye düşündüm. İnce ve emici olmalıydı.

Dorothy'e çantamı vermesini söyledim.

Çantamı açtım ve tam olarak ihtiyacım olan şeyi buldum. Bir elimle tamponumu tutarak "İşte!" dedim. Tamponu deliğe soktum ve su akışı kesildi. Kendimi Don'un en sevdiği dizinin kahramanı MacGyver gibi hissetmiştim. Ivanka ve Dorothy beni alkışladı.

Bir saat sonra tampon ıslak bir şekilde su sesi çıkararak çadırın zeminine düştü. O gece tüm kutumu kullanmak zorunda kaldım. Gezinin devamında korumaya ihtiyacım olursa onu da bir şekilde MacGyver gibi çözmem gerekecekti. (Belki yosunla?)

İkinci gece çadırları kurmadık. Kamp ateşinin etrafında bir halka şeklinde tulumlarımızda yattık. Kovboylar etrafta çakallar olduğunu duydukları için bizim etrafımızda ikinci bir halka oluşturdu. Gecenin yarısında gürültülü bir sese uyandım. Kovboylar etrafımızda yürüyerek tencere tavaları birbirlerine vuruyorlardı. Lider kovboya "Çakallar mı?" diye sordum.

"Ayılar..." dedi.

Çocuklar gerçek bir ayı ya da çakal görme umuduyla çok heyecanlanmışlardı ve tulumları üzerinde zıplıyorlardı. Şafak vaktinden önce bir saatliğine uyumuş olabilirim ve kalktığımda iğrenç göründüğümü hissediyordum. Dişlerimi içinde balıklar yüzen buz gibi bir suda fırçaladım. Güneş kremimi bulmak için makyaj çantamı karıştırıyordum ki kremin tamamen donmuş olduğunu gördüm.

"Bu kadar yeter." dedim. "Otele gidip bir masaj yaptıracağım."

Üçüncü gün planımız atlarla bir patikadan geçerek vadideki güzel bir balık tutma noktasına ulaşmaktı ve son gecemizde burada kamp kurmaktı ama atlar gitmek istemiyordu. Gergin görünüyorlardı ve yanlış yönde, evlerinin tarafına doğru yürüyüp duruyorlardı. Kovboylar atları zorlamaya çalıştılar ama ben gerek olmadığını söyledim. Atlar haklıydı. Çiftliğe döndüğümüzde çam iğnelerinin üzerinden geçtiğimizi fark ettik. Ufak iğneler atların ayaklarının dibine batmıştı.

Benim için bu gezi neredeyse tam bir felaketti ama çocuklar yıllarca ağızlarından düşürmedi. "Kamp yapmaya gittiğimiz ve tüm gece yağmur yağdığı zamanı hatırlıyor musun? Az daha ayıların saldırısına uğruyorduk! Hayatımızın en güzel gezisiydi!" Bir aile tatilinde en eğlenceli ve akılda kalan şeyler genelde ters giden şeylerdir.

Çiftliğin sahibiyle çok iyi bir arkadaşlığımız vardı ve köpek maması ile evcil hayvan aksesuarları satmaya karar verdiğinde hepimizi çok şaşırtmıştı. Mama markası çok başarılı olmuştu ve adam şimdi milyoner oldu. Bizi her yıl ormandaki kulübesinde yemeğe çağırır. Bir keresinde çocuklar dışarıda kayak yapıyordu ve bana çocuklar için fırına bir pizza atmamı söylemişti. Çocukların oyunu bitince hazır olacaktı. Ama adamın fırınının nasıl çalıştığını bilmiyordum ve derecesini çok yükseğe ayarlamıştım. Pizza alev aldı ve neredeyse adamın evini yakıyordum. Buna rağmen hâlâ her yıl bizi çağırmaya devam ediyor!

- 10 -

GERÇEK ZENGİNLİK

Sporcular ile birlikte sanatçılar da komünist Çekoslovakya'da milli kahramanlardı. Üniversitedeki birçok arkadaşım müzisyen, dansçı ve ressamdı. İlk aşkım Jiří bir söz yazarıydı. Sanatçılara karşı derin bir hayranlık ve saygı ile büyüdüm. Hayatın gerçek zenginliğinin müzik, güzel sanatlar ve dans olduğuna inanırım. Ruhun gıdası sanattır. Sanatın değerini bilmeye ve sanat yapmaya ne kadar çok zaman ve para harcarsanız o kadar çok zenginleşirsiniz.

Tabii ki hepimiz yetenekli sanatçılar değiliz. Ben yedi yaşındayken babamın piyano öğretmeni olan bir arkadaşı, "Iva'yı derse getir. Bakalım yeteneği var mı?" demişti. Babam da beni yazdırmıştı. Konsantre olmayı denemiştim ama çok istemiyordum. Kanadalı teyzemin ve amcamın yolladığı hediye sakız daha çok ilgimi çekiyordu. Çekoslovakya'da sakız satın alamazdınız. Bu yüzden paket geldiğinde çok büyük bir olay olmuştu. Piyano dersinde kocaman balonlar yaparak hava atıyordum ve diğer çocukların tüm dikkati ve kıskançlığı üzerimdeydi. Öğretmen babamı aradı ve herkesin dikkatini dağıttığım için beni dersten almasını söyledi. Babam karşıma oturup ne olduğunu sordu. Ona gerçeği söylemiştim; "Sakızı çok seviyorum ve piyanodan nefret ediyorum!" Bu kadardı. Başka ders almadım. Amacı ne olacaktı ki? Babam nefret ettiğim bir şeyde asla iyi olmayacağımı biliyordu. En iyi olmayacaksanız neden uğraşacaktınız ki? Piyanodan bu kadar erken pes ettiğim için pişman değilim. Babam tekrar denedi ve bu sefer bana gitar çalmayı öğretmeye çalıştı. Çocukken gitarda çok iyiydim ama büyüdükçe uzun tırnaklardan sıkıldım ve müzik kariyerim burada son buldu. Herkesin en azından bir müzik aleti çalmayı bilmesi gerektiğini düşünüyorum.

Oturma odamda benim hiç çalmadığım kocaman bir beyaz piyano var. Bir parti düzenlediğim zamanlarda profesyonel bir müzisyen gelerek misafirlerimi eğlendiriyor. Birinin kendiliğinden piyanonun karşısına oturması ya da bir gitar veya kemanı eline alarak çalmaya başlaması kadar keyif verici bir şey olamaz. Özellikle de bir çocuk çalıyorsa çok daha keyifli oluyor.

Çocuklar ufakken hepsi en az bir yıl piyano dersi aldı. Yedi yaşından dokuz yaşına kadar en uzun süre dayanan Ivanka oldu. Gerçekten hoşlandığını düşünmüyorum. Aynı şarkıyı on sekiz kere hatalı şekilde çaldığında yüzümde destekleyici anne gülümsemesiyle izlemenin keyifli olduğunu ben de söyleyemem. İki yıl sonra, "Piyano çalmaktan hoşlanmıyorsam da çalmak zorunda mıyım?" diye sordu. Kendi çocukluğumun bir ekosu gibiydi. Babam gibi ben de onu zorlamadım. Ona ve kardeşlerine hep hangi alanı sevdiklerini ve hangi alanda iyi olduklarını bulabilmeleri için birçok şans verdim. Bir dersten gelip "Bundan hoşlanmadım." derlerse deneyebilecekleri başka bir şey arardık. Başarılı olursanız bu size güven verir. Sanat da aynı spor ve okul gibi kendilerine hedef koyarak başarabilecekleri bir başka alandı.

Ivanka sekiz yaşındayken balerin olma hayali vardı. Lincoln

Center Amerikan Bale Okulu'nda dersler aldı ve Rus bale ustaları Antonina Tumkovsky ve Helene Dudin'in öğrenciliğini yaptı. İki yıl üst üste yılbaşındaki *Fındıkkıran* gösterisine seçilecek kadar başarılıydı. Ivanka'nın gösterilerini izlemeye ailecek giderdik ve kızımın George Balanchine ile aynı sahnede gösteriye çıkıyor olması kalbimi mutluluk ve gururla doldururdu.

Ivanka, New York'ta Bridget ile birlikte kalıp iki hafta boyunca her gün sahneye çıkmak için Aspen tatillerinden vazgeçmişti. Ivanka bale sayesinde hayatın her alanında kullandığı disiplin ve konsantrasyon yeteneklerini geliştirdiğini ve hayat boyu dansa karşı oluşan sevgisini şimdi de kendisi de annesi gibi dans hayranı olan kızı Arabella ile paylaştığını söylüyor. Ivanka kızını bale danslarına yazdırarak ve New York'taki Amerikan Bale Tiyatrosu'nda hatta bir kere de Rusya'da St. Petersburg'daki Mariinsky Tiyatrosu'nda performanslara götürerek dansa teşvik ediyor.

Sonunda Ivanka'nın balerin olma hayalleri gerçekleşmedi. On yaşındayken bu hayalinden vazgeçmesi gerekmişti çünkü baleyi çok sevse bile diğer kızlardan bir kafa boyu daha uzundu ve erkeklerin de iki katı büyüklükteydi. Aman ne yapalım, sıradaki gelsin!

Güzel sanatlar benim için her zaman hem bir koleksiyoncu hem de bir sanatsever olarak çok önemli olmuştur. Seksenlerden beri New York ve diğer şehirlerde yardım kuruluşlarına para toplama amaçlı sayısız müze etkinliği düzenledim. Yakın zamanda Miami'de ayı, goril ve kurtlardan oluşan Fransa Alp Dağları'ndaki kayak merkezi Courchevel'de yer alan dağ zirvesi heykelleriyle ünlü Fransız sanatçı Richard Orlinski için "Born Wild" adlı sergiyi gerçekleştirdim. Haiti halkı için seksen bin dolar para topladık ve Richard o kadar müteşekkirdi ki bana serginin başyapıtı olan üç metre yüksekliğinde şaha kalkmış at heykelini hediye etti. Heykel Miami'deki oturma odamda sehpanın üzerinde yer alıyor. Her gördüğümde gülümsüyorum.

Sahip olduğum her evi güzel sanat objeleriyle doldururum, buna çocuklarımın eserleri de dâhil. Ivanka doksanların başında Modern Sanat Müzesi'nde çizim ve resim dersleri aldı. O zamanlar şehir Matisse ve Picasso'nun yalnızca sekiz gün sürecek ve *Les Demoiselles d'Avignon* [Avignonlu Kızlar] başyapıtını da içeren sanat sergisi için heyecanla doluydu. Bir parti veriyordum ve her zamanki gibi misafirleri çocuklarım karşılıyor ve onlarla sohbet ediyorlardı. Bir misafir, sergiden bahsetti ve o zamanlar on iki yaşlarındaki Ivanka da o hafta müzedeki derslerinde tabloları incelemiş ve üzerine çalışmış olduğu için bu konuda konuşmaya başladı. Orada durup yetişkin arkadaşlarımın altıncı sınıfa giden kızıma Picasso hakkındaki düşüncelerini sormalarını izledim. "İşte bu benim kızım!" diye düşünmüştüm!

Bir daha eline ne kalem ne de fırça almayacak olsa bile en azından bu dersler sayesinde her hafta bir müzeyi ziyaret ediyordu. Gençken sanat eserlerini incelemek ve sanat hakkında eğitim almak bir insana hayatı boyunca bir sanat anlayışı kazandırır. Ivanka ile farklı tarzlarımız var ama ikimiz de kendimizi hoşlandığımız estetik anlayışı içinde kaybetmeyi seviyoruz. Benim tarzım lüks ve keyfi. Altmış Dördüncü Doğu Caddesi'nde bulunan evimde leopar desenli duvar kâğıtları ve kedi temalı sanat eserleri olan bir odam var. Kırmızı yeşil oturma odam ise aynı on altıncı Louis'nin yaşayacağı şekilde, tabii benim kadar parası olsaydı. Ivanka ve kocası Jared Kushner ise modern ve minimalist tarzı seviyorlar. İkisi de birer sanatsever ve başta Louis Eisner, Alex Israel, Garry Winogrand ve Chrisopher Wool olmak üzere birçok sanatçının eserlerini topluyorlar. Kalorama, Washington DC'deki yeni evi mat gri ve beyaz renklerde sade olarak dekore edilmiş. Benim dekorasyonumun tam tersi ama onun tarzı onu mutlu ettiği sürece benim için bir sorun yok.

Don'un sanatla pek ilgisi yoktu. Sanatla ilgilenmediğini erken yaşta fark etmişti ve onu umursamadığı bir şeyleri yapmaya zorlamanın da pek mânâsı yoktu. Eric ise çok yaratıcıydı. Her zaman sanat projeleriyle meşgul olurdu. Modern Sanat Müzesi'nde resim dersleri aldı ve bir süre suluboya resimlerle ilgileniyordu. Boşandıktan sonra oturduğum Palm Beach'teki evim Concha Marina'nın duvarlarına çerçevelettiğim resimlerini astım. İkinci kocam (teknik olarak üçüncü ama Avusturyalı Fred sayılmaz), Riccardo Mazzuccheli ki kendisi sanatçılara destek olan, Doğu Avrupalı ustaların tablolarını toplayan ciddi bir koleksiyonerdir. Eric'in üzerinde harika bir etki olmuştu. Riccardo, Greenwich'te birkaç çark ve bir fırın olan bir kil atölyesi kurmuştu. İkisiyle birlikte atölyede geçirdiğimiz birçok hafta sonu hatırlıyorum, birlikte koca bir masa üzerinde killere şekil vererek kâseler ve ufak heykelcikler yapardık. Şu anda leopar odamda (başka nerede olacaktı) bulunan bir leopar yapmıştım. Eric yüzlerce seramik sanat eseri yapmış ve hepsini dikkatli bir şekilde boyamıştı. Riccardo, Eric'in parçaları patlamasın diye gecenin köründe kalkıp fırını kapatırdı. Yıllarca evimde kimsenin sigara içmemesine karşın binlerce orijinal Eric tasarımlı kül tablası bulunurdu.

ERIC: Yatılı okulda kaldığım sürede ahşap işçiliğine âşık olmuştum. Bay Block adında (mesleğine göre ironik bir isim) harika bir öğretmenin olduğu bir atölye dersimiz vardı. Yedi metre uzunluğunda kürekli bir yarış kayığı yapmıştım ve sıralar, masalar gibi hayal edebileceğiniz her türde mobilya tasarlamıştım. Yatılı okuldayken ders, spor ya da ödev yapmadığım her ânımı atölyede bir şeyler inşa ederek geçiriyordum.

- 11 -

OYUN GÜNLERİNDEN NEFRET EDERİM

Spor ve sanatın da üstünde, Donald ile en çok önem verdiğimiz şey çocuklarımızın eğitimiydi. Okullarını seçmek benim görevimdi. Manhattan'daki özel bir kreşe kabul edilmek şimdi olduğu gibi aşırı zorlu değildi ama yine de oldukça zordu. Okul yetkilileri öğrenci kabul ederken üç yaşındaki bir çocukta ne arıyorlar tam olarak bilemiyorum ama çocuklarıma öğrettiğim kibarlık ve görgü kuralları (her zaman "Lütfen!" ve "Teşekkür ederim!" demeleri ve yetişkinlerle konuşurken gözlerinin içine bakmaları) yardımcı olmuştu. Park Caddesi ve Altmış Doğu Caddesi'nde bulunan İsa Kilise Kreşi'ne gittiler. Trump Tower'dan yalnızca birkaç sokak uzakta ve Central Park'tan da iki sokak uzaklıktaydı. Ben ya da dadının sabahları onları kreşe bırakıp öğleden sonraları da alıp oynamaları için parka götürmemiz ve sonra da akşam eve dönmemiz için olabilecek en mükemmel yerdeydi.

Kreşe girmeleri daha sonraları ilkokula girerken yaşayacağımız geziler, testler ve değerlendirmeler içeren çok daha uzun ve karmaşık bir sürece hazırlık gibiydi. Kreşe başlayan bir çocuğun referansa ihtiyacı olur mu? Tıp okuluna gitmiyorlardı ya! Ne kadar garip olursa olsun, çocuklarıma daha ilk günden en iyi eğitimi vermek istediğim için bu süreci çok ciddiye aldım.

Baktığımız bazı okullar altı yaşında bilgisayar ve matematik dâhisi olan süper zeki çocuklar içindi. Bazıları ise zengin ailelerin ufak salak çocukları içindi ve yılda yirmi bin dolara resim çizme ve kumda oynama dersleri veriyorlardı. Ben ikisinin dengesini kurmuş hem en iyi seviye spor, sanat, akademik ders öğretimi veren hem de zeki ve dost canlısı bir atmosfere sahip okullar arıyordum.

Rekabetçi ve sporla kafayı bozmuş bir çocuk olan Don için Yetmiş Üçüncü Cadde'de yer alan Park ve Lexington arasındaki sadece erkeklerin gittiği Buckley'i seçtim.

Ivanka, Doğu Caddesi, Seksen Dördüncü Doğu Sokağı'ndaki sadece kızların gittiği ufak ve sıcak bir yuva gibi olan Chapin'e gitti. (Jackie Kennedy de bu okulun mezunları arasındaydı.)

Eric için ise karma eğitimi tercih ettim ve Amsterdam ile Columbus arasında Doksan Birinci Batı Sokağı'nda yer alan Trinity'e gitti.

Üç farklı Manhattan mahallesinde yer alan, üç farklı okula giden, üç çocuk. Çocukları okullarına götürmek tam bir kâbustu. Şoförlü limuzin ve şirket araçları ile gidip geliyorlardı. Don ve Eric bazen Trump Tower'ın tam önünden geçen otobüse de biniyorlardı.

Chapin'e girmek için bir sürü görüşme yapmamız gerekmişti. Önce Donald ve benimle, sonra Ivanka'yla, sonra da üçümüz birlikte. Bitmek bilmiyordu. Her zaman iyi giyiniyordum ve genellikle üzerimde Plaza Hotel'de işten gelip gittiğim için iş kıyafetlerim oluyordu. Ivanka görüşmelerine gittiğinde genellikle elbise ve tayt giyiyordu ve saçı arkada toplanmıştı. Görüşmelerdeki diğer anneler profesyonel bir şekilde giyinmiş değillerdi ve çocukları da genellikle kot ve tişört giyiyordu. Acaba Ivanka ve ben fazla mı süslü giyindik diye merak etmiştim ama sonra diğer anneler bana gelip kendileri ve kızları için görüşmelerde ne giymeleri gerektiğine dair akıl danışmaya başladılar. Benim de onlardan fazla bildiğim bir şey yoktu ki! Herhalde doğru şekilde giyinmiştik ki Ivanka yalnızca elli kızın olduğu sınıfa kabul edildi. Oraya gitmeye bayılıyordu!

Çocukların eğitimleri ile hep yakından ilgilendim. Ödev saatlerinde başlarında duruyordum ve notlarını hep takip ediyordum. Bir derste beş üzerinden dörtten düşük bir not alırlarsa oturup problemin ne olduğunu konuşur ve düzelterek notunu yükseltmek için çalışırdık. Okulları zirvede, oldukça rekabetçi ve ultra zengin ailelerin çocukları ile doluydu. Anne babalar çocuklarını sınıf birincisi yapmak için hiçbir masraftan kaçınmıyorlardı. Yedi yaşındaki çocuklara bir dünya para vererek özel hocalar tutmak çok yaygın bir davranıştı.

Benim için değil. Çocukları zaten bu özel okullara göndermek için dünyanın parasını ödüyordum ve eğitimlerini de oradaki öğretmenlerinden alacaklardı; özel hocalardan değil. Çocukların bir konuda yardıma ihtiyacı olursa ben yardımcı oluyordum. Tarih konusunda çok iyi değildim. Bana yüzlerce yıl önce olmuş olaylarla ilgili sorular sorarlardı ve ben de "Ben şimdide yaşıyorum! Beni yarın olacaklar dünden daha çok ilgilendiriyor!" diye cevap verirdim. Ama matematik konusunda çok iyiydim. Gece dışarı çıkmadan önce özel tasarımcı imzalı, üzerinde yirmi iki kilo incik boncuk olan gece elbisem, tam makyajım ve tavana kadar yapılı olan saçlarım ile masaya oturur, önümüze matematik kitaplarını açar ucu sivri kurşun kalemlerle formüller çözerdik. Bir yanlışı silgi ile sildiklerinde kâğıt üzerinde ufak silgi tozları kalırdı. "Silgiyi elbisemden uzak tutun!" diye bağırırdım. Tanrı korusun ya o silgi tozları elbisemin boncukları arasına gelseydi?

Ivanka, Chapin'de çok popülerdi. Her zaman tüm partilere ve oyun günlerine davet edilirdi. Ivanka çok tatlı, dost canlısı ve güzel biriydi. Birinin onunla arkadaş olmak istemeyeceğini düşünemiyorum bile! Buna rağmen bazı kızların Ivanka ile anne babası defilelerde, konserlerde, partilerde ve Yankee Stadyumu ile Amerikan Açık Tenis turnuvasındaki locamızda ünlülerle birlikte fotoğrafları gazetelerde çıktığı için arkadaşlık kurmaya çalıştıklarını hissediyordum.

Donald çocuklara erken bir iş hayatı tavsiyesi olarak "Kimseye güvenmeyin." derdi ve bu aynı zamanda arkadaşlıklar için de geçerli. Ben de ailemiz ve en yakın dostlarımız dışında herkese şüpheyle yaklaşarak büyüdüm, belki de konuşkan komşumuz bile bir komünist ajanı olabilirdi. O zamanlar da sadakati ve güveni hafife almazdım, şimdi de almıyorum. İnsanlarla konuşurken çok dikkatli olmam lazım çünkü hem söylediklerim hem de asla söylemediklerim bile gazetelerde ya da internette çıkabiliyor. Eski arkadaşlarım ve çalışanlarım benimle ilgili basına yalanlar söylediler. Erkek arkadaşlarımdan biri (üç numaralı kocamdan sonra) bana para için şantaj yapmaya kalktı. İyi bir adam olduğunu düşünüyordum ama sonra salak gibi beni fotoşoplanmış fotoğraflarla tehdit etti. FBI'ı aradım ve iki gün sonra ülkeyi terk etti. Avukatım Gary Lyman FBI ile birlikte çalışarak bir daha asla Amerika'ya adım atmamasını sağladı. İnsanların benimle (ya da avukatımla) uğraşmaya cesaret edemeyecek kadar zeki olduklarını sanırdım.

Benim dikkatli yanım çocuklarıma da geçmiş olabilir. Onlara asla oyun günleri olmaması gerektiğini, arkadaşlıklarını onaylamadığımı ya da "..... ile görüşemezsiniz!" demedim. Spor, dersler, ödevler ve aile gezmeleri ile dolu sıkışık günlerinde arkadaşları ile birlikte oynamaya zaman ayırabiliyorlarsa istedikleri kadar oynayabilirler... Tabii arkadaşlarının evinde olmak kaydıyla. Trump Tower'da oyun günlerine karşıydım. Üç katlı evimiz fazla büyük ve lükstü. Çocukların arkadaşları, "Burada mı yaşıyorsun?" diye soruyorlardı ve o küçük yüzlerinde hissettikleri tedirginliği, hayranlığı, kıskançlığı ya da hoşnutsuzluğu görebiliyordunuz. Çocuklarımı iyi ya da kötü olarak kendi karakterleri yerine hemen ailelerinin zenginliği ile yargılarlardı. Sonra sınıftaki çocuklar birbirleriyle konuşurlardı ve benim çocuklarım 'farklı' oldukları için sınıfta tek kalırlardı. Bu insanlar arasında bile -Manhattan'ın elitleri- soyadları devasa altın harflerle kendi gökdelenleri üzerinde yazan kimse yoktu. Kaçınılmaz sonuç hep olumsuzluk olurdu.

İstediği zaman evimize gelip çocuklarla oynamasına izin verdiğim tek kişi Michael Jackson'dı.

Popun Kralı, Trump Tower'da yaşıyordu ve tüm ailemizin iyi bir dostuydu. Bize uğrayıp Donald ve benimle yirmi dakika sohbet eder sonra çocukların katına çıkıp saatlerce onlarla oynardı. Birlikte MTV izler, Süper Mario ya da Tetris oynar ve Legolarla Trump Tower'ı inşa ederlerdi. Michael otuz yaşındaydı ama içi hâlâ bir çocuktu. Ivanka ve oğlanlarla bizden daha iyi anlaşabiliyordu.

Ivanka, Fındıkkıran Balesi'nde sahne alırken o günlerde şöhretinin zirvesinde olan Michael da bu gösteriyi izlemeye gelmişti ve izleyenler arasında neredeyse bir izdihama sebep olmasının yanı sıra perde arkasında da bir olay çıkmasına neden olmuştu. Michael'ın geldiğini duyan genç balerinlerden biri, hepsinin Michael'ın tarzına bir gönderme olarak tek bir beyaz eldiven giymesini önermişti. Öğretmenler şok olmuşlardı ve genç dansçı değişik kostümü giymeyi bırakın gösterinin kostümünü değiştirmeyi aklına getirdiği için bile cezalandırılmıştı. Ivanka istemeden de olsa bu kadar gerilime sebep olduğu için çok korkmuştu ama bunun sahnedeki performansını etkilemesine izin vermedi. Michael bana Ivanka'nın o gece bir melek gibi göründüğünü söylemişti.

Bu arada, çocuklar Michael ile oynarken ya dadılar ya da ben her zaman onlarla birlikte aynı odadaydık. Benim anladığım kadarıyla aseksüel birisiydi. Kendisi bir yetişkin vücudunda yaşayan bir çocuk gibiydi; hassas, tatlı ve kibardı. Çocukları taciz ettiğine dair olan suçlamalara asla inanmadım. Onun birilerine zarar vermesinin imkânı yok.

Greenwich'te çocuklar hafta sonlarında komşularımızın çocukları ile oynarlardı. Ivanka'nın oradayken diğer kızlarla pijama partileri verdiğini hatırlıyorum. O ve beş kız arkadaşı gece üçten önce uyusunlar diye gidip bağırmam gerekirdi. Eric ve Don diğer erkek çocuklarla birlikte saatlerce bisiklete biner ve ormanda dolaşırlardı. Palm Beach'te de birçok arkadaşları vardı. Ama nerede olurlarsa olsunlar üç çocuğum her zaman birbirlerinin en iyi arkadaşlarıydılar.

Okul çağındaki bir çocuğunuz olduğunda kendi okul zamanınızdaki problemlere ve endişelere de tekrar döndüğünüzü duymuştum. Diğer anneler arasında popüler olacak mıyım? Beni de kahve randevularına ve aerobik derslerine çağıracaklar mı? Beni de oyun günlerine davet edecekler mi?

Ben ise bunları hiç umursamıyordum.

Oyun günlerinden vebadan kaçar gibi kaçardım. Çocukları bırakma ve alma işlerinin hepsini dadılar hallederdi. Ben otellerdeki işim ile çok meşguldüm ve diğer annelerle dostluk kuracak zamanım yoktu. Üç çocuğumun da tüm veli görüşme günlerine, resitallerine, konserlerine, oyunlarına, tiyatrolarına ve mezuniyet törenlerine katılmak oldukça zordu. Birkaç tanesini kaçırdığımı itiraf ediyorum. *Birisinin* her birinde olması kuralımdı ya ben ya Donald, dadılar, benim anne ve babam ya da bunların bir kombinasyonu. Etkinliklere en iyi şekilde zamanı kullanarak gitmemi sağlayan bir stratejim vardı. Bir arabayla okula gider, annemin ya da Dorothy'nin benim için ayırdığı koltuğa oturur, gösteriyi izler ve çocuğuma tezahüratta bulunurdum. Gösteriden sonra öpüp sarılır ve tebrik ederdim, sonra da kapıdan çıktığım gibi toplam bir saatte işime geri dönerdim. Daha sonra akşam yemeğinde gösterinin detaylarını konuşurduk. Veli-öğretmen görüşmeleri daha önemliydi. Donald her zaman veli görüşmelerine gelirdi ve konuşmayı da bana bırakırdı. Ben de çok önceden bu görüşmeleri ajandama kaydederdim ve detaylı bir konuşma yapmamıza yetecek kadar zaman ayırırdım. Önce sormak istediğim soruların listesini yapardım ve aldığım cevapları beğenmezsem, öğretmenler ve idare ile birlikte çalışarak gerekli ayarlamaları yapardım.

Çocukların okullarına ayırdığım enerji ve zaman sadece onların dersleri ile sınırlıydı. Okul aile birliği gibi gönüllü işleri yapacak zamanım yoktu. Beni bu işlere sokmaya çalışan annelerin çoğu hiçbir sorumluluğu olmayan ev hanımlarıydı. Zaten bu okul aile birlikleri duyduğuma göre daha çok sosyalleşmek, dedikodu yapmak ve şikâyet etmek üzerine kuruluydu. Bir şikâyetim olursa doğrudan okul müdürüne gidiyordum. Diğer annelerle dedikodu yapmanın benim için bir anlamı yoktu. Kadınlar iyi insanlardı ve çocuklarının hayatlarıyla da çok ilgiliydiler ama benim onlara ne söyleyecek bir şeyim ne de zamanım vardı. En yakın arkadaşlarımın 'baby shower' partilerine bile zar zor yetişiyordum.

Yeni arkadaşlıklar arayan türde bir kadın değilim. Çekirdek

grubumdaki arkadaşlarım ile birbirimizi kırk yıldır tanıyoruz. Dorothy size tam olarak kimin en iyi arkadaşım, kimin yalnızca arkadaşım, kimin sosyal basamakları tırmanmak isteyen biri, kimin beni kullanmaya çalışan biri ya da kimin benim için bir hiç olduğunu söyleyebilir. Hayatımın bekçiliğini yapan o ve kimi içeri sokup kimi kapıdan döndürmesi gerektiğini iyi biliyor. Bunun hepsi sadakat ve güvenle ilgili. Gerçekten kaç tane en iyi dostunuz var? Dört mü? Beş mi? Bağlarınız derinse bundan daha fazlasına ihtiyacınız yok.

Sade arkadaşlıklar aslında bana sorun yaratıyor. Bugüne kadar hep bir ya da iki kere görüştüğüm insanlar benimle olan bu ufacık bağlarını kullanarak restoranlarda adıma rezervasyonlar yapıyorlar. Yakınlarda şehrin popüler restoranlarından biri olan ve Elli Beşinci Doğu Sokağı'nda yer alan Polo Bar'dan bir telefon aldım. Bazı geceler bu barda hayatınız buna bağlı olsa bile rezervasyon yaptıramazdınız. Barın resepsiyonisti aradı ve "Merhaba, Ivana. Cumartesi gecesi on dört kişilik rezervasyonu sen mi yaptırdın?" diye sordu.

"Hayır! Ben Miami'deyim!" dedim.

Rezervasyon problemi ünlü olmanın getirdiği pek bilinmeyen bir sorun. Telefon numaram, adıma yapılan rezervasyonları onaylayabilmeleri için New York, Miami ve Saint-Tropez'de birçok mekânın resepsiyonistinin hızlı aramasına kayıtlı. Ben de onlara diyorum ki, "Rezervasyonu ben yaptıysam her zaman orada olurum. Orada değilsem gidin polis çağırın!"

Babi ve ben, Zlín, 1949.

Dalgalanan elbise günü, Zlín, 1958.

Çek ulusal gençler takımı Alpler yarışında, 1967 dolaylarında.

Prag'ta üniversite boyunca modellik yaparken, 1968 dolaylarında.

Palm sahilindeki Concha Marina'da, 1995 dolaylarında.

İlk romanım olan *"For Love Alone"*'un tanıtım fotoğrafı, 1992.

90'larda Aspen'de kayarken. Kocaman paltolara ve şapkalara ihtiyaç duymazdım, hiç.

San Marco Meydan'ında güvercinlerle arkadaşlık ederken. Venice, İtalya, 2005 dolaylarında.

1976'da Aspen'de nişanlandığımızda.

New York'ta Donald'ı ilk gördüğüm haftasonu, 1976.

Don Jr. ve bebek Ivanka, 1982.

Eric, bebek mavisi gözleriyle bakarken, 1985.

Don Jr. Donald, ben ve Fred Trump Winged Foot Golf Club'tayken, Mamaroneck, NY, 1978.

1977'de Manhattan'daki düğünümüzden. Soldan sağa: Fred Trump, Mary Trump, Donald, ben, babam ve teyzem.

New York'ta Plaza Otel'deki Eric'in 6. doğumgünü partisinden, 1990. Donald ile benim boşanmamızdan 1 ay sonra.

Anne kız fotoğrafı, 1991.

1989'daki Aspen tırmanışımız. Atımın ismi Pepsi, Ivanka'nınki Cola. Arılar, ayılar ve fırtınaya rağmen çocukların eğlendiği gün.

Trudy ile Don Jr., 1978.

Ivanka'nın 2 yıldır aldığı piyano derslerinin sonunda, 1988 dolaylarında.

Don Jr. ve Ivanka'nın Trump Tower'daki odalarından, 1992.

Soldan sağa: Don Jr., Babi, Ivanka, Chappy, ben ve Eric, 1992.

80'lerin saç bandıyla ve Don Jr. ile, 1986 dolaylarında.

Sol: Plazadaki bir başka doğum günü partisi. Ivanka kadife elbisesini çok sevdi ve oğlanlar da takımları içerisinde harika görünüyorlar, 1987 dolaylarında.

Sağ: Ivanka'nın New York City Ballet's Lincoln Center'daki melek kostümü, 1990.

Riccardo'nun yatında, Akdeniz'in ortalarında, 1993.

Sol: Aspen'de yılbaşında babam ve Don Jr. ile, 1987.
Sağ: Greenwich'te havuzda, Ivanka ve Dedo, 1986.

Roffredo ve New York'ta bana verdiği Ferrari ile, 1999.

Ivanka ve Bridget Carroll, 1991.

Don Jr. Bahamalar'da Atlantis'te, 2007.

Erkek kardeşler. Fransa sahilinde bir yerlerde yaz zamanları, 1995.

Madame Tussauds'daki balmumu heykelimle, New York, 2000.

Ivanka ergenken odasında sürekli telefondaydı, 1994.

Ailemle denizci temalı gecede 80'lerin sonunda, Palm Beach.

Akşam yemeği için yılan balığı mı? Don Jr. çok mutlu görünmüyor. Yunanistan yazı, 1993.

Eric henüz 12 yaşındayken benden daha uzundu, 1996.

Ivanka'nın erken modellik fotoğrafı, 1997.

Don Jr. Aspen'de anı yakalamış. Bizden geriye kalanları güneş gözlüğümden görebilirsiniz, 1995.

Yardımcım Ivanka ile şükran günü için devasa hindi hazırlarken, 1988.

Eric ve Lara'nın düğününden, Mar-a-Lago, 2014.

Manhattan'daki kasaba evimizin önünde, 2008.
En soldaki Dorothy Curry.

Tiger (ve benim bacaklarım) Miami, 2015.

Manhattan'daki düğün günü, 1995. Soldan sağa: Babi, Riccardo, ben ve Ivanka. (Ivanka'nın altın rengi denizkızı kostümü.)

Rossano ile, 2007.

M. Y. Ivana, French Riviera'da seyir halinde, 2005.

Kararlar, kararlar (Solumdaki yakışıklı İtalyanı seçtim.) Henrik ve Roffredo ile yatımda, 1998.

Ivanka'nın mezuniyetinden, Wharton, 2004.

İlk torunum Kai ve onun babasıyla, 2007.

Diğer iki bebeğimle, Chappy 2 ve Dodo, 2001 dolaylarında.

- 12 -

MUTLU YILLAR SANA!

Ivanka, Chapin'de okurken sınıfındaki kızlardan biri bir Las Vegas doğum günü partisi düzenlemişti. Las Vegas temalı bir parti değildi ki bu bile oldukça garip kaçardı. Planları doğum günü kızını -sanırım on dört yaşlarındaydı- ve diğer tüm arkadaşlarını alıp uçakla Nevada'ya götürmek, bir gece bir kumarhane otel süitinde kalmak, bir günü Las Vegas'ta geçirmek ve sonraki gün tekrar geri uçmaktı.

Partiyi düzenleyenleri arayıp arabayla yalnızca birkaç saat uzaklıktaki Atlantic City'de de yüzlerce lüks süit olduğunu ki bunlara Trump Castle da dâhildi, hatırlatmayı düşünmüştüm. Sırf parlak ışıkları görsünler diye bir düzine New York çocuğunu alıp ülkenin diğer ucuna uçurmaya gerek yoktu. Aslında tüm bu paranın çok daha azına onları Grand Hyatt ya da Plaza'ya götürebilir, oda servisi sipariş edebilir ve *Cats* ya da *Les Miz* gösterilerini izlemeye de götürebilirdiniz.

Bir türlü bu gezinin amacını anlayamıyordum. Günahlar Şehri'nin bir avuç ergen kız çocuğu için uygun bir yer olduğunu mu düşünüyorlardı? Belki de doğum günü kızı için özel bir anlamı olan bir konser ya da gösteri vardı ama yine de saçmaydı. Çocukların tüm arkadaşlarının düzenlediği sayısız parti arasında yıllar sonra bile bu partiyi hatırlamamın tek sebebi tamamen salakça olması.

Tabii Ivanka da gitmek istemişti. Parti bana çok saçma ama ona çok eğlenceli gelmişti. "Ödevlerini ve derslerini tamamlarsan gidebilirsin." dedim. Ama ne yazık ki dönecekleri gün Ivanka'nın bir sınavı vardı. Bu durum kararımı kolaylaştırdı. Sınavın tarihini değiştiremediği takdirde geziye katılamazdı. Öğretmenine sordu ve öğretmen kabul etmedi. Donald, okulu aradı ve kibarca sınavı bir gün erteleyip erteleyemeyeceklerini sordu. Öğretmen kararını değiştirmemişti. Bu Donald'a ilk kez 'hayır' dendiği zaman olabilirdi.

Bu hikâyeyi anlattığımda insanlar genellikle, "Ivanka ağlayıp gitmesine izin vermen için yalvardı mı?" diye soruyorlar.

Tek bir damla gözyaşı bile dökmedi. Tek bir şikâyet bile etmedi. Çocuklarım bana asla cevap vermezlerdi. "Gidemezsin!" dersem gidemezlerdi. Konu kapanırdı. Ha Ivanka bana gelip bu saçma partiye gitmek için çok iyi bir sebep sunsaydı, o zaman onu dinlerdim... Ama sonra yine 'hayır' derdim. Benim önceliğim onun eğitimiydi, saçma sapan eğlenceler değil. O da bunu biliyordu ve patronun kararını sorgulamasının bir faydası yoktu.

New York ve Los Angeles'ta seksenlerde ve doksanlarda aşırı abartılı çocuk partileri diye bir gerçek vardı tabii. Aileler çocuklarının beşinci ve onuncu yaş günlerine onlarca bin dolar hatta Sweet Sixteen denen On Altıncı Yaş Günleri'ne ve Musevilerin bar ve bat mitzvah partilerine yüzlerce bin dolar para harcarlardı. Alınan hediyeler ise çılgıncaydı: BMWler, Mercedesler, Dolce&Gabbana alışveriş çılgınlıkları, elli kişilik tropikal ada seyahatleri...

Biz Trumplar da pek alçakgönüllü ve mütevazı sayılmazdık. Donald ile olan evliliğim süresince ve sonrasında partilere, galalara, kulüp ve restoranların açılışlarına katılarak oldukça iyi bir hayat yaşadım. Dünyanın birçok köşesinde bazılarına Don, Eric ve Ivanka'nın da katıldığı kendim, arkadaşlarım ve hayır kuruluşları için gösterişli partiler düzenledim. Bir parti düzenlerken her zaman şu felsefeye sahip oldum: Olabildiğince abart, eğlen ve düzgün yap. Güzel bir masa kurmak, oturma düzeni yapmak ve menü hazırlamak konularında tam bir dâhiyim. AMA çocuklarıma asla sınırsız, çılgınca partiler düzenlemedim ve onları hiçbir zaman lüks hediyelere boğmadım. Onların partileri her zaman uygun ve düzgün bir sınır içerisindeydi. Beş, on ya da on beş yaşında bir çocuk ailesinin yalnızca onun doğum günü için banka hesaplarını boşalttığını görürse kendisini Tanrı'nın insanlara bir nimeti sanmaya başlayabilir. Anne ve babasının istediği her şeyi yapacağını düşünmeye başlar. Böyle yaparsanız tam olarak şımarık bir velet yetiştirirsiniz. Bir yaşında bir çocuk zaten bir partiyi hatırlayamaz ki. Bu yüzden çocuklarımın altı yaşına kadar olan tüm doğum günleri evde arkadaşlarımız ve ailemizle birlikte pizza, pasta ve dondurma yediğimiz ufak eğlenceler şeklindeydi.

Daha sonraları 1987 yılında Plaza Hotel'i satın aldığımızda otelin yemek ve davet işleriyle ilgilenen ekipleri çocukların partilerinde toplantı odalarına düzinelerce renkli masa kurarak her yeri balon ve konfetilerle süslerlerdi. Çocukların partilerine her zaman anne babaları da çağırırdık ve onlara da ordövr tabağı ve açık bardan içkiler ikram ederdik. Her yıl onlarla konuşmak için zaman ayırdığım tek gün bu partilerdi ve sohbet çok sıkıcıysa da hemen kaçarak uzaklaşırdım. Zaten büyüklerdense çocukların istedikleri tüm hamburgerleri, pastaları ve içecekleri aldıklarına emin olmaya odaklanmayı tercih ediyordum.

Yirmi çocuk, onların anne babaları, bizim dostlarımız ve

ailemiz ile -birilerini çağırmayı unutmaktan nefret ederdik- odada yüzlerce misafir oluyordu. Plaza'nın pasta şefi tarafından yapılan pastalar hep kocaman ve birkaç katlı olurdu.

Her yıl aynı mekânı kullandığımız için partileri palyaçolar ya da sihirbazlar gibi farklı eğlenceler ile farklılaştırırdık. Ivanka'nın doğum günü 30 Ekim'de. Bu yüzden de tüm çocuklar -ve anne babalarının- kostümle geldiği Cadılar Bayramı temalı bir parti için çok uygun. Ivanka genellikle güzel prenses kostümleri, taytlar ve bale ayakkabılarını tercih ederdi. Bir yıl Ivanka balerin olarak, Eric altın düğmeleri olan kırmızı paltolu bir oyuncak asker olarak ve Don da baştan aşağı kamuflajlı bir komando olarak giyinmişti. Şimdi o fotoğrafa baktığımda kostümlerinin nasıl da ailedeki rollerini yansıttığını görüyorum. En ufakları olan Eric, Ivanka ve Don için bir oyuncak gibiydi. Hep onunla oynarlar ve onu şekillendirirlerdi. Yaşları büyüdükçe Ivanka ona nasıl iyi giyinmesi gerektiğine dair ipuçları veriyordu. Don ikisinin de koruyucusuydu, küçük kız ve erkek kardeşinin arkasında duran bir asker. Ivanka ilgi isteyen dışa dönük sanatçıydı ve spot ışıklarının altında parlıyordu.

Don'un doğum günü yılbaşındaydı. Bu yüzden onun partileri hep Aspen'de oluyordu. Oradaki dostlarımızı otel süitimize davet eder birlikte akşam yemeği yer, pasta keser ve Don'a "Mutlu Yıllar Sana!" şarkısını söylerdik. Sonra biz Donald ile beraber arkadaşlarımızla bir restorana ya da kulübe giderdik. Çocuklar da anne ve babam ile birlikte otelde kalırlardı. Televizyondaki Times Meydanı'ndaki yılbaşı geri sayımını izlemelerine izin veriyordum ve arkadaşlarına gece on ikiye kadar ayakta kaldıklarını anlatıyorlardı. Aslında o an Colorado'da saat akşam on oluyordu. Don on yaşına basana kadar yılbaşındaki kutlamaların ve havai fişeklerin kendi doğum günü için yapıldığını zannediyordu. Şehre döndüğümüzde Wollman Rink'i kapatıp Don'un sınıf arkadaşlarını ve onların anne babalarını sıcak çikolatalı ve pastalı kaykay partisine çağırırdık.

Eric'in doğum günü Don'dan bir hafta sonra 6 Ocak'taydı. Bu yüzden bazen ikisini birlikte kocaman bir parti olarak kutlardık. Bir keresinde Plaza'nın önündeki bir bölgeyi sirk köpekleri gösterisi için kapatmıştık. Oğlanların karateye heveslendiği dönemde gösteri yapması için karate ustası bir sensei tuttuk. Usta üst üste dizili duran tahtaları elleriyle vurarak kırdı ve alnıyla da bir tuğla parçasını ikiye ayırdı. Çocuklara bir saldırgana karşı kendilerini nasıl koruyacaklarını gösterdi ve hızlı bir hareketle asistanını sırt üstü matın üzerine fırlattı. Sonra da çocuklara bakarak, "Bunu yapmayı öğrenmeyi kim ister? Hiç gönüllü var mı?" diye sordu.

Onlarca erkek çocuktan tek bir çıt bile çıkmadı.

Sonra Ivanka elini kaldırdı ve "Ben varım!" dedi.

Hediyelere gelince, çocuklarımıza elmas kaplamalı tenis raketleri, mini Land Roverlar ya da boyunlarında saten eğerler olan Shetland midillileri aldığımızı düşünüyorsanız sizi hayal kırıklığına uğrattığımız için üzgünüm. Onlara aldığımız en büyük hediyeler yeni bir bisiklet ya da kayak takımı veya Ivanka için birkaç parti elbisesiydi. Ivanka'nın doğum günü Noel tatilinden tam önceydi ve oğlanlarınki de tam sonraydı. Onları hediyeye boğsaydık bu çok aşırıya kaçmak olurdu. Onlar da aynı şekilde hissediyorlardı ve bana açıkça arkadaşlarının önünde lüks hediyeler açmaktan utandıklarını söylemişlerdi.

Onlara hediye vermemeleri için arkadaşlarıma yalvarırdım. İnsanların bana ihtiyacım olmayan ya da istemediğim şeyler vermelerine dayanamıyorum! Sonra sizin de onlara hediye almanız gerekiyor ve günün yarısını alışveriş yaparak harcıyorsunuz. Bu da çok can sıkıcı bir durum. İki taraf da birbirine hediye yollama geleneğinin içinde hapsolup kalıyor. Durun! Lütfen bana hiçbir şey yollamayın. Gerçekten yollamak zorundaysanız da kokulu mum ya da bir orkide gibi ufak bir şey yollayın. İçi şeker ve kurabiye dolu kocaman bir hediye sepeti mi? Onları doğruca Dorothy'ye veriyorum. (Dorothy araya girip bunları ve diğer ufak hediyeleri yollamaya devam edebileceğinizi söylüyor.)

Tabii ki insanlar benim söylediklerimi göz ardı ediyordu ve hediyelerden oluşan aşırı yüksek bir dağ oluşuyordu. Tüm oyuncakları, spor eşyalarını, kıyafetleri ve oyunları gözden geçirip hepsini gruplandırmayı bir aile geleneği hâline getirdik. Bir grup saklayacaklarımızdı. Sevdikleri ve hediye edildiği için gerçekten heyecanlandıkları şeylerdi. O yılın popüler oyuncağının ikincisi (ya da üçüncüsü) gibi zaten sahip oldukları ya da gerçekten istemedikleri şeyler ise bağışlanacaklar grubuna gidiyordu. Bunları Kurtuluş Ordusu, Kızıl Haç ve Körler Derneği gibi yerel hayır kurumlarına bağışlıyorduk. Bağış yapma geleneği tüm çocuklarımda var. Eric yardım kuruluşu ve yıllık golf kulübü yemeği ile açık artırma yoluyla St. Jude Çocuk Hastalıkları Araştırma Hastanesi için on milyon dolar bağış toplayarak beni çok gururlandırdı. Don, çocuklar için sağlık hizmeti sunan Operation Smile için para topluyor. Ivanka, insanlara konut yardımı sağlayan Habitat for Humanity ve çocuklara yardım eden Children's Aid Society başta olmak üzere birçok hayır kurumu için kaynak sağlıyor.

Evdeki bir diğer ve daha sıkıcı bir parti sonrası geleneğimiz ise teşekkür notları yazmaktı. Partiye gelen herkes bir teşekkür notu alıyordu. Biri bir kasetçalar hediye ettiyse, teşekkür notu alıyordu. Başka biri bir oyuncak ayı getirdiyse bir teşekkür notu alıyordu. Çocuklarım her doğum gününden sonra *yüzlerce* teşekkür notu yazıyorlardı. Yemek masasının üzerini kalemler, kâğıtlar, zarflar, isim ve adres listeleri ve pulların kapladığı koca bir operasyondu. Bilgisayar yerine elle yazılmış teşekkür notu daha kişisel bir anlam taşıyordu. Çocuklarımı ilk olarak görgü ve kibarlığı düşünecekleri şekilde yetiştirdim. Birisi zaman ayırıp onlara hediye almak için alışverişe çıkmışsa, çocuklarımın yapabileceği en ufak şeylerden biri de ona düzgün bir teşekkür notu yazmak için zaman ayırmaktı.

Çocuklar büyüdükçe büyük partiler yapmayı bıraktık. Ya okuldaydılar ya da arkadaşlarıyla kutlamak istiyorlardı. Onları Aspen'de güzel bir öğle yemeğine çıkarır ya da bir hafta sonu için Concha Marina'ya davet ederdim. Ama onlara verdiğim hediyelerim değişmedi. Ivanka'ya hâlâ güzel elbiseler ya da çantalar veriyorum. Oğlanlar her zaman yeni kayak takımları ve balık oltaları ya da bugünlerde yeni elektronik eşyalar istiyorlar.

Don ve Ivanka'nın kendi çocuklarının doğum günü partilerini nasıl verdikleri konusunda bir kuşak farkı olduğunu fark ettim. Genellikle Manhattan'da çocukların içeride çılgın gibi koşturabildikleri ve bir top havuzunda ya da tramplende oynadıkları bir oyun alanına gidiyorlar. Çok rahatlar ve yalnızca aileyi ve aşağı yukarı bir düzine insanı davet ediyorlar. Öyle çok katlı pastalar falan da yok ya tek katlı basit bir pasta ya da üzerinde mumlar olan ev yapımı bir tatlı kesiyorlar. Çocuklarım kendi çocuklarıyla benim onlarla olduğum kadar resmî değiller. Bu kuşakla alakalı bir şey. Sonuçta çocuk kendisini özel ve sevildiğini hissettiği sürece partiyi nerede yaptığınızın ya da ne kadar büyük olduğunun hiçbir önemi yok.

- 13 -

MUTLU BAYRAMLAR!

Trumplar bayramları nasıl kutlardı? Aynı diğer Amerikan aileleri gibi ama birazcık daha fazla şatafatla.

CADILAR BAYRAMI

Beşinci Cadde Numara 800'de yaşadığımız zamanlarda (Eric doğmadan önce) şeker toplamaya çıkmak kolaydı. Çocuklar kostümlerini giyip ufak plastik balkbabaklarını ellerine alıp arkalarında dadıları ya da benimle birlikte kapı kapı gezip şeker toplarlardı. Trump Tower'a taşındıktan sonra kapı kapı gezmek uygun değildi. Daire sahiplerinin birçoğu seyahat ediyordu ve evde yoktular ya da çocukların gelip kapılarını çalmasından hoşlanmıyorlardı. Bunun yerine çocukları Beşinci Cadde'ye ve Park Caddesi'ne götürürdük ve arkadaşlarının kapılarını çalardık ya da sınıf arkadaşlarından birinin düzenlediği bir partiye bırakırdık. Cadılar Bayramı hafta sonuna denk gelirse Greenwich'te olurduk. Banliyö çocukların şeker toplaması için daha uygundu. Daha az araba vardı ve etraf çocuklar için çok daha uygundu. Çocuklar evden eve koşup şeker toplarlardı. Onlara yetişmek için peşlerinden koşarken az spor yapmadım. Seksenlerin ortalarına doğru Donald ile ben dışarıda tanınır insanlar hâline geldiğimizde çocukların yalnızca dadılarıyla birlikte şeker toplamaya gitmelerinden endişelenmeye başlamıştım. Bu yüzden güvenlik görevlilerimizi de belli etmeden peşlerinden gönderiyordum. O zamanlar güvenlik görevlilerinin onları izlediğinden bugün dahi haberleri olduğunu zannetmiyorum.

ŞÜKRAN GÜNÜ

Şükran Günü tüm geniş Trump ailesini -yirmi beş kişi- Greenwich'te ağırladığım bayramdı. On yedi yatak odasıyla ev tüm hafta sonu yatılı misafir ağırlamaya yetecek büyüklükteydi. Önce dekorasyonu yapardık. Giriş iki yanından da merdivenler uzanan üç katlı kubbeli bir odaydı. En az yedi metre boyunda kocaman bir ağacı merdivenlerin ortasına yerleştirmiştik. Çekoslovakya'dan yüzlerce etkileyici kristal küre süslemesi getirtmiştim. Bu kristal küreleri çocuklar aşağılardaki dallara, eve bakan kapıcımız da bir merdiven yardımıyla üst dallara asardı. Ağaç o kadar büyüktü ki süslemesi iki hafta sürerdi. Ağaçlarımı ocak ayına kadar kaldırmazdım. Don bana bu seneki ağaçlarının resmini attığında çok güldüm. Ağaç oturma odasında o kadar uzun süre kalmıştı ki yaprakları sararmıştı. Görünüşe göre bayramların havasına olabildiğince uzun süre tutunmaya çalışmak garip ve komik bir aile geleneği hâline gelmişti.

Geleneksel Amerikan Şükran Günü hindisini hazırlamak için sabah beşte kalkardım ve on iki kiloluk hindinin içini ciğer, kuru üzüm ve ceviz ile doldururdum. Yemeğin yanına da patates püresi, ızgara sebze ve ev yapımı kızılcık sosu hazırlardım. Tatlı olarak da dondurmalı elmalı turta yapardım.

ERIC: Çocukken en sevdiğim bayram Şükran Günü'ydü. Hepimiz birlikte yemek yapardık. Annem tane kızılcıklardan yapılma geleneksel kızılcık sosunu hazırlardı. Ama çocuklar olarak kardeşlerim ve ben kızılcık sosunu kavanozdan çıktığı gibi ekmeğe sürebildiğiniz şekilde severdik. Tadı daha güzel oluyordu. Annem sosunu hazırlamak için saatler harcardı ama biz hazır olan sosu sürüp yerdik.

Çocukken kasım ayında iki bayramımız vardı: 1 Kasım, Katoliklerin azizleri hatırlama günü olan Azizler Günü'ydü. 2 Kasım ise mezarlıkları ziyaret ederek, mum yakarak ve çiçekler bırakarak ölüleri hatırladığımız Ruhlar Günü'ydü (Çek dilinde adı Dusicky ya da Küçük Ruhlar). Tarihler hafta içine denk geliyorsa bir sonraki hafta sonunda kutlardık. Çocukken Dusicky gününde annem lahana turşusu, paprikalı tavuk ve kara lahana ile Segedin gulaşı pişirirdi. Anne ve babam Greenwich'teki Şükran Günü'ne gelmemiş olsalar bile çocukların küçüklüğü boyunca yılın en az altı ayını Amerika'da geçirirlerdi. Annem çocuklara tüm klasik Çek yemeklerini pişirirdi ve tabaklarındaki her lokmayı yediklerinden de emin olurdu.

ERIC: Babi hayatımızda her zaman kaya gibi duran birleştirici bir kuvvetti. Hele ki yaptığı yemekler! Hepimizin bayıldığı çilekli hamur tatlısı ve paprikalı tavuk yapardı. Şimdilerde sağlıklı yemek konusuna odaklanmış olan ebeveynlerden ve anneannelerden çok farklıydı. O Sovyetlerden gelmişti. Bir yemeğe dört kaşık tereyağı koymak konusunda bir endişesi yoktu çünkü zaten dört kaşık tereyağınız varsa şanslı sayılırdınız. Size üç tabak yemek yedirirdi ve sonra patlayacak gibi olduğunuzda da tabağınıza biraz daha koyardı. Hatta geçenlerde onun paprikalı tavuk tarifini buldum ve kendim yapmaya çalıştım. İnanılmazdı! Tavuk sote üstüne tonlarca krema ve tereyağı.

Asla yiyecek israf etmezdi. Güzel restoranlara gittiğimizde masada kalan yemekleri paket yaptırıp çantasına koyduğunu hatırlıyorum. "Bir kırıntıyı bile israf etme." mantığı genç bir kız olarak Çekoslovakya'da gördüklerinden geliyordu. İkinci Dünya Savaşı'nın korkunç sonuçları, Rus işgali, aç insanlar ve çocuklarına yemek bulamayan anne babalar. Babi, Amerika'ya geldiğinde kendi ülkesinde yaşadığından çok farklı bir hayat yaşamaya başladı ama asla kökünü kaybetmedi.

Greenwich'teki evde küçükken Don ve Ivanka ile birlikte Babi'nin yatağına girip onunla yattığımızı, sosisli sandviçler, çilekli dondurmalar ve çikolatalar yiyerek birlikte eski gri televizyondan Çarkıfelek [Wheel of Fortune] izlediğimizi ve çok mutlu olduğumuzu hatırlıyorum. Kendisi bugün de Donnie'ye, Ivanka'ya, bana, annemize ve tüm büyük torunlarına bağlı harika bir insandır.

BABI'NIN MEŞHUR PAPRİKALI TAVUĞU

SEKİZ KİŞİLİK

MALZEMELER

1 tüm tavuk (1 kilo kadar)
2.5 yemek kaşığı un
Yarım çay kaşığı tuz
Yarım çay kaşığı beyaz toz biber
2.5 yemek kaşığı tatlı Macar paprikası
1.5 yemek kaşığı tereyağı
1.5 yemek kaşığı sıvıyağ
1 fincan ince kıyılmış kuru soğan
2 fincan bol baharatlı tavuk suyu
1 fincan ekşi krema
Erişte ya da pirinç

TARİF

1. Tavuğu keserek parçalara ayırın.
2. Tavuk parçalarını, tuz, beyaz toz biber ve yarım yemek kaşığı paprika ile çeşnilenmiş yarım yemek kaşığı una bulayın.
3. Döküm bir tavada tereyağını orta ateşte eritin. Sıvı yağı ekleyin. Tavuk kahverengileşene kadar yaklaşık yedi dakika tavada soteleyin ve sonra tavadan alın.
4. Kalan iki yemek kaşığı paprika ile soğanı üç dört dakikalığına aynı tavada soteleyin. Soğanlar şeffaflaştığında tavuğu tekrar tencereye alın ve tavuk suvuyunu ekleyin. Kaynadıktan sonra yaklaşık bir saat kapağı kapalı şekilde kısık ateşte pişirin.

5. Kalan iki yemek kaşığı unu ve ekşi kremayı yavaşça karıştırarak ekleyin. Pürüzsüz bir kıvama gelene kadar on dakika boyunca kısık ateşte pişirin. Kaynatmayın, yoksa kremanın kıvamı bozulabilir.

6. Erişte ya da pilav ile servis edin.

YENİ BAŞLAYANLAR İÇİN GULAŞ

SEKİZ KİŞİLİK

MALZEMELER

2 yemek kaşığı sıvı yağ

4 doğranmış soğan

2 kilo küp şeklinde kesilmiş et

1 yemek kaşığı paprika (istiyorsanız biraz daha ekleyebilirsiniz)

2 fincan su

1 küp Knorr et bulyon

1 yemek kaşığı un

Erişte, patates ya da mantı

Tuz ve karabiber

TARİF

1. Yağı orta ateşte döküm bir tavada ısıtın ve soğanları pembeleşene kadar pişirin.

2. Eti de soğanların yanına ekleyip karıştırın. Bir yemek kaşığı paprika ekleyin ve karıştırın. Beş dakika kadar et kahverengileşene kadar pişirin.

3. Su ekleyin ve yirmi beş dakika boyunca kısık ateşte pişirin, suyu etin üzerini kapatacak şekilde çektikçe yavaş yavaş ekleyin.

4. Bulyon kübü ekleyip çözülene kadar karıştırın. İsterseniz paprikaları da ekleyebilirsiniz. Unu ekleyin ve karıştırın. Et yumuşayana kadar yaklaşık otuz dakika daha kısık ateşte pişirin. İhtiyaç oldukça su ekleyin.

5. Erişte, patates ya da mantı üzerine dökerek servis edin.

6. İsteğe göre tuz ya da karabiber ekleyebilirsiniz.

IVANKA'NIN FAVORİSİ ÇİLEKLİ HAMUR TATLISI

DÖRT KİŞİLİK

MALZEMELER

Hamur için:

Bir bardak un

Bir yumurta

Tuz

Su

İç Malzemesi için:

Yarım kilo yıkanmış taze çilek

250 gram ufalanmış köy peyniri

6 yemek kaşığı erimiş tereyağı

2 fincan elenmiş toz şeker

1 rendelenmiş limon kabuğu

Taze nane

TARİF

1. Büyük bir kapta su kaynatın.
2. Un, yumurta, tuz ve aldığı kadar suyu karıştırarak yumuşak bir hamur elde ettikten sonra yumuşak ve esnek bir hâle gelene kadar yoğurun.
3. Her çileğin etrafını tamamen kapatacak şekilde hamuru sarın.
4. Hamur kaplı çilekleri 5-7 dakikalığına kaynar suya koyun.
5. Hamurlar pişerken, iç malzemelesini hazırlamaya başlayın.

Peynir, tereyağı, toz şeker ve limon kabuğunu bir kâsede karıştırın.

6. Hamurları sudan çıkarın ve ılık bir servis tabağına koyun.
7. Hamurların etrafını peynir karışımı ile kaplayın.
8. Her birini taze nane ile süsleyin ve sıcak bir şekilde servis edin.

ERIC'İN SEVDİĞİ LEČO

SEKİZ KİŞİLİK

MALZEMELER

1 adet doğranmış orta boy soğan
1 yemek kaşığı sıvı yağ
2 adet dilimlenmiş Polonya sucuğu
8-10 adet küp küp doğranmış yeşilbiber
8-10 adet küp küp doğranmış domates
1 küp Knorr et bulyon
8 adet çırpılmış yumurta
Tuz ve karabiber
2 yemek kaşığı ekşi krema

TARİF

1. Döküm bir tavada soğanları şeffaflaşana kadar 3-4 dakika boyunca yağda soteleyin.
2. Sucuk dilimlerini, biberleri ve domatesleri ekleyin. Bulyon kübü üzerlerine ufalayarak ekleyin ve beş dakika boyunca yumuşayana kadar pişirin.
3. Yumurtaları ekleyin ve beş dakika boyunca ya da yumurtalar olana kadar karıştırarak pişirin.
4. Damak zevkinize göre tuz ve karabiber ilave ettikten sonra, üzerine bir top krema koyun ve hemen servis edin.

NOEL

Ben ufak bir kızken Noel yemeklerimiz havyarlı haşlanmış yumurta, galeta ununa bulanmış ve sotelenmiş sazan balığı, Alman patates salatası ve tatlı olarak da tart gibi geleneksel Çek yemeklerinden yapılırdı. Trumpların Noel geleneği ise Aspen'di. (Noel'de Manhattan'da kalmak zorunda kaldığımız nadir zamanlarda Donald ile birlikte Saint Patrick Katedrali'ndeki gece yarısı ayinine giderdik ve sonrasında da Kardinal John O'Connor ile birlikte kilisedeki yemeğe katılırdık.) Colorado'ya özel 727 jetimiz ile uçardık. Aspen havalimanı oldukça kısa bir piste sahip olduğu ve iki dağın arasında bulunduğu için inerken hep yüreğimiz ağzımıza gelirdi. Çoğu pilot Denver'e gitmeyi tercih ederdi. Aspen'e güvenli bir iniş yapabilmek için hem hava durumunun iyi olması gerekiyordu hem de pilotun zamanlamasının mükemmel olması gerekiyordu. İniş yapmaktan daha da korkunç bir şey vardı. O da kalkış yapmak. Pilot fren pedallarına basardı, motoru çalıştırırdı, birden ayağını frenden çekerdi ve uçak doğrudan havalanırdı. Kar yağmasa ya da rüzgâr olmasa bile nefesimi tutarak beklerdim. Çocukların ne olup bittiğinden haberleri yoktu onlar pilotumuza güveniyorlardı. Donald bir şey olma riskine karşın tüm ailenin aynı uçakta seyahat etmesinden hoşlanmazdı ve bazen çocukları dadıları ile tarifeli uçağa yerleştirirdi. Fred Trump da aynı böyleydi. Buna batıl inanç diyemem, bu daha çok her şeyin iyi gideceğini ummak ama kötü gideceğini düşünerek plan yapmaktır.

Tatildeki evimizden uzaktaki yuvamız dağın tam üzerinde bulunan ve bir sanayici, sinema şirketi sahibi ve emlak uzmanı olan Marvin Davis'in oteli Little Nell'di. Her yıl aynı üç süitte kalıyorduk. Birinin çocuklar için üç yatak odası vardı. Diğerinin anne babam ve Dorothy ya da Bridget için iki yatak odası vardı. Sonuncusu da Donald ile benim içindi. Her gece yatağımdan dışarıda uzun izler bırakarak pistlerdeki karı düzleyen kar araçlarının ışıklarını izlerdim. Her süitin kendisine ait bir oturma odası ve dağ manzaralı bir terası vardı.

Bavulları odalarımıza yerleştirir yerleştirmez ve bir şeyler atıştırır atıştırmaz hemen dışarı çıkıp kar motorlarımıza binerek vadide Noel ağacı aramaya çıkardık. Yalnızca iki buçuk metre uzunluğunda olmasını istiyorduk. Bu yüzden oğlanlar dört buçuk metre bir ağaca çıkıp üstünü keserlerdi. Ağacın kesilen kısmı belinize kadar gelen karların içine düşerdi. Sonra ağacı kar motorlarının arkasına bağlayıp otele götürürdük. Arkamızda dallardan ve çam iğnelerinden bir iz bırakarak lobiden ve uzun bir koridordan taşıyarak ana süitimize getirirdik. Otel çalışanları otelin deposunda duran ağaç süsü kutularımızı çıkarır biz geldiğimizde süitimize getirirlerdi. Ağacı yerleştirdikten sonra süslemeye başlardık. Ocak ayında otelden ayrıldığımızda otel çalışanları gelir süsleri indirir tekrar kutular ve bizim için saklarlardı. Tabii halıların üzerindeki çam iğnelerini ve otelin her yerine sıçramış olan dalları da toplarlardı. Bu konuda bizden çok memnun kaldıklarını söyleyemem. Bir yıl süitimize geldiğimizde yapay bir Noel ağacının çoktan her zamanki yerimize yerleştirildiğini ve süslendiğini gördük. Tamam, Little Nell çalışanları, mesajınız alınmıştı.

Biz Çekoslovakya'da hediyeleri Noel arifesinde verirdik. Don, Eric ve Ivanka, Amerikalılar burada da geleneğe göre hediyeler Noel sabahında veriliyor. Çocuklar yatağa gittikten sonra sanki Noel Baba getirmiş gibi hediyeleri ağacın dibine koyardık ve şafak vaktinde hemen uyanıp hediyelerini açarlarken annem, babam, Donald ve ben de kahve içerek hâlâ yatakta olmayı dilerdik. Her çocuk yalnızca birkaç tane hediye alırdı. Birer liste yaparlardı ve ben de içlerinden üç tanesini seçerdim, belki bir iki de sürpriz yapardım. O akşam hepimiz güzelce giyinirdik, oğlanlar takım elbise ve kravat, Ivanka da kadife bir elbise giyerdi ve otel restoranındaki akşam yemeğine katılmadan önce bazı dostlarımızla birlikte süitimizde biz yetişkinler olarak içkilerimizi içerdik, çocuklar da sıcak çikolatalarını içerlerdi.

ERIC: Her yıl arabalarla Aspen'den yarım saatlik bir mesafeye kadar uzaklaşır, sonra kros kayak takımlarımızı takar ve kayarak adı Çam Deresi Lokantası olan çok şirin bir ahşap kulübeye gelirdik. Orada birkaç saat kalarak kocaman ve ağır bir akşam yemeği yedikten sonra hepimiz tıka basa doymuş olarak tekrar birkaç kilometrelik mesafeyi kayarak arabaya dönerdik. Restorana gidişte yolumuz yokuş yukarıydı ama dönüş yokuş aşağıydı ve bu da kros kayakta çok zorludur. İki paralel kayak yolunda kalırsınız ve duracak da hiçbir yeriniz yoktur. Dışarısı hep kapkaranlık olurdu. Bu yüzden önümüzdeki iki metreyi aydınlatsın diye kafamızda fenerlerle kayardık. Herkes karla kaplanırdı. Don genellikle en önden giderdi ve bir ağacın arkasına saklanıp bir anda önümüze fırlar ve herkesi yere iterdi. Ben de onun üzerine atlardım ve hepimiz donarak, gülerek ve yemekten tıka basa doymuş şekilde koca bir kartopu gibi yuvarlanırdık.

YILBAŞI GECESİ

Yılbaşlarından çok hoşlanmam. Herkes eğlenmek için o kadar çok kendini zorlar ki ya sarhoş araba kullanır ya uyuşturucu alır ya da sırf takvimler yılbaşını gösteriyor diye özel menülere yüzlerce dolar para harcar. Yılbaşından bir gün önce aynı yemeği ve aynı şarabı yarı fiyatına yiyip içebilirsiniz hem de 'en eğlenceli geceyi' yaşama baskısı ve sokaklarda çıldırıp sağa sola kusan ve insan içinde seks yapan aptallar da olmadan. Yılbaşı mı? Ben almayayım!

Kutlamamızı sade tutardık. Önce Don'un doğum günü için bir pasta keser ve şarkı söylerdik. Sonra Donald ile ben gece yarısına kadar ya bir akşam yemeğine ya da bir gece kulübüne giderdik. Donald asla bir damla bile içki içmezdi ve ben de yalnızca iki kadeh şampanya içerdim. Aspen gibi güzeller güzeli bir yerde bile insanların içip içip sarhoş olup yalpalamasını izlemek hiç eğlenceli değildi. On ikiyi çeyrek geçe süitimize dönmüş olurduk.

PASKALYA

Sömestr tatilini her zaman Palm Beach'te geçirirdik. Annemle babam birkaç ay kalmak için Amerika'ya gelirlerdi ve çocuklar da buna bayılırdı. Yılına göre Trump ailesinin bazı üyeleri de Mar-a-Lago'da bize katılırdı. Donald'ın kız kardeşleri de kendi ailelerini getirirlerdi ve birlikte okyanusta ve havuzda çok eğlenceli zaman geçirirdik.

Paskalyadan bir gün önce aşçı çocukların boyaması için düzinelerce haşlanmış yumurta hazırlardı. Sonra Paskalya Pazarı sabahında gizlice yumurtaları havuz kenarına ve verandaya saklardım. Çocuklar çılgın gibi etrafta koşturarak yumurtaları ararlar ve (tabii ki) bunu bir yarışmaya çevirirlerdi. En çok bulan kazanırdı.

Bir keresinde her zamanki gibi yumurtaları çok gizli yerlere sakladım. Havuzun kenarındaki kuğu heykeline ve şezlongların yanındaki çalılıkların içine. Saklamayı bitirdikten sonra içeri girdim ve "Tamam çocuklar! Başlayabilirsiniz!" dedim. Sanki av köpeklerini serbest bırakmış gibiydim! Sepetlerini aldılar ve doğrudan sanki tam olarak nereye bakacaklarını biliyorlarmış gibi yumurtaları sakladığım yerlere koştular. Sonradan öğrendim ki ben yumurtaları saklamaya havuza gittiğimde, çocuklar da evin her yerini gösteren kameraların olduğu güvenlik odasına gidiyormuş! Tüm yumurtaları saklayışımı izlemişler! Bu çocuklar fazla akıllıydılar.

ANNELER GÜNÜ

Annem de bizimle olduğu için Greenwich'teki bu özel günün benim için ayrı bir yeri vardı. Çocuklar, Babi ve benim için kartlar, resimler, bahçeden toplanmış taze bahar çiçekleri ve ev yapımı kurabiyeler gibi ufak hediyeler hazırlarlardı. O zamanlar hayatımdaki erkek de bana güller ya da orkideler hediye ederdi ki bunları da her zaman çok severim. Akşam da kutlamaları lezzetli bir şekilde bitirmek için Manero's Restoranı'na gider ve yengeç ile biftek yerdik.

- 14 -

TRUMP TARZI HELİKOPTER EBEVEYNLİĞİ

Çalışan bir anne olmayı ben seçmedim. Çalışmak zorundaydım. Çalışmaya ihtiyacım vardı. Sürekli olarak daha büyük ve daha zorlu hedeflere ulaşmaya çalışmak üzere yetiştirildiyseniz, birden tüm gün poponuzun üzerinde oturup bonbon yiyecek kadar paranız olduğunda bile duramazsınız. Tabii ki ev hanımlarının işi kolay ya da çok çalışmıyorlar demiyorum! Gelinim Vanessa gün içinde tanıdığım herkesten daha çok çalışıyor. Ama benim yapmak zorunda hissettiğim türden işler evin dışında ve iş dünyasındaydı. Bir şampiyon olmamı sağlayıp Çekoslovakya'dan ayrılmamı sağlayan aynı azim evlendikten ve çocuk sahibi olduktan sonra bile hâlâ yerinde duruyordu. Çalıştığım zaman kendi bildiğim doğrulara göre yaşıyordum. Çocuklarıma hırs ve dürüstlüğü, yaşayan bir örnek olarak öğrettim. Hem büyük resimde hem de ufak detaylarda profesyonel hedefim mükemmellikti. Çocuklarım benim başarılı olmamı görerek büyüdüler ve şimdi de ben her birinin aynı şekilde başarılı olmasını izliyorum.

'Her şeyin en iyisine sahip olma' anlayışım anne ve babamın, değeri ölçülemeyecek kadar çok olan Bridget ve Dorothy'nin ve yıllarca kapıcım olarak çalışmış olan David de dâhil olmak üzere evimizdeki tüm inanılmaz çalışanlarımızın yardımı ve desteği sayesinde gerçekleşti. Hillary Clinton şöyle yazmıştı; "Bir çocuk yetiştirmek için bir köy dolusu insan gerekir!" Bu da onun söylediği ve benim de can-ı gönülden katıldığım tek şey.

ERIC: Hem annem hem de babam çok çalışıyorlardı ve her an bizim yanımızda olamazlardı. Bu yüzden yanımızda olamadıkları zamanları Dorothy, Bridget, Vinnie ve Frank -Don'un ve benim inşaat sahasındaki patronlarımız- ve Florida'da ailemiz için çalışmış olan Tim gibi insanlarla doldurdular. Dorothy hayatı boyunca hiç kimseyle ilgili kötü konuşmamıştır. Çok saf ve düzgün biridir. Vinnie ve Frank'i saf ve düzgün olarak tanımlayamam, onlar harika ve çok çalışkan insanlar. Tim eski bir asker ve çok sıkı bir ustaydı. Anne ve babamız yanımızda olamadığında etrafımızda bizi kollayan harika insanlar vardı. Annem ve babam bu pozitif insanları yanımıza vererek çok büyük bir övgüyü hak ediyorlar.

Bazen pazar günleri işe koştururken ya da bir telekonferans için tatilimi yarıda bırakmam gerektiğinde şüpheye düştüğüm ve acaba iş yükümü hafifleterek çocuklarla daha çok zaman geçirmeli miyim diye düşündüğüm oldu. Sonra iş hayatının akışına girerdim ve işleri hallederek kararlar alırken yaşadığım keskin odaklanmayı yaşardım. Yaptığım işten çok keyif alıyordum ve "Ben bu işte harikayım! Bu işi yapmaya devam etmeliyim! Çocuklar iyiler." diye düşünüyordum. Belki evde daha çok zaman geçirmem daha çok hoşlarına giderdi. Belki de tüm enerjimi ve azmimi bir ev hanımı olmaya harcasaydım o zaman da bir iş bulup onları rahat bırakmamı isteyeceklerdi! Olabileceğim en iyi anneyi kendi kişiliğime sadık kalarak olabilirdim ve bu da zorlu bir kariyere sahip olmam demekti.

İnsanların 'helikopter annesi' dediği tarzda çocuklarımın peşinde pır pır uçmadım. Benim helikopter anneliği tarzım çocuklarımı alıp Trump helikopteriyle işe götürmekti. İki hayatınızı -kariyer ve aile- birleştirme şansınız varsa bunu neden yapmayasınız ki? Çocukların çok küçüklüğünden başlayarak haftada en az bir kere onları işyerinde nasıl çalıştığımı ve çalışanlarımda nasıl bağlılık, sadakat uyandırdığımı ve bunu desteklediğimi izlemeye götürürdüm. Birisini size saygı duyması için zorlayamazsınız, özellikle de patronun karısıysanız. Bu saygıyı kendi hareketlerinizle hak etmeniz gerekir. Ben işi Donald'ı dinleyerek öğrendim -sıkı bir pazarlıkçı olmayı, içgüdülerime güvenmeyi ve sadakate değer vererek ödüllendirmeyi- ve çocuklar da hem Donald'ı hem de beni dinleyerek öğrendiler.

1980 yılında plana uygun olarak Grand Hyatt'ı açtıktan sonra yeni işim ileride Trump Grubu'nun merkezi ve ailemizin de Central Park manzaralı üç katlı çatı süiti evimiz olacak olan Beşinci Cadde'deki Trump Tower'ın tasarımı ve kurulumunda çalışan yüzlerce işçiyi yönetmekti. Oradaki tüm mermer ve altın parçaları kendim seçtim. Lobide yer alan meşhur su havuzu mu? Benim fikrimdi. Çelik ve cam ön cephe mi? Ben ısrar ettim. İsmimizi taşıyacak olan binanın modern bir dünya harikası olmasını ve New York'un cephesini değiştirmesini istiyordum. Ve değiştirdi de...

Sıradaki! 1984 yılında evimizden 200 kilometre uzaklıktaki Atlantic City'de bulunan temelden inşa edilecek olan lüks tatil köyü Trump Castle Oteli ve Kumarhanesi'nin CEO ve başkanı oldum. Büyük bir kumarhanenin ilk ve tek kadın CEO'su olarak işçilerden tesisatçılara ve elektrikçilere, temizlikçilere, kumarhane görevlileri, krupiyelere, barmenlere, animatörlere ve organizatörlere kadar binlerce kişilik bir iş gücünü yönetiyordum. New Jersey'de kumarhane yönetip de melek gibi gezemezsiniz. Serttim ama adildim de ve çalışanlarım beni severlerdi. Otel 1985 yılında açıldı. Her gün otuz bin misafir girip çıkıyordu. Beş bin arabalık otopark her zaman doluydu.

Bir kumarhanenin başkanı olmak tam olarak pazartesiden cumaya, sabah dokuz akşam beş işi sayılmaz. Ağır toplar hafta sonları karıları ya da metresleriyle veya her ikisi de birlikte geliyorlardı ve orada olup en iyi şekilde ağırlandıklarından emin olmalıydım. Sinatra'ya biletler, yüksek bahisli masalarda yer, yiyip içmeleri için sınırsız yengeç ve Johnnie Walker Black. Kocalar ve 'amcalar' kumar oynarken karıları ve 'yeğenleri' onlar için organize ettiğim defilelerde ve spa günlerinde zaman geçiriyorlardı.

Bir keresinde Oklahomalı tuvalet üreticisi bir şirketin sahibi olan bu ağır toplardan birine sordum. "Neden yapıyorsun bunu? Neden kumar masalarına bir servet bırakıyorsun?"

Bana, "Ivana senin Saint-Tropez'de evin, yatın ve bir uçağın var. Paranı keyfin nasıl istiyorsa o şekilde harcıyorsun. Ben de Trump Castle'da mutluyum. Bana bir uçak yolluyorsun ve havalimanında bir limuzin ile aldırıyorsun. Yanıma bir hostes veriyorsun." (Hostes kumarhanedeki ağır topların her isteğini yerine getiren yetişkinler için dadı gibi bir şeydi.) "En iyi eğlenceleri izliyorum ve kumar oynuyorum. Benim de hoşuma giden bu ve paramı buna harcamak istiyorum." demişti.

Adamın parası buna yetiyordu. Başka oyuncular kumarda evlerini, saatlerini, arabalarını hatta kedi ve köpeklerini bile kaybediyorlardı. Bir kumarbaz sabah iki milyon kazanıp akşam üç milyon kaybedebilir. Sonunda kumarhane her zaman kazanır. Kumarhanede çalışmak bana paramı asla ziyan etmemeyi öğretti. Kumarhane lisansı sahibi biri olarak benim kumar oynamam yasak. (Çok istisnai durumlar hariç.) Ama yasak olmasaydı bile oynamazdım. 21 oynamayı seviyorum ve bu oyunda da oldukça iyiyim ama çok çalışarak kazandığım paramı asla kumara yatırmam. Çocuklarımdan da hiçbiri kumar oynamaz.

Trump Castle'da her hafta kafamıza göre 'çocukları işe getirin' günü düzenlerdik ve çocukları ofisime getirirdim. Ben masamı toplarken onlar da halıda oturup bir şeyler yiyip içerlerdi. Her cuma gecesi, asistanım bana imzalamam için koca bir sepet dolusu çek getirirdi. Dört bin çalışanımım maaşı otomatik olarak ödeniyordu ama her hafta yemek, içki, restoran ve büro malzemeleri ve daha aklınıza gelen bir sürü şey için binlerce çek imzalıyordum. Her satın alma siparişini satın almadan sorumlu başkan yardımcım ile birlikte gözden geçirir ve "Neden bin deste iskambil kâğıdı daha istiyorlar?" diye sorardım. Çeki imzalamadan önce her kuruşun hesabını sorar ve onaylardım. Çocuklar sık sık bu sürece şahit olurlardı.

Cumartesileri oteli ve kumarhaneyi keşfe çıkar, havuza girer, açık büfe de öğlen yemeği yer, *Şehir Işıkları*'nı ya da buz pateni gösterilerini izlerdik. Çocuklar harika zaman geçirirlerdi ama ben her zaman çalışıyordum. Havuz alanı temiz miydi? Yeterli miktarda havlu var mıydı? Büfe tamamen dolu muydu? Buz pateni gösterisi olabilecek en iyi şekilde eğlendirici miydi? Ivanka'ya göre Trump Castle onun büyülü oyun alanıydı. Don marinadaki botlar ve teknelerle ilgileniyordu. On üç yaşındayken marinada bir liman işçisi olarak çalışacak kadar büyümüştü ve insanların teknelere inip binmesine yardım ederek bavullarını taşıyordu.

Bir otel ve kumarhane işletmenin bir diğer yanı da etkinliklerdi. Konserler ve konferanslar, boks maçları ve fuarlar. Çocukları onlar için uygun olan gösterilere götürür ve uygun olmayanlardan sakınırdım. Onlara iyi şeyleri göstermek ile (mesela bir Diana Ross konseri) kötü şeylerden korumak arasındaki dengeyi kurmuştum.

Mesela 1988 yılında, Trump Plaza Otel ve Kumarhanesi'nin yanında bulunan Atlantic City Konferans Salonu'nda Mike Tyson ve Michael Spinks'in şampiyonluk maçını organize edip gerçekleştirmiştik. Bizim için büyük bir işti. Tüm ağır toplar gelip otelde kalacaklar ve sabah altıya kadar kumar oynayacaklardı. Kumarhane boksçulara ne ödediysek onun dört katını kazanacaktı. Spinks/Tyson dövüşünün tanıtımı, aşırı yüksek bir seksenler saçına sahip gösterişli bir adam olan Don King tarafından gerçekleştiriliyordu. Onunla tanıştığımda yalnızca tek bir soru sormuştum; "Hangi saç köpüğünü kullanıyorsun?" King dövüşün tanıtımında mükemmel bir iş çıkardı. Madonna, Sean Penn, Sly Stallone, Oprah, Jack Nicholson, Warren Beatty ve Jesse Jackson başta olmak üzere birçok büyük ünlü isim en ön sırada Donald, çocuklar, babam, Fred Trump ve benimle birlikte oturdular. Dövüş kısa ve kanlıydı. Kimse Ivanka'dan çok çığlık atmamıştı!

Çocuklar perde arkasında Mike Tyson ile uğraşmanın çirkin tarafını görmemişlerdi. Kırk kişilik bir ekiple gelmişti ve inanılmaz miktarda makarna ve biftek yiyerek yarın yokmuş gibi içki içiyorlardı. Mike ve karısı Robin Givens, benim süitimin yanındaki lüks bir süitte kalıyorlardı. Bir sabah Robin ile süitinde buluştuğumda gözünde kocaman bir morluk ve üzerinde yaralar vardı.

"Ne oldu sana?" diye sordum.

"Michael dün gece çıldırdı ve beni duvardan duvara fırlattı." dedi.

Tyson yatak odasından çıktı ve ona, "Senin sorunun ne? Karına böyle davranamazsın!" dedim.

Adam omuz silkti ve "Beni sinirlendirdi. Belki de sarhoştum." dedi.

Onu bir daha kumarhanede hiç ağırlamadık. Robin yaşadığı istismarı medyaya açıkladığında ve onu boşadığında rahatlamıştım. Adam tamamen manyaktı.

Frank Sinatra kumarhaneme her yıl dört hafta sonu şarkı söylemeye gelirdi ve birçok kez çocukları alıp onu izlemeye götürdüm. Ama onunla hiç zaman geçirmemelerine dikkat ettim çünkü rezalet bir adamdı.

Donald bir keresinde Monako'da Prens Rainier ile görüşmüştü. Barbara Sinatra da bizim de Hotel de Paris'te kaldığımızı duymuş ve bizi de o, Frank ve Roger Moore, onun karısı Luisa ve kızı ile akşam yemeğine davet etmişti. Bu Başkan Reagan'ın zamanıydı ve Frank, Ronald Reagan ve karısı Nancy ile çok samimiydi. Barbara ise Reagan'dan pek hoşlanmazdı. Beyaz Saray yemeklerinde Bayan Reagan Barbara'yı Sibirya'ya oturtur (merkezden çok uzakta olan bir masa) ve Frank'i de kendi yanına yerleştirirdi. Akşam yemeğinde Sinatralar, Moorelar, Donald ve ben Afganistan Savaşı'nı konuşuyorduk ve Barbara, Reagan ile ilgili bir eleştiri yaptı. Frank birden patladı. Sandalyesinden fırladı ve karısına bağırmaya başladı; "Sen sadece bir kadınsın! Hiçbir şey bildiğin yok! Dostum Ronald ile ilgili nasıl böyle konuşmaya cüret edersin?!"

Donald ile ben yerimizde kalakaldık. Masanın karşısından bana baktı ve "Bir de bana kötü dersin!" dedi.

Sanki bu yeterince kötü değilmiş gibi gecenin ilerleyen saatlerinde Frank hep birlikte piyano barına inmemiz için ısrar etti. Lobide asansörün kapıları açıldığında yeni evli bir Amerikan çifti -kız gelinliği ve duvağıyla, çocuk da damatlığıylaydı- Frank'i gördü ve çıldırdılar. Kız "Aman Tanrım! Bay Sinatra, sizi çok seviyoruz..." diyordu ki Frank omzunun üzerinden korumalarına baktı ve "Şu dilencileri çekin karşımdan!" dedi.

Çiftin yüzündeki bakışı hiç unutmuyorum! Resmen yıkılmışlardı. Merhaba deyip ellerini sıkabilirdi. Çiftin elinde fotoğraf makinası bile yoktu. Ama bunu yapmadı çünkü terbiyesiz bir piçin tekiydi. Bir daha Frank Sinatra'ya ne iş verdim ne de onunla konuştum.

Trump Castle'daki görevimden 1987 yılında başarılı bir şekilde ayrıldım. Binlerce çalışanım kumarhanenin giriş katını doldurarak sıraya girmişlerdi ve tezahürat ederek alkışlıyorlardı. Binadan çıkarken beni böyle ayakta alkışlayarak uğurlayacaklarını bilmiyordum. Çok duygulanmıştım ve onlara minnettarım. Onların da benim için böyle hissetmeleri beni çok etkilemişti ve neredeyse ağlamıştım. Ama tırmanmam gereken yeni bir dağ vardı. 1987'den 1991 yılına kadar Donald'ın beni Beşinci Cadde'deki Plaza Hotel'in CEO'su olarak atamasıyla şimdiye kadarki en zorlu işime başlamıştım. Evden yalnızca birkaç sokak ötede olduğu için işe gidip gelmem çok kolaydı ama iş yüküm çok ağırdı. Plaza zarafeti ve geçmişten gelen nostaljik güzelliği ile New York'un meşhur eserlerinden biriydi. Benim şimdiye kadarki uzmanlığım cam ve krom gibi modern yapılar olmuştu ama yeni Plaza'nın uzun geçmişine saygılı bir şekilde yapılması gerekiyordu. 1400 kişilik bir personelim vardı ve onları hep diken üstünde tutuyordum. Bazen Trump Tower'daki penceremden dürbünle Plaza'nın girişine bakardım. Bir bavul dışarıda çok uzun süre kaldıysa ya da kapının önünde çöp varsa hemen oteli arar ve ânında halledilmesini sağlardım. Plaza'da her yıl yüzlerce büyük defile, düğün, kokteyl ve iş toplantıları gerçekleştiriliyordu. Hepsinin başında ben vardım ve hepsinde de muhteşem şekilde giyinirdim.

Plaza'da çalışmaya başladığımda çocukları benimle birlikte işe götürmek çok daha kolaydı ve sürekli benim ofisimdelerdi. Ivanka oteldeki tüm balo salonlarını, mutfakları ve restoranları keyfine göre geziyordu. Otel çalışanları ona prenses diyorlardı.

Özellikle benimle birlikte yerinde yapılan incelemelere gelmeyi seviyordu. Her hafta bir katı kapatırdım ve oraya misafir alınmazdı. Yedi gün boyunca o katta hiçbir oda tutulmazdı. Sonra oda temizliğinden sorumlu başkan yardımcısı, otel temizlikçileri, elektrikçiler, boyacılar ve tesisatçılarla birlikte her odayı gezerdim. Mesela 901 numaralı odada duvar boyasında bir çatlak, tuvalette sızdıran bir boru ya da dolabın içinde yanlış asılmış bir askı fark edebilirdim. Her oda ve ortak alan ince detay fırçaları ile temizlenirdi ve her söylediğim de kaydedilirdi. Odanın boyası yeni mi? Koridordaki kum küllükler temiz ve bakımlı mı? Temizlikçilere yatağı nasıl yapacaklarını ve havluları nasıl katlayıp asacaklarını baştan öğretirdim. Bir temizlikçi ya da bakım görevlisi istediğim değişiklikleri yapmamışsa bir uyarı alırdı. Üç uyarı aldığınızda kovulurdunuz. Her gün üç saat boyunca otelde yürüyerek gezerdim ve Ivanka'da her şeyi öğrenecek şekilde tam yanımda olurdu.

Öğle yemeğini şapkalı ve eldivenli hanımefendilerin çay içtikleri Palm Court'ta yerdik. Onu mutfağa götürürdüm ve şef aşçıdan yaklaşan bir düğünün menüsünü bize çıkartıp sunmasını isterdim. Porselen tabaklardan çiçeklere kadar tüm masayı donatırlardı ve Ivanka ile birlikte aperatiflerden tatlılara kadar tüm yemeklerin tadına bakardık ve neyin kalıp neyin değişmesi gerektiğine karar verirdik.

Hangi tabak ile hangi peçetenin uyumlu olduğundan çok daha önemlisi ise işyeri ahlakı ve görgüsüydü. Ivanka beni izleyerek insanlarla *her zaman* kibar konuşulması gerektiğini ve herkese aynı seviyede saygı gösterilmesi gerektiğini öğrenmiştı. Bulaşıkçı ya da başkan yardımcısı ile konuşmam arasında hiçbir fark yoktu. Hepimiz aynı takımdaydık ve bundan gurur duyuyorduk. Hiçbir zaman kimseden yapamayacağı bir şey istemedim ama her zaman yapabileceklerinin en iyisini bekledim. İşe başladığımda ilk yaptığım şey çalışanların kafeteryasını genişleterek iyileştirmekti. Onlara yeni ve güzel üniformalar verdim ve bilgisayarlardan elektrikli süpürgelere kadar tüm donanımlarını yeniledim. İşe takımımı mutlu ederek başladım. Birbirimiz için canımızı bile verirdik.

Plaza'daki ofisimin duvarına Donald tarafından bana yazılmış bir dolarlık bir çeki çerçeveletip asmıştım. Plaza'yı yöneteceğim duyurulduğunda bir gazeteci Donald'a bana vereceği maaşı sormuştu ve o da "Bir dolar ve giyebileceği tüm elbiseler." diye yanıtlamıştı. Bir yıl içinde kaç elbise giyebileceğim ya da bunların ne kadar tutacağı konusunda hiçbir fikri yoktu! Donald şaka yapmıştı ama insanlar onu cinsiyetçilikle suçladı. İşin doğrusu şuydu ki ben maaş karşılığı çalışmıyordum. Trump Grubu bir aile şirketiydi ki hâlâ da öyle ve ben de ailenin bir parçasıydım. Hem evlilikte hem de işte ortaktık. Neyimiz varsa paylaşırdık. Bu benim prensibimdi ve o çeki de bunun bir sembolü olarak çerçeveletip duvarıma astım. Benim liderliğimden ya da otelcilik becerimden şüphe duyan ve bu işleri sadece Donald ile olan ilişkim sayesinde aldığımı düşünen kim varsa bir günlüğüne benim topuklularım içinde yürüsün. Kariyerimi ve çalışanlarımın saygısını onurumla kazandım.

Şu elbiselere dönersek... İşim gereği ev sahipliğini yaptığım tüm bu düğün, defile ve etkinliklerde harika görünmem gerekiyordu ve bu da oldukça fazla sayıda gece elbisesine sahip olmamı gerektiriyordu. Boşanmadan önce ve sonra her yıl Milano, Paris, Londra ve New York'taki moda haftalarına katılırdım. Seksenlerde Paris'te babamla buluşurduk. Defileler ile defile sonrası partilerde kavalyem o olurdu. İnsanlar çok yakışıklı ve olgun yaşta biriyle dans ettiğimi görünce dipleri düşerdi. Ivanka da altı yedi yaşlarındayken benimle gelmeye başladı. Hatırlamayabilir ama kucağımda oturup Calvin Klein, Ungaro, Todd Oldham ve Versace koleksiyonlarını izlerdi. Paris'te yirmi beş kız arkadaşımla birlikte Hotel Plaza Athénéé'de kalır, öğle yemeği ve akşam yemeğimizi yer ve her yıl bu defilelere giderdik. Sekiz yaşındaki Ivanka sosyetik Nan Kempner, William F. Buckley Jr.'ın karısı Pat Buckley ya da Jerry Zipkin'in yanında oturur ve Dior ile Givenchy hakkında sohbet ederdi.

Doksanların başlarında boşanmamdan kısa bir süre sonra, çocuklarla ve ikinci kocam Riccardo ile birlikte Riccardo'nun yatında bir ay Yunanistan gezisi yapmıştık. Aristotle Onassis'in adası Skorpios'u ziyaret ettik ve birkaç hafta da Korfu'nun yanındaki Lefkada'da bir villada kaldık. Daha bir çift olduğumuzu medyaya açıklamamıştık ve bu yüzden de bunu gizli tutmaya çalışıyorduk. Bir gün Riccardo'nun canı ton balıklı sandviç çekti ve ben de birkaç teneke almak için ufak bir bakkala girdim. Parayı öderken bakkal bana baktı ve "Sen şu zengin Amerikalı kadın Ivana'ya benziyorsun." dedi.

"Keşke ondaki para bende olsa!" dedim ve koşarak çıktım.

Villa çok güzeldi ve bir hizmetçi ile bir uşak vardı. Kendi yatak örtülerimi, duvarlar için posterlerimi, peçetelerimi ve yemek takımımı getirmiştim. Gece elbisesi koleksiyonunu izlemek için Yunanistan'dan Fransa'ya giderken yanımda yirmi parça bavul vardı. Atina'dan Frankfurt'a oradan da Paris'e geçerken yolda bir yerlerde bavullarım kayboldu. Lufthansa hiçbir bavulumun nerede olduğunu bilmiyordu. O zamanlar on yaşında olan Ivanka ile birlikte iki saat içinde Valentino defilesinde olmamız gerekiyordu ve giyecek hiçbir şeyimiz yoktu. Şükürler olsun ki Valentino yardımımıza yetişti ve bana giyecek bir elbise verdi. Ivanka için de kendi uçakta giydiğim Versace bluz ve eteği, kollarını ve belini kıvırarak üstüne olacak şekilde ayarladım. Defile için otelden ayrılırken Gianni Versace bizi gördü ve yanımıza gelip, "Çocuk kıyafetleri tasarladığımı bilmiyordum!" dedi.

Plaza'dan 1991 yılında kırk bir yaşındayken ayrıldım ve kendi işimi kurdum. Boşanma moralimi bozmamıştı. Hatta kendi paramı kazanarak yeni bir hayat kurma konusunda çok kararlıydım çünkü çocuklarımıza ailemizin dağılmasının bile bizi yıkamayacağını göstermek istiyordum. Zaman zaman evden çalışabileceğim yeni bir kariyere başladım ve çocuklarımı da iş hayatıma dâhil etmeye devam ettim.

501 Park Caddesi'nde ofisi bulunan ve işlerimin kitaplarım, tavsiye köşe yazılarım, reklamlarım (Pizza Hut, Çocukların Süt Tüketimini Teşvik Kampanyası ve Kentucky Fried Chicken gibi), katıldığım programlar ve konferanslar ile ilgilenen kolu olan Ivana Inc. şirketini açtım. İşimin bir diğer kolu ise üç ülkenin televizyondan alışveriş kanallarında yok satan House of Ivana parfümleri, kıyafetleri ve mücevherleriydi.

Birçok insan bana televizyondaki alışveriş kanalından satış süreci konusunda sorular soruyor. Şöyle anlatayım:

İlk olarak tasarımcılar ile çalışarak kumaşları seçtim ve taslakları hazırladım. Her ay yüz numune hazırlıyorduk. Kutu kutu kıyafet ve mücevherat özel olarak incelemem için evime ya da ofisime geliyordu. Her bir düğmenin ve fermuarın bile istediğim şekilde olduğundan emin oluyordum ve değilse değiştirilmek üzere geri yolluyordum. Tüm detaylara hâkimdim. Aynı Plaza'da çalışırken bir masa düzeninin tüm detaylarıyla ilgilenmek gibiydi ama şimdi kumaş ve mücevherler ile çalışıyordum.

Sonra üç televizyon kanalından üç alıcı gelir ve her ay numunelerin sunumunu izlerdi. İlk olarak Kanadalı alıcı gelirdi ve "Bu yüzüklerden ve bu üstten beşer bin tane alacağım." derdi ve böyle devam ederdi. Sonra Amerikalı alıcı gelip daha da büyük bir sipariş verirdi. Son olarak da İngiliz alıcı gelirdi. İngiltere zorlu bir pazardı. Avrupalı kadınlar eşarplarını gidip Hermes'te seçmeyi seviyordu, televizyondan sipariş vermeyi değil. İlk siparişlerinde riske giriyor olsalar dahi müşterilerim ürünlerimin kalitesine güvenmeyi öğrendiler; özellikle de mücevherlerime, kıyafetlerime ve yüz kremlerime. Satışı en zor olan ürün ne miydi? Kesinlikle parfüm. Parfüm çok kişisel bir şey. İnsanların kendi tenleri üzerine sıkıp koklamaları gerekiyor. Sunumlardan sonra satın alma siparişlerini fabrikalara gönderirdim. Ürünler üretildikten sonra televizyon kanalının kalite kontrolünden geçerdi.

Sonunda da ürünler satılırdı. Her ayın ilk haftası Tampa, Florida'daki HSN kanalında olurdum. Perşembe sabahı New York'tan ayrılırdım ve akşam altıda yayına girerdim. İki saat satış yaptıktan sonra bir saat ara verir ve sonra tekrar bir saat daha yayına girer ve sonra tekrar ara verirdim. Böylece gece yarısına ya da daha da geç saatlere kadar devam ederdik. Sonra aynı şeyi tekrar cuma ve cumartesi günleri de yapardım. Pazar günleri artık kendi sesimi duymaya tahammülüm kalmamış olurdu. Pazartesiden çarşambaya yeni koleksiyonları onaylayarak geçirirdik. Her ayın ikinci hafta sonu TSN kanalında üç gün üst üste altı saatlik yayınlara çıkmak için Kanada'ya uçardım. Üçüncü hafta sonu Londra'daki QVC'ye uçar ve aynı şeyleri orada da yapardım. Dördüncü hafta sonum boştu.

Bu aşırı yoğun tempolu tasarım, üretim ve satış döngüsüne tam *on dokuz* yıl boyunca devam ettim. Ne diyebilirim ki? Para kazanmayı seviyorum. Bir hafta sonunda üç milyon dolarlık satış yapabilirdim. Tekli ürün fiyatları düşüktü, mesela kırk dokuz dolara bir bluz ya da yüz doksan dokuz dolara bir takım elbise satıyorduk. Fiyatlar iyi satsın diye ayarlanmıştı ve satıyorlardı da. Bir gecede beş bin şişe parfüm satıyordum. Satış rekorum bir saatte altı yüz yetmiş beş bin dolardı. Saatte iki yüz bin dolarlık satış yapamamışsam bu bir hayal kırıklığıydı. Bir şeyleri kanıtlamak istiyordum. Yalnızca kendi ilk adımı kullanarak da kendi başıma harika bir hayat yaşayacak parayı kazanabilirdim.

Her kıyafetin ve ürünün üzerinde 'Ivana' markası vardı ve bu yüzden de kalite mükemmel olmalıydı. Televizyona çıkıp beğenmediğim bir şeyi satamazdım. Bazı ünlüler televizyona çıkıp daha önce hiç denemedikleri ya da asla kullanmayacakları ürünleri tanıtarak, "Bu yüz kremi harika değil mi?" diye reklamlarda oynuyorlar. Ben bunu yapamazdım. Kendi ürünlerimi kullanıyordum ve kendi kıyafetlerimi giyiyordum. Evden alışverişin öncülerinden olan dostum sunucu Joan Rivers da böyle düşünüyordu. O da kendi markalarını çok seviyordu ve kendi mücevherleriyle kendi makyaj ürünlerini kullanıyordu. Joan, Yukarı Doğu Yakası'nda benden yalnızca birkaç blok ötede oturuyordu. *The Celebrity Apprentice* programına çıktığında onu tutuyordum ve kazandığında çok sevinmiştim. Harika ve çok komik bir kadındı. Onu özlüyorum.

House of Ivana yeni kurulurken Ivanka'da tüm bu süreci yakından izlemişti. Örneğin; nasıl kertenkele şeklinde bir rozetin önce bir fikir olarak çıkıp sonra numuneye sonra da toplu üretime geçtiğini ve sonra da dünyadaki yüz binlerce kadının yakasında kendine yer bulduğunu görmüştü. O da tasarımcıların sunumlarında bulunurdu ve "Bu tatlıymış!" ya da "Bunu beğenmedim." gibi kendi yorumlarını yapardı ve ben de bunlara çok değer verirdim.

Televizyondan alışveriş yapmanın ve ünlülerin kıyafet markaları kurmasının daha çok yeni olduğu günlerde benim markamı kurmamı yakından izledi. Ben hâlâ yayınlarıma devam ederken o zamanlar artık yirmi altı yaşındaki Ivanka da kendi mücevher markasını kurdu. Ben televizyona çıkıp kırk dokuz dolara gümüş halka küpeler satarken o da benzer bir çift küpeyi -onunkiler elmasla kaplıydı- Madison Caddesi'ndeki butiğinde otuz sekiz bin dolara satıyordu. Benim markam herkese göreydi; onun markası ise lükstü. Pazarlarımız farklıydı ama aynı kararlılığa sahiptik. Tamamen inanmadığı bir ürünün üzerine markasını koymaması gerektiğini biliyordu. Benim sıfırdan kendi markamı kuruşumu yakından izlememiş olsaydı bu marka işlerinden bu kadar iyi anlıyor olabilir miydi? Kim bilir...

IVANKA: Meslekleri konusunda tutkulu olan ama ev ve iş hayatını ayrı tutan birçok anne babanın aksine annem bizi hayatının her evresine yerleştirmişti. Annesi ofiste telefonla konuşurken yerde oturan, yer incelemelerinde annesinin yanında bulunan, annesinin arkadaşlarıyla birlikte öğle yemeklerine giden ya da bir etkinlikte misafirleri karşılayan pek fazla çocuk yoktur. Annem kendini bize bir örnek olarak sunarak bizi tüm bu alanlarda yetiştirdi. Bazı arkadaşlarımın aileleri onları iş ya da sosyalleşme konularında oturtup bir ders anlatır gibi eğitmeye çalışırlardı. Annem ise onu izleyerek, konuşmalarını dinleyerek ve işlerini nasıl yürüttüğünü görerek öğrenmemizi sağladı.

- 15 -

KEDİ DIŞINDA HER ŞEY OLUR

Ben kesinlikle ve kesinlikle bir köpek insanıyım. Çocukluğumdaki köpeğim Brok asla sahip olamadığım abim gibiydi. Hiçbir evcil hayvanın olmadığı bir çocukluk hayal edemiyorum. İnsanlar hayvanlardan saf ve koşulsuz bir sevgi alabiliyor. Bir köpek kuyruğunu salladığında ve yüzünüzü yaladığında hayatın tüm stresi ve gerginliği yok olup gidiveriyor. Sırf siz kapıdan içeri girdiniz diye sanki lotoyu tutturmuş gibi çılgınca sevinen bir köpeği nasıl sevemezsiniz ki?

Size Chappy'yi ve çinçilla paltomu ne kadar çok sevdiğini anlattım. Donald'ı da bir o kadar sevmezdi. Donald ne zaman dolabımın yanına yaklaşsa Chappy sanki bölgesini koruyormuş gibi ona havlardı. Birbirlerini pek sevmeseler de Donald hiçbir zaman Chappy'nin yatakta benim yanımda yatmasına itiraz etmedi.

Çocuklar tabii ki Chappy'ye bayılıyordu. Kötü koktuğu zamanlarda bile.

Babam ve oğlanlar balığa gittiği zamanlarda annem, Ivanka ve ben ormanda köpekle birlikte uzun yürüyüşler yapardık. Bir gün çalıların içinden fırlayan çok güzel ufak bir hayvana denk geldik. İpeksi siyah bir kürkü vardı ve ya bir vizon ya da bir su samuru olduğunu düşünmüştük. Hayvan bizi gördüğünde durdu ve arkasını döndü. Sırtındaki beyaz çizgiyi gördüm ve o anda kokarca kuyruğunu kaldırdı. "Koşun!" diye bağırdım. Kızım, annem ve ben koştuk ve üzerimize koku gelmeyecek kadar uzaklaştık. Ama Chappy bizim kadar şanslı değildi. Birkaç dakika sonra eve geldiğinde leş gibi kokuyordu. Ne kadar temiz ve iyi bakımlı da olsa Chappy'nin çok kalın ve kıvırcık siyah tüyleri vardı. Koku her bir kılına işlemişti. Çocuklarla birlikte onu iki varil domates suyunda yıkadık ama şimdi de bir İtalyan restoranından geçmiş bir leş gibi kokuyordu. Chappy'nin birkaç haftalığına kürk mantolarımın üzerinde uyuması ya da koltuklarda oturması yasaktı. Bunun dışında Chappy kokarca olayını hiç umursamamış gibi görünüyordu. Hatta her zaman gidip o çalıların arasını kokluyordu, sanki pis kokulu arkadaşını bir daha görmek istiyor gibiydi.

Boşanmadan sonra hayatımıza Dodo adında bir Yorkshire teriyeri girdi. Riccardo ile flört ediyorduk ve o da çocukları tanımaya çalışıyordu. Lexington'daki bir hayvan dükkânına gitti ve dükkândaki en ufacık minicik yavru köpeği seçerek, Dodo'yu paltosunun cebinde eve getirdi. Eric ve Ivanka'ya (Don yatılı okuldaydı) "Size bir sürprizim var!" dedi ve elini cebine sokarak avucunun içine sığacak kadar ufak olan Dodo'yu çıkardı. Çocuklar çıldırdı! Dodo'ya bayılmışlardı ve hemen ilk kim kucağına alacak diye kavga etmeye başladılar. Chappy o zamanlar artık yaşlanmıştı ama Dodo ile çok iyi anlaşıyorlardı ve iyi dost olmuşlardı. Dodo çok tatlıydı, sevgi ve enerji doluydu. Çok zeki değildi ama bu onu daha da tatlı yapıyordu. İkisi arasında Chappy akıllı olandı. Dodo kendi etrafında koştururdu.

Chappy on altı yaşına kadar yaşadı ve son yıllarında çok kilo almıştı. Zar zor yürüyordu ve tuvaletini kontrol edemiyordu. Merdivenleri tırmanamadığı için Greenwich'te bodrum katındaki çamaşırhanede uyumaya başlamıştı. Her attığı adımda zorlandığını görmek kalbimizi çok kırıyordu. Onu çok seviyorduk ama artık zamanı gelmişti. Chappy'yi veterinere götürdüm ve uyuttum. Arazimizin sınırındaki bir tepede çok eski bir mezar taşının (O kadar eski ve üzerindeki yazılar o kadar silinmişti ki kime ait olduğuna dair hiçbir fikrimiz yoktu ve iki yüz yıllık bile olabilirdi.) dibine bir çukur kazdık ve Chappy'yi buraya gömdük. Cenazede hepimiz ağladık ve hepimiz çok üzgündük. Chappy'nin ölümünü ders çıkartılacak bir olaya dönüştürmek benim tarzım değildi. O anda yalnızca üzülerek bizim için ne kadar değerli olduğunu düşünecektik ve onunla birlikte sahip olduğumuz anılar için minnet duyarak onun aramızdan ayrılışını kabullenecektik. Mezarının başında ona veda ettik ve sonra öğle yemeği için eve döndük.

Köpeklerin yanı sıra tropik bir balığımız, kaplumbağalarımız, hamsterlarımız, çok kötü kokan bir tavşanımız ve bir çift de papağanımız olmuştu. Hafta sonları kuşları kafeslerinin içinde bizimle birlikte Greenwich'e götürüyorduk. Bir keresinde kafesi arabadan eve ben taşıyordum ve papağanlardan birinin kafesin dibinde hareketsiz yattığını gördüm. Çocuklar görmesin diye hemen bir sonraki gün Greenwich'teki hayvan dükkânına gidip bizimkine benzeyen bir papağan aldım. Ivanka ve Eric hiçbir şey fark etmemişlerdi. Don kafese bakmasıyla, "Bu bizim papağanımız değil." demişti.

Çocukların istediği ve 'hayır' dediğim tek evcil hayvan kediydi. Tüy döküyorlar ve mobilyaları çiziyorlar. Bir kediyi ipek koltuklarımın yanına bile yaklaştırmazdım! Kedilerin güzel hayvanlar olduklarını düşünüyorum ama ben kesinlikle bir köpek insanıyım.

Bir keresinde Don ya da Eric okulun son günü eve beyaz bir fare getirdi ve evde kalmasına izin vermem için yalvardı. Ölürüm de Trump Tower'da bir sıçana izin vermem! Don evdeki hamsterlarında sıçan olduğunu söyledi. Tamamen haklıydı. Hamsterlarda sıçandı ve Trump Tower'da cam bir fanus içinde yaşamalarına izin vermiştim. Nedense hamsterlar evcil hayvan olmaya uygundular ama fareler değildi. Belki de farelerin uzun titrek burunları, kılsız pembe kuyrukları ve parlak kırmızı şeytani gözleri olduğu içindi.

İkimizde ödün vererek garajda bir kafesin içinde kalması şartıyla Greenwich'te kalması konusunda anlaştık. Çocuklar fareye çok güzel bir ev yaptılar ve tüm günlerini garajda onunla oynayarak geçirdiler. Biz evde yokken de fareyi eve bakan görevliler besliyordu. Cuma günü eve gelir gelmez çocuklar doğruca fareyi görmeye koşarlardı. Yaklaşık bir ay kadar sonra kafesi evin içine getirip bana gösterdiler. İçinde kırmızı boncuk gözlü bir düzine beyaz yavru fare vardı.

"Çıkarın bunları buradan!" diye çığlık attım. Biri kaçarsa sonsuza kadar evin içinde fare arayacaktım. Tabii ki bir tanesi kafesten çıkmayı başardı ve çocuklar kapıcımız Patrick ile birlikte onu bulmak için her yerin altını üstüne getirdiler. Tanrıya şükür sonunda halının üzerinde buldular. Ev kocamandı, dört bin altı yüz metrekare. Yakalayamasalardı evi binlerce fare ile paylaşmamız gerekecekti. Bu ufak kaçış olayı bana yetmişti. Son baharda okullar açılır açılmaz fareyi geri yolladım.

Bir keresinde de bir ördeği sahiplendik. Greenwich'te yol kenarında bulmuştuk. Çocuklar ördeğin adını Woobly (Aksak) koymuşlardı ve nereye gidersek bizi takip ediyordu. Ördek bacağı zarar gördüğü için gerçekten de aksıyordu ve ben kafasını da bir yere çarptığına emindim. Woobly'i veterinerimize götürdük ve iyileşmeye başladı. İyileşme süresince Don'un küvetinin içinde çok rahat bir ay geçirdi. Doğaya dönmeye hazır hâle geldiğinde onu evin kenarındaki göle götürdük ve "Hadi uç! Özgür ol!" diye serbest bıraktık. Ama onun hiçbir yere gitmeye niyeti yoktu. Bizi takip etmeye kararlıydı. Yürüyüşe çıktığımızda, sahile gittiğimizde her zaman köpeğin yanında o da peşimizden geliyordu. Sonunda Woobly de doğanın çağırısını duydu ve uzaklara uçtu. Diğer ördeklere bizimle ilgili ne hikâyeler anlattığını hayal bile edemiyorum!

Son kaniş köpeğimin de adı Chappy'di ve o da aynı ilk Chappy gibi siyah renkli ve çok tatlıydı. 2000 yılında bir çiçekçi eve çiçek getirdiğinde dışarı kaçtığında bana neredeyse kalp krizi geçirtiyordu. O zamanlarki erkek arkadaşım olan Roffredo Gaetani ile birlikte Central Park'ın altını üstüne getirmiştik, caddelerde saatlerce ismini çağırarak aramıştık. Tüm mahalleye bin dolar ödül vadeden kayıp köpek ilanları asmıştım ve herkese çıldırmış gibi köpeğimi görüp görmediklerini soruyordum. Polisi, *New York Post* gazetesini ve onu bulmama yardım edebilecek diğer herkesi aradım.

Öğleden sonra kapı çaldı ve koşup açtım. Chappy veterinerimin binasının kapıcısının kollarında duruyordu. O kadar mutlu olmuş ve rahatlamıştım ki! "Nerede buldunuz?" diye sordum.

Chappy'yi ilk olarak Park Caddesi'nde köpek gezdiren biri bulmuştu ve yakınlardaki bir binaya götürerek oradaki iki apartman görevlisine teslim etmişti. Onlar da köpeğime birkaç saat baktıktan sonra en yakındaki veterinere götürmüşlerdi ki o da benim veterinerim olan Lewis Berman'dı. Chappy tasmasını takmadığı için Dr. Berman ilk görüşte o olduğunu anlayamamıştı ama sonra yardımcısı dışarı yemeğe çıktığında benim astığım posterleri görmüştü. Sonra da hemen veterinerimin binasının görevlisi Chappy'i eve, bana getirmişti. Köpek gezdiren kişiyi bulamamıştım ama kapıcılardan ikisine de bin dolar ödül verdim. Bir tanesi parayı karısını çok güzel bir akşam yemeğine çıkararak harcadı diğeri de parayı bir hayır kurumuna bağışladı.

O günden sonra Chappy ne olursa olsun hep tasmayla gezdi. O gün çok şanslıydık. Astığım posterlerin, ortalığı ayağa kaldırmamın ve iyi kalpli komşularımız sayesinde milyonda bir şans ile tekrar Chappy'ye kavuşmuştuk. New York kocaman korkunç bir şehir gibi gözükebilir ama aslında birçok yönden de ufak bir kasaba gibi.

Son köpeğim ise Tiger isminde bir Yorkshire teriyeriydi. Dodo'dan birazcık daha zekiydi ve aynı onun gibi çok tatlıydı. On bir yıl boyunca birbirimizin en iyi dostuyduk. Ben saçımı yaptırırken Tiger da köpek kuaförüne gidiyordu. Ben check-up yaptırmaya gittiğimde Tiger da veterinere gidiyordu. Fransa'nın güneyine birinci sınıf biletimle seyahat ederken Tiger da uçakta yanımdaki koltukta oturuyordu ve ne uçağa ne de havalimanına asla çişini yapmazdı. On saat nasıl tutmayı başarıyordu bilmiyorum ama tutuyordu. Çok iyi bir köpekti!

Üç evladım içinde Eric benim izimden giderek tam bir köpek insanı oldu. Eric ve eşi Lara barınaktan Charlie isminde minyatür bir Beagle sahiplendiler ve ona çok iyi bakıyorlar. İlk başlarda Eric evden uzakta çok vakit geçirdikleri için sahiplenmek konusunda emin değildi ama Lara onu ikna etmeyi başardı. Eric ilk andan itibaren Charlie'ye bayıldı ve onunda kuyruğu hep neşeyle sallanıyor. Charlie onların ufak bebekleri oldu ve onun fotoğraflarını sürekli sosyal medyada paylaşıyorlar. Charlie'nin yüzü çok tatlı normal boyda bir Beagle olan ve barınaktan yeni sahiplenilmiş Ben isminde de yeni bir kardeşi var. Ben barınağa ilk geldiğinde durumu çok kötüydü. Kötü davranılmıştı ve insanlardan özellikle de erkeklerden çok korkuyordu. Sanırım en başta Ben'e biraz bakıp onun sosyalleşmesini sağlayarak başka bir ailenin yanına vermeyi düşünüyorlardı. Ama o koca kahverengi gözleriyle size bakan bir köpekle birlikte yaşamaya başladığınızda nasıl olduğunu bilirsiniz. Yalnızca iki şey ister: Sevgi ve yemek. Bu çok saf bir ilişkidir ve ister istemez siz de ona âşık olursunuz. Eric ve Lara çok çalışarak Ben'in güvenini kazandılar ve şimdi de durumu çok iyi. Ben ile Charlie en iyi dostlar ve dört kişilik aileleri de yakında beş kişiye çıkacak! Eric ve Lara, Eylül 2017'de ilk çocuklarının doğmasını bekliyorlar.

Don'un 'ufak canavarlar' olarak adlandırdığı iki tane Havana süs köpeği var. Don'un evi beş çocuk ve iki havlayan köpeği ile kaos ve mutluluk dolu.

Ivanka daha köpek sahibi olma konusunda karar vermiş değil ama yakında ikna olacağını düşünüyorum. Onun çocukları da aynı kendisinin de o yaşta olduğu gibi çok ikna ediciler!

BÖLÜM DÖRT:

HAYATTAKİ EN KÖTÜ ŞEYLERDEN SAĞ ÇIKMAK

- 16 -

AİLEMİZİ BİR ARADA TUTMAK

Kulağıma bazı fısıltılar gelmişti.

Bir hafta öncesinde Waldorf Astoria'daki bir partide Cindy Adams bana dedikoduların doğru olup olmadığını ve Donald'ın beni aldatıp aldatmadığını sordu. Böyle bir şeyi ima bile etmesine o kadar çok öfkelenmiştim ki onunla yıllarca bir daha hiç konuşmadım. Her zaman duyduğunuz ve asla itibar etmemeniz gereken dedikodular haricinde Donald'ın beni aldattığından şüphelenmek için hiçbir sebebim yoktu. Kilosunda ya da saç stilinde bir değişiklik yoktu. Daha şık giyinmiyor ya da kredi kartından gizemli harcamalar da yapmıyordu. Evde her zaman nasılsa yine öyleydi.

30 Aralık 1989'da Don on iki yaşına basmadan bir gün önce, Donald, çocuklar ve ben Aspen'de kayak merkezindeki popüler bir restoran olan Bonnie's'te yemek yiyorduk ki sarışın, genç bir kadın yanıma gelip bana "Ben adım Marla ve kocanı seviyorum. Sen seviyor musun?" diye sordu.

"Çekil git karşımdan. Kocamı seviyorum." dedim.

Bir kadına hiç yakışmayan bir hareketti ve şoka girmiştim.

Çocuklar da tam yanımda yemek sırasındalardı ve tüm konuşmayı görmüşlerdi. Kalbim sıkışmıştı. Üçü de daha sonra bana bu kadınla olan konuşmamı hayal meyal hatırladıklarını söylediler ama akşam Donald ile dağ evindeki kavgamızı duymuş olmalılardı. Aslında Aspen'de birkaç gün daha kalmayı planlamıştık ama içgüdülerim bana hayatımın ters yüz olduğunu ve bu yerden bir an önce uzaklaşmamı söylemişti. Aynı Jiří'nin ölümünden sonra Çekoslovakya'dan ayrılmam gibi.

Basın da Bonnie's'te meydana gelen karşılaşmadan haberdardı -restoranda birçok insan vardı ve dedikodular yayılıyordu- ve her hareketimizi izliyordu. Planladığımız zamanda eve dönmeye ve her şey normalmiş gibi davranmaya karar verdik. Çocukların yanında çok dikkatliydim ama onlar üzgün olduğumu hissederek beni mutlu etmeye çalışıyorlardı. Eric bana sarıldığında ya da Ivanka elimi tuttuğunda duygularımı kontrol etmekte zorlanıyordum. Şoka girmiş ve yıkılmıştım. O ilk günlerde çocuklarıma karşı cesur bir ifade takınmak hayatımda yaptığım en zor şeylerden biriydi.

Ocak 1990'da New York'a döndüğümüzde Donald ile birlikte aynı yatakta yatıyorduk, birlikte televizyon izliyorduk ve iş üzerine konuşuyorduk. Kolunu omzuma atmaya çalışıyordu ama izin vermiyordum. Mart ayına kadar boşanma davasını açmadım ama benim için evliliğimiz o gün Bonnie's restoranında bitmişti. Her golf oynamaya gidiyorum dediğinde ilk düşüncemin, "Bana yalan mı söylüyor? Birisiyle mi buluşacak?" olduğu bir evlilikte nasıl devam edebilirdim ki? Böyle yaşayamazdım. On dört yıl, sayısız zorluk ve başarı, üç çocuk ve büyük bir aşktan sonra evliliğimiz bitmişti.

Geriye dönüp ayrılığımızın ilk yılına baktığımda yalnızca her şeyin ne kadar çılgınca olduğunu düşünebiliyorum. Özel hayatım ve üzüntüm medya tarafından aralıksız olarak on dokuz gün boyunca *Daily News* ve *New York Post* gazetelerinin manşetlerine taşınmıştı. O. J. Simpson birkaç yıl sonra arabayla polislerden kaçana kadar bizim boşanma davamız magazin gazeteleri tarihindeki en uzun süren ana sayfa hikâyesiydi.

Manşetler zehirli oklar gibiydi. "Ayrıldılar!" "Kayalıklarda Aşk!" "Kilisede Tanışmışlar!" "Yataklar Ayrıldı!" ve en kötüsü de "Hayatımın En İyi Seksiydi!" Her gün bir gazeteci güruhu Trump Tower'ın önünde kamp kuruyordu. Çocuklarıma okullarında ve arkadaşlarının evlerinde bile rahat vermiyorlardı. Kendi ismimi duymadan televizyon bile izleyemiyordum. 'Ivana' parıltı, zarafet ve başarı ile özdeşleşmiş bir isimdi. Ama sonra bir süreliğine yalnızca aldatılan kadın olarak akıllarda kalmıştı.

Tüm bunları yaşarken kendime inancımı korudum. Zihinsel olarak çok serttim ve hayatta kalmayı biliyordum. Ama evliliğimin yıkılması yalnızca benimle ilgili olan bir şey değildi. On iki yaşındaki Don'u, sekiz yaşındaki Ivanka'yı ve altı yaşındaki Eric'i kimsenin tahmin bile edemeyeceği ve önceden hazırlanamayacağı bir fırtınanın içerisinden çıkarmam gerekiyordu. Ama bu fırtınanın içindeydik ve kendim ile çocuklarımı bu kâbusun içinden en az hasarla atlatacak şekilde çıkartacaktım.

Kendime iki kural koydum: (1) Çocukların önünde asla panik olma. Yıkıldığını görürlerse onlar da yıkılır. Tabii ki hassastım ve kalbim kırıktı. Çok karanlık anlarım oldu ve bazen sadece çığlıklar atmak istedim. Ama her zaman ağlamak için ya yalnız olmayı ya da annem ve babamın yanında olmayı bekledim. (2) Donald için asla kötü konuşma. Yalnızca gözlerimi devirmem ya da bir bakış atmam bile yanlış anlaşılabilirdi. Kocam bana ne yapmış olursa olsun hâlâ onların babasıydı. Çocuklar birlikte olan hayatımıza dair mutlu hatıralara sahiplerdi ve benim öfkeliyken söylediğim bir söz tüm bunları farklı hatırlamalarına sebep olabilirdi. Amacım çocukların hem bana hem de ona olan sevgilerini ben Donald'a karşı o zaman ne hissediyor olursam olayım hayatta ve sağlam tutmaktı. O an acı çekerken uzun süreli olarak düşünmek çok zordu ama çocuklu arkadaşlarımın boşanmalarında yaptıkları hataları görmüştüm. Bunların bizim de başımıza gelmesini istemiyordum.

İki kuralıma da uyarak 7/24 yaşadığımız bu kâbusta bir yıl geçirdim. Ayrılmamızın ortaya çıkardığı kaosu ben yaratmadım ve her zaman tüm hareketlerimi kontrol altında tuttum. Boşanma çocuklar için asla kolay değildir. Her zaman için bir felakettir. Ailem çok yorucu bir ayrılıktan sağlam olarak çıktı ve bunu da bir anne olarak en büyük başarılarımdan biri olarak görüyorum.

Bu mucizeyi nasıl mı gerçekleştirdim? Her zaman için dürüstlüğü ön planda tuttum.

Çocuklara neler olduğunu başkalarından duymadan önce kendim anlattım. Yaşananları dostlarıma anlatmak bile çok zordu ve kalp kırıklığımı çocuklarıma yalnızca dürüstlüğümü koruyarak anlatabilirdim. Aşırı tepkilerden kaçınmaya odaklandım (benim evimde asla kapılar çarpılmaz ya da sesler yükselmezdi) ve onlara her şeyin iyi olacağını söyledim.

Her biriyle ayrı ayrı konuştum. Eric'e, "Baban artık bizimle birlikte yaşamayacak. Yirmi dokuzuncu kattaki anne ve babasının evine taşınıyor. Ben hâlâ senin annenim ve o da her zaman için senin baban kalacak. Onu istediğin zaman görebilirsin." dedim. Eric bunu kabullendi. Büyük ihtimalle sormak istediği soruları vardı ama ilk olarak ona durumu anlatmamdan sonra oynadığı oyuna geri döndü.

Don daha fazla şey bilmek isteyecek kadar büyümüştü ve dikkatli bir şekilde düşündükten sonra onun gerçekleri kaldırabileceğine karar verdim. Duygularımı açığa çıkartmadan, "Babanın bir metresi vardı ve bu yüzden ondan ayrılıyorum. Ayrı yaşamaya ve boşanmaya karar verdik. Ama ondan siz boşanmıyorsunuz ben boşanıyorum." dedim. Don bana karşı korumacıydı. İlk konuşmamızdan sonra benim duygularımı gözlemlemeye başladı. Her zaman nasıl olduğumu soruyor, bana sarılıyor ve benimle geç saatlere kadar oturuyordu. Babasına çok öfkeliydi ve onunla bir yıl kadar konuşmadı. Donald ile küsmeden önce ona son söylediği şey, "Bizi sevdiğini nasıl söyleyebilirsin? Bizi sevmiyorsun. Sevseydin bunu yapmazdın!" olmuştu.

Ivanka'nın anne babası boşanmış arkadaşları vardı. Bu yüzden bunun ne demek olduğunu biliyordu. Ama hâlâ daha çok küçüktü ve babasının kirli çamaşırlarını ona anlatmanın bir anlamı yoktu. Ona da Eric'e söylediklerimi söyledim. Bana yalnızca, "Barışmanızın hiç imkânı yok mu?" diye sormuştu. Neler olduğunu anlamak onun için zordu. Sonuç olarak Donald ile hiç kavga etmemiştik ve ne yemek masalarında ne de tatillerde (Aspen'e kadar) hiçbir gerginliğimiz olmamıştı. Ben de onun gibi şaşkındım.

"Üzgünüm tatlım. Ama baban ile bir daha asla bir araya gelmeyeceğiz." dedim.

Benim için bir insanın en önemli özelliği sadakatidir ve bir evlilikte de en önemli şey güvendir. Güven kırılırsa evlilik biter. Bundan asla geri adım atmadım. Kötü evliliklerine çocukları için katlanan birçok insan tanıyorum. Başkaları ise çocukların ayrı yaşayan mutlu ebeveynler ile birlikte yaşayan ama mutsuz olan ebeveynlere kıyasla daha sağlıklı yetiştiğini düşünüyor.

Günümüzdeki siyasetçilerin eşlerine bakıyorum da gözlerinde alev alev yanan bakışlarla basın toplantılarında kendilerini aldatan ve yalan söyleyen kocalarının yanlarında duruyorlar ve buna nasıl katlandıklarına inanamıyorum. Bunu çocuklarına nasıl açıklayabiliyorlar? Özellikle kendisi de sonradan siyasetçi olmuş olan bir siyasetçi eşinden bahsediyorum. 1992'de boşanmamızın sonlanmasından kısa bir süre sonra Hillary Clinton'ın bir konuşmasına katılmıştım.

O zamanlar kocasının kronik sadakatsizlikleri sürekli haberlerdeydi ve başkanlığı sona ermeden durum daha da kötüleşecekti. Yanına yaklaştım ve "Buna nasıl dayanıyorsun?" diye sordum. Kocasının aldatmasından bahsettiğimi biliyordu. Yalnızca bana baktı ve yürüyüp devam etti. Bill'den Monica Lewinsky skandalından sonra ayrılsaydı acaba hayatı nasıl olurdu diye, hep merak etmişimdir.

Donald ile ilk anlaştığımız konu çocukların vesayetinin bende olacağı ve onun da çocukları hafta sonlarında alacağıydı. Çocukları bir kere sabahları okuldan önce ve bir kere de her zamanki gibi akşamları olmak üzere günde iki kere görüyordu. Çocukların ev hayatındaki tek değişiklik (binanın önünde kamp kuran gazeteciler dışında) artık babalarının yatağımda uyumuyor olmasıydı. Hâlâ aynı evde yaşıyorlar, aynı odalarda yatıyorlar, aynı oyuncaklarla oynuyorlar, aynı kıyafetleri giyiyorlar, aynı okullara gidiyorlar, aynı arabalara biniyorlar ve aynı tatillere gidiyorlardı. Tahmin edilebilirlik çocuklara bir güvenlik hissi verir. Diğer insanlarla olan ilişkilerinin de değişmeyeceğinden emin olmalarını sağladım. Bridget ve Dorothy de hâlâ hayatımızdaydı. Babi ve Dedo her zaman anneanneleri ve dedeleri olarak kalacak ve onları aynı ölçüde seveceklerdi. Yerleşik düzenimiz bozulmayacaktı. Meşgul olmak ve her zamanki programlarına devam etmek onlar için en iyi terapiydi.

Onları çok fazla şeyden korudum. Bir gün üç katlı süitimize giden özel asansöre bindiğimde tavanda daha önce orada olmayan bir güvenlik kamerası fark ettim. Şemsiyenin ucuna Japon yapıştırıcısı koyup kameranın lensine sürdüm. Attığım her adım kapıcılar ve güvenlik görevlileri tarafından izleniyordu ve sonra da maaşlarını ödeyen adama rapor ediliyordu. Aynı şeyleri komünistlerde de görmüştüm ve üç katlı evimiz koca bir hapishane gibi gelmeye başladı. Ne zaman birisi evime gelse -arkadaşlarım ya da kargocular- hepsine Trump Tower'ın resepsiyonunda isimlerini Bay ya da Bayan Brown olarak vermelerini söyledim. Resepsiyondaki görevlinin Donald'ı arayıp tüm ziyaretçilerimin ismini vermekle görevlendirildiğini biliyordum. Donald'ın "Kim ya bu Bay Brown?" dediğini her hayal edişimde gülüyordum.

Dediğim gibi sadakat benim için her şey demektir ve para için beni sırtımdan bıçaklayanlar kadar üzen başka bir şey olamaz. Boşanma sırasında -hayatımın en kötü zamanlarından biriydi- sekiz yıl boyunca benim için çalışmış olan biri basına gitti. Beni satması için on bin dolar para aldığını duydum. Bu olaydan sonra gazeteler beni yılın en kötü annesi olarak yazmışlardı.

Hepimiz biliyoruz ki babalar yaptıkları ufacık şeyler için bile ayakta alkışlanırken annelerin her gün yaptığı dağ kadar iş umursanmaz bile. Çocukların doğumundan itibaren ve Trump gayrimenkullerinden birinde ya da diğerinde çalıştığım süre boyunca onların hayatlarının her yönüyle ilgilendim. Donald çocuklarını severdi ve hem sevgi doluydu hem de onlara iyi bakan bir babaydı. Onları Madison Square Garden'daki Elton John konserlerine ya da George Steinbrenner ile takılmak için Yankee Stadyumu'na götürürdü. Ama kendisi de hemen kabul edecektir ki çocuklar ile onların yaşına göre onların seviyesinde iletişim kurmak konusunda hiçbir fikri yoktu. Çocuklar da onunla iletişim kurmayı bilmiyorlardı. Ivanka her zaman Donald ile iletişimlerinin iş konuşacak yaşa geldikten sonra arttığını söyler. Bu sırada ben sürekli olarak çocuklarımla ilgileniyor, onlarla iletişim kuruyor, onlarla birlikte uğraşıyor ve onları bir şekile sokuyordum. Gazeteleri görmezden gelmeye çalıştım ama bana 'kötü anne' diyen o manşet gerçekten canımı sıkmıştı.

Don acısını öfkeyle gösterir ve beni kötü bir anne olarak karalayan gazeteye gerçekten çok öfkeliydi. Onları arayıp haksız olduklarını ve kaynaklarının onlara yalan söylediğini söylemek istedi. Onu karşıma oturtup daha sonra da tekrar ve tekrar öğrenmesi gerekecek olan bir ders verdim: Manşetleri kişisel olarak almamak çok zor ama onların seni tanımlamasına izin veremezsin. "Sen kim olduğunu biliyorsun, biz de kim olduğumuzu biliyoruz. Basın yalnızca kuru gürültü."

Çocuklara güven vermek, cesur bir yüz takınma ve babaları hakkında kötü konuşmama kurallarımın yanı sıra hayatta kalma planımın üçüncü bölümü hâline geldi. Onları karşıma oturtur, gözlerinin içine bakar, gülümser ve "Biz iyiyiz." derdim. Sonra da hepsine güvenli ve kocaman bir şekilde sarılırdım. Bazı zamanlar onlara mı yoksa kendime mi güven vermeye çalıştığımı bilmiyordum.

Kötü anne manşetinden bir gün sonra Donald eve bir güvenlik görevlisi yollayarak Don'u -bu arada hâlâ babasıyla konuşmuyordu- aşağıda yirmi sekizinci kattaki ofisine çağırttı. Çocuklar ofisini her gün ziyaret ettiği için bu bana garip gelmemişti ve Don da güvenlik ile birlikte gitti.

Birkaç dakika sonra kocam beni aradı ve "Ivana, Don ben de kalacak. Onu geri alamayacaksın. Onu ben yetiştireceğim." dedi.

"Tamam, sende kalsın." dedim. "Benim yetiştirecek iki çocuğum daha var."

Ölüm sessizliği oldu. Telefonu kapattı ve on dakika sonra güvenlik Don'u geri getirdi. Donald'ın oğlunu kendi büyütmek gibi bir amacı yoktu. Bu beni üzmek için bir taktikti ama planı geri tepti. Kendimi daha güçlü hissettim.

Evde televizyonları kapattım ve basındaki saldırıları görmemeleri için gazete ve dergileri çocuklardan uzakta sakladım. Yine de her gün Trump Tower'ın önündeki gazeteci ve fotoğrafçı ordusunun içinden geçmeleri gerekiyordu. Çocukları okullarına kadar takip ediyor ve anne babalarının özel hayatları ile ilgili uygunsuz soruları bağırarak soruyorlardı. Don ve Ivanka'nın bazı sınıf arkadaşları onlara gazeteleri göstererek evlerinde neler olduğunu sormuşlardı.

Don'un okulu Buckley'de bir olay olmuştu. Müdür beni aradı ve Don'un kendinden büyük iki öğrenci ile kavgaya karıştığını -ikisini de dövmüştü- söyledi. Görünüşe göre Don'a benimle ilgili kötü bir şey söylemişlerdi. Müdüre şiddetten hoşlanmadığımı ve oğluma diğer çocuklara vurmamasını söyleyeceğimi söyledim. Beni koruduğu için içimden gurur duymuştum. Don'a o çocuklar ne kadar kaba olurlarsa olsun onlara vurmanın bir çözüm olmadığını anlattım. Onlara seni etkilediklerini bilmenin keyfini vermemek daha doğruydu. Don bu sözlerimi dikkate aldı ve bir daha asla kimseye vurmadı.

Eric altı yaşındaydı ve dışarıda neden gazeteciler olduğunu anlayamayacak kadar küçüktü. Ama ne kadar uğraşırsam uğraşayım evdeki garip enerjiyi o da hissetmişti. Anaokulundaki öğretmeni beni günde üç ya da dört kez arayıp genellikle öğrenmeye meraklı bir çocuk olan Eric'in pencereden dışarıyı izlediğini ve sınıfta dersi dinlemediğini söyledi. İştahını kaybetseydi ve düzgün uyku da uyuyamıyor olsaydı korkup gerekli adımları atardım. Öğretmeniyle konuştuk ve bir öğrencinin arada sırada dışarıyı izlemesinin, özellikle de evinde bir değişiklik meydana geliyorsa normal olduğuna karar verdik. Gerçek bir sorun var mı diye onu yakından izledik ve neyse ki hiçbir zaman bir sorun çıkarmadı.

Ivanka da Chapin'de zor günler geçiriyordu. Bazı terbiyesiz kızlar onu gazete manşetleriyle ilgili sıkıştırıyordu ama o her zaman başını dik tuttu ve kendi işine baktı. Ivanka gazetecilerden gerçekten nefret ederdi ama her nasılsa bir kere bile onların sorularına cevap vermedi. O, Don gibi babasına öfkeli değildi. Hatta Ivanka, Donald'ın ofisini daha sık ziyaret ediyordu ve ofisinde yerde daha uzun süre oyunlar oynuyordu. Babası taşındıktan sonra artık onun evde olmasının değerini anladığını ve bu yüzden onunla daha fazla zaman geçirdiğini söylüyor.

Dışarıda bir ordu dolusu gazeteci olduğu için artık rahat bir şekilde kapıdan çıkarak yürüyüşe ya da köpeğimi gezdirmeye çıkamıyordum. Mal kabul kapısından gizlice çıkmam gerekiyordu. Kırk birinci doğum günümde Beşinci Cadde'de yer alan mükemmel bir Fransız restoranı olan La Grenouille'de sevgililer gününde bazı dostlarım bana bir parti düzenlediler. Barbara Walters, Liz Smith, Nikki Haskell, Chessy Rayner, görümcem Blaine Trump ve kayınvalidem Mary Trump'ın bana gösterdikleri destekten çok etkilenmiştim. Basın bu partiyi öğrenince restoranın sokağında kalabalık bir gazeteci ordusu belirdi. Tam bir kaos hakimdi. Polis caddeyi kapattı. İnsanlar benim adımı haykırarak, "Kocanın donuna kadar al!" diye bağırıyorlardı. Korumalarım arabaya binip gidebilmem için insanları yararak yol açmak zorunda kaldılar. Kalabalık benim arkamdaydı ama yine de bundan memnun değildim. Ailem dağılmıştı. Bunda mutlu olacak bir şey yoktu.

Köşe yazarı Liz Smith bana basına nasıl yaklaşmam gerektiğine dair harika bir tavsiye verdi ve bir medya danışmanı önerdi. Basının istekleriyle başkası uğraşırken (Bir yılı aşkın süre boyunca tek bir röportaj bile vermemiştim.) ben bir numaralı önceliğim olan çocuklarıma evde normal bir hayat yaşatmaya konsantre olabilirdim.

Köşe yazılarını ve makaleleri okuduğumda basında ne kadar çok yazarın (ve okuyucunun) benim tarafımı tuttuğunu gördüğümde sevindim. Liz'in çizdiği profil beni kadınların gücünün ve gururunun bir sembolü olarak gösteriyordu. "Ivana artık Prenses Di, Madonna ve Elizabeth Taylor ile aynı ayarda bir medya tanrıçasıdır." diye yazmıştı. Bu övgüler için çok müteşekkirdim ama yine de dünyamın yıkıldığı gerçeğini değiştirmiyordu.

Bir kere bile olsun mağdur rolünü oynamadım. Her zaman savaşçı biri olmuşumdur ve hayat karşıma ne çıkardıysa ona kafadan daldım. Ne olursa olsun üzüntüye, yasa ve çaresizliğe kapılmayı reddettim. Yine aynısını yapacaktım. Yalnızca kendim için değil çocuklarım için de. Yavrularını korumak için her şeyi yapmaya hazır bir Anne Aslandım.

Sevgililer Günü partimden iki gün sonra *Post* gazetesi meşhur "Hayatımın En İyi Seksiydi!" haberini yayınladı. Bir gösteri kızının, kocam hakkında söylediği bu cümleyi anlatan hikâyenin yanında bir de Donald'ın sırıtan bir resmi vardı.

Bardağı taşıran son damla buydu. Normal hayata dair en ufak bir şans bile kalmamıştı artık. O günden önce bizi yüz tane fotoğrafçı takip ediyordu. Bu başlıktan sonra artık bin taneydiler; her zamankinden daha zorlayıcı ve katlanılmaz olmuşlardı. Tüm New York şehri çıldırmıştı. Çocuklarımın fiziksel ve duygusal güvenliği için acilen şehri terk etmemiz ve kendimizi uzaklara atmamız gerekiyordu. Sömestr tatilinden birkaç hafta önceydi. Onları okuldan biraz erken almayı ve ödevlerini de güvenli ve özel bir yerden okula faks ile göndermeyi düşündüm. Ama Don, Ivanka, Eric, Babi, Dedo, Bridget, Dorothy, köpeğim ve hepimizin bavullarıyla dikkat çekmeden nereye gidebilirdik ki?

Tam yerini biliyordum.

Çocukları korkutmamak için bu olayı büyütmedim. Çalışanlarla birlikte sessizce ve metodik bir şekilde eşyalarımızı Trump Tower'dan çıkartarak arabalara yükledik ve sonra da havalimanına gittik. Özel bir uçağa bindik ve birkaç saat sonra da Palm Beach'e indik. Mar-a-Lago özel bir sahili ve mükemmel bir güvenliği olan kocaman bir evdi. Orada bize kimse ulaşamazdı ve biz istemedikten sonra bizi üzecek hiçbir şeyde içeri giremezdi. Çocuklar anne ve babalarının etrafını saran histeriden korunmuş olacaklardı. İnzivamızda "Ağlamak yok, olay çıkarmak yok!" kuralımı devam ettirdim ve çocukları zamanlarını günışığında oynayarak, yüzerek ve tabii ki de öğretmenlerinin her sabah gönderdikleri ödevlerini yaparak geçirmeleri için teşvik ettim.

Geçmişte, Mar-a-Lago tatil evimiz her zaman insanların koşuşturduğu ve eğlendiği capcanlı bir yer olmuştu. Ama o Şubat ve Mart ayında hiçbir misafirin gelmesine izin yoktu, çocukların arkadaşlarının bile. Kimsenin bizimle ilgili konuşması riskini alamazdım. İyi olduğumuzu söylemek için olsa bile. Dedikodulara yeni malzeme vermek Florida'ya kaçmaktaki amacımızı boşa çıkarırdı. Orada olduğumuzu bilmelerine rağmen hiçbir komşumuz da davetli değildi. Tepemizde uçan paparazzi helikopterleri bizi ele veriyordu.

Evdeki çalışanlar konusunda da çok dikkatliydim. O aylarda yalnızca çekirdek kadro evde kalmıştı. Çok basit ve masumca bir şey bile magazin dergilerine sızarsa, sanki güvenliğimiz ihlal edilmiş gibi hissederdim. Palm Beach'teki ilk birkaç hafta zorluydu. Yorulmuştum ve çocuklarım için cesur bir yüz ifadesi takınmakta zorlanıyordum. Duygularımı açığa çıkarabildiğim insanlar sadece anne ve babamdı. Duygularımla ilgili yalnızca onlarla konuştum ve ağladım. Her zaman çok sevdikleri Donald'a aşırı kızgındılar. Ne kadar kızgın olurlarsa olsunlar Donald hakkında çocuklara kötü konuşmama kuralıma uydular. Onların sevgisi ve desteği olmadan ne yapardım bilemiyorum. Onlarla birlikte olmak bana neleri atlattığımı hatırlattı. Şimdi de iyi olacağımı biliyordum. Harcamalarımı kısmam gerekebilirdi. Ee ne olmuş? Çalışıp Trump Grubu dışında bir iş bulabilirdim. Zeki ve tutkuluydum. İhtiyacım olursa çocuklara ve kendime bakabilirdim. Anne ve babam panik ve ümitsizliğe kapılmak yerine sahip olduklarıma konsantre olmamı ve sağlam prensiplerime odaklanmamı sağladılar. Sürekli, "Sen yanlış bir şey yapmadın." diyorlardı. O zaman neden evliliğimde neyi farklı yapabileceğim üzerine kafa yoracaktım ki? Ben sadık ve sevgi dolu bir eş olmuştum. Onun yaptığı bir şey için kendimi suçlamamın hiçbir anlamı yoktu. Buradan da ayağa kalkacaktım. Bir gün iyi olacağım diye düşünmüştüm. Şimdi de oturup değiştiremeyeceğim şeyleri düşünmemin bir anlamı yoktu. Şimdi kontrolüm altındaki ve gelecekte kontrolümde olacak olan şeyleri düşünmeliydim.

Don, Ivanka ve Eric için Mar-a-Lago bir cennet gibiydi. Bir yere kadar neden orada olduğumuzu biliyorlardı ama onlar için bu beklenmedik bir tatil gibiydi. Her gün yüzdüler, tenis oynadılar, kumsala indiler ve güneşin altında bir sürü zaman geçirdiler. Babam çocukları balık tutmaya götürdü ve annem de bizim için harika yemekler hazırladı. Çocukların arkadaşlarını özlediklerini düşünmüyorum çünkü birbirlerine sahiptiler. O aylarda sürekli birlikte gezen sıkı bir ekip hâline geldiler ve birbirlerini kollamaları gerektiğini iyi öğrendiler. Çünkü günün sonunda sahip olduğunuz tek şey ailenizdir. 1990 yılının baharındaki bu bağlanmalarının yakın ilişkilerini perçinlediğini düşünüyorum.

Çocuklar sarsıcı bir dönemden geçiyorlarsa ya da kendilerini kötü hissediyorlarsa onlara gerçekte neyin önemli olduğunu hatırlatırdım. "Baban ve ben seni seviyoruz." derdim. "Bu asla değişmeyecek!"

Boşanmalar ne kadar karmaşık olursa olsun -ki benimki tüm zamanların en karmaşığıydı- çocuklarıma yaptığım açıklamalar oldukça basitti. Güvende miydiler? Sevildiklerini hissediyorlar mıydı? Boşanma onlar arasında değil anne ve babalarının arasında mıydı? Evet, evet ve evet. Evliliğimle ilgili sorularına yanıt versem bile daha fazlasını öğrenmek için merak ediyorlardı. Bazı şeyleri onlardan sakladığımı biliyorlardı. Birkaç kere avukatımla gizlice konuşmak için bir odaya girdiğimde koridordan gelen sesler duymuştum. Kapıyı açtığım çocukların kulaklarını kapıya dayamış beni dinlediklerini görürdüm. Beni gözetlemeye çalışıyorlardı! Yakalandıklarında Chappy'yi peşlerine takıp koşarak kaçarlardı. Bu kadar büyük bir evde gizliliğin neredeyse imkânsız olduğuna inanmak çok zordu. Eve çok sert bir kural getirdim: Bir odadaysam ve kapı da kapalıysa, kimse odanın yakınına bile yaklaşmayacaktı.

Arkadaşlarım sürekli arıyor, mektuplar yolluyor ve Florida'ya hediyeler gönderiyorlardı. Bunlara çok müteşekkirdim ama her zaman geri arayamıyor ya da cevap yazamıyordum. Ne söylediğime çok dikkat etmem gerekiyordu. Çok sevdiğim dostlarıma bile. Paranoyak olmak istemiyordum ama her geçen gün daha fazla insan -bir kayak hocası, Plaza'daki yöneticilerimden biri- ortaya çıkıp basına benimle ilgili hikâyeler anlatıyordu ve bu da beni fazlasıyla dikkatli bir hâle getirmişti. Shirley Lord da dâhil olmak üzere birkaç dostum ziyarete geldi. Shirley, *Vogue* dergisinde güzellik editörüydü ve beni derginin Mayıs 1990 sayısının kapağında olmaya ikna etti. Sanırım mart ayının sonlarına doğru fotoğrafçı Patrick Demarchelier ve Vogue'un saç ve makyaj ekibi çekim için Florida'ya geldi. Yeni bir saç stiliyle yüzme havuzunun yanında poz verdim. Röportaj yalnızca modayla ilgiliydi. Bu yüzden de duygularımdan bahsetmeyeceğim için çok rahattım. Aslında fotoğraf çekimlerinden pek hoşlanmazdım ama bu şekilde dikkatimi dağıtmaktan memnundum. Herkes için eğlenceli bir gün olmuştu.

Mayıs ayının başlarında anne ve babam Çekoslovakya'ya döndü ve ben de çocuklarla birlikte okul için New York'a döndüm. Hemen boşanma görüşmelerine giriştim ve hepsini de gizli silahım, sevimli ama sert bir avukat olan Ira Garr sayesinde tamamladım. Saatlerce süren görüşmeler sırasında konuşmaları avukatım yapıyordu ve ben de kulaklıklarımı takıp Gloria Gaynor'un "I Will Survive" şarkısını dinliyordum. Avukatlar birbirleriyle konuşurken ben kafamda şarkı söylüyordum; "Pes edeceğimi mi sandın? Yatıp ölmeyi bekleyeceğimi mi?" Ama böyle olmayacaktı. Hayatta kalacaktım. (Hey, hey) Bu şarkı belki de milyonlarca kadının çok zorlu zamanlardan geçmesine yardımcı olmuştur. Benim için de olmuştu.

Don, Pottstown, Pennsylvania'da terk edilmiş Betlehem Çelik fabrikasının yakınlarındaki bir yatılı okul olan Hill School'a yazılacaktı. Bu okulu Don için çok uğraşarak bir aile dostumuzun da disiplinli ama iyi yetiştiren bir yer olduğu tavsiyesi üzerine seçmiştim. Okulu ve etrafını birkaç kere gezdim. Don evden uzakta bir yatılı okulda kalacaksa burası onun için doğru yer olmalıydı. Biraz bağımsızlık kazanacağı ve New York'tan uzaklaşacağı için heyecanlıydı. Bu yüzden o yaz bana aslında gidip gitmemek konusunda emin olmadığını söylediğinde şaşırmıştım. Bana destek olmak için yanımda olmazsa benim çökeceğimden korkuyordu. Hayatımda duyduğum en tatlı şeydi bu. Ona onun kendi hayatına sahip olduğunu ve benim de iyi olduğumu söyledim. Ama şimdi düşününce belki de Don haklıymış diye düşünüyorum. Psikolojik olarak sağlam kalmamı çocuklarım sağlıyordu.

Donald ile aramda neler olduğunu düşünmek için biraz zamanım olmuştu. Beni çocuklarım için iyi bir rol modeli hâline getiren ve bana kişisel olarak birçok başarı ve gurur yaşatan şey -kariyerim- büyük ihtimalle evliliğimizin sonu olmuştu. Büyük profesyonel zaferlerim bazı kişisel kayıplara sebep olmuştu. Kocamla bir çiftten çok bir iş ortağına dönüşmüştük. Plaza'da neler olduğundan tutun da hafta sonu gelecek olan ağır top müşterilerine kadar sürekli iş konuşuyorduk. Şirketine kazandırdıklarımdan çok memnundu ama aynı zamanda zamanımın çoğunu çalışarak geçirmemden de rahatsızdı.

Başarılı her kadının arkasında şoka girmiş bir adam vardır. Ben Bayan Trump olmak için fazla başarılıydım. Evliliğimizde iki yıldız olamazdı. Bu yüzden de birimizin gitmesi gerekiyordu.

On üç yıllık mükemmel bir kariyerin sonunda Temmuz 1990'da Trump Grubu'ndan istifa ettim. Plaza'yı hemen terk ederek zorda bırakmadım. Yerime birini bulmaları için altı ay daha kaldım. Ben ayrıldığımda kendi elimle seçtiğim personellerimin de birçoğu ayrılmak zorunda kalmıştı ama onlar için endişelenmiyordum. Harika özgeçmişleri vardı ve iyi eğitim almışlardı. Kendi ayakları üzerinde durabileceklerini biliyordum. Yiyecek ve içecekten sorumlu başkan yardımcısı Peninsula'nın müdürü oldu. Operasyondan sorumlu başkan yardımcısı da Pierre'de çalışmaya başladı.

İstifa ettikten hemen sonra Avrupa'da altı haftalık bir tatile çıktım. İlk olarak çocukları Çekoslovakya'daki yıllık ziyaretleri için anne ve babama götürdüm. Sonra da tek başıma Londra'ya giderek bazı defileleri izledim ve bazı arkadaşlarımla buluştum. Bu gezideyken boşanmanın sis perdesi yavaş yavaş kalkmaya başlamıştı. Saklanmayı bırakmak benim için en iyi ilaç olmuştu. Arkadaşlarım bana destek oluyorlardı ve arkamdaydılar.

Boşanmanın gerçekten özgürlük verici bir şey olduğunu fark ettim. Ne iş yerinde ne de evde hiçbir erkeğe hesap vermek zorunda değildim.

Eylül ayı her zamanki gibi umut verici gelmişti. Çocuklar için yeni bir okul yılı benim için de yeni bir hayat başlıyordu. Bonnie's'te gerçekleşen olayın üzerinden dokuz ay geçmişti ve Trump Tower'ın önündeki gazeteci ordusundan geriye yalnızca birkaç çakal kalmıştı. En kötü günlerin artık geride kaldığını ummaya cesaret etmiştim ki bu his kısa ömürlü oldu.

Yalnızca bir ay sonra çocuklarımla ben unutulmaz bir kayıp yaşayacaktık.

- 17 -

AİLEDE ÖLÜMLER

Anne ve babam baharda Mar-a-Lago'da kalırken bize yardımcı olduktan sonra, benim de kayak öğrendiğim ve birçok mutlu hatıramın olduğu Moravya'daki dağ evlerine geri döndüler. Güzeller güzeli bu ev tam Moravya ve Slovakya arasındaki sınırın üzerinde bulunuyordu. Hatta sınır tam olarak oturma odasının içinden geçiyordu. Buranın kimseye ait olmadığı ve bizim kendimize ait ülkemiz olduğuna dair şakalar yapardık ve ev iki ülkeye de dâhil olmadığı için ailemin vergi ödemesi de gerekmiyordu!

1990 yılında bir ekim akşamı babam kendini iyi hissetmemişti ve annem de bir komşuyla beraber onu bir hastaneye götürmüştü. Doktorlar kalp krizi geçirdiğini söyleyerek onu hastaneye yatırmışlardı. Uzun yıllar boyu Dedo günde kırk sigara içmiş ama on yıl önce sigarayı bırakmıştı. Bunun şanssız bir sonucu olarak da çok fazla kilo almıştı. Annemler, Dedo hastaneden çıkınca hemen spor yapmaya ve sağlıklı beslenmeye başlasın diye bir plan hazırlamışlardı. Ama hastaneden hiç çıkamadı. Bir gün sonra ikinci kalp krizini geçirdi ve altmış üç yaşında öldü. Belki de bir Amerikan hastanesinde olsaydı doktorlar onu kurtarabilirdi. Bu düşünce yıllarca peşimi bırakmadı.

Annem bu trajik haberi telefonla arayarak verdi ve neredeyse buna inanamamıştım. Babamı bir daha asla göremeyecek miydim? İlk aşkımı, kahramanımı, tanıdığım en mükemmel adamı bir daha göremeyecek olma düşüncesi imkânsız gibiydi. Babi'ye hemen yanına geleceğimizi söyledim. O zamanki asistanım Lisa Calandra hemen telefonu alıp ayarlamaları yapmaya başladı. Don'un okulunu arayıp onu alması için bir araba gönderdi ve seyahat planımızı organize etti. Donald'ı arayıp neler olduğunu anlattım. Ayrılmamızdan önce Donald ile Dedo her zaman çok yakındılar. Donald haberleri duyunca şoka girdi ve üzüldü. Hemen bizi Avrupa'ya götürmesi için özel uçağını teklif etti.

Ivanka ve Eric okuldan eve dönmeden ve Don'da arabayla gelmeden önce kendimi toparlamam için çok az zamanım vardı. Bir şeyler olduğunu anlamışlardı ve Don neden okuldan alındığını öğrenmek istiyordu. Onları karşıma aldım ve "Babamı bu sabah kaybettik. Hastanede kalp krizi geçirmiş ve onu kurtaramamışlar." dedim.

Bir anda ağlayarak ve histerik bir şekilde kendilerinden geçerek tepki verdiler. Çocukların duyguları saf ve açıktır. Onlar yetişkinlerin sahip oldukları savunma katmanlarına sahip değillerdir. Onların acılarını görmek benim acımı da açığa çıkarttı. Birlikte sarılarak ağladık.

Bir sonraki gün annemin yanına uçtuk. Biz indiğimizde o babamın ölümünden üç gün sonra gerçekleşecek olan cenaze işlerini ayarlamıştı. Donald'ın uçağı bizi bırakır bırakmaz New York'a dönerek onu almaya gitmişti. Cenazeye annesi Mary'i de getirmiş olması beni çok duygulandırmıştı. Mary çok iyi kalpli ve eli açık bir kadındı. Babamın cenazesine gelmiş olması benim için çok önemliydi. (Ben de 2000 yılında onun cenazesinde ona ve ondan önce de Fred Trump'a son saygımı sunmuştum.) Mary'nin İskoç, Dedo'nun da Çek olmasına ve farklı dünyalar ile farklı geçmişlerden geliyor olmalarına rağmen aralarında sıcak bir ilişki vardı. Cenazeye diğer katılanlar babamın hayatının tüm evrelerinden farklı insanlardı. Dostları, iş arkadaşları ve komşularımız. Dedo çok sevilen biriydi.

Zlín'deki cenazeyi sanki bir hayal olarak hatırlıyorum. Hâlâ şoktaydım. Bir şekilde oğlanlar takım elbiselerini ve biz de Ivanka ile elbiselerimizi giymiştik. Babamın cenazesi açık bir tabuttaydı ve naaşı görülüyordu. Çocukların korkacağından ya da şaşıracağından endişelenmiştim. Daha önce hiçbir kayıp yaşamamış ya da bir ölü görmemişlerdi. Eric daha altı yaşındaydı ve çok ufaktı, hiçbir soru sormamıştı. Ivanka ve Don, Dedo'nun vücudunun tabutta olmasına rağmen ruhunun artık aramızda olmadığını anlıyorlardı.

Cenaze yakınlardaki ormanın içindeki mezarlığa taşındı ve toprağa indirilirken dualarımızı ederek çiçeklerimizi koyduk. Çocuklarımın yüz ifadelerini hatırlıyorum. Acıdan yıkılmışlardı. Onları teselli etmek için elimden geleni yaptım ama hepsinin bu kadar yakın olduğu birini kaybetmenin acısını hafifletmek için söyleyebileceğim pek fazla bir şey yoktu. Don yıllarca Dedo ile dağ evinde baş başa bir sürü yaz geçirmişti. O zamanlar Donald ile çok az konuşuyordu. Geriye dönüp bakınca Don'un o yıl, başından geçenlere inanamıyorum: Ayrılmamız, basının saldırıları, herkesin önünde gerçekleşen boşanmamız, evden taşınıp yatılı okula yazılması ve sonra da çok sevgili dedesinin ölümü. Tüm bu süre zarfında da kardeşlerinin ve benim nasıl olduğumuzla ilgileniyordu.

O korkunç gün boyunca bir gözünü Ivanka'nın bir gözünü de Eric'in üzerinden ayırmadı. Don'un on iki yaşındaki bu kuvvetli duruşu beni bugün bile hâlâ şaşırtıyor.

Oğullarım Dedo ile ilgili düşüncelerini söylemek istiyor:

ERIC: Dedo'nun hayatımızda büyük bir etkisi vardı. Florida'da ve Greenwich'te onunla saatlerce balığa çıkmışlığımız vardır. Bana ilk havalı tüfeğimi ve Don ile bayıldığımız 50cc Suzuki toprak motorunu almıştı. Dedo bir mühendisti ve elleriyle çalışmayı çok severdi. Tasarladığı her şeyi inşa edebilirdi.

DON: Çocukken her yaz tek başıma Çekoslovakya'ya gider dedemle beş ya da altı hafta geçirirdim. O zamanlar dedem çok iyi İngilizce konuşamıyordu. Bu yüzden benim çok küçüklüğümden itibaren iyi bir şekilde Çekçe öğrenmekten başka çarem yoktu. Oraya gittiğimde Amerika'da büyürken sahip olduklarımızla ne kadar şanslı olduğumuzu fark ediyordum. Ama aynı zamanda bu kadar imkâna sahip olmanın da tehlikelerini görüyordum. Ailem, insan ilişkilerinin ve birlikte zaman geçirmenin hayattaki en önemli şey olduğu hayatın diğer tarafını görmemi istiyorlardı. Bu bana hayatta önemli olmayan şeyleri çok fazla ciddiye almamayı ve her şeyin değerini bilmeyi öğreten çok değerli bir dersti. Karımın ve ailemin bugün bana verdiği mutluluğun dışında dürüst bir şekilde söyleyebilirim ki Çekoslovakya'da dedemle geçirdiğim zamanlar hayatımın en unutulmaz anlarıydı. Dedem, "Orman şurada, gece görüşürüz!" derdi. Bana balık tutmayı, kayalıklara tırmanmayı, kamp yapmayı, yay ve havalı tüfek kullanmayı öğretti. Çekoslovakya'daki

yaz tatillerim benim doğa aşkıyla tanışmamdı ve ben de bu aşkı kendi çocuklarıma aktarıyorum. Bu harika insan hayatıma girmiş olduğu için çok şanslıydım. Onu özlüyorum. Onu her zaman özleyeceğim.

Cenaze Ivanka'nın dokuzuncu doğum gününde gerçekleşmişti ve tabii ki o yıl doğum günü partisi yapmadık.

Sonraki günlerde ailemin cenazedeki görüntüleri uluslararası gazetelerde basıldı. Mezarlıktaki her ağacın arkasına bir paparazzi saklanmıştı. Babam ünlü biri değildi. Alçakgönüllü, gururlu bir adamdı ve vedasının da özel ve aileyle yakın dostlar arasında olması gerekiyordu. Bir kez daha acımız basın tarafından saldırıya uğramıştı. Ağlamak ve rahatız edilmeden yas tutmak isteyen çocuklarım ve kırk beş yıllık aşkına veda eden annem için üzülmüştüm. Babamın ölümü o kadar âni olmuştu ki New York'taki arkadaşlarıma haber verecek zamanım bile olmamıştı. Uçağa bindiğimde kimseye nereye gittiğimi söylememiştim. New York'ta Moda Haftası başlamıştı ve eksikliğim hem basın hem de tasarımcılar tarafından fark edilmişti, özellikle de birçok defilenin gerçekleştirildiği Plaza Hotel'de (o zamanlar Moda Haftaları Bryant Park ve Lincoln Center'da gerçekleştirilmiyordu). Tüm moda yazarları "Ivana nerede?" diye soruyordu. Paparazzilerin tüm ailemi siyahlar içinde mezar başında ağlarken çekmiş olduğu fotoğraflar onlara aradıkları cevabı vermişti.

Bir hafta sonra eve döndüğümüzde hayatımız bir boşluk içindeydi. Ölümü ve yas tutmayı çocuklarla dürüst ve açık sözlü olarak atlatmıştım. Don ve Ivanka nasıl yas tutacaklarını anlamak için beni izliyorlardı. Onlara yas tutmamız ve üzgün olmamız gerektiğini ama aynı zamanda ölümün gerçekliğini de kabul etmemiz gerektiğini anlattım. "Zamanınız gelince yapabileceğiniz bir şey yoktur." dedim. Benim tarzım zamansız bir ölümün adaletsizliğine ağlamak yerine hayatta olduğum için şanslı olduğumu hissetmekti. Jiři öldüğünde çektiğim acı beni Batı'ya kaçmaya itmişti. Babamı kaybettiğimde hayatın ne kadar kısa olduğunu hatırladım ve hayatımı hem kendim hem de çocuklarım için harika bir hâle getirmek için yaşamaya başladım. Evliliğimi bitirme konusunda herhangi bir şüphem varsa da bunları babamın cenazesinde gömdüm.

Babamın ölüm tarihinin teselli edici tek bir yönü varsa o da şuydu ki Çekoslovakya'da komünizmin çöküşünü görerek yaşamıştı. Babam öldüğü zaman öğrencilerin başlattığı protestolar Sovyet kontrolü altındaki hükümeti Prag'dan kovmuştu. 24 Kasım 1989'da komünist hükümet topluca istifa etmişti ve parlamenter bir cumhuriyet kurulmuştu. İktidar değişikliği barışçıl olduğu için ve tek bir mermi bile sıkılmadan gerçekleştiği için buna Kadife Devrim adını takmışlardı. Kırk bir yıllık baskı rejiminden sonra Çekoslovakya -artık Çek Cumhuriyeti- sonunda özgürdü.

Bundan bir yıl sonra Mart 1992'de boşanmam tamamlandığında artık ben de özgürdüm.

Çocuklar için zor birkaç yıl olmuştu. Daha genç yaşlarında çoğu yetişkinin hayatı boyunca göreceğinden daha büyük zorluklar görmüşlerdi. Ama daha zorlu günleri geride bırakmamıştık. Çok yakınımızda gerçekleşecek bir trajediye daha dayanmak zorunda kalacaklardı.

1993 yılının Amerikan İç Savaşı Anma Günü hafta sonunda Tampa'da Evden Alışveriş Kanalında programımı çekiyordum. Çocuklar Bridget ile birlikte Greenwich'te kalıyorlardı ve plana göre ben de sabah uçağıyla yanlarına gidecektim. Don uzun hafta sonu için okuldan eve gelmişti ve onu görmek için sabırsızlanıyordum. Hepimiz tekrar bir araya geleceğimiz için çok heyecanlıydık.

Programı çekerken bir saat kadar diğer sunucuyla birlikte ürünlerden bahsederdik, sonra kamera birkaç dakikalığına ona yakınlaşır ve o da yüz kreminin içindeki malzemelerden ya da bluzların kumaşından bahsederdi. Bu arada ben de hızlıca tuvalete gidip gelmek ya da bir yudum su içmek için zaman bulurdum. O gece bu aralıklardan birinde Greenwich'i aradım ama garip bir şekilde kimse telefona çıkmadı. Bridget'in çocukları alıp akşam yemeğine götürdüğünü ya da dışarıda oynadıklarını düşündüm. Kapıcı Patrick geceyi ailesiyle evinde geçirmek için çoktan çıkmıştı.

Ivanka yatağa girmişti ama Bridget gelip ona 'iyi geceler' dememişti. Bu da Ivanka'ya garip gelmişti. Ivanka on üç yaşındaydı ve Bridget'in gece yanına gelip ona 'iyi geceler' dilemesinden ve birlikte uykudan önce bir dua okumalarından hoşlanırdı. Günü böyle sonlandırırdı ve o gece Bridget gelmeyince Ivanka endişelenmişti. Yatağından çıkıp Eric ve Don'u oturma odasında televizyon izlerken bulmuş ve onlara Bridget'i görüp görmediklerini sormuştu. Oğlanlar Bridget'i arayıp Ivanka'nın yanına göndermek için gönüllü olmuşlardı. Ivanka yatağına dönmüştü ve oğlanlar da evi aramaya başlamıştı.

ERIC: Greenwich'teki evdeydik ve telefon durmadan çalmaya başlamıştı. Saat akşam sekiz civarıydı. Bridget biz daha küçüğüz diye telefona bakmamıza izin vermiyordu. Bu yüzden telefonu hep kendisi açardı. Ama durmadan çalmaya başlamıştı. Ivanka gelip Bridget'i görüp görmediğimizi sorduktan sonra Don ile birlikte onu bulmak için merdivenlerden aşağı inmiştik. Bridget bodrum katındaydı ve bilinci kapalıydı.

O zamanlar çok küçüktüm ama ona bakar bakmaz durumun iyi olmadığını anlamıştım.

Sonunda yayınım bittiğinde yapımcılar çocuklardan acil birkaç mesajım olduğunu söylediler. Yüreğim ağzıma geldi ve hemen onları aradım. Don bana Bridget'in bayıldığını ve onu hastaneye götürmek için bir ambulansın geldiğini söyledi. Aynı zamanda Patrick'i de aramıştı ve o da şimdi çocukların başındaydı. Durumun kontrol altında olduğunun söylemişti ama Don'un sesinden korkmuş ve üzgün olduğunu anlamıştım.

Hemen uçağıma yetiştim ve eve döndüm. Uçaktan indiğimde Bridget de aynı babam gibi bir kalp krizi sonucu vefat etmişti. Altmış yedi yaşındaydı. Don'a bu korkunç durumu kontrol altına aldığı için ve küçük kardeşleri için bu kadar cesur davrandığı için onunla gurur duyduğumu söylemiştim. Eric yalnızca on yaşındaydı. O hafta sonu Don ile aylardır ilk defa bir araya geliyorlardı ve Don'un peşinden ayrılmıyordu.

Ivanka'yı teselli edemiyordum. Bridget'i geri getirebilecek ya da kaybının acısını azaltacak söyleyebileceğim hiçbir şey yoktu. Bu yüzden tek yapabileceğim şey ona sarılıp kollarımda ağlamasına izin vermekti. Önümüzdeki günlerde ona hep Bridget'in iyi bir hayat yaşadığını söyledim. Hayatını çocuklara bakmaya adamıştı, önce Kennedy ailesi için sonra da bizim için. Bridget beni hiçbir zaman pek sevmezdi -ben odaya girince iki adım geri atardı- ama çocukları çok seviyordu; özellikle de Ivanka'yı ve evin her detayına dikkat ederek derleyip toplamaktan keyif alıyordu. Titrek elleri vardı. Hâlâ o titreyen elleriyle mutfakta yürüyüşünü gözümün önüne getirebiliyorum. Halledecek işleri olan bir kadının görüntüsüydü bu.

Zaman içinde Ivanka'ya verebileceğim tek öğüdü vererek,

"Olan oldu. Bunu kabullenmek ve inişleriyle çıkışlarıyla hayatına devam etmek zorundasın." dedim. Bu bazılarına duygusuz gibi gelebilir ama yıkılmak gibi bir seçeneğimiz yoktu. Gözyaşlarınızı silmek ve devam etmek zorundaydınız. Yaşayanlar olarak bunu ölmüşlere borçluyduk. New York'ta Bridget'in dostlarının ve ailemizin katıldığı ufak bir cenaze töreni yaptık. Donald cenazesinin İrlanda'daki ailesine gönderilmesini ve orada gömülmesini ayarlamıştı.

1994 yılında Altmış Dördüncü Sokak'taki konağı bulana kadar Trump Tower'da yaşamaya devam ettim. Evin çok işi vardı. Evde on iki yıldır yaşayan olmamıştı ve son kullanıldığında da birçok ufak odası olan bir dişçi kliniğiydi. Plaza'da birlikte çalıştığım ve benim zevkimi iyi bilen bir tasarımcı olan George Gregorian'ı tuttum ve birlikte çalışmaya başladık. İçi geçmişte çalışmış olduğum tamirci ve tasarımcı kartlarıyla dolu olan dosyalarımı karıştırarak bazı telefonlar açtım. Her şeyi yıkmak için lobiden bir buldozerle geçtiler. Normalde beş yılda bitecek iş bir yılda bitmişti.

Yaptığım yenilemelerle ilgili sayfalarca konuşabilirim -merdiveni yerleştirmek, pervazları yaptırmak, avizeler- ama şunu söylesem yeter, evim benim tarzımı mükemmel bir şekilde yansıtıyordu. İşte evin en kısa tanımı:

Küçük salon katında bir giriş, bir kadınlar tuvaleti ve Dorothy ile sürekli evde çalışan avukatın ofisleri vardı.

İkinci kata mermer merdivenden ya da kuş kafesi tarzı asansörden çıkıyordunuz ve yukarıda Fransız tarzından ilham alınmış oturma odası, beyaz piyanolu oda, kristal avizeli yemek odası ve bir de yerden tavana kadar camlı arkadaki terası ve bahçeyi gören bir mutfağım vardı. (Artık pek fazla yemek yapmıyorum.)

Üçüncü kat benim katımdı: Leopar oturma odası, altın kaplamalı şöminesi ve Metropolitan Sanat Müzesi tarafından bana önerilen sanatçıların restore ettiği Çin duvar resimleriyle kaplı ana yatak odası ve bir de pembe mermer banyo.

Dördüncü katta eskiden Ivanka'nın odası olan oda şimdilerde içinde bir şömine, bir kanepe yatak, geniş bir banyo ve kocaman bir giyinme odası olan misafir odası. Aynı zamanda içinde banyo olan Eric'in eski odası ve annemin odası da bu katta.

Beşinci katta iki hizmetçinin odası ve benim bitmek bilmeyen kocaman giyinme odam var. Bu odaya Uzakdoğu diyorum çünkü odanın içini gezdiğinizde başka bir kıtaya gitmiş kadar oluyorsunuz.

En üst katta eskiden Don'un odası olan oda şimdi kocaman bir spor salonu olarak kullanılıyor. Aynı zamanda bir banyo ve iki de hizmetçi odası var. Eskiden Donatella Versace karşı kapı komşumdu. Evdeki spor salonum onun evindeki giyinme odası ile aynı hizadaydı. Ben koşu bandında koşarken o da giyeceği kıyafetleri seçerken birbirimize el sallardık.

Bu evde yirmi üç sene yaşadım ve çocuklarımın ergenlik yıllarını burada geçirdik. Burada yaşamayı çok seviyordum. Evi satarsam çok büyük bir şekilde kâr edebilirim ama bu evden asla ayrılmayacağım. Bu evden ancak cenazem çıkar!

-18-

GEÇMİŞE DÖNÜP BAKMAK

1991 yılında Donald ile hâlâ boşanma anlaşmamızın görüşmelerini yapıyorduk. Ben dostum Barbara Walters'ın magazin programı olan 20/20'ye katılmıştım ve programda hem boşanma hem de sonrası hakkında konuşmuştuk. Barbara bana Aspen'deki gösteri kızının yanıma gelip konuşmasını ve hâlâ daha hassas olduğum bazı konuları sormuştu. Bir yıl boyunca dudaklarımı titretmeden sabit tuttuktan, boşanma konusunda basının karşısına çıkmamamdan ve kişisel acımı kimseye göstermememden sonra Barbara Walters beni ağlatmayı başarmıştı! Hem de ulusal kanalda!

Ne dostmuş ama! (Tabii ki şaka yapıyorum. Onu çok seviyorum ve ona çok saygı duyuyorum. 40 yıllık arkadaşlığımız da benim için çok önemli)

Yirmi altı yıl sonra, artık hayatımızın o kaotik dönemine dönüp baktığımda her şeyi çok daha net görebiliyorum. Vicdanım rahat. Evliliğimiz sırasında Donald'a sadık bir eş ve bu kadar acı veren zamanlar içinde de çocuklarıma harika bir anneydim.

Donald'a artık öfkeli değilim. Yasal savaşımız sona erdikten sonra ortak ebeveynlik rollerimize geri dönmüştük. Basit olarak, ona yapacaklarımı söylemiştim ve o da benimle hemfikir olmuştu. Ortak çabalarımızın sonucu da gayet iyi çıktı. 90'larda başlarına gelenlere rağmen üç harika evlat yetiştirdik.

Hepsi de boşanmamızı kabullenmiş durumda. Ivanka genellikle o korkunç günler sayesinde iyimser olmayı öğrendiğini söyler ki ben de her zaman, "Her şey iyi olacak." diyerek onların böyle düşünmesini sağlardım. Basının saldırıları bizi birbirimize kenetlenmeye itmişti. Eric kardeşlik bağlarının bu kenetlenme döneminde güçlendiğini düşünüyor. Boşanmadan önce de iyi anlaşıyorlardı ama boşanmadan sonra birbirlerine çok iyi kenetlendiler ve birbirlerine destek olarak onlara zarar verebilecek herkese karşı korumaya başladılar. Ivanka, evden taşınmasından sonra babasıyla daha fazla yakınlaştıklarını söylüyor. Babasını daha sık ziyaret etmeye başlamıştı ve okuldan da sürekli telefonla onu arıyordu. Donald ne olursa olsun Ivanka'nın telefonlarına çıkardı. Her aradığında toplantısını yarıda keser Ivanka'yı hoparlöre bağlar ve herkese 'merhaba' dedirtirdi.

Don sonunda babasını affetti. Fiziksel ve duygusal olarak onu bu gergin ortamdan uzaklaştırarak yatılı okula gönderme stratejisi işe yaramıştı. Evden ayrıldığında henüz on üç yaşındaydı ve şimdi geriye dönüp baktığımda çok gençmiş diye düşünüyorum. Ama sonunda bunun doğru karar olduğu anlaşıldı.

DON: Hill School Yatılı Okulu'ndaki beş yılım benim için birçok kapıyı açtı ve orada çok büyüdüm.

Pennsylvania'nın taşrasına taşınmak beni şehirden de uzaklaştırmıştı. New York'ta doğmuş olmama rağmen şehir hayatından hiç hoşlanmadım. Kalabalığı ve

gürültüyü sevmiyordum. Her zaman dışarıda olmak istiyordum. Hâlâ da istiyorum. Son on yıldır her hafta sonu ailem ile cuma akşamı New York'tan çıkıp taşraya gidiyoruz. Takım elbisemi çıkartıp Carharttslarımı giyiyorum. Pazar gecesi geç saatlere kadar dönmüyoruz. Ailemin en sevdiği şey dışarıda, doğada olabildiğince çok zaman geçirmektir. Şehir hayatının çocuklarıma sunduğu olanakların farkındayım ama onlara aynı zamanda hafta sonları ormanlarda gezdikleri farklı bir hayat tarzını da göstermek istiyorum. Büyürken avlanmak ve balık tutmak beni birçok kötülükten ve beladan korudu. Ben de çocuklarıma aynı fırsatı vermek istiyorum. Ormana gitmek için sabah beşte uyanmanız gerekiyorsa gece partilere gidemezsiniz.

Anlaşmanın bir parçası olarak her yıl Mar-a-Lago bir aylığına bana aitti ama oraya gitmek çok garip oluyordu. Ama Palm Beach'i çok seviyordum ve bu yüzden orada Concha Marina adında kendi evimi aldım. Burası şehrin alışveriş caddesi olan Worth Caddesi'ni tasarlamış olan meşhur mimar Addison Mizner tarafından çizilmiş çok güzel bir yerdi. İspanyol-Arap tarzında ve Küba'dan gelmiş kiremitleriyle aslında Concha Marina'yı 1924 yılında kendisi için inşa etmişti. Evimden çıkıp Güney Okyanus Bulvarı'nın altından geçip özel bir kumsala giden bir tünel vardı. Palm Beach'te yalnızca dört evin böyle tünelleri var: Benimki, Mar-a-Lago, Kennedylerin arazisi ve bir tane daha. Bir kasırga olduğunda tünelin içi kum doluyor ve temizlemesi iki hafta alıyor ama havanın güzel olduğu zamanlarda kumsala gitmek için güzel bir yol.

Çocuklar ile birlikte arazimizin ucunda yer alan mercan resifine şnorkel ile dalışlar yapıyorduk ve bir keresinde koltuk boyunda kocaman bir barakuda görmüştük. Barakudalara sırtınızı dönmediğiniz sürece size saldırmadıklarını duymuştum. Bu yüzden de birkaç saniyede bir onunla göz teması kuruyorduk. Kıyıya yüzdükten sonra geri döndük. O zamanlar "Kocamı kaybettim ama dev bir barrakuda buldum." diye düşünmüştüm. İyi bir takasa benziyordu.

Barrakudanın hikâyesi: Dokuz yıl boyunca Concha Marina'nın maskotu olarak kaldı ama sonra bir gün yazın başında onu görmeye gittik ve artık yerinde değildi. Sanki bir devrin sonunun geldiğini hissetmiştik.

Gösteri kızı hamile kalıp bir kız doğurduktan sonra Donald onunla evlendi. Tüm dünya onu izliyordu. İstese de istemese de yeni doğan bebeğinin annesiyle evlenmek zorunda kalmıştı. Çocukların hiçbiri Donald'ın 1993 Noel'indeki düğününe gitmedi ve bu ben gitmelerini istemeyerek tepkilerini koymalarını söylediğim için falan değildi. Gidip gitmemeleri beni ilgilendirmezdi. Evimizde bu konuyu hiç konuşmadık. Basına bir açıklama yaparak, birlikte konuşarak Aspen'de anneleri ve anneanneleri ile birlikte kalmaya karar verdiklerini söylemişlerdi. Çocuklarımın yanımda olup bana destek vermelerine müteşekkirdim.

Yarı kardeşleri Tiffany'ye gelince, (Donald sonunda bu ismi bir kıza verebilmişti) çocuklarımın hepsi onunla çok yakınlar. Tiffany doğduğunda o zamanlar on iki yaşında olan Ivanka'ya yeni bir kız kardeşi olduğu için ne hissettiğini sormuştum. "Bu çocuk kimseye kötü bir şey yapmadı ve ben de ona karşı kaba ya da kötü davranmayacağım." demişti. Hemen Tiffany'ye karşı koruyucu bir abla rolünü üstlenmişti ve hâlâ da öyledir.

İki yıl önce Eric ile Lara'nın düğünü için Mar-a-Lago'da tüm aileyle bir araya geldim. Nikâhtan sonra toplu aile fotoğrafı için poz veriyorduk ve ben de Donald'ın yanında duruyordum. Diğer yanında ise genç bir kadın vardı. Donald'a fısıldayarak, "Kim bu?" diye sordum.

"Tiffany..." diye cevap verdi.

Şoka girmiştim. Onu en son gördüğümde küçücük bir kızdı. Şimdi ise çok güzel bir genç kız olmuştu. O da Donald, Ivanka ve Don'un da mezun oldukları Pennsylvania Üniversitesi'nden mezun. Bir hukuk öğrencisi ve büyük ihtimalle o da Trump Grubu'na katılarak diğer yarı kardeşleriyle birlikte çalışacak. Ona başarılar diliyorum.

Ama annesine gelince...

O gösteri kızı olmasaydı Donald ile hâlâ birlikte olurduk ya da boşanmadan sonra hayatım aşk, seyahat, başarı ve kahkahalarla dolu harika bir macera olmadı demiyorum. Mükemmel bir hayat yaşadım. Ama o kadın üç ufak çocuğu olan kocamla bilerek ilişkiye girdi. Basında doğrudan beni aşağılamaya kalkıştı ve dolaylı olarak da çocuklarımı aylarca tehlikeye attı. Kâbus gibi günler yaşadım ve sonra birdenbire o kadının çocuklarımın etrafında olmasına sesimi çıkarmayacak mıydım? Hepimiz o günlerde derin yaralar aldık ve bunun suçlularından biri de o. Çocukların ve benim tüm bu olayları sapasağlam bir şekilde atlatmış olmamız bu gerçeği değiştirmiyor.

Yakınlarda Londra'daki *Daily Mail* gazetesi aracılığıyla benimle barışmaya çalıştı. Beni arayıp özürünü kabul edip etmediğimi sordular ve ben de kabul etmediğimi söyledim. Bu kadın benim evliliğimi yıktı ve çocuklarımın babasını elimden aldı. Ne kadar üzgün olduğu umurumda bile değil. Geçen sene *People* dergisine, "Ivana bana karşı hâlâ kızgınsa kendi iyiliği için beni affetmesini umuyorum." demişti. Benim iyiliğim için mi? Kendi iyiliği için onu affetmemi istiyor. Ben kızgınlığımla çok mutluyum, teşekkür ederim almayayım. *People* dergisi onunla *Dancing with the Stars* yarışmasına katıldığı için röportaj yapmıştı. Bu ne kadar utanç vericiydi. Kadının kesinlikle hiçbir klası yok. Bu yarışmaya çıkmam için belki yüzlerce kez beni aradılar ama asla göğüslerin ve popoların dışarı taştığı o minicik elbiseleri giyip o yarışmaya çıkmam.

Genel olarak reality TV programlarına karşı değilim. Birkaç tane reality şov programına katıldım ve çok da eğlendim. Ama benim bu alandaki eğlencelerim yıllar önce bitti. Eski kocam ülkenin en önemli pozisyonuna aday olmuşken böyle bir yere çıkacak değilim. Bu gösteri kızı ise bu programa yalnızca eski kocası başkanlığa aday olduğu için çıktı. Bu programa çıkması çok saygısızcaydı. Ben Donald'ı asla böyle utandırmazdım.

Ocak 2017'de Donald'ın yemin töreni sırasında ana platformda doksan iki yaşındaki annemle beraber ön sırada oturmamız için davet edildim. Annem yürüyebiliyor ve merdivenleri çıkabiliyor ama pek hızlı değil. O kadar insanın, arabaların, otobüslerin ve ekipmanların ortalıkta olduğu bir yerde annemi tekerlekli sandalye ile götürmemin daha kolay olacağını düşünmüştüm ama bu pek işe yaramadı. Ön sıraların daracık aralıklarından arabayı itememiştim, ayrıca hava dondurucu soğuktu ve etrafta çok kalabalıktı. Hareket etmek çok zordu. Bu yüzden de töreni sonrasında da kolay bir şekilde yola çıkabileceğimiz platformun dışında bir yerden izlemeye karar verdim. Tören biter bitmez oradan ayrıldık ve doğruca havalimanına gittik. Annemi başına bir şey gelmeden New York'a döndürmek istiyordum.

Bir sonraki gün uyandığımda gazete manşetlerinde o geceki partide lanet olası Marla Maples ile karşılaşıp rahatsız olmayayım diye yemin töreninden kaçtığım yazıyordu. Kadının orada olduğunu bile bilmiyordum. Yemin töreni partilerine davet edilmiştim ama o korkunç öğleden sonradan sonra parti havamda değildim. Washington DC'de bir balo salonunda ayakta durarak siyasetçilerle muhabbet etme fikri hiç de ilgi çekici gelmiyordu. Çocuklarımı görmek hoşuma giderdi ama annemi sağ salim eve götürmek daha önemliydi.

Yine de Marla'yı 1989'da Aspen'deki iki dakikalık yüzleşmemizden sonra ne yemin günü ne de başka bir gün görmediğim için mutluyum.

Melania Trump'a gelirsek onunla hiçbir sorunum yok. Neden olsun ki? Evliliğimi o yıkmadı. Melania'nın oğlu Barron on bir yaşında ve sık sık torunlarımla birlikte oynuyor. Donald onunla mutlu ve benimle olan ilişkileri de hep arkadaşça oldu. 2015 sonbaharında Donald başkanlık yarışındayken ufak bir sorunumuz olmuştu sadece. New York'ta kırk tane kız arkadaşımla birlikte öğle yemeği yiyorduk ve "Kimler Donald'a oy verecek?" diye sormuştum. Bundan sonra bir Trump başkanlığı nasıl olur diye konuşmaya başlamıştık ve tek söylediğim şey Melania'nın sessiz ve özel hayatına önem veren bir kadın olduğu ve bu kadar halkın gözü önünde olmaktan hoşlanmayacağıydı. Sonra bir baktım *Daily News* gazetesi 'içeriden' aldıkları bilgiye göre yazdıkları bir makalede benim, "Melania konuşmayı beceremez, konuşma yapamaz, etkinliklere katılmıyor ve bu kampanya ile ilgilenmek istemiyor gibi görünüyor." dediğimi iddia ettiler.

O gün Ivanka beni aradı ve Melania'nın bu yazı yüzünden üzgün olduğunu söyledi. Ben daha olayı duymamıştım ve kızıma benim böyle bir şey söylemediğimi ve gazetenin de beni arayıp bu konuda bir şey sormadığını söyledim. Melania'ya da mesaj atarak, "Ne sen bana bir yanlış yaptın ne de ben sana. Sen ailemizden birisin ve ben de ailemize karşı hiçbir harekette bulunmam. Sevgiler, Ivana..." dedim. Bu ilişkimizi biraz düzeltti.

Umarım Donald'ı desteklediğim kadar onu da desteklediğimi biliyordur. Donald'ın harika bir başkan olacağına inanıyorum ve Melania'nın da insanları şaşırtacağını ve harika bir First Lady olacağını düşünüyorum. Michelle Obama'nın organik bahçesini devralacağını açıklayarak beni şimdiden şaşırttı bile. Nedense onu kot pantolon ve bahçıvan eldivenlerini takmış elinde kürekle çalışırken hayal edemiyorum.

Doğrusunu söylemek gerekirse şu anda Melania'nın yerinde olmak istemezdim. Seksenlerde Ronald Reagan, Donald'a bir mektup yollayarak başkanlığa aday olmasını istemişti ve ben de bunun harika bir fikir olduğunu düşünmüştüm. Ama sonra bu skandalı yaşadık ve basın ondan nefret ediyordu. Bu yüzden de adaylığı tamamen rafa kalkmıştı. Her zaman geleceğe bakmak gerektiğine ve asla 'acaba'larla yaşamamak gerektiğine inanıyorum. Bu durumda Donald beni aldatmamış olsaydı ve 92 yılındaki seçime girip kazansaydı, Beyaz Saray çalışanlarını on günde adam ederdim.

Yine de siyaset dünyasında olmaktan nefret ederdim. Siyasetin doğası hep konuşarak yalan söylemek, sahte sözler vermek ve sonra da hiçbir şeyi yerine getirmemek üzerine kurulu. Donald bunu değiştirmeye çalışıyor ama tüm bunlarla uğraşmak benim ilgimi çekmiyor. Büyürken siyasetçilerden, polisten korkar ve onlara güvenmezdim. Hayır, yozlaşmış ve sıkıcı bir şehir olan Washington hiç ilgimi çekmiyor. İnsan Beyaz Saray'da eğlenmek için ne yapar ki? Bodrum katında güvenlik görevlileri her hareketinizi izlerken bowling oynarsınız. İstemez! Ben evimin rahatında özgürlüğüme sahip olmayı ve Donald beni ararsa ona gizli bir danışman olmayı tercih ederim.

BÖLÜM BEŞ:

ANNE ASLANIN GURURU

- 19 -

PARANIN DEĞERİ

Ben kesin çizgileri olan bir insanım. Para ve çocuklarım arasındaki kesin çizgim ise onlara daha çok küçükken paranın ağaçta yetişmediğini öğretmeniz gerektiğidir, yoksa çürük ve şımarık veletler olurlar. Çocuklarım lüks tatillere gitmiş ve ortalama bir aileden daha fazlasına sahip olmuş olsalar bile, bizim gelir seviyemizdekilere göre çok daha mütevazı bir hayatları vardı.

Ben güzel bir hayat sürdüm ve lüksten hoşlanırdım ama çocuklarım her zaman bunlara çok çalışarak sahip olduğumu bilirlerdi. Onlarla paylaştığım şeylere sahip değillerdi. Zengin çocukların -mesela Ivanka'nın da rol aldığı Jamie Johnson'un *Zengin Doğanlar* belgeselindekiler gibi- ailelerinin evlerinden ve arabalarından sanki kendi malları gibi bahsettiklerini duymuştum. Benim çocuklarımın böyle aptalca fikirleri yoktu. Ferrari benim Ferrari'mdi. Yatım benim yatımdı. Adını bile *IVANAM* koymuştum Tabii ki de istedikleri zaman benimle birlikte binebilirlerdi ama asla onlara sahip değillerdi. (Çok sevdiğim çocuklarım dâhil hiç kimsenin Ferrari'min içine adımını atmasına izin vermezdim!)

Doksanlarda ve sonrasında Don, Ivanka ve Eric küçükken ultra zengin ve ünlü ailelerin çocukları magazin gazetelerinin ve *Vanity Fair* dergisinin takibindeydi. Ibiza kaçamaklarını, Las Vegas'taki gece kulübü eğlencelerini, Rodeo Drive'daki alışveriş çılgınlıklarını ve uçakların birinci sınıf koltuklarında çıkardıkları kavgaları yazarlardı. Bu çocuklar sarhoş, uyuşturucudan kafaları güzel ya da başka kötü durumlarda ailelerini utandırır ve birer yüz karası olurlardı. Peki, bunları nasıl yapıyorlardı? Tabii ki de ailelerinin açık cüzdanları ve limitsiz kredi kartları sayesinde.

Hangi salak liseli bir çocuğa haftada on bin dolar harçlık verir ve sonra da o çocuğun durumunun iyi olmasını bekler? Kim Kardashian'ın babası ona on altı yaş gününde bir Mercedes hediye etmişti. Acaba bu sayede kızının daha çok evde oturup beladan uzak duracağını mı düşünüyordu? Ivanka'nın yaşlarında iki tane meşhur kız kardeş vardı ve görünüşe göre sınırsız bir kıyafet bütçeleri ve ne zaman ve nereye isterlerse uçtukları bir özel jetleri vardı. Onuncu sınıftayken Studio 54 ve Limelight'ın müdavimlerindendiler. Hayatları boyunca hiçbir derse gidip gitmediklerini, bir sınava girip girmediklerini ya da ellerine bir kitap alıp almadıklarını çok merak ediyorum.

Çocuklarım okuldayken onlara okul parası ve ev kirası dışında her şeylerini karşılayan ortalama bir harçlık veriyordum. Bunu kıyafet, yemek, okul eşyaları ve eğlenmek için harcıyorlardı. Onlara verdiğimden fazlasına ihtiyaçları yoktu ve aslında çok daha azıyla da hayatta kalabilirlerdi. Bir arkadaşlarına pizza ya da hamburger ısmarlamak isterlerse bunu rahatça yapabilirlerdi ama asla bir uçağa atlayıp Bellagio'da bir parti süiti tutacak kadar paraları yoktu.

Bir ergene kendisine ait bir kredi kartı verme fikri benim için saçmaydı. Don, Ivanka ve Eric'e asla bir kredi kartı vermedim. New York'talarken ve ihtiyaçları için alışverişe çıkmaları gerektiğinde onlara uygun bulduğum miktarda nakit para verirdim.

Bir keresinde Ivanka kendisine ait bir kredi kartı istediğinde, "Peki ya acil bir durum olursa?" diye sormuştu.

"Acil durum olduğunda beni ararsın." dedim.

Don, Pennsylvania'daki yatılı okula gittiğinde anneannesini ve beni düzenli aramasını istediğim için ona bir telefon kartı verdim. Bu bir iki yıl sorunsuz işe yaradı. Sonra bir gün her zamankinin dört katı bir fatura geldi. O ay benimle yüzlerce dakika konuşmadığını biliyordum. Öğrendim ki bizim on beş yaşındaki Don telefonda bir kızla konuşuyormuş. Özel bir arkadaşı olduğu için mutluydum. (Şaşırmıştım ama sevinmiştim.) Ama onun uzun mesafeli aşkını finanse edecek değildim. "Beni ya da anneanneni arayacaksan parasını ben öderim. Ama kız arkadaşınla muhabbet edeceksen kendi paranla edeceksin." dedim.

Bazen çocuklar yeni bir çanta ya da yeni bir kayak takımı gibi ortalama şeyler almak için para isterlerdi. Kuralıma göre beni bu masrafın gerçekten yapılması gerektiğine ikna etmeleri gerekiyordu. Eric gelip yeni bir bisiklet isterse ona, "Eskisinin nesi var?" diye sorardım. Eski bisikletinin neden kötü olduğuna dair geçerli bir açıklama yapabilirse onun pazarlık yeteneğini tebrik eder ve sonra da "Tamam canım. Sana yeni bir bisiklet alacağım ama Yılbaşı'nda!" derdim.

Eric sonra gidip babasına sorarsa da Donald, "Annen ne dedi? Hayır demişse bir bildiği vardır." derdi.

Çocuklara para verilmemesi gerektiği konusunda Donald ile hemfikirdik. Onlara da söylediğimiz gibi paralarını kendileri kazanırlarsa istedikleri şeye harcayabilirlerdi (uyuşturucu, alkol ya da sigara olmadığı sürece). Çocuklar biraz ekstra para kazanabilmeleri için onlara ufak işler vermem için yalvarırlardı. Don, kendine yeni bir balık oltası alabilmek için Greenwich'te koca bir yaz boyunca bir çim biçme makinasıyla çimleri biçti. Aslında eski oltası da hâlâ sağlamdı. Düşününce aslında parayı başka bir şey için saklamış olmayı tercih edebilirdi. Kendi paralarını kazanacak kadar büyümüşlerse, harcarken kendi hatalarını yapmakta da özgürlerdi. Daha genç yaşta paralarını harcamakla ilgili uzun süreli ve akıllı kararlar almayı öğrendiler.

ERIC: On iki yaşımda inşaat sahalarında çalışmaya başlamamın bir sebebi de kendim için bir şeyler alacak parayı kazanmaktı. Tanıdığımız varlıklı ailelerin çocukları sonsuz bütçelere, çılgın miktarda harçlıklara ve arabalara sahiptiler. Dışarı çıkar bir dünya para harcar ve başlarını derde sokarlardı. İnşaat sahasında harika bir grup adamla birlikte duvarları kırmak gibi elle yapılabilecek en ağır işleri asgari ücret karşılığı yaparak ter döktükten sonra hafta bitiminde dışarı çıkıp paramı içki ve uyuşturucuya mı yatıracaktım? Ben böyle yetiştirilmemiştim. Don, Ivanka ya da beni hiçbir zaman başımızı derde sokmuş şekilde görmediniz. Bugün bile hâlâ işyerine ilk gelen ve son çıkan insanlar biziz. Çok çalışmayı kendimize saygı duymakla ve başarı hissiyle özdeşleştirecek şekilde yetiştirildik. Bizim enerjimiz buradan geliyor.

Çocukları ne zaman Saint-Tropez ya da St. Moritz'e tatile götürsem ben birinci sınıf uçarken onlar ekonomi sınıfında olurdu. "İyi uçuşlar. İndiğimizde görüşürüz." derdim. Ufaklardı ve koltuklarına kıvrılıp uyurlardı. Uyandıklarında Fransa'da ya da İsviçre'de kruvasan yiyor olurlardı. Neyden şikâyet edecekler ki? Ivanka bir keresinde onun da biletini birinci sınıf olarak almam için beni ikna etmeye çalışmıştı. Onu dinledim ve sonra dedim ki, "Parasını kendin ödeyebildiğin zaman birinci sınıf biletini de alırsın." Donald'ın başkanlık kampanyası sırasında Ivanka çocuklarıyla birlikte tarifeli bir uçakla Florida'ya uçuyordu ve uçağa binerken öfkeli bir yolcu gelip ona babasıyla ve seçimle ilgili bir şeyler bağırmaya başlamıştı. Ivanka bu rahatsız edici durumda bile her zamanki gibi kibar yapısını korumuştu. Basın onun soğukkanlılığını ve kibarlığını övmüştü ama bazıları da neden özel bir uçak ya da birinci sınıf bir koltuk yerine tarifeli bir uçakta uçtuğunu merak etmişti. Bunları okuyunca yüksek sesle güldüm. Ivanka her zaman ekonomide uçmuştur!

Çocukların kıyafet bütçesi de çok minimaldi çünkü hafta içleri her gün okul üniforması giyiyorlardı. Oğlanlar zaten modayı hiç umursamıyordu. Don'a kalsa her gün kot pantolon ve tişört giyerdi. Ivanka ise güzel şeylerden anlar. Yeni ve havalı bir şey almak isterse onunla alışverişe gittiğimizde kafamda hep net bir liste olurdu. Şımarık çocuklar para harcamayı, sıkıntılarını geçirecek bir eğlence olarak görüyorlar. Ben ise kendi çocuklarıma alışveriş yapmanın yılda bir ya da iki kere katlanmamız gereken bir iş olduğunu öğrettim. Eylül ayında Bloomingdale'e gidip çocuklar için rahat ve spor kıyafetler, Ivanka için birkaç kokteyl elbisesi ve oğlanlar için de ceket, pantolon ve gömlek aldığımız bir okul alışverişi yapardık. Sömestr tatilinde tekrar gidip tişört, şort ve mayo alırdık.

İnsanlar alışveriş yapma konusunda siyah kuşağım olduğunu düşünüyorlar ama aslında alışveriş yapmayı hiç sevmiyorum.

Alışverişi olabildiğince acısız ve hızlı yapmamı sağlayan bir sistemim var. Her yıl bir günün yarısını Bloomies'de yüz kremi ve iç çamaşırı alarak geçiriyorum. Bir şey hoşuma giderse bir düzine bej renginden, bir düzine beyazından ve bir düzinede siyahından alıyorum. Her renkten üçer tanesini de Saint-Tropez, Miami ve New York'a gönderiyorum. Takım ve elbiseler için her zaman giyinme odamda alışverişe çıkabilirim! Hâlâ yılda birkaç tane Moda Haftası defilesine gidiyorum -Dennis Basso, Carolina Herrera, Roberto Cavalli, Zang Toi, Domenico Vacca ve Marc Bouwer'inkiler gibi- ve rahat, giymesi kolay elbiselere bakıyorum. Bir zamanlar olduğum gibi moda delisi değilim. Hatta ilgilenen varsa eski elbiselerimi de satıyorum ve yüklü miktarlarda parayı da hayır kurumlarına bağışlıyorum.

Ergenken Ivanka'nın büyük bir kıyafet bütçesine sahip olmayışına bulduğu çözüm benim Uzakdoğu giyinme odamda alışverişe çıkmak ve raf raf dolu olan bluzlar ve etekler ile elbiseler ve takımlar arasından seçip almaktı. Hâlâ da benim kıyafetlerimden seçer. İki yıl önce seksenler temalı bir partiye gidiyordu ve Dorothy'yi arayarak (Ben Fransa'daydım) eve gelip dolabımdan bir Bob Mackie altın, gümüş ve beyaz çizgili boncuklu elbisesi bulabilir mi diye izin istemişti. Bir sonraki gün gazetelerde Ivanka'nın elbiseli resminin yanında benim de aynı elbiseyi giydiğim eski bir resmimi basmışlardı. Ivanka istediği zaman gelip dolabımdan istediğini alabileceğini biliyor, tabii ki her şeyi geri getirmek şartıyla. (Hâlâ o kırmızı Dior elbiseyi geri getirmesini bekliyorum...) Mücevherlerimi de ödünç alabilir. Yıllar içinde gazetelerde resmini görüp, "Demek elmas kolyem buradaymış!" dediğim çok oldu. Kıyafetlerimizi paylaşmamız benim çok hoşuma gidiyor. Ufak bir kız çocuğuyken hep benim elbiselerimi giyip oyunlar oynardı ve hep en uzun topuklu ayakkabılarımı ayağına geçirip etrafta dolanırdı. Ama o günler sona erdi. Ivanka'nın ayağı benimkinden bir numara büyük. Bu yüzden artık ayakkabı koleksiyonumu yağmalayamıyor. Aslında bu kötü oldu. Ben artık pek sık yüksek topuklu ayakkabı giymiyorum. Bugünlerde giydiğim tek ayakkabılar Ivanka Trump düz bale ayakkabıları. Belki Ivanka'nın kızı Arabella annesinin bıraktığı yerden devralır ve beni elimdeki bazı topuklulardan kurtarır.

- 20 -

İNSANLARLA NASIL KONUŞULUR

Geçen sene Eric, İskoçya'ya uçarken yanındaki koltukta da Mohammed Amer isimli bir komedyen oturuyormuş. Anlaşılan o ki Eric'in arkasında oturan kadın Amer'e gidip oğluma pek yaklaşmaması gerektiğini çünkü Eric'in Müslümanları sevmediğini (kesinlikle doğru değil) söylemiş. Amer yine de yerine oturmuş ve hemen Eric ile göçmenler ve ayrımcılık konularında konuşmaya başlamış. Amer daha sonra *Huffington Post* gazetesine, "Yalnızca güzel ve kibar bir sohbet ettiğimizi biliyorum. Bu da insanların birbirleriyle konuşabildiklerini gösteriyor ve bence asıl önemli olan da bu." şeklinde bir demeç verdi. Facebook sayfasına da ikisinin birlikte gülümsedikleri bir fotoğraf koydu.

Aman ne büyük haber! Zeki ve dost canlısı oğlum uçaktaki bir yabancıyla güzel bir şekilde sohbet edebiliyor! Hemen son baskıyı durdurun!

Çocuklarım kibar ve görgülü bir şekilde ve insanlarla sohbet edecek şekilde yetiştirildiler. Gerçekten de Don, Ivanka ve

Eric hayatlarını konuşarak kazanıyorlar. Şimdilerde oğlanlar iş dünyasındalar ve günün her saati çok geniş yelpazedeki insanlarla etkileşime giriyorlar. Gün içinde yaptıkları ilk telefon konuşması belki de milyarder bir bankacıyla. Bir sonraki ise bir tesisatçıyla olabilir. Ivanka artık siyasetin içinde ve bu da daha da yüksek bir konuşma becerisi gerektiriyor. Ivanka tek bir gün içinde kameraların karşısında basına bir röportaj verip, okuldaki veli görüşmesine gidip, Oval Ofis'te yalnızca Başkan'ın en yakınlarının katıldığı bir toplantıya katılıp sonra da Kabine Odası'nda Justin Trudeau ya da Angela Merkel gibi liderlerin yanına oturabilir.

Çocuklarıma verdiğim en büyük yeteneklerden biri de konuşma yetenekleridir. Onları nerede ve kiminle olursa olsun sohbet edebilecek şekilde yetiştirdim; ister bir inşaat sahasında ister bir smokinli kokteyl gecesinde. Kibar, saygılı, kendinize güveniniz tam ve ne söylediğinizi bilen bir şekilde iyi bir göz teması ve dostane bir gülümseme ile kimle olursa olsun güzel bir şekilde konuşabilirsiniz.

KIZ KIZA MUHABBET

Çocuklarımı şımartmadım ama dostlarımı şımartmayı severim. Her yıl aralık ayında Trump Tower'da sekiz kadar en yakın kız arkadaşıma çok abartılı bir tatil yemeği verirdim. Her yaz bir düzine kadar arkadaşımı doksan metrelik bir yat olan Prenses Trump ile Jersey kıyılarında tura çıkarırdım. Her eylül ayında altı arkadaşımı Amerikan Açık Tenis Turnuvası'ndaki çeyrek final maçlarını izlemek için locamıza yemeğe davet ederdim. Ama en sevdiğim etkinlik her yıl bahar ayında Mar-a-Lago'da gerçekleştirdiğimiz kız kıza hafta sonuydu. Yirmi en yakın kız arkadaşımı üç gün boyunca mükemmel yemekler, spa, masajlar, şnorkelle denize dalma etkinliklerinin olduğu yalnızca kadınların katıldığı Florida güneşinin altında harika bir rahatlamaya davet ederdim. Ivanka'da her zaman kızlardan biri olarak bizimle olurdu.

Herkese gelmeden önce Palm Beach'te ne yapmak istediklerini sorar, isteklerini bir kâğıda yazar ve sonra da her kadın için üç gün boyunca kişiselleştirilmiş bir program hazırlardım. Bu programda egzersiz dersleri, danslar, masajlar, uyku, yüz masajları, golf dersleri gibi herkesin canı ne yapmak istiyorsa olurdu. Yirmisi birden akşam yemeği öncesi aynı anda masaj yaptırmak isterse, yirmi tane masaj terapisti ellerinde ılık masaj yağlarıyla hazırda bekliyor olurlardı. Cuma günleri grubu özel bir uçakla buraya getirirdim ve hafta sonu başlardı. Günler rahat geçerdi ama her akşam güzel elbiselerimizi giyer ay ışığında kumsalda bir sürü Margarita ve Mariachi içtiğimiz yemeklerimize giderdik. Bir yıl, dostum Cathie Koos akşam yemeğine Donald Duck kostümüyle gelmişti. Gülmekten ölmüştük.

Bu gelenek boşanmamdan sonra sona erdi ama öncesinde çok eğlenirdik. Herkesin eğlenmesinden emin olurdum. Bir hafta sonu öğle yemeğini ayarlamak için mutfağa gittikten sonra havuza döndüğümde kimsenin orada olmadığını görmüştüm. Uşaklardan birine "Herkes nereye gitti?" diye sorduğumda plaja gittiklerini öğrenmiştim.

Özel tünelden geçip plaja gittiğimde hepsini üstsüz buldum! "Kızlar! Hemen üstlerinizi giyin! Spa&Tenis Kulübü'ndeki züppelerin hemen yanındayız. Sizi görebiliyorlar! Kasabadan kovduracaksınız beni!" diye çığlık attım. Tabii ki kulübün üyelerinden bazıları, kırmızı burunlu yaşlı adamlar çitlerin üzerinden bakıyordu. Kızlar üstlerini giydiler. Kasabadan kovulmadım.

Kız kıza hafta sonlarımızda bir erkeğin bize en fazla yaklaştığı an o olmuştu ama bir keresinde bir erkek konuşarak aramıza girmeye çalışmıştı. Sylvester Stallone, Miami'de Brigitte Nielsen ile birlikteydi ve Donald'ı arayıp o hafta sonu Mar-a-Lago'yu ziyaret etmek istediğini söylemişti. Donald da ona benim özel bir parti verdiğimi ve kendisi de dâhil olmak üzere hiçbir erkeğin giremeyeceğini söylemişti. Ama Stallone hayır cevabını kabul etmemişti. Doğrudan beni aradı ve "Merhaba, Ivana. Ben Sly. Yarın seni görmeye gelmek istiyorum." dedi.

"Üzgünüm ama hiçbir erkek buraya gelemez." dedim.

"Ama benim harika bir vücudum var, Ivana. Dostların beni ağırlamaya bayılır."

"Aslında biliyor musun? Ben de bayılırım!" dedim ve telefonu kapattım. Sonraki hafta sonu geldi. Vücudu gerçekten de beklediğimize değmişti... Tabii Brigitte'inki de.

IVANKA: Annemin Mar-a-Lago'daki kadınlara özel hafta sonlarını hatırlıyorum. Hafta sonunun bir kısmı tüm kız arkadaşlarıyla beraber aerobik dersinde geçiyordu. Hepsi harika, canlı renklerde tam Jane Fonda tarzında dapdar taytlar ile aynı renklerde saç bantları ve tozluk takıyorlardı. Ben bu derslere katılmazdım ama kenardan onları izleyip bu renk cümbüşüne hayran olduğumu hatırlıyorum.

Annem bir parti düzenlediği zaman bana da işler verirdi. İlk başta eğlence için resimler çizmemle başladı. Resimleri o kadar çok sevmişti ki bana öğle yemeğinde amerikan servis olarak kullanmak üzere yirmi ya da otuz tane çizim görevi verirdi ve hepsini de misafirlere göre özel olarak çizerdim. Hepsini zamanında yetiştirmek için karton kâğıt ve pastel boyalardan oluşan bir seri üretim hattı kurardım.

Bir keresinde tüm arkadaşları için birer kâğıt tutucu yapmıştım. Dikkatlice seçilmiş çiçeklerin ve deniz kabuklarının üzerine kuruyunca sertleşen bir madde döker sonra da kuruyup plastiğe dönüşmeden önce arasına cımbızla üzerinde el yazımla her kadının isminin yazdığı ufak kâğıtları sıkıştırırdım.

Aynı zamanda misafirleri eğlendirirdim de. Mar-a-Lago'da bir tiyatro vardı. Akşam yemeğinden sonra annem ve arkadaşları orada içkilerini içerken ben de onlar için sahneye çıkıp gösteri yapardım. Annie gösterisine bayılıyordum ve "Tomorrow" şarkısını söylüyordum. Bir ara sıkı bir Madonna hayranıydım ve onun tüm popüler şarkılarını söylüyordum. "Vogue" şarkısını kesinlikle ve "Express Yourself" şarkısını da dans ederek söylerdim. Annemin arkadaşları beni izler ve alkışlarlardı. Bunu yaparken çok heyecanlandığımı hatırlıyorum.

UFAK SOHBETLER

Trump Tower'da düzenli olarak partiler düzenlerdim. Misafirler gelmeye başladıklarında çocukları onları eğlendirmeleri için oturma odasına yollardım. Ben on beş dakika sonra assolist gibi geç gelir çocukları ev sahipliği görevlerinden azat ederdim. "Böyle böyle yapacaksınız." diye talimat verirdim. Merdivenlerden aşağı inip, "Merhaba ben Don!" ya da "Merhaba ben Eric!" ya da "Ivanka!" diyeceksiniz. Ne içeceklerini soracaksınız. Gelen herkesle konuşacaksınız. Tek başınıza koltukta oturmak yok. Ayakta duracaksınız ve herkesle tek tek ilgileneceksiniz. Ufak bir sohbet edip öpüşeceksiniz. "Nasılsınız?" "Hava nasıldı?" "Annemle babamı nereden tanıyorsunuz?" "Ben de bugün baleden ya da futbol maçından ya da karate dersinden geldim." diyeceksiniz.

Bazen aşağı inmeden önce gizlice çocukları gözetlerdim.

"Merhaba, Ben Don Trump. Paltonuzu alabilir miyim?"

"Merhaba, ben Ivanka Trump. Annem birazdan aşağı inecek. Siz nasılsınız?"

Bir keresinde birçok aşk romanının kapağında yer alan Fabio isimli erkek bir model bir partime gelmişti ve Ivanka'nın duruşu sarsılmıştı. El sıkıştıklarında çok tatlı bir şekilde kızarmıştı. Adam çok yakışıklıydı ki hâlâ da öyle. Sanırım ona bir içki getirdi ve çok etkilenmeden bir sonraki misafirle ilgilenmeye geçmişti.

Ben geldiğimde tüm misafirlerim çocuklarımın ne kadar kibar olduğundan ve ne kadar görgülü olduğundan bahsederdi. O kadar çok şaşırırlardı ki sanki daha önce hiç gözlerinin içine bakarak konuşan çocuk görmemişlerdi. Dokuz yaşında bir çocuğun çok zarif ve kendine güvenen bir şekilde koca bir oda dolusu film yıldızı, siyasetçi ve bankacı ile ilgilenebilmesi çok etkileyiciydi. Bunu yapmak zorunda değillerdi ama yapmalarını bekliyordum. Konuklarımızı ağırlamak ailemizin bir parçasıydı. Çocuklar çok erken bir yaştan beri bunu yaptıkları için yabancılara gidip kendilerini tanıtmak konusunda ya da yetişkinlerle konuşmak konusunda çekingen ya da korkak değillerdi. Bu kayak yapmaya benziyordu. Ne kadar genç başlarsanız o kadar az korkarsınız ve o kadar daha iyi olursunuz.

Seksenlerin sonlarına doğru bir gün Mar-a-Lago'nun havuzundaydım ve İngiltere Hava Kuvvetleri'nden bir telefon aldık. Arayan Prens Charles'ın sekreteriydi. O gece Prens Charles Wellington, Florida'daki Uluslararası Polo Kulübü'ndeki at hayranı elit tabaka insanların düzenlediği bir galaya onur konuğu olarak katılmaya geliyordu ve sekreterinin söylediğine göre de uçağı bir saat sonra West Palm Beach Havalimanı'na inecekti. Bana, Prens Charles, Mar-a-Lago'yu gezmek için bir saatliğine uğrarsa bir sorun olup olmayacağını soruyordu.

Diğer bir deyişle bir kraliyet karşılaması hazırlamak için altmış dakikam vardı!

Telefonu kapatır kapatmaz asistanım ile birlikte telefonlarımıza sarıldık ve otuz arkadaşımı aradım. "Hemen buraya gelin!" dedim. "Ve kapalı giyinin!" On beş dakika sonra Estee Lauder şapkası, incileri, muhafazakâr bir elbisesi, eldivenleri ve el çantasıyla Kraliçe Elizabeth'e benzer bir şekilde geldiler. Charles'ın kendisinden önce güvenlik ekibi geldi. Ev ve arazideki her çalının altını bomba kokusu alan köpekler ile taradılar. Çaya gelecek olan tüm misafirlerin -arkadaşlarım, ailem ve çalışanlar da dâhil olmak üzere- bir listesini istediler. Koşturarak on dakikada seksen kişilik bir liste hazırladım.

Sonra Prens Charles bir limuzin ile geldi. Çok tatlı, zarif ve dost canlısıydı. Evin tarihi ile çok ilgiliydi ve evi gezdirdiğim sırada birçok soru sordu. Sonrasında herkesle fotoğraf çektirdi. Genelde hiç utangaç olmayan yetişkin konuklarımız o gün Prens ile tanışma konusunda biraz utanıyorlardı. Ama çocuklar gayet rahattılar. Don, Ivanka ve Eric doğrudan Prens Charles'ın yanına giderek kendilerini tanıttılar, elini sıktılar ve "Nasılsınız? Uçuşunuz nasıldı? Size içecek bir şey ikram edebilir miyiz?" dediler. (Charles çay yerine viski içmişti.)

RÖPORTAJLAR

Oprah. Barbara Walters. Jay Leno. Çocuklarım bunların hepsinin karşısına çıktı. Anne ve babalarının basın ile nasıl konuştuklarını görerek büyümüş olsalar da ne Donald'ın ne de benim onlara basına karşı nasıl davranmaları gerektiğini anlattığımızı söyleyemem. Bu doğal bir içgüdü ve insanın içinden gelen bir zekâ. Bu insanda ya vardır ya da yoktur.

Çocuklar aslında Donald ve benden paranın satın alabileceği en iyi basın eğitimini aldılar. Her zaman ya kamera karşısındaydık ya da konuşmalar verdiğimiz etkinliklerin başındaydık. Eğitimli konuşmacılar yazılı notları olmadan bir saat konuşup sonra da on beş dakikalık soru cevap yapabilir. Ben bunu konferanslarda sürekli yapıyordum. Çocuklar bunun nasıl yapıldığını öğrenecek kadar beni izlediler. Düşüncelerinizi özgürce ve dürüstçe açıklıyorsanız hiçbir şeyden korkmanıza gerek yoktur.

Bir keresinde Ivanka, Trump Grubu'nda yeni çalışmaya başladığı zamanlarda, Donald onu çalışırken kendisini izleyebilsin diye bir toplantıya yanında götürmüştü. Ama sonra âniden onu sahneye çağırıp onun adına insanlarla konuşmasını istemişti. Aynı babamın beni gölün ortasına kadar götürüp, "Şimdi kendi başına kıyıya yüz!" demesi gibi ya yüzeceğiniz ya da batacağınız bir durumdu. Ivanka başlarda biraz heyecanlıydı ama konuşmaya başladığında bahsettiği konuyu iyi bildiğini fark etti ve işi gayet iyi kotardı. Daha önce de söylediğim gibi bu yetenek bir insanda ya vardır ya da yoktur.

Bir konuşma yapmadan ya da basının karşısına çıkmadan önce kafamda -cevap vermek istemeyeceğim sorular da dâhil olmak üzere- sorabilecekleri tüm sorulara ne cevap vereceğimi düşünürüm. Muhabirlerin ses tonundan ve bakışlarından ne tür bir cevap almayı istediklerini anlayabiliyorum. Düşmanca bir ses tonuyla konuşuyorsa sorduğu soruyu görmezden geliyorum ve "Yani..." deyip konuşmayı bırakıyorum. Muhabir bir şey söylememi beklemek zorunda kalıyor ve ben söylemeyince de yayında sessizlik oluyor. Bu da bir televizyon programı için olabilecek en kötü şeydir. Muhabir bir sonraki soruya geçmek zorunda kalıyor.

Eric ve Ivanka *The Apprentice* ve *The Celebrity Apprentice* programlarına çıktıkları sezonlarda gerçekten çok eğlendi. Yayınların çekim zamanları onlar için biraz zorlayıcı olmuştu ve genellikle benimle buluşup yemek yiyecek zamanları olmuyordu. Bu da onların televizyon yıldızları olmaları konusundaki tek şikâyetim. Programı onları görmek için izliyordum ama benim için hiç de heyecanlı olmuyordu. Donald'ın düşünme tarzını iyi bildiğim için programdan kimi kovacağını tahmin edebiliyordum.

Üç çocuğum da Cumhuriyetçi Parti Ulusal Kongresi'nde babalarını desteklemek için yaptıkları net ve tutkulu konuşmalarda harikaydılar. Don gerçekten kendine güvenen ve karizmatik bir görüntü çizmişti ama spot ışıkların altında yer almaktan ya da basının en masum sözleri bile saldırgan bir şekle sokmasından hoşlandığını sanmıyorum. Siz ne kadar net olursanız olun *CNN* ya da *New York Times* kendi ajandaları için sözlerinizi kullanıyorlar. Bu yüzden de o zamanlarda basınla hiç ilgilenmedim. "Bir ipte iki cambaz oynamaz." demiştim. Bu kış *Times* dergisi, Don'un garip ve ciddi bir poz vererek bir ağaç kovuğunun üzerinde oturduğu fotoğrafı kullanarak bir makale yayınladığında Don bunu çok iyi karşıladı. İnsanlar internette onun garip pozuyla dalga geçen fotoğraflar yayınlamaya başladı. Buna üzülebilirdi ama o da fotoğraflardan bazılarını komik bulduğunu göstermek için bunları kendi Instagram hesabında paylaştı. Bu tarz şeyleri kişisel olarak algılamamalısınız.

Eric röportajları kontrol etmekte çok iyidir. Bir soruyu beğenmezse bunu görmezden gelir ve her zaman gülümseyerek asıl konuşmak istediği konulardan bahseder. Onu seyretmek gerçekten çok güzeldir.

Ivanka da kontrolü sıkı tutar. Çocuklarım arasında en çok göz önünde olanın o olmasına rağmen, bugünlerde çok nadiren röportaj veriyor ve imajını da kendi sosyal medya hesaplarıyla kontrol altında tutuyor. İnsanları ayağa kaldıran bir olay olduğunda bir yorum yapmadan olayın geçmesini bekler. Bence bu Ivanka'nın zekâsı. Yangına körükle yaklaşırsanız tek yaptığınız onu büyütmek olur. Ama yangının havasını keserseniz söner gider. Hele şimdi başkanın asistanı görevindeyken daha da dikkatli olmak zorunda. *CBS* kanalındaki *This Morning* programının sunucusu Gayle King'e de söylediği gibi babasıyla yaptığı en önemli konuşmalar asla halkın bilmeyeceği konuşmalar. Bazen insanın söyleyebileceği en etkili kelimeler yumuşak bir şekilde tam olarak doğru anda doğru kulağa fısıldananlardır.

- 21 -

ÇALIŞAN ÇOCUKLAR

Birçok anne baba çocukları onları sevsin diye yapmadık şey bırakmıyor. Evde ne kadar sevildiğimi hiç umursamıyordum ve çocuklara da kendi başlarının çaresine bakmaları gerektiğini açıkça söyledim. Yataklarını kendileri yapıyorlardı ve odalarını da kendileri topluyorlardı. Kayak yaparken kendi eşyalarını kendileri taşıyorlardı. Belki dadılar ya da temizlikçiler yatağı tekrardan yapıyorlardı ya da oyuncakları tekrardan topluyorlardı ama ilk olarak çocuklar ellerinden geleni yapıyordu.

"Ortalığı dağıtırsanız toplarsınız." dedim.

"Neden toplamak zorundayım?"

"Çünkü ben öyle diyorum." Belli bir ses tonuyla konuşmak neredeyse her zaman yeterli oluyordu ama çocuklar evdeki görevlerini yerine getirmemişlerse ya da şikâyet etmek gibi bir suç işlemişlerse, bunun sonucuna katlanırlardı. Odalarını temizlemek konusunda şikâyet etmeleri kızarmış bir popoyla uyumalarına değer miydi? Yalnızca bir kere şikâyet ettikten sonra bunu anlarlardı.

Çocuklar büyüdükçe yapmaları gereken görevler listesi de büyüyordu. Ev ve bahçe işlerine yardım etmeye, çamaşırları ayırmaya, köpeği gezdirmeye, otları yolmaya, havuzdaki yaprakları toplamaya, çöpü dışarı çıkarmaya başlamışlardı. Sonuncuyu yapmayı kimse sevmezdi çünkü Connecticut'ın çöp karıştıran komando rakunlarına karşı hayatınızı tehlikeye atardınız!

Ev işlerinin insanı rahatlattığına inanan biriyim ve çocuklar için de kişisel bir sorumluluk hissine sahip olmaları ve onlardan ne istendiğini bilmeleri çok iyi. Çocuklar zorunda değillerse neden öğleden önce yataktan kalksınlar ki? Ellerini her uzattıklarında avuçları para doluyorsa neden para kazanma azmine sahip olsunlar ki? Motivasyon, emeği ödül ile ilişkilendirirseniz ortaya çıkar. Bana bunu babam ben altı yaşındayken şafak vakti kalkıp havuza yüzmeye gitmem gerektiğinde öğretmişti. Başka türlü yaşamayı bilmiyordum. Çocuğunuza başarılı olma azmini ne kadar erken aşılarsanız o kadar iyi olur. Onlara hiçbir şey yapmazlarsa hiçbir şeye sahip olamayacaklarını öğrettim. Ne kadar çok çalışırsanız o kadar fazla şeye sahip olursunuz. Bu bir masal değil. Dünya böyle işliyor.

Donny on üç yaşındayken Trump Castle'da inşa ettiğim marinada iskele görevlisi olarak çalışıyordu. Tekneleri bağlıyor, malzemeleri taşıyor, yakıtları dolduruyor ve iskele ustası ondan başka ne isterse onu yapıyordu. *Prenses Trump* da bu iskelede demirliydi ve ağır top müşterileri yatta geziye çıkartarak eğlendirirdik. Don da konuklara yardımcı olurdu, teknenin erzaklarını doldururdu ve sonrasında da tekneyi temizlerdi. Tekneleri çok severdi. Her yaz yat turuna çıktığımız tatillerde güverteye yapışmış midyeleri temizler ve yerleri silerdi. Yazın sonuna doğru güneşten yanmış bir hâlde kapkara olurdu!

Oğlanların ikisi de Trump gayri menkullerinin bahçelerinde çimenleri biçerek, çalıları keserek ve elleriyle uğraşarak çalıştılar.

Yaz sıcağında uzun saatler boyunca yapmak için çok zorlu bir işti ve bu işi yaparak evlerine ekmek götüren insanlarla birlikte çalışıyorlardı. Don seçim kampanyası süresince sıkça, "Babamız bizi süslü üniversitelerden değil, hayat okulundan mezun insanlarla birlikte çalıştırdı." derdi. Don'un maaşı saatlik beş dolardı. İki yıl boyunca aynı paraya çalıştıktan sonra sonunda babasına gidip neden ona zam yapmadığını sormuştu.

Donald da "Hiç istemedin ki!" demişti.

Bir şeye sahip olmak için istemeniz lazım. Kimse gelip size bir dolar bile vermez. Don'un maaşı saatte altı dolara çıktı ama öğrendiği hayat dersi bundan çok daha değerliydi.

Donald çocukken babası Fred de onu inşaat sahalarına götürürmüş. Fred yerde bir çivi bile görse eğilip alıp bir işçiye verirmiş ve "Bunu bir yerde kullanırız." dermiş. Donald inşaatın nasıl yapıldığını çocukken babasını izleyerek öğrendi ve onun da Don, Ivanka ve Eric'i ufakken inşaatlara götürmesiyle bu gelenek devam etti. Üçü de onun peşinde gezen ufak ördek yavruları gibiydiler. Ivanka şaka yaparak özel yeteneklerinden birinin de topuklu ayakkabıyla inşaat sahalarında gezmek olduğunu söyler. Donald'ın işçilerle nasıl konuştuğunu ve işleri nasıl hallettiğini izleyerek de özel bir eğitim aldılar.

ERIC: Don ile birlikte taş işi, mermer işi ve parke işi yaptık. Elektrik tesisatları kurduk, su tesisatçılığı yaptık, ağaç kestik, asetilen kaynak ile demir çubukları kestik, kepçe ve buldozer kullandık, koca traktörlerle bahçeleri biçtik ve babamın liderliği altında birçok gayrimenkulu yeniledik. İş dünyasına girişimizi böyle yaptık.

Bu işlerin çoğu Westchester'da bulunan ve Ameri-

kan Merkez Bankası'nın başkanı Eugene Meyer tarafından inşa edilen bir büyük ev, bir de Heinz ketçap firmasının sahibi H. J. Heinz tarafından inşa edilen daha ufak bir evin olduğu Seven Springs mülkünde gerçekleşmişti. Sert İtalyan ustabaşları Vinnie Stellio ve Frank Sanzo'nun gözetimi altında buradaki malikâneleri yeniledik. Altı buçukta uyanırdım ve saat yedide elimde bir balyoz ile inşaat sahasında olurdum. Don ile birlikte inşaat sahasında 1900'lerden kalma olan kapıcının evinde kalıyorduk. Don bir odada ben bir odada kalıyordum. Günlük programımız uyanmak, çalışmak, öğle yemeği yemek, çalışmak, akşam yemeği yemek ve uyumaktı.

Don, Ivanka ve ben birlikte çalışarak büyüdük ve sonra da birer yetişkin olarak Trump Grubu'nda bir araya geldik. İşyerinde ortak bir amacımız olması bizi çok büyük bir şekilde birbirimize bağladı. Şirketimizi dünyanın dört bir yanında büyütmek için oteller açarak birlikte çalıştık. Ayrıca çok sık bir şekilde birlikte seyahatlere çıktık ve boş zamanlarımızı da birlikte değerlendirdik. Ivanka Washington'a taşınana kadar üçümüzün de ofisleri yan yanaydı.

Oğlanlar Seven Springs'te çalışırken Ivanka'nın da maaşı biraz daha iyi olan bir işi vardı. On dört yaşındayken *Miss Teen USA* çocuk güzellik yarışmasını sunmasından sonra Elite isimli bir modellik ajansında bir iş bulmuştu. İlk dergi çekimini 1996 yılında *Seventeen* dergisinin kapak resmi için gerçekleştirdi. Daha sonra *Tommy Hilfiger* ve *Sassoon* markalarının reklamlarında oynadı aynı zamanda Paco Rabanne, Marc Bouwer ve Versace için podyumda defileye çıktı. Modellik Ivanka için hem kendi parasını kazanmanın hem de onuncu sınıfta başladığı Wallingford, Connecticut'taki Choate Rosemary Hall yatılı okulundan uzaklaşmak için bir fırsattı. (İlk olarak İsviçre'de kampüsleri bulunan Le Rosey diye bir özel okulu düşünmüştüm ama sonra o okuldan ilk görüşte nefret ettim. Koridorlarda sigara içen, Mercedes arabalara binen ve birbirlerine limitsiz kredi kartlarıyla hava atan Armani takım elbiseli ergenlerle doluydu.)

Pennsylvania taşrasındaki Hill School'da geçirdikleri yıllara bayılan oğlanların aksine Ivanka Choate'de sıkılmıştı. (Sanırım okul onun istediği kadar akademik olarak rekabetçi değildi.) İlk başlarda okul müdürü Ivanka'nın okuldan ayrılıp modellik işlerine gitmesinden memnun değildi ama Ivanka ısrar ederek onlara profesyonel kayakçı olan başka bir öğrenciye iş için seyahat etmesine izin verdiklerini hatırlattı. Gitmesine izin vermekten başka şansları kalmamıştı. Ivanka'nın modellik işi için derslerini aksatmasını yasaklamıştım. Bu yüzden yalnızca hafta sonlarında ve tatillerde işe gidebiliyordu. Biraz para kazanıp gerçek dünyayı görmesi, gece kulüplerine gidip ot partilerine katılmasından çok daha iyiydi.

Vahşi modellik dünyasında Ivanka'nın güvenliğinden hiç endişe etmedim çünkü Ivanka ne istediğini biliyordu ve benim ona verdiğim tavsiyeleri de kulağına küpe etmişti. Ona fotoğrafçıların her türlü vaatte bulunacağını ve ondan faydalanmaya çalışacaklarını öğrettim. Çekoslovakya'da ve Kanada'da modellik yaparken birçok arkadaşım kullanılmıştı ve kendilerinden faydalanılmıştı. Fotoğrafçılarla uyuşturucu kullanmak ve hep zayıf kalmak için kendilerini baskı altında hissediyorlardı. Ayrıca diğer kızların yanında da sırtını kollamasını tembihledim çünkü sizi sabote edip işi kendileri kapmaya çalışırlardı. Her düzeyde çok vahşi bir iş koluydu ama Ivanka bunu yapmak istiyordu ve ben de gözümü üzerinden ayırmayarak yapmasına izin verdim.

Ivanka daha çocuktu ve iznim olmadan hiçbir şey yapmazdı. Ajansı bana hangi dergilerin ya da tasarımcıların onunla toplantı yapmak istediğini ya da işe almak istediğini önceden söylerdi ve benim hoşlanmadığım ya da güvenmediğim biriyse hemen iptal ederdim. Bazı defilelerine gittim ve Paris'e gidemezsem de arkadaşlarım ona göz kulak oluyorlardı. Birçok model parasını kıyafetlere ve lüks bir hayat yaşamaya harcar ama Ivanka böyle değildi. O kazandığı paranın her kuruşunu biriktirirdi.

1991 yılında boşanmamın ortasındaydım ve yetenekli bir tasarımcı olan dostum Thierry Mugler benden Paris'teki yeni kürk koleksiyonu için ona ilham kaynağı olmamı istedi. Bu değişikliğe ihtiyacım vardı ve daveti için de gururum okşanmıştı. Bu yüzden kabul ettim. Defilenin açılışını ben yaptım ve sahneye adımımı atar atmaz izleyiciler çıldırdı. Bir yıllık inziva sonrasında tekrar insanların karşısına çıkmak kendimi iyi hissettirmişti. Defile hem Thierry hem de benim için büyük bir başarıyla sonuçlandı. Benim kendime güvenim yerine gelmişti ve Thierry de medyanın yoğun ilgisine maruz kalmıştı. Birkaç yıl sonra bir başka koleksiyonunda daha yer almam için hem beni hem de bu sefer Ivanka'yı da davet etti. Kabul ettik ve 1997 yılında Ivanka on altı yaşındayken kızımla birlikte aynı defileye katılma şerefine nail oldum.

IVANKA: Thierry'nin kıyafetlerindeki tarzı hep abartı ve gösteriş üzerine kuruluydu. Her şey çok tiyatraldi. O zamanlar yatılı okulda sürekli giydiğim Birkenstocks tarzıma tamamen zıttı. Birdenbire kendimi platform topuklu ayakkabılar ve vücudu saran tek parça siyah deri bir elbise içinde bulmuştum. Çok gergin ve bir o

kadar da rahatsızdım! Tüm vücudumu kaplayan sıkı deri kıyafetin içinde oturmuş bu kadar yüksek topuklular ile ya podyuma düşersem diye endişeleniyordum. Bu sırada annem yanımdaki makyaj koltuğunda oturmuş sanki bunu her gün yapıyormuş gibi rahattı.

Onunla birlikte defileye çıkmak harikaydı. Bu sefer sadece izleyici olmak yerine her zaman bizi birbirimize bağlayan bir şeyin birlikte bir parçası olmuştuk.

Ivanka modelliğe devam ederse diye düşünüp Moda Haftaları'nda ve fotoğraf çekimleri sırasında kalabilmesi için Paris'te bir daire bakmaya başlamıştık. Bir yeri tutmak üzereydim ki Ivanka beni aradı ve modellik yapmanın eğlenceli olduğunu ama artık bunu bırakıp üniversitedeki derslerine odaklanacağını söyledi. "Tamam canım, sen ne istersen o." dedim. Telefonu kapatır kapatmaz hemen emlakçıyı arayıp satışın iptal olduğunu söyledim. Ivanka'nın açtığı telefon beni çok büyük bir para harcamaktan kurtardı.

Modellik kariyerini doğru zamanda bitirmişti. Moda eğlenceli bir uğraş olmuştu ama onun kariyeri bu değildi. Onun kendisi için daha büyük hayalleri vardı.

- 22 -

SEVGİLİLERİ OLAN ANNELER

Donald ile boşandıktan sonra rahibe olmadım. Tam tersine erkekleri çok severim, onların ilgisinden ve dostluklarından çok hoşlanırım. O zamanlar kırk iki yaşında hâlâ genç bir kadındım ve hayatımın (en azından) yarısı hâlâ önümde uzanıyordu.

Boşanmamdan bir buçuk yıl kadar sonra 1991 yılında, kendisi de boşanmış bir İtalyan olan ikinci kocam Riccardo Mazzucchelli ile Ascot, İngiltere'deki at yarışları sırasında tanıştım ve görür görmez hoşlandım. Delip geçen mavi gözleri ve harika gülümsemesi ile çok hoştu ama o zamanlar yeni bir ilişkiye başlamaya hazır değildim. House of Ivana markamı kurmakla, annelik yapmakla ve Manhattan'da yeni bir ev aramakla meşguldüm. Riccardo bana bir oda dolusu kırmızı gül yollayarak kalbimi kazanmaya çalıştı ama onu hep kendime biraz uzak tutuyordum. Arada bir birkaç kadeh içki içmek için buluşuyorduk ama *on beşinci* randevumuza kadar öpüşmemiştik bile. Birlikte geceleri Roma'nın ve Londra'nın caddelerini gezer ayı ve yıldızları izlerdik. St. Moritz'de at ve at arabasına biner, Prag'ın tarihi şehir merkezinde el ele gezerdik.

Tam anlamıyla romantik bir ilişkiydi; roman yazılırdı.

Hatta *For Love Alone* isimli romanımı kısmen Riccardo'dan esinlendim. *Lifetime* kitabının filmini çektiğinde figüranlık yaptığım sahnede Riccardo da yanımdaydı. Aynı zamanda Goldie Hawn, Diane Keaton ve Bette Midler'ın oynadığı popüler bir film olan *The First Wives Club'da da* [İlk Eşler Kulübü] "Sinirlerine hâkim ol, her şeye sahip ol!" repliğimi söylediğimde bir saniyeliğine yanımda gözüküyor.

İlk evlenme teklifinde bana çok güzel bir elmas yüzük verdi ama 'hayır' dedim. Bir kocaya ihtiyacım yoktu. Zaten bir ailem, kariyerim ve kendi param vardı. Aşka ve dostluğa (ve sekse) ihtiyacım vardı. Bunları istiyordum ki Riccardo da zaten bana bunları veriyordu. Onunla olmaktan ne kadar mutlu olduğumu bilmesini sağladım. Birkaç yıl geçti ve hâlâ aşkla birlikteydik. İkinci kez evlenme teklifi ettiğinde bana güzeller güzeli safir bir yüzük verdi ve bu sefer 'evet' dedim.

17 Haziran 1995 yılında Riccardo ile Madison ve Park Caddeleri arasında Altmış Beşinci Doğu Sokağı'nda bulunan Mayfair Hotel'in lobisindeki Le Cirque restoranında gerçekleşen düğünümüze Don, Ivanka ve Eric'te gelmişti. Bebek mavisi saten, uzun kollu, diz uzunluğundaki derin V dekolteli ve beli sıkı elbisemi Thierry tasarlamıştı. Duvağım Philip Treacy imzalı beyaz saten, beyaz tüy ve elmas desenli tülden oluşan harika bir parçaydı. O zamanlar on dört yaşındaki Ivanka denizkızı pulları gibi parlak altın bir elbise giymişti. Diana Ross, Barbara Walters, Shirley Lord... Tüm dostlarım oradaydı. Soğuk bir geceydi ama içerisi çok sıcak ve sevgi doluydu.

Çirkin boşanmamdan sonra tekrar dünyaya dönüp mutluluğu bulmamı sağlayan Riccardo olmuştu. Onun sevgilim olmasını çok büyük bir olay hâline getirmemiştim. Riccardo'yu evime ve hayatıma yavaş yavaş ısınarak almıştım. Çocuklar hiçbir zaman şikâyet edip, "Anne daha çok erken!" demediler. Bana güveniyorlardı ve ne yaptığımı bildiğimi biliyorlardı. Riccardo bana karşı iyi olduğu sürece onlar da mutluydular. Riccardo hiçbir zaman çocukların babasının yerine geçmeye ya da onlara kendisine 'Baba' ya da 'Riccardo Amca' demeye zorlamadı. Yalnızca 'Riccardo'ydu." Donald ile olan ilişkilerine saygı duyuyordu ve benim gibi o da Donald hakkında çocukların yanında tek bir kötü söz bile söylemezdi. Çocuklar da daha ilk günden itibaren Riccardo'yu bir baba figüründen çok bir arkadaş olarak gördüler. Yemek yapmayı ve gülmeyi seven, birlikte sporlar hakkında konuşup beraber oynayabilecekleri yetişkin bir adamdı.

16 Cadogan Square, Londra'da eskiden halı sektöründe büyük bir patrona ait olan bir ev satın aldık. Evin dışı demir Fransız kapılarına sahipti. Evde kocaman bir ana yatak odası, çok güzel bir merdiven, Cadogan Square Meydanı'na bakan bir oturma odası, bir kütüphane ve duvarları puantiyeli duvar kâğıtları ve kedi resimleriyle kaplı olan bir leopar odası vardı. Her evde bu odadan bir taneye sahibim. Sanırım leoparın gücünü kendimle özdeşleştiriyorum. Riccardo oğlu Fedele ile yakın olabilsin diye zamanımızın yarısını New York'ta, yarısını Londra'da geçiriyorduk.

Fedele -ben ona Deli diyorum- Riccardo'nun ilk evliliğinden olan yetişkin oğluydu. Tanıştığımızda yirmili yaşlarının başında genç, iri kıyım bir adamdı. Japonya'daki evi yandıktan sonra (orada ne olmuş tam emin değilim) Londra'ya uçmuş ve burada bir kriz geçirdikten sonra hastanelik olmuş ve deli gömleğine sokulmuştu. Dengesiz ve yıkıcı davranışlarla dolu uzun bir geçmişi vardı ve hastaneye yatırıldığında da sonunda şizofreni tanısı konulmuştu. İlaç yazmışlardı ve almayı unutursa ya da almak istemezse tamamen kontrolden çıkabiliyordu. Siyah kuşak karate yeteneklerini kullanarak restoranlardaki masaları deviriyor ve eşyaları kırıyordu. Bir keresinde benim gözümün önünde babasının boğazına sarıldı. Riccardo'yu bırakması için bağırdım ve bıraktı. Deli benden biraz korkuyordu.

Çocuklarım Deli'den korkuyorlardı ve haklılardı da. Bir keresinde Riccardo, çocuklarım ve Deli Greenwich'teydik. Deli o zamanlar on beş ya da on altı yaşında olan Don'dan on yaş daha büyük ve yirmi kilo daha fazlaydı. Çocuklar dışarıda bahçede koşturuyorlardı ve sebebini ancak Tanrı bilir. Deli birden Don'u kovalayıp yakalamış ve yere fırlattıktan sonra üzerine çıkıp boğmaya çalışmış. Don karşı koymayı başarmış ve gelip bana neler olduğunu anlattı. Ben çıldırdım ve Riccardo'ya oğlunu çocuklarımdan uzak tutmasını söyledim. Deli'yi alıp Londra'ya geri götürdü ve bir daha da asla çocuklarımın yanına yaklaştırmadım.

Zavallı Don. Her şeyin en kötüsü ona denk geliyordu. Bebekken bacağı kırılmıştı, diğerlerinden de daha çok poposuna şaplak yemişti. Boşanma sırasında da gerçekten neler olduğunu anlayıp acı çekecek kadar büyümüştü. Kalp krizinden sonra Bridget'i bulmanın sorumluluğu ona kalmıştı. Sonra da dengesiz üvey kardeşi tarafından neredeyse boğuluyordu. Don'un ormana gidip her şeyden uzaklaşmak istemesine şaşmamalı.

Deli'nin doktorları Londra'daydı ve Riccardo da haklı olarak hem oğlunun hem oğlunun beyin kanserinden ölmekte olan Japon karısının hem de Deli'nin kız bebeği (benim de vaftiz kızım olur) Katrina'nın yanında olmak istiyordu. Ben ise çocuklarımı yetiştirmek ve işimi büyütmek için New York'ta kalmam gerektiğini hissediyordum. Birbirimizi olabildiğince çok sık görmeye çalışıyorduk. Birbirimize bağlı kalabilmemiz adına onu Ivana Inc.'in ortaklarından biri yaptım ve Riccardo git gide benim evden satış kanalı işime kafayı takmaya başladı. Beni, daha fazla süre ekrana çıkıp daha fazla ürün satmam için zorladı. Sonra da benim güvendiğim muhasebecilerimi ve şirket çalışanlarını bana sadık olmadıklarını iddia ederek kovmaya çalıştı. Sanki çalışanlarımı korumak için kocamla savaşıyormuşum gibi hissediyordum ve stres artık ona ne işte ne de evde dayanamayacağım noktaya ulaştı. Asistanımı çağırdım ve Riccardo'nun eşyalarını toplayarak evin kapısının önüne koyduk. O da Londra'ya geri döndü ve bu iş bitti. Altı yıllık birlikteliğimizin ve yirmi aylık karı kocalığımızın sonunda 1997 yılında boşandık.

Diğer konular ve stres birlikteliğimizi çok fazla etkiliyordu ve sonunda fırtınalı iş ortaklığımız ile onun aile trajedisi birleşince aramız bozuldu. O, oğlu ve torunu için Londra'da olmalıydı ve ben de çocuklarım ve işim için New York'ta olmalıydım. Ayrılmamız hem çok üzücü hem de rahatlatıcıydı. Boşanmadan sonra çok üzülmedim. Bu kadar kargaşadan sonra biraz huzur iyi gelmişti.

Hâlâ iyi dostuz; tüm eski sevgililerimle dost kalırım. Kendisi hem oğluna hem de torununa bugün bile çok büyük destekler vermektedir. Hepsi birlikte Hırvatistan'da yaşıyorlar. Riccardo artık biraz daha iyileşmiş olan Deli'ye Split'te bir ev aldı. Geçen sene Riccardo'nun açtığı yeni bir oteli görmek için onu ziyaret ettim. Çok iyi bir adamdır ve harika bir ilişkimiz vardı ama bitti.

Riccardo ile boşandıktan birkaç yıl sonra kendisi İtalyan bir prens, kont ve dük olan Romalı, Roffredo Gaetani di Laurenzana dell'Aquila d'Aragona Lovatelli ile tanıştım. 1998 yılında Monaco'da tanıştık. Monaco'dan nefret ederdim. Güneşli bir şehir ama vergi ödemek istemeyen karanlık insanlarla ve pislikle dolu; en azından o zamanlar öyleydi. Büyük turist gemileri gelip tüm çöplerini şehrin hemen dışına, okyanusa döküyorlar. Orada yaşayan ve su kayağı yapan bir arkadaşım vardı ve kendisi hep nefes problemi çekiyordu. Ona, "Bu çöp suyuna girdiğin için oluyor." demiştim.

O yıl şehirdeki Formula 1 yarışı olan Grand Prix'i izlemek için oradaydım. İtalyan bir gezgin olan Massimo Gargia en iyi dostlarımdan biridir ve Hotel de Paris'in terasında büyük bir parti veriyordu. Partiye adına Gary diyeceğim, peşimden çılgın gibi koşan varlıklı bir Amerikalı da dâhil olmak üzere sekiz kişi ile birlikte gittim. Massimo beni Ferrari Long Island'ın başkanı olan Roffredo ile tanıştırdı. Yakışıklı, uzun boylu ve iyi bir aileden (Fiat'ın sahibi Giovanni 'Gianni' Agnelli onun amcası gibiydi.) geliyordu; hem de bekârdı. Massimo beni ve Roffredo'yu baş masada yan yana oturttu ve Gary'i de uçlardaki bir masaya yolladı. Gary küplere binmişti!

Roffredo ile iyi anlaştık ve onu bir sonraki gün birkaç arkadaşım ile birlikte uzun boylu, sarışın ve mavi gözlü dağ gibi bir adam olan İsveçli dostum Henrik ile buluşmak için yatımla çıkacağımız Cap Ferrat tekne turuna davet ettim. Roffredo yola çıkmamıza beş dakika kala geldi ve tekneye atladı. Gary onu gördüğüne o kadar öfkeliydi ki sinirlenerek yanımızdan ayrıldı ve bir daha yatıma adımını bile atmadı. (Atmasına da gerek yoktu: Geri dönüp kendisine bir yat aldı ve arkadaşım Clive Davis'e kiraladı.)

Cap Ferrat'tayken Henrik yelkenlisi ile gelip bizimle buluştu ve birlikte öğle yemeği yedik. İnce ve esmer bir İtalyan olan Roffredo ile kocaman bir Viking olan Henrik'in arasına oturdum ve acaba hangisini seçmeliyim diye düşündüm. Genellikle tüm Trumplarda olduğu gibi benim de kararımı belirleyen en büyük şey yer, yer ve yerdi. Henrik Zürih'te yaşıyordu. Ölsem de orada yaşamazdım. Ama Roffredo New York'ta yaşıyordu. Ona bir şans vermeliyim diye düşündüm.

İlk buluşmamızdan sonra Roffredo bana kendi ailesinin bağından bir kasa Brunello di Montalcino yolladı. Ama kasa geldiğinde üzerinde hiçbir not yoktu. Kime teşekkür edeceğimi bilmiyordum. Birkaç ay sonra birbirimize rastladık ve bana "Şarabı beğendin mi?" diye sordu.

"Onu yollayan sen miydin?"

İlk buluşmamızda hissettiğimiz tüm kafa karışıklıkları ortadan kalkmıştı ve bir sonraki akşam birlikte yemek yedik... Sonraki beş yıl boyunca ayrılmaz olduk. Beşinci cadde ile Madison Caddesi arasındaki Altmış Üçüncü Doğu Sokağı'nda bir evi vardı ve ben de bir blok ötede Altmış Dördüncü Doğu Sokağı'nda yaşıyordum. Birkaç ay sonra benim evime taşındı.

Roffredo harika bir adamdı, çok iyi bir âşıktı, eğlenceliydi ve zekiydi, geniş omuzları ve ince beliyle çok yakışıklıydı. Riccardo, Roffredo'ya göre daha ufak tefekti ve Donald da daha tombuldu. Donald'ın kilosunun ne zaman 105'e çıktığını ne zaman 95'e düştüğünü hemen anlayabilirdim. Ama bir boksör olan Roffredo asla bir kilo bile almazdı. Vücudu yağsızdı ve kaslıydı. Her zaman formda olmak onun için de benim için de çok önemliydi. Ama giyim tarzının biraz yardıma ihtiyacı vardı. Roffredo hepsi eşofman takımı, kot ve tişört giyen İtalyan arkadaşlarıyla birlikte Cipriani'nin merkezinde takılıyordu. "Benimle dışarı çıkacaksan gerçek kıyafetlere ihtiyacın var." dedim. Babasının bazı özel dikim İtalyan takım elbiseleri Roffredo'nun dolabındaydı ve onları giymeye başladı. Üzerine mükemmel bir şekilde oturdular. Çok geçmeden Fransa'nın en iyi giyinen erkeklerinden biri seçildi.

Her zaman olduğu gibi aramızda anlaşmazlıklar vardı. Roffredo'nun 'amcası' Gianni Agnelli onu çok fazla sahipleniyordu. Roffredo ile görüşmeye başlamamızdan kısa bir süre sonra, Gianni'nin tek oğlu Edoardo, Turin'de bir köprüden aşağı atlayarak kendini öldürmüştü. Edoardo sorunlu biriydi. Babası tarafından reddedilmiş ve hor görülmüştü, bir eroin bağımlısı hâline gelip dinini değiştirmişti. Belli ki asla bulamadığı bir şeyi arıyordu. İntihardan sonra Gianni 'yeni oğlu' tamamen kendisine kalsın diye Roffredo ile beni ayırmaya karar vermişti.

Korsika'da tatilimizi planlardım ve aynı zamanda Roffredo'nun patronu da olan Gianni aynı tarihlerde Roffredo'nun Sicilya'da bir toplantıya katılmasını isterdi. Onunla birlikte Sicilya'ya gidersem Gianni başka bir iş için Roffredo'yu Bastia'ya çağırırdı. Bunları kıskançlığından bilerek aramızı bozmak için yapıyordu. Gianni bizi St. Moritz'deki dağ evine akşam yemeğine çağırırdı ve beni yanına oturtarak Roffredo'yu karşımıza oturturdu. Bu sırada Gianni'nin cefakâr ve aldatılan karısı Marella ise odanın diğer ucundaki bir masada oturtulurdu. Tanıdığım insanlarla ilgili her şeyi öğrenmek için bana soru üzerine soru sorardı. Gianni insanlar hakkındaki dedikoduları toplayıp bunları onlara karşı kullanmayı çok severdi. Bana karşı kullanabileceği hiçbir şey yoktu. Ondan hiçbir zaman hoşlanmadım. Tüm Agnelli ailesi tüm bu saray entrikaları ve kendilerini üstün gören tavırlarıyla sanki Avrupa'nın kral ve kraliçeleri gibi davranırlardı. Gianni 2003'te öldüğünde hiç üzülmedim.

Bir işkolik olan Donald'ın aksine Roffredo tam bir ehli keyifti. O da benim gibi hayata heyecanla bakıyor ve macerayı seviyordu. Beni bir keresinde İtalya'daki Ferrari fabrikasına götürdü. Yarış pistinde bir Formula 1 aracı kullandım ve saatte üç yüz yirmi kilometre hıza ulaştım. Benim hıza olan düşkünlüğüme hayran olmuştu ama bunu biliyor olmalıydı. Beni Aspen'de kayak yaparken izlemişti. (Ona öğretmeye çalıştım ama çok iyi olmasa da fena değildi.) Hediye olarak bana özel yapım şeker kırmızısı bir Ferrari F355 Spider hediye etti ki bunun dünyadaki üretilmiş en seksi araba olduğunu düşünüyorum.

2005 Noel'inde çocuklarla birlikte Aspen'deydim. Roffredo annesi Kontes Loraine Montalcino'yu ziyaret etmeye Toskana'ya gitmişti. Uçağı Roma'ya sabah yedi buçukta indi ve saat sekiz buçukta da bir araba kiralayarak üzüm bağına yola çıktı. İki yıl önce aynı yoldan giderken Roffredo sabah sisinde yoldan çıkıp kaza yapmıştı. O yoldan her zaman korkardım ve her arayıp güvenli şekilde eve vardım diye haber verdiğinde çok rahatlardım. O yıl da beklediğim gibi İtalya'dan bir telefon aldım ama arayan Roffredo değildi. Loraine bana Roffredo'nun buzlanmadan dolayı yine yoldan çıktığını ve boynunu kırarak vefat ettiğini söyledi.

Little Nell'deki süitimde kalıyordum, telefon yanağımda Roffredo'nun annesinin ağlamasını dinliyordum. Kontes bana cenazenin bir sonraki gün olduğunu söyledi ama kar yağışı nedeniyle burada mahsurdum ve katılamayacaktım. Yıkılmıştım. Arkadaşlarım gün boyu aradılar. Roffredo'nun kız kardeşi de aradı. Telefonum susmak bilmiyordu. İnsanlarla konuştuğumu ve beni teselli etmelerini dinlediğimi biliyorum. Çocuklar da yanımdaydı ama ne yapabilirlerdi ki?

Roffredo daha kırkı iki yaşındaydı, enerji ve mutluluk doluydu. Onu her düşündüğümde ağlıyorum, şu anda bu bölümü yazarken bile. Onunla neden evlenmediğime dair hiçbir fikrim yok.

Bir süreliğine şoktaydım. Sonra sırada öfke vardı. *Neden daha yavaş kullanmadı? Neden sisin kalkmasını beklemedi?* Sonra öfkemde geçince çelik iradem her zamanki gibi yerini aldı ve bana, "Hayatına devam etmek zorundasın." dedi. Beş yıllık birlikteliğimiz boyunca Cipriani yakınlarında bir ev almıştı. Sık sık zaman geçirdiğimiz bir yerdi ve dekore etmesine ben yardımcı olmuştum. Oraya gittim ve alt kattaki boks kum torbası, sanat eserleri, kıyafetleri gibi onun eşyaları arasında tek başıma oturdum ve ağladım. En sevdiğim anılarımızı ve bazı sıradan anılarımızı kafamda yeniden canlandırdım. Perdeleri seçiyorduk, masada içkilerimizi içiyorduk ve dans ediyorduk. Onun evinde yas tutmak üzüntümün son safhasıydı. Birkaç ay sonra akrabalarından biri evi temizleyip satmak için New York'a geldi.

Yas tuttuğum süre boyunca işimi, seyahat planlarımı ve aktivitelerimi aksatmadım. Yoksa hayattan vazgeçmiş gibi olurdum. Hayat sizi yorabilir ama ondan kaçamazsınız. İki aşkımı boşanma ile iki aşkımı da trajik kazalar ile kaybetmiştim ama ben hâlâ buradaydım. Dünya dönmeye devam ediyordu ve ben de bunun bir parçasıydım.

Çocukların hepsi bu sıralarda yirmili yaşlarının ortasında ve sonlarındaydılar. Beni yemeğe götürerek ve eve ziyarete gelerek yardımcı olmaya çalışıyorlardı ama kimsenin yapabileceği hiçbir şey yoktu. Kendi bildiğiniz şekilde ve kendinize göre yas tutmalısınız. Sanırım bunu onlara destek olduğum tüm zor zamanların karşılığını ödeyebilecekleri bir fırsat olarak gördüler ama bu bana doğru gelmiyordu. Onlara yardım etmek benim işimdi, tersi değil. Çocuklarımı gördüğüme her zaman çok mutluyum ve ziyaretlerine de müteşekkirim. Ama yalnız yas tutuyordum.

Bir yıl sonra 2006'da yatım, film festivali için Cannes'da demirliydi ve içinde iki yüz kişi ile birlikte parti veriyordum. Massimo bir dostunu getirip getiremeyeceğini sormuştu ve ben de "Tabii ki!" demiştim. Dostu Romalı harika bir mizah anlayışı olan genç, yakışıklı, düzgün ve şık bir adam olan Rossano Rubicondi çıkmıştı. Belki de bir önceki hayatımda İtalyan'dım.

Rossano ile çok iyi anlaşmıştık ve beni bir sonraki gün yemeğe davet etti. Randevulaşmaya başladık. Yazın sonunda onu Saint-Tropez'den Sardinya'ya bir geziye davet ettim. Protokol gereği pasaportunu San Remo'daki gümrük memurlarına göstermek üzere kaptan Alberto'ya vermesi için hostesim Anna'ya vermişti. Anna bana pasaportları geri verdiğinde Rossano'nun doğum tarihine bir göz attım. Bana otuzlu yaşlarında olduğunu söylemişti ama aslında yirmi dokuz yaşındaydı. Neredeyse bayılacaktım. "Ne yapıyorum ben?" diye düşündüm. Ben elli yedi yaşındaydım.

Düşününce, neden benden çok daha genç bir erkekle çıkmayayım ki? Alternatifim neydi? Yaşlı bir erkekle olmak mı? Yaşlı hemşiresi olacağıma bebek bakıcısı olmayı tercih ederim. Birisinin çürümüş diz kapakları ve sırtına mı bakacaktım? Unutun gitsin. Bir erkek deneyim ve zenginlik dışında başka şeyler de sunabiliyorsa ilişki dengelenebilirdi. Rossano gençti, çok yakışıklıydı, biraz parası vardı, benimle seyahat ediyordu, yemekler yiyordu, beni havalimanına götürüyordu, bavulumu taşıyordu ve etrafta gezdiriyordu. Koluma birini takıp gezmeyi tercih ederdim. Param yettiğince Rossano'ya bakacaktım. Her zaman sırtınızı kollayıp garip isteklere karşı gözünüzü açık tutmalısınız ama Rossano benden asla hiçbir şey istemedi. Yalnızca benim yanımdaydı ve birlikte çok iyi zaman geçiriyorduk.

İlişkimi çocuklarıma anlatmadım. Onlar evimden taşınmış ve kendi hayatlarına başlamışlardı. Saint-Tropez'e nadiren geliyorlardı ve Rossano'yu tanımıyorlardı. Onu öğrendiklerinde genç olması konusuna ne olumlu ne de olumsuz bir tepki vermediler. Param için benimle birlikte olduğunu düşünüp endişelenebilirlerdi ama onlara durumun bu olmadığını anlattım. Onlar yalnızca benim mutlu olmamı umursuyorlardı.

Rossano ile birlikte güzel zamanlar geçirdik. Bir Cadılar Bayramı'nda Nikki ile birlikte Los Angeles'taki Trashy Lingerie iç çamaşırı dükkânına gittik ve Donna ile Dick Soloway'in o yıl ki partisi için seksi kostümler aldık. Ben pofuduk kolları olan fırfırlı beyaz bir gömlek, altında kabarık kısa bir etek, Alman tarzı bir yelek ve bir çoban değneği ile çok tatlı bir çoban kızı kostümü aldım. Rossano peruk, sahte güneş yanığı ve bir takım elbiseyle Donald Trump olarak giyinmeye karar verdi. Donald'a o kadar çok benziyordu ki insanlar bize gelip ne zaman barıştığımızı soruyorlardı! En iyi kostüm ödülünde birinci olduk.

Rossano harika bir tenis oyuncusuydu ve Mar-a-Lago üyelik turnuvalarında oynuyordu. Bir yıl finallerde Rossano ile Donald oynuyorlardı ve Rossano kazanmıştı. (Bu Donald'ın hiç hoşuna gitmemişti.) Rossano'nun ismi bu zaferden sonra bakır bir plaka üzerinde Mar-a-Lago'ya asıldı.

İki yıllık birlikteliğimizden sonra altı yüz kişilik misafirlerimizi ağırlayabilecek kadar büyük olan Mar-a-Lago'nun balo salonunda evlenmeye karar verdik ve Donald da yirmi bin dolarlık ücreti istemeyecek kadar kibardı. Tek ödemem gereken masraflar yiyecekler, içecekler ve dekorasyondu. Plaza'da beş bin tane düğün ağırladıktan sonra büyülü bir gün için tam olarak neyi istediğimi ve kimi tutacağımı çok iyi biliyordum.

Cuma öğleden sonra nikâhımızı kıyacak hâkim olan Donald'ın kız kardeşi Maryanne Trump evlilik belgemizi istedi.

"Neyimizi? Hay sıçtık!" dedim.

Tamamen unutmuştuk. Rossano ile bir cipe atlayıp hızla West Palm Beach'teki devlet dairesine gittik ama önümüzde sırada beş yüz kişi vardı. Adliye gibi başka bir daireye gidip evlilik belgesi alıp alamayacağımızı sorduk. Orada masanın arkasında oturan kadın bana baktı ve "Merhaba, Ivana. Senin için ne yapabilirim?" diye sordu. Ona durumu anlattım ve bana Florida'da evlenebilmek için nikâhtan üç gün önce evlilik belgesi almanız gerektiğini ve bunun da bir hâkim tarafından onaylanmış olması gerektiğini anlattı. *Ama* eğer ikametgâhımız başka bir eyaletteyse bize o gün bir belge çıkartabilirdi. "Ne dilersen dile benden!" dedim ve ona New York'taki adresimi verdim.

Belgeyi çıkarttı. "Yetmiş iki dolar." dedi. "Nakit olacak."

Rossano ile ceplerimizi boşalttık. Ben de bir ellilik onda da tam yirmi iki dolar vardı. Paramız tam yetmişti. İşin ironik tarafı ise inanılmaz pahalı bir düğün hazırlıyordum ama bir gün öncesinde evlilik belgemizi alabilmek için bozuk paraları sayıyorduk. Adliyeden çıktığımızda tüm gün yemek yemediğimiz için açlıktan ölüyorduk ve Rossano bana "Bekleyebilir misin?" diye sordu. Yemek saat beş gibi havuz başındaki kokteyller ile başlayacaktı ve sonrasında da abartılı bir akşam yemeği ve dans olacaktı.

Açlıktan gözlerim dönmüştü. "Bekleyemem!" dedim. Bir ATM bulduk ve adliyenin önündeki ekmek arası sosisçiye gittik. Rossano yirmi tane falan aldı ve birlikte basamaklara oturup hepsini yedik. O gece boncuklu ve incili bir Bob Mackie elbisesi giydim. Elbise o kadar ağırdı ki yürüyemiyordum. Havuz başındaki koltuklardan birine oturup misafirlerin bana gelmesini beklemek zorunda kalmıştım. Parlayan yıldızlar ve hilal şeklinde ay ile çok güzel bir akşamdı.

Sonraki sabah evlendik. Düğün partisi aşırı büyüktü. Pastel tonlardaki elbiseleri ile yirmi beş nedime, beyazlar içindeki yirmi beş sağdıç ile yan yana yürüyerek mihrabın yanındaki ikiz merdivenlerden aşağı indiler. İlk olarak çiçekli kızlar yürüyeceğim yola gül yaprakları döktüler. Sonra baş nedimem Ivanka sarı bir elbise ile aşağı indi. Pembe Zuhair Murad elbisemin içinde Don ve Eric ile birlikte yürüdüm. Donald kız kardeşiyle birlikte havuz kenarından nikâhı izliyordu. Yemeğe gelmiş ve iyi bir zaman geçirmişti. Onu iş arkadaşlarıyla birlikte bir masaya oturttum.

Düğün için balo salonuna her biri dantelli masa örtüleri ve inanılmaz çiçeklerle kaplı seksen masa sığdırmamız gerekiyordu. Beyaz eldivenli ve smokinli garsonlar havyar, kaz ciğeri ezmesi ve kuzu içeren gurme bir akşam yemeği servis ettiler. Rossano odaya Rocky şarkısı ile girdi. İlk dans şarkımız da *Damn Yankees*'ten "Lola Ne İsterse" idi ama Rossano şarkıyı bana "Ivana Ne İsterse" şeklinde söyledi. Üstümü değiştirip uzun, sıcak pembe tonunda ve tüy kuyruğu olan bir elbise giymiştim. Bu yüzden de dans etmek benim için çok kolay değildi. Kuyruğuma takılacağım diye korkuyordum. Misafirlerle sohbet etmek ile o kadar meşguldüm ki hiçbir şey yemedim. Rossano sahneye atlayıp müzik grubu ile birlikte şarkı söylemişti. Çocuklar bizim için birer konuşma yaptılar. En komiği Don'un konuşmasıydı; "Anne, Rossano, ikinize de mutluluklar diliyorum. Rossano annemize bir şey yaparsan biliyorsun ki biz inşaat işindeyiz ve ceset gömmeyi de iyi biliyoruz." dedi.

Öğlen üçte düğün sona ermişti ama hâlâ düğünde çekilen on bin fotoğrafa bakmak gibi korkutucu bir işimiz daha vardı. Fotoğraflar özel olarak anlaştığımız fotoğraf ajansı Getty tarafından basına satılacaktı. Eşofman takımımı giydim ve işe giriştik. On dört saat sonra (bir iki kısa mola ile birlikte) sabah saat altı da iş bitmişti. Tüm gün hiçbir şey, tek bir lokma bile yememiştik (yine). Mutfak kapanmıştı, bu yüzden araba ile West Palm Beach'e gittik ve bir benzinciden bayat sandviçler alıp onları yedik. Ne düğün yemeği ama! Sonra Concha Marina'ya döndük ve yattık.

Kabul ediyorum ki düğünden önce bazı şüphelerim vardı. Harika bir evlilik anlaşması yapmıştım. Bu yüzden finansal olarak koruma altındaydım ama birlikte ne kadar eğleniyor olursak olalım beni kullanıp kullanmadığını düşünüyordum. Düğünden sonra balayına çıkmadık. O Miami'ye ben de Fransa'ya gittim ve bir süre görüşmedik. Saint-Tropez çok ufak bir kasabaydı ve oradayken Rossano'nun bir kız arkadaşı olduğunu öğrenmiştim. Kız Kübalı'ydı ve Rossano onunla Miami'de tanıştıktan sonra kızı Fransa'ya getirmişti. Bu düğünden yalnızca birkaç ay sonraydı.

Bu canımı yakmıştı ama derin bir yara açtığını söyleyemem. Bu noktada zaten daha önce bu yoldan geçtiğim için çabuk atlamamı sağlayacak deneyime ve bilgeliğe sahiptim. Boşanma davası açtım ve bir yıl içinde özgürdüm. Her şey çok sessizce halledilmişti. Basını olaya karıştırmadan. Hiçbir tatsızlık yaşamadan. Yine beni aldatan biriyle evli kalamazdım ve beni kullanan biriyle birlikte olamazdım. Ama Rossano'yu gerçekten seviyorum ve onu umursuyorum. Kırılan kalbimin acısını unutmam için ayrı geçirdiğimiz bir süre zarfından sonra iyi dost olduk ve hâlâ da öyleyiz. West Palm Beach'te Mar-a-Lago'nun yakınlarında bir pizzacı açıyor ve ona başarılar diliyorum. Onu on yıldan fazladır tanıyorum ve aileden biri gibi.

Peki, genç erkeklerden hoşlanan olgun bir kadının ne yapması gerekiyor? Kesinlikle beni aldatan ya da beni kontrol etmeye çalışan biriyle evlenmeyeceğim. Erkekler hep aynı olduğu için ve hem aldattıkları hem de kontrol etmeye çalıştıkları için geleceğimde yeni bir evlilik daha görmüyorum. Ama aşk ve eğlence her zaman hayatımın bir parçası olacak. Şu anda birkaç erkekle (genç) görüşüyorum ve hem dostluklarından hem de mizah anlayışlarından çok hoşlanıyorum.

- 23 -

ŞIMARIK VELETLER, MİSKİNLER VE UYUŞTURUCU BAĞIMLILARI GİREMEZ

Don, Donald'ın mezun olduğu Philadelphia'daki Pennsylvania Üniversitesi Wharton Okulu'nda okudu. Eric de Washington DC'deki Georgetown Üniversitesi'nden mezun oldu ve orada çok keyifli zamanlar geçirdi.

Ivanka da Georgetown Üniversitesi'ne gitti ve orada Fransızca, İtalyanca ve Çekce dilbilgisini mükemmel bir hâle getirdi. Bana işletmeye odaklanmak istediği için Wharton'a geçiş yapmak istediğini söyledi. Geçişi yaptı ve iki yıl sonra onur öğrencisi olarak mezun oldu.

Çocuklar üniversiteye başladıktan sonra bunun kötü yanlarından biri de onları pek sık göremememdi. Onlar için iyi yanı ise bu sayede basından korunuyorlardı. Onları uzağa göndermek normale yakın bir hayat sürebilmeleri için tek şanslarıydı. Onları Veli Haftaları'nda ya da özel durumlarda gidip ziyaret ederdim ama çalışmakla ve seyahat etmekle meşguldüm. Onların da dersleri ve sosyal hayatları vardı. Donald ile tatil günlerini ve sömestr ile yaz tatillerini aramızda bölüşürdük. Ergenliklerinin son yıllarında çocuklarımı hiç görmeden geçirdiğim aylar olurdu.

Sürekli benim gözetimim altında olmazlarsa otomatik olarak gidip uyuşturucu ve alkole başlamalarından korkmuyordum. Ama bir çürük elmayla arkadaşlık ederlerse bunun yıllarca onlara verdiğimiz iyi anne babalığı silip atmasından korkuyordum. Ya uyuşturucu bağımlıları ya da sarhoşlarla takılmaya başlarlarsa ve onlar da tembelliğe ve kendilerini boşa harcamaya yönelirlerse? Eziğin birinin çocuklarımı etkilemesine izin vermeyecektim. Bu benim en derin korkumdu ve olmaması için dua ediyordum.

Her dönemin başında iş programımdan zaman bulabilirsem çocukların üniversitelerine gidiyordum ve oradaki dostlarını ve oda arkadaşlarını öğle yemeğine çıkarıyordum. Birçok anne baba bunu yapıyordu ama benim amacım kibarlık yapmak değildi. Gizli bir sorgulama yürütüyordum. Sovyet gizli polisiyle aynı seviyede değildim ama ben de işimi iyi yapıyordum. Çocuklarımın dostlarından ya da oda arkadaşlarından birinin çürük bir elma olup olmadığını on beş dakikada anlardım. Şunlara dikkat ediyordum:

1. **Sigara içiyorlar mı?** Çocukların hiçbiri benim önümde sigara içmeye cesaret edemezdi ama birisi bana iki metre bile yaklaşsa sigara içip içmediğini hemen anlarım. Burnum çok hassastır. Sigara ya da otu koklayarak anlayabilirim.
2. **İçki içiyorlar mı?** Aynı şekilde bu liseli ya da üniversiteli çocuklar benimle yemek yerken bir kadeh şarap ya da bir bira sipariş ederlerse çok kızardım. Bu ola-

mazdı! Ama bunlar zeki çocuklardı ve hiçbiri de bunu yapacak kadar aptal değildi. (Ama ben bir kadeh şarap içmek istersem kesinlikle içerdim.)

3. **Geç kaldılar mı?** Geç kalınması hakkında nasıl hissettiğimi siz de biliyorsunuz. Yemeğe geç mi kaldı? Unutun gitsin. Buna geç kalan, ödevlerini yetiştirmeye de geç kalır ve zamanında mezun olamayacak kadar tembelleşip çocuklarımın da işlerini aksatmaya çalışabilir.

4. **Kibarlar mı?** Görgü kuralları benim için bunlardan bile daha önemlidir. "Lütfen." ve "Teşekkür ederim." demeyen, gözümün içine bakmayan ve yemek masası kurallarını bilmeyen (kucakta peçete, yemeğe başlamadan önce herkesin yemeğinin gelmesinin beklenmesi vs.) çocuklar benim için kabul edilemezdi. Hele garsona kaba ya da saygısız bir şekilde davranıyorlarsa bunlar en kötüleriydi.

5. **Tembeller mi?** Ekstra ders alıyorlar mı? Spor yapıyorlar mı? Kulüplerde, öğrenci yönetiminde ve sanatta aktifler mi? Harika! Hayatları dolu olan meşgul çocukların yoldan çıkmaya vakitleri olmaz. Ama derste uyuyan ve koltukta yatıp ot içmekten başka yapacak bir şeyi olmayan çocuklar? Onları unutun gitsin.

Stratejim onlarla normal bir anne gibi konuştuğum sırada aslında gizlice tüm karakterlerini analiz etmekti. Ders programlarını ve aktivitelerini sorardım. Nasıl yediklerine bakardım. Düzensiz miydiler? Sağlıksız, yağlı, kızartma yemekleri mi sipariş etmişlerdi? Başkaları konuşurken dinliyorlar mıydı yoksa araya mı giriyorlardı? Boş zamanlarında neler yaptıklarını, amaçlarının neler olduğunu ve neleri yapmaktan hoşlandıklarını sorardım. Büyük bir heyecan ve tutku ile yanıt veremezlerse onların işe yaramaz olduklarını düşünürdüm.

Her şeyi izlerdim. Bulabildiğim her bilgi kırıntısını kafama kaydederdim. Genellikle çocuklarımın arkadaşlarının çoğunu severdim. Ama bir şeyler doğru görünmüyorsa hemen okulu arayıp oda arkadaşını değiştirmelerini isterdim. Her zaman kibar ve saygılıydım ama istediğimi de yaptırırdım.

Çocukların bu huyumdan nefret ettiklerine eminim. Okul onlar için Trump ülkesinden ve oradaki tüm etki ve baskılardan kaçış yeriydi. Bizden ayrı olarak kendi hayatlarını kurmaları ve kişiliklerini bulmaları gerekiyordu. Bağımsız olmak istekleri büyüdüklerinin bir göstergesiydi. Sürekli telefonlar açarak ve hayatlarına müdahalelerde bulunarak bunu engellemek istemiyordum ama belki de onları serbest bırakmaya onlar kadar hazır değildim.

Don özellikle zengin çocuk imajından kurtulmak istiyordu. Hill School'daki ilk yılında onu Pennsylvania'ya limuzinle götürürdüm ve o da bundan çok utanırdı. Kötülüklerle dolu yılımızın -boşanma ve Mar-a-Lago'ya yerleşmemiz- sonuna geliyorduk ve yaz yaklaşıyordu. Don paparazzilerden ve şehirden uzakta bir yerde kalıp diğer normal çocuklarla birlikte normal bir çocukluk geçirmek için hazırdı. Öğleden sonrayı kampüste gezerek ve odasını yerleştirerek geçirdik. Kibar ve sabırlıydı ama benim gitmemi istediğini anlayabiliyordum. Ona veda etmeye daha hazır değildim. Şükran Günü'ne kadar onu bir daha göremeyecektim (ya da ben öyle sanıyordum çünkü yalnızca bir ay sonra babam vefat ettiğinde görüşecektik) ve "Hadi akşam yemeğine gidelim." demiştim.

"Tamam, anne ama burada olmaz. Yan kasabaya geçelim." dedi.

"Neden?"

"Çünkü diğer aileler de burada yemek yiyor olacaklar ve restorana seninle birlikte gidersek hepsi ailemin kim olduğunu öğrenecek." Sonunda zaten öğreneceklerdi ama kaçınılmaz olanı geciktirmeye çalışıyordu.

Anne ve babasından utanıyor değildi. Yalnızca herkesle aynı muameleyi görmek istiyordu ve bunu da anlıyordum. Limuzin ile yan kasabaya gittik ve yemek yiyebileceğimiz tek yer Meksika yemekleri satan bir fast food restoranı olan Taco Bell'di.

İçeri girdik. Kendim olmamak için gerçekten büyük bir çaba sarf ediyordum. Kasadaki adama gülümsedim ve "Taco istiyoruz. Bu sizin spesyaliniz gibi görünüyor. Ben bir de bir kadeh Chablis alacağım. Teşekkür ederim."

Adam bana bakıp gözlerini kırptı. "Chablis mi?"

"Evet, beyaz şarap, lütfen,"

"Şey, biz de CocaCola ve Pepsi var…"

Bilginize: Taco Bell'de şarap satılmıyormuş. İnsan her geçen gün yeni bir şey öğreniyor.

Plastik bir tepsi dolusu taco ve içecekler geldi. Hesap on beş dolar tuttu. Üzerimde yalnızca yüz dolarlık banknot vardı. Parayı adama verdiğimde adam bana şoka girmiş bir şekilde bakakaldı. Kasada yüz doların para üstünü verecek kadar bozuk paraları yoktu. Bu yüzden de şoförümüzün gidip parayı bozacak bir yer araması gerekmişti.

Yemek için masaya oturduk ve Don ile gülmeye başladık. Komik duruma düşen ben olmuştum -ben Taco Bell'i nereden bileyim- ama yere sabitlenmiş masamızda aramızda plastik bir tepsi ile oturmuş onunla birlikte güldüğümüz an çok samimi bir andı. Çok rahatlamıştık. Don şehrin stresinden kurtuluyor ve pek tanınmadığı bir yerde yeni bir hayata başlıyordu. Onun için bu kendi başına genç bir adam olma fırsatıydı. Onu özleyecektim ama uzakta olması gerekiyordu. Bunu anlıyordum.

Ne yazık ki bir sonraki gün fotoğrafımız gazetede çıkmıştı. Tam sayfa yazının ve fotoğrafımızın üzerine "Ivana Trump Taco Bell'de Yemek Yedi!" gibi bir manşet atmışlardı. Yapacak bir şey yoktu. Don'un 'normal' olma şansı pek uzun sürmemişti.

Aynı şey bir sonraki yıl Donald ile birlikte Don'u Hill'deki ikinci senesine başlaması için bırakmaya götürdüğümüzde de olmuştu. Don'un her zamanki gibi rahatsız olduğu limuzin ile gelmiştik. Yurt odasına girdiğimizde bazı temel eşyaları -yatak örtüleri, ekstra havlu ve şampuan- getirmeyi unuttuğumu fark etmiştim. Donald ile birlikte Don'u okulda bırakıp bir şeyler alabileceğimiz en yakın yer olan mahalle bakkalına gitmiştik. Sonraki gün *New York Post*'un kapağında, "Bakın Kim Bakkaldan Alışveriş Ediyor?" manşetiyle bir fotoğrafımız yayınlandı.

Eric'i okula başlarken Hill'e götürdüğüm ilk gün ihtiyacı olan her şeyin büyük tek bir bavula sığdığından emin olmuştuk. İnsanlar görünce şoka girmişlerdi. Sanki herkes Eric'in yirmi parçalık Vuitton seti bavullarla gezdiğini zannediyordu. Zavallı Eric! Evet, ailesinin yükünü omuzlarında taşıması gerekiyordu ama en azından taşıması gereken çok fazla bavulu yoktu.

- 24 -

SEYAHAT ETMEK SİZİ ZENGİNLEŞTİRİR

Aynı eğitim ve sanat gibi seyahat etmek de sizi zengin eden harcamalardan biridir. Ne kadar çok harcarsanız o kadar varlıklı olursunuz. Bir anne ve bir Avrupalı olarak çocuklarıma nereden geldiğimi göstermemin ve onlara en az iki ya da üç yabancı dil öğretmemin kesinlikle gerekli olduğunu hissetmiştim. Ben akıcı bir şekilde Çekce, Rusça ve İngilizce konuşuyorum. Biraz da Fransızca, İtalyanca ve Almanca biliyorum. Bir dünya vatandaşı olabilmek için dünyayı görmeniz ve birçok farklı insanla iletişim kurmanız gerekir. Çocuklar küçükken her yaz annemi Çek Cumhuriyeti'nde, hem Zlín'deki şehir evinde hem de dağ evinde ziyaret ederdik.

ERIC: Dağ evinin ilk katında içinde sert ahşaptan bir masa, ortalarında sehpa olan iki sedir, bir odun sobası ve ufacıkta bir mutfak olan bir oturma odası vardı. Televizyon yoktu. Bilgisayar yoktu. Tamamen izole bir

yerdi. İkinci kata çıkmak için tavan arasındaki merdiveni aşağı çekmeniz gerekiyordu. Üst katta sadece el yapımı kaz tüyü bir yatak vardı. Anneannem ve dedem orada yatıyorlardı. Biz küçükken de hepimiz oraya sıkışır ve birlikte yatardık.

Dedem öldükten sonra geride kalan Babi, Ivanka, Don ve ben bazen haftalarca o basit ve güzel evde kalırdık. Tüm gün ormanda oynar, bir şeyler inşa eder, yürüyüşe çıkar ve kendimizi eğlendirmenin yollarını bulurduk. Geceleri ocakta ateş yakardık ve iskambil kartlarıyla oynardık. Uyuya kalırdık ve ertesi sabah uyandığımızda aynı şeyleri yapmaya devam ederdik.

Anneanneleri ile zaman geçirdikten sonra benimle Akdeniz'de gemi turuna çıkarlardı. Grand Prix için Monaco'dan başlar, Portofino, Roma, Venedik, Capri, Amalfi Kıyısındaki Positano, Sicilya, Korsika, Sardinya, Saint-Tropez, Türkiye, Yunanistan ve Hırvatistan'ı gezer, şnorkelle dalış yapmak için demir atar, misina ve mızraklarla balık tutar, köyleri ziyaret eder, birlikte yemek yapar ve hayatın keyfini çıkarırdık. "Şimdi nereye gidiyoruz?" derdik ve oraya giderdik. Dünyayı bu şekilde gezebildiğimiz için çok şanslıydık ve böyle güzellikleri deneyimleme fırsatı bulan çocuklarımın ne kadar şanslı olduklarını anlamalarını sağlardım.

Doksanlı yılların çoğunda hayatımdaki erkek olan Riccardo aynı zamanda da 65ft uzunluğundaki bir yat olan *Stilyani III*'ün kaptanıydı. Yat iki katlıydı ve üst kattan doğrudan denize atlardık. Riccardo suda harikaydı ve çocuklara nasıl şnorkel kullanacaklarını ve en iyi balıkları nerelerde bulabileceklerini öğretmişti. Korsika'da toplandıkları her noktayı biliyordu. Eldivenleri ve bıçağıyla suya dalarak kayalardaki *denizkestanelerini* keser ve öğle yemeği için bize getirirdi. Her birini açar ve içlerine birer damla şampanya dökerdi. Çocuklar bunları en başta pek beğenmemişlerdi. Alışmanız gereken bir tattı ama alıştıktan sonra çok seviyordunuz.

Her zaman çocuklar için çok popüler bir plaj olan Elba'daki Cavoli Plajı'nda durur ve yüzme bölgesinin en sonuna kadar şnorkeller ile dalardık. Bir keresinde uyarı levhasının direğine kocaman bir yılan balığı dolanmıştı. Riccardo zıpkını alıp yılan balığını öldürmüştü ve yata getirmişti. Çocuklarla ben tamamen iğrenmiştik ama o yılan balığını temizleyip pişirirken gülmekten ölüyorduk. Tadı korkunçtu! Fazla pişmiş yumuşacık bir şey olmuştu.

Başka bir sefer su kayağı ve şnorkel için İtalya'daki bir ada olan Ponza'da demirlemiştik. Çocuklar akşam yemeği için spaghetti ve köfte yemek istemişlerdi ve bu yüzden de oradaki ufacık köyün kasabına uğrayıp et almıştım. Kötü bir fikirdi. Et çok yağsızdı ve köfteler taş gibi olmuştu. Köfteleri bir poşete koyup buzdolabına attım. Sonraki gün çocuklar yüzerken arkalarından yaklaşıp köfteleri suya döktüm ve "Çocuklar! Sudan çıkın! Her yerde kaka var!" diye bağırdım. On saniyede yüzerek tekneye kaçtılar. Çok komikti! Yatlarda bu tarz şakalar çok popülerdi. Don bir keresinde teknenin altına yüzüp oltasını teknenin altına bağlamıştı ve sonra da oltasına sanki bir canavar yakalandı gibi davranmıştı. Eric, Don'un ne yaptığını fark edene kadar on dakika boyunca olta ile tekneyi çekmeye çalışmıştı.

Yazın sonunda çocuklarla birlikte New York'a dönmeden önce, son bir gün daha yüzebilmek için Sardinya açıklarında demirlemiştik. Karanlık olmaya başlamıştı ve çocukları tekneye çağırmıştım. Demiri çektik ve hareket edecektik ki bir şeyler ters gidiyordu. Liman girişinin ışıklarını bulamıyorduk. Işıkları arayarak çok yavaş bir şekilde zifiri karanlıkta ilerliyorduk ki birden bir *güm* diye bir ses geldi. Riccardo bir kayaya çarptı ve teknemiz karaya oturdu. Denizde nerede olduğumuz belirsiz bir şekilde karanlıkta bir kayanın üzerinde mahsur kalmıştık.

Ne yapacağımızı bilmiyorduk. Güverte yarılmış ve gemi batıyor olabilirdi. Tabii ki de hemen telsizle yardım çağırmayı düşündüm ama yardım için birisini çağırırsanız ve sizi bir limana çekerlerse, o kişi teknenizin bir kısmında hak iddia edebiliyordu. Bu yüzden planımız neler olduğunu anlayana kadar yata bir halatla bağlı olan ve yattan kıyıya gitmek için kullanılan ufak tekneye binmek ve neler yapabileceğimize bakmaktı.

Ivanka'ya giyinmesini söyledim. Yalnızca mayosunun üzerine bir şey giymesini kast etmiştim ama o kamarasına gidip tüm kayanın üzerindeyken parti elbisesi ya da diş fırçası da lazım olabilir diye tüm bavulunu topladı. Don hemen olayın içine atlayarak Riccardo'ya ve gemideki çalışanlara yardım etmeye başladı. Ben kamarama gidip elmas yüzüğümü ve tüm pasaportlarımızı aldım. Mürettebat Ivanka, Eric ve benim ufak tekneye binmeme yardım ettiler. Ben çok sakindim ve "Yat batarsa da batsın. Zaten mevsimin sonuna geldik." dedim. Sonra karanlıkta kaygan basamakları inerken bir tırnağımı kırdım. İşte *o zaman* çıldırmaya başladım.

Büyük bir dalga gelip yatı kayadan kaldırana kadar bir saat ufak teknede oturduk. Yarık ya da bir hasar yoktu. Tekrar yata bindik ve Ivanka bavulunu boşaltmaya gitti. Ben de odama koşup acil durum manikürümü yaptım.

Cantieri di Baia tarafından inşa edilen 36 metrelik, *IVANAM* isimli yatımı 1995 yılında Napoli'den aldım ve on iki yıl boyunca da kullandım. Çocuklar da birkaç yıl boyunca yüzen evimde benimle birlikte seyahat ettiler ama sonra üniversiteye başladıklarında kendi hayatları ve kendi tatil planları vardı. Haziran ayında son yapmak istedikleri şey anneleri ve annelerinin çılgın arkadaşlarıyla beraber Avrupa'da tekne turu yapmaktı. Yatımı sanki bir otel işletiyormuş gibi yönetiyordum. Her hafta erzak sipariş ediyor, Avrupa'nın her yerinde farklı limanlarda hesaplar açıyor, mürettebatı işe alıyor ve bakımı yönetiyordum. Konukların uyku ve yemek düzenlemelerini de ben yapıyordum. Teknemde çıkan her sesi iyi biliyordum. Size bir önceki gece hangi konuklarımın seviştiklerini söyleyebilirdim. (Tekne sallanıyorsa kapılarını çalmayın.) Riccardo ile ayrıldıktan sonra yatımda bir sürü parti vererek hayata tutunmuştum. Her limanda durup dostlarımı alıyordum, güneşin ve denizin tadını çıkarıyordum ve böyle bir hayatım olduğu için ne kadar şanslı olduğumu düşünüyordum. Yatın en üst güvertesinin adını 'kuku platformu' koymuştum. Oradan on metre yükseklikten denize atlardık. Benim dışımdaki herkes çıplak olurdu. Jackie O.'nun Yunanistan'da Skorpios'ta plajda çıplak fotoğrafının çekildiğini ve o fotoğrafında dünyanın her yanında yayınlandığını hatırlıyordum. Bikinim hep üzerimdeydi! Bir keresinde kürk tasarımcısı Dennis Basso, partneri Michael ve birkaç dostumuzla birlikte tekneme geldi. Süslemeler ve hazırlıklar yaptık ve kaptanımız Dennis ile Michael'ı evlendirdi (yıllar sonra gerçekten evlendiler). Kutlamak için hepimiz 'kuku platformu'ndan denize atladık. Dennis sona kalmıştı. "Atla!" diye bağırıyorduk ama kabul etmiyordu.

"Atlarsan o samur kürkünü satın alacağım." dedim.

Hayatımda hiç bu kadar hızlı hareket ettiğini görmemiştim ve atladığında kocaman bir dalga su sıçrattı.

IVANAM on iki yıl boyunca benim evden uzaktaki yuvamdı. Her yere gitmiştik. Bu yatta Roffredo'ya âşık olmuştum ve Rossano ile seyahat etmiştim. Yirmi yıl boyunca hem Riccardo'nun yatı hem de benim yatımdan sonra Akdeniz'i bir ömür yetecek kadar görmüştüm. Ayrıca *IVANAM*'ın bakımı ve demirlemesi oldukça pahalıydı. Onu ne yapacağımı düşündüğüm sıralarda 2007 yılında birisi Concha Marina'daki kapımı çaldı. Kapıyı açması için kapıcım David'i gönderdim.

Kapıdakiler Teksas'tan gelen iyi giyimli, orta yaşlı ve tamamen Amerikalı gibi görünen bir çiftti. Kocası, "Kusura bakmayın ama kapıda duran Ferrari dikkatimizi çekti." dedi. Dikkatinizi çekmemesi için kör olmanız gerekiyordu. Plakasında *IVANA* yazan parlak kırmızı bir Formula 1 aracıydı. Ne bana ne de arabalarıma asla sıkıcı diyemezdiniz.

Adam "Satılık mı?" diye sordu.

David, "Üzgünüm ama hayır." dedi. Arabama binmek için insanlar üç yıl sıra bekliyorlardı. Bu yüzden sordukları için onlara kızamıyorum. Ama Ferrari'm bana Roffredo'nun armağanıydı ve asla satmazdım.

Karısı, "Palm Beach'e yeni geldik ve oturacak bir yer arıyoruz. Acaba evinizi satıyor musunuz?" diye sordu.

İlk önce arabamı istediler şimdi de evimi mi istiyorlardı? Hayır! Ama... Peki ya teknemi? Benimle konuştuktan sonra David onlara, "Evi şu anda satmaya hazır değiliz ama bir yat satın almak ister misiniz?" diye sordu.

Çifti *IVANAM*'ın demirli olduğu marinaya götürdü ve kısa bir turdan sonra satın almaya karar verdiler.

Satış işlemi bu kadar kolay oldu. Hiçbir aracıyla uğraşmadan sattım. Sonraki gün bana çekimi verdiler, ben de onlara anahtarları teslim ettim.

İnsanlar ne der bilirsiniz, bir tekne sahibinin hayatındaki en mutlu iki günden biri tekneyi satın aldığı diğeri de sattığı zamandır. O günde çok güzel bir gündü.

Son kırk yıldır her haziran ayında Londra'daki çok özel bir kulüp olan Annabelle Goldstein Kulübünün bir üyesi olarak Berkshire, İngiltere'de Windsor Kalesi'nden birkaç kilometre uzaklıkta gerçekleştirilen Ascot kraliyet at yarışlarına katıldım. Doksanların sonunda genç kana ihtiyaç duyduklarını fark ettiler ve çocukları da üye yapmaya başladılar. Ivanka, Annabelle'in ilk çocuk üyesiydi ve on beş yaşındayken benimle birlikte yarışlara gelmeye başlamıştı.

Kraliçe ve İngiliz aristokrasisinin karşısına öyle alelade bir kıyafetle çıkamazsınız. Geleneğe göre erkekler kuyruklu gri takım elbise ve fötr şapka giyerken hanımlar da bahçe partisi kokteyl elbiseleri, yüksek topuklular (çamura ve çimene batan) ve abartılı şapkalar giyiyordu. Olay gerçekten de aslında şapkalarda bitiyordu. Ivanka ile birlikte yarışlardan birkaç gün önce gelip bir kadın şapkacısıyla görüşürdük. Ne kıyafet giyeceğimize baktıktan sonra bizim için kıyafetlerimiz ile uyumlu inanılmaz güzel geniş kurdeleli, fışkıran tüylü ve capcanlı renkli çiçekli şapkalar tasarlardı. Yarışlar beş gün sürüyordu ve programınıza göre beş farklı şapkaya ihtiyacınız olabilirdi. Salı günü olan Açılış Günü'ne, sonra da perşembe günü olan Hanımlar Günü'ne ve hafta içi bir güne daha katılırdık.

Elbiselerimiz ve şapkalarımızla Londra'daki evimden bir Rolls-Royce'a biner ve Ascot düzlüklerinin hemen yanı başında olan Windsor Kalesi'nin bahçesine park ederdik. Dostum Lizz Brewer çimenliklerde sandalyeler, çadırlar, şampanyalı bir açık büfe ve gümüş kupalarda ikram edilen sınırsız Pimm's kokteyli -Pimm's meyve suları, seltzer, limon, salatalık ve cin- olan bir piknik düzenlerdi. Pimm's kokteyline dikkat etmeniz gerekirdi! Bir tane içtikten sonra ne kadar tatlı ve hafif diye düşünürdünüz. İki ya da üç tane içerseniz yıkılırdınız. Ölümcüllerdi!

Öğle yemeğinden sonra Kraliçe Elizabeth'in onayladığı rozetleri takarak yarışların 'perde arkası' olan çayırlara giriş yapar ve atlara bakmaya giderdik ki bu da Ivanka için günün en güzel anıydı. Greenwich'te ata binme dersleri aldığı günlerden beri atları çok seviyordu. Her zaman çayırların yakınlarındaki restoranda mola verip biraz yengeç, baharatlı et ve kremalı çilek atıştırırdık. Oradan sonra da karanfil çiçeklerimizi ve rozetlerimizi takıp bizimle röportaj yapmak isteyen BBC muhabirlerine ve fotoğrafçılarına gülümseyerek ilerlerdik.

Bu sırada kalabalığın yarısı sarhoş olurdu ve yarışlar daha başlamamıştı bile. İlk olarak kraliyet ailesinden Elizabeth ve Philip altın kurdeleleri ile gelirdi. Arkalarından Diana ve Charles (sonraları Camilla ve Charles), ile Andrew ve York Düşesi at arabalarıyla Windsor Kalesi'nden halka el sallayarak gelirler ve yüksekteki kraliçenin yanındaki yerlerine geçerlerdi. Yere oturabilir ya da bizim tercih ettiğimiz gibi yarış pisti ile aynı yükseklikte ayakta izleyebilirdiniz. Atlar dörtnala geçerken yerin sallandığını hissedecek kadar yakında olurdunuz. Bazen bahis oynardım ama ancak atları, yetiştiricilerini ve jokeyleri iyice araştırdıktan sonra. "Asla kumar oynama!" kuralımı bozardım ve birinciliğe, ikinciliğe ya da ikisine birden yirmi ya da otuz sterlin para yatırırdım. Çoğunlukla da kazanırdım. Akşamüstüne kadar yarışlarda kalırdım ve daha sonra şoförüm beni alır dinlenmem için Londra'ya götürürdü ve sonrasında da Anabelle Kulübü'nde bir smokinli akşam yemeğine katılırdım.

Ascot haftasının ikinci bir kutlaması ise meşhur Grosvenor House Oteli Sanat ve Antika Fuarı'ydı. Kraliyet ailesinin bir üyesi gelip konuşma yapardı ve inanılmaz sanat eserleri ve mobilyalardan oluşan gösterinin açılışını gerçekleştirirdi. Bir yıl, ben, Ivanka, Riccardo ve Nikki birlikte önce Grosvenor'a sonra da Annabelle Kulübü'nde akşam yemeğine gitmiştik. Eve gece birde vardık. Tam yatağa giriyorduk ki telefon çaldı. Adamın biri "Alo, Ivana Trump ile görüşecektim lütfen!" dedi.

"Ben Ivana. Siz kimsiniz?"

"Londra Emniyet Müdürlüğü. Sizinle görüşmemiz gerekiyor."

"Bu sefer ne yapmışım?" dedim.

Beş dakika sonra bir erkek ve bir kadın, iki dedektif kapımızı çaldı ve bize bir hırsızlık çetesini yakaladıklarını söylediler. Sorgulamaları sırasında detektiflere bir sonraki hedeflerinin ben olduğunu itiraf etmişlerdi. Nasıl yaptılarsa bir şekilde benim programımı ele geçirmişlerdi ve tüm hafta boyu beni takip etmişlerdi. Beni Grosvenor House'da soymayı planlıyorlardı. Orada çok kalabalık bir grupla gezdiğim için bu planlarından vazgeçmişlerdi. İkinci planları ise eve gitmemi bekledikten sonra beni kapıdan içeri girerken yakalayıp evin içinde bağlamak ve onlara kasanın şifresini verene kadar beni dövmekti.

Bu planı düşünmek bile beni çok korkutmuştu. Ivanka da orada benim yanımdaydı ve o zamanlar daha on altı yaşındaydı. Böyle bir şeye şahit olmak onu hayatı boyunca travmatize ederdi. İngiliz elmasçı Laurence Graff'i arayıp en iyi korumasının kim olduğunu sordum ve sonra da onu altı ay boyunca evimin lobisinde korumalık yapması için tuttum.

Birkaç yıl sonra Londra'da az daha başımıza bir olay daha geliyordu. Rossano ile Londra'daydık ve o birkaç günlüğüne ben de kalan Ivanka ile buluşmuştuk. Biz, Rossano ile birlikte bir smokinli akşam yemeğine katılmaya gittik ve Ivanka da New York'a döneceği için doğrudan havalimanına gitti. Daha sonra eve döndüğümüzde Rossano kıyafetlerini değiştiriyordu ve bana, "Ivana, saatlerimin yerini sen mi değiştirdin?" diye sordu.

Hiçbir şeye dokunmamıştım bile.

"Burada yoklar." dedi.

Hemen odama koşup Louis Vuitton mücevher kutuma baktım. Eve ilk geldiğimizde müvecherlerimi kasaya koymak yerine güvende olacaklarını düşünerek çamaşır çekmeceme koymuştum. Hepsi gitmişti. Mücevherlerimin yalnızca ufak bir kısmı sigortalıydı.

Hemen Londra Emniyeti'ni arayıp suç duyurusunda bulundum. "Ben Ivana Trump." dedim.

"Yine mi sen?"

Kapıda zorla girildiğine dair bir işaret ya da parmak izi yoktu. Dedektifler uzun bir süre olayı araştırdılar ama suçlular hiçbir zaman bulunamadı. Bunun içeriden yapılmış bir iş olduğunu düşünüyorlardı. Çalınan eşyalardan biri elmas ve altından Buccellati bir el çantasıydı. Kim bir kadın çantasının üzerindeki incik boncukların gerçek altın olduğunu tahmin edebilirdi ki? Hırsızlar önceden biliyor olmalıydı. Bir yıl sonra çalınan parçalardan biri olan Tiffany marka kuş şeklinde bir kanarya elması broşunun Cenevre'de bir müzayede de ortaya çıktığını düşündük. Dedektif gizli bir kimlikle müzayedeye katıldı ama sonra bunun aynı tasarımda daha ufak başka bir broş olduğu ortaya çıktı.

Ivanka uçağını bir gün sonraya almış olsaydı hırsızlar geldiğinde evde tek başına olacaktı. Saldırıya uğramış, kaçırılmış ya da öldürülmüş olabilirdi. Rossano olaydan sonra haftalar boyunca beni sakinleştirmek zorunda kaldı. O zamandan beri mücevherlerimle birlikte seyahat etmeyi bıraktım. Dürüst olmak gerekirse artık mücevherlerimi takmıyorum bile. İlk olarak, elmaslar içinde gezmek insanı yaşlı gösteriyor. İkincisi ise bu sanki boynunuza "GELİN BENİ SOYUN!" yazılı bir tabela asmak gibi.

Geçen sene Kim Kardashian Paris'te soyulduğunda onun için üzüldüm. Sonra hırsızlar polise Kim Kardashian'ın işlerini çok kolaylaştırdığını söylediler. Instagram'a parmağında dört milyon dolarlık yüzüğüyle bir resmini koymuştu; Twitter'da da nerede kaldığını ve ne yaptığını paylaşmıştı. Tabii ki kurbanı suçlamıyorum ama hırsızların kendisi bile bu bilgilere sahip olmasalardı bu işi yapamayacaklarını söylediler. Hasssas bilgilerinizi gidip dünyaya paylaşamazsınız. Bu kadar yıl göz önünde yaşadıktan sonra öğrendiğim tek bir şey var ki o da her zaman bir miktar gizliliğiniz olması gerektiği. Bu konuda çocuklarım kesinlikle benim yolumdan gidiyorlar. Basına karşı ne kadar açık olsalar dahi paylaştıklarından çok daha fazla gizli tuttukları bir hayatları var.

Bu günlerde Saint-Tropez'deki evimin kapısını ben orada olsam da olmasam da çocuklarım ve onların aileleri için her zaman açık (lafın gelişi tabii) tutuyorum. Ivanka üniversite öğrenciyken sık sık buraya ziyarete gelirdi ve ben de geceleri benden saatler önce uyuduğu için onunla şakalaşırdım. Eric üniversiteye giderken birkaç arkadaşıyla birlikte buraya tatile gelmişti ve ilk kaldıkları gece New York'ta beni arayarak, "Anne Papagayo'da iki yüz kişilik bir sıra var. Bize yardımcı olabilir misin?" diye sormuştu. Le Papagayo benim de en sevdiğim gece mekânlarından biri olan çok popüler bir restoran/diskoydu ve içeri girmek çok zordu.

Kulübün güvenliğini aradım ve "Oğlum arkadaşlarıyla beraber dışarıda sırada bekliyor. Lütfen içeri alır mısınız?" dedim. On sekiz yaşındaki oğlumun gece kulübüne girmesine yardım etmiştim. Onların iyi çocuklar olduğunu ve özel bir gün için geldiklerini biliyordum. Fransa'dayken çocuklarım için olan kurallarım daha esnek.

Kendi kurallarım da öyle, tabii yakalanmazsam. Saint-Tropez'deyken kasabada alışverişimi yapmak için ve hava almak için bir Vespa motorsiklet ile gezerdim. Bir keresinde polis karakolunun tam önünden geçiyordum ve genç polislerden biri beni durdurdu. "Ivana, kaskın yok." dedi. "Bu şekilde motor kullanamazsın."

"Üzgünüm ama saçımı yeni yaptırdım. Bir dahakine takarım." dedim.

Sonraki gün yine aynı karakolun önünden geçtim ve yine durduruldum.

Polis "Bugün artık ceza kesmem gerekiyor." dedi. "Seksen Avro..."

Ben de "Gitmeme izin ver ben de o parayı çiçeklerimi kesen bahçıvana ya da bana yumurtalarını satan köylüye vereyim. Bugün pazarda bir dünya alışveriş yapacağım ve bir daha kask takacağıma söz veriyorum." dedim.

Sözümü tuttum ve pazarda tam bir alışveriş fırtınası estirdim. Asla kask takmayacaktım! Yasaları çiğnemek yerine motorsikletten kurtuldum ve artık Fransa'nın güneyindeyken yürümeyi tercih ediyorum. Zaten yürümek hem bacaklarıma iyi geliyor hem de güneşte bir güzel yanıyorum.

BÖLÜM ALTI:

İLERİ SEVİYE ANNE BABALIK

- 25 -

BURNUMU (ÇOK FAZLA) SOKMAM

Çocuklarınız büyüdükten sonra bile onlar hakkında endişelenmeye ve gözünüzü üstlerinde tutmaya devam ediyorsunuz, özellikle de yanlış bir yöne sapmaya başladıklarını düşünüyorsanız.

Don'un 2001 yılında Wharton'dan mezun olduktan sonra New York'a dönüp çocukluğundan beri hazırlandığı şekilde babasının şirketinde çalışmaya başlayacağını düşünüyordum. Bunun yerine Colorado'ya taşındı. Doğada özgür bir şekilde yaşamak istediğini ve şehirde bir ofis kulesine -doğup büyüdüğü kule- kısılıp kalmak istemediğini söylüyordu. Ivy League işletme diplomasını alıp Aspen'de ufacık bir daireye taşındı ve insanlara sinek oltacılığı öğretmek ile Tippler adında dağın yamacındaki gürültülü ve izbe bir barda barmenlik yapmak gibi yarı zamanlı işlerde çalışmaya başladı.

Ben bu plana tamamen karşıydım. 'Bir yıllık mola' diye bir şey daha önce hiç duymamıştım ve bu bana dünyanın en aptalca şeyi gibi geliyordu. Bu bir Amerikan geleneğiydi ve bir yıl boyunca hiçbir şey yapmayarak üniversitede edindiğiniz disiplini ve momentumu kaybediyordunuz. Don'a "Tembelleşeceksin. Bu bir zaman kaybı." dedim. Gerçek bir işe girmeye karar verdiğinde okulda öğrendiklerini unutmuş olacağından korkuyordum. Bu fikir benim inandığım her şeye taban tabana zıttı. Sanki başarının basamaklarını çıkarken bir anda durup kenara oturup beyninizi aptallaştırmak gibiydi. Tekrar nasıl bu basamaklara geri dönecekti? Babası da onaylamamıştı.

Don bizim isteklerimize karşı isyan etti ve kendi kararlarını kendisinin verebileceğini söyledi. Görünüşe göre bu, biz istesek de istemesek de gidip ormanda yaşayacağı ve tavşan avlayacağı anlamına geliyordu. Benim görüşüme göre en iyi olan şeyi yapması için onu zorlayamazdım ama onu Colorado'da ziyaret etmeyerek ve iletişim kurmayarak ne düşündüğümü açıkça belli ettim. Hayatını boşa harcayacaksa bunu kendi parasıyla yapmalıydı. Hararetli bir tartışma yaşamadık ya da onu tehdit etmedim. Yalnızca para göndermeyi kestim. On sekiz ay sürmüştü ama sonunda benim gibi düşünmeye başlamıştı. Aspen'deki işinden istifa etti ve New York'a geri dönerek Trump Grubu'ndaki yerini aldı.

DON: Pennsylvania Üniversitesi, Wharton Okulu'ndan mezun olup barmenlik yapan ilk kişi ben olabilirim. Bu üzerine düşünülmüş bir hareketti. İçimde kalmış ve dışarı çıkartmam gereken bazı şeyler olduğunu hissediyordum ve gerçek dünyaya adımımı atmadan önce keşke dediğim hiçbir şeyin kalmamasını istiyordum. Her zaman için bunun üniversite ile Trump Grubu'nda çalışmaya başlamam arasında geçici bir mola olduğunu biliyordum. Bir süre sonra eğitimimi kullanmam gerektiği ihtiyacını hissettim ve New York'a dönmeye karar verdim.

Kırsalda yaşadıktan sonra şehirdeki iş hayatına uyum sağlamakta zorlanmamayı umarak eve dönüşümü planladım. Olanlarsa bunun tam tersiydi. İşyerindeki ilk günüm 17 Eylül 2001 tarihi olarak belirlenmişti ve bu da 11 Eylül'den bir hafta sonraydı. New York'a arabayla dönmüştüm ve bu uzun yolculuğum boyunca yaşanan trajediyi düşünmüştüm.

Don eve dönüş yolculuğunu planlarken ben de Montreal'deki eski dostum George'u ziyaret ediyordum ve filarmonik orkestrasının açılışına katılarak bağış toplamalarına yardım ediyordum. Kısa süreli bir seyahatti. Çantama yalnızca bir elbise koymuştum. Konsere katılıp görevimi yerine getirdikten sonra arkadaşlarımı otel süitime davet ettim. Biraz şarap ile bir şeyler atıştırmıştık ve gece dörde kadar gülerek sohbet ederek oturup güzel bir zaman geçirmiştik. Montreal'den New York'a uçağım sabah dokuzdaydı ve tarihte 11 Eylül 2001'di. "Bu saatten sonra neden uyuyayım ki?" diye düşünmüştüm. Çok fazla uykuya ihtiyacı olan biri değildim. Yüksek enerjili insanlar genelde pek fazla uykuya ihtiyaç duymaz. Resepsiyonu arayarak uçuşumu günün ilk uçağı olan sabah yedi seferi ile değiştirdim. Bavulsuz bir şekilde uçağa bindim ve kısa, hoş bur uçuştan sonra La Guardia Havalimanı'na iniş yaptık. Saat 8:35'te inmiştik. Eve gitmek için arabaya bindim ve Triborough Köprüsü'ne yaklaşırken saat 8:46'ta ilk uçak kuzeydeki kuleye çarptı. Arabadan alevleri ve dumanı görebiliyorduk. Sonra saat 9:03'te ikinci uçak güneydeki kuleyi vurdu. Şehir alarmlar ve kargaşayla çılgına dönmüştü. Şoförüm beni doğrudan eve götürdü ve yanımda kaldı. Dorothy uçağımın saatini değiştirdiğimi bilmiyordu. Montreal'deki otelimi arayıp bana dönmememi söylemeye çalışıyordu. Evimde oturmuş tamamen şok ve korku içinde haberleri izlediğimi bilmiyordu. Daha sonraları İkiz Kulelere çarpan uçakların benimle aynı dakikalarda havada olduğunu anlamıştık. Roffredo şehir merkezinde, Hudson Nehri'nin yanında koşuya çıkmıştı ve oradan her şeyi görmüştü. Eve döndüğünde başından aşağı sıva ve toz kaplıydı.

Güvende olduklarına bilmeme rağmen tabii ki de aklım çocuklarımdaydı. Don hâlâ Colorado'daydı, Ivanka üniversitedeydi ve Eric'te yatılı okuldaydı. Onlar da tüm gün çılgınlar gibi bana ulaşmaya çalışmışlardı. O gece saat onda çocuklarla ve Dorothy ile iletişim kurabildim ve onlara evde güvende olduğumu söyleyebildim.

Ülkemiz için ne kadar korkunç ve travmatik günlerdi. Sonrasında haftalarca gözlerimi televizyondan ayıramamıştım ve ölenlerin aileleri için çok üzülmüştüm. New York'un her yanı öldüğü düşünülen insanların kayıp ilanlarıyla doluydu. Felaketin kokusu ve dumanı günlerce şehirin üzerinde kaldı ve benim şehrin dışındaki evime kadar geliyordu. Kaybettiğimiz hayatların ve güvenliğimizin ardından uzun bir süre boyunca çok üzgündüm ama sonra bu duygularım bize bunu yaşatan suçlulara karşı bir öfkeye dönüştü. Canım şehrimin yaralanmış olmasına çok öfkeliydim. Bundan sonra her zamankinden daha güçlü olacağımızı biliyordum ve olduk da. Fakat ne yazık ki terör tehditi hâlâ bitmiş değil.

11 Eylül, New York'u daha da çok sevmeme sebep oldu. Bunun çocuklar üzerinde de aynı etkiye sahip olduğunu düşünüyorum. Ivanka 2004 yılında Wharton'dan mezun olduktan sonra mola vermek falan istememişti. Bruce Ratner'ın bir gayrimenkul yönetimi ve gelişimi firması olan Forest City'de bir yıl proje müdürü olarak çalıştı. Böylece Donald'ın şirketinde kardeşleri ve babasıyla buluşmadan önce işlerin nasıl yürüdüğüne dair farklı bir perspektif kazanmıştı. Eric 2006'da Geor-

getown'dan finans ve yönetim alanından mezun olduktan sonra doğrudan kardeşleriyle birlikte çalışmaya başladı.

İşte, gözümü açıp kapayıncaya kadar çocuklarım artık büyümüştü. Daha dün bebeklerdi, şimdi ise hepsi kocaman olmuştu. Hayatlarımızın bir dönemi sona erdiği için üzgündüm ama onlarla gurur duyuyordum ve Trump Grubu'nda çalışmaya başladıkları için mutluydum. Her biri yetişkinliğe giriş yaptıktan sonra kariyerlerine sanki bu işi yapmak için doğmuş gibi dalmışlardı ki aslında gerçekten de bu işi yapmak için doğmuşlardı. Onları harika bir hayata hazırlamak için verdiğim tüm uğraşlar sonunda meyvesini vermişti ve beni çok mutlu bir anne yapmıştı.

Doğru işe girin. Doğru insanla evlenin.

Potansiyelinizin tamamına erişebilmeniz için ihtiyacınız olan yalnızca bu ikisi. Çocukların, babalarının kanatları altında inşaat ve ticaret alanlarında çalışmayı öğrenmek için profesyonel olarak doğru yerde olduklarını biliyordum. Ama doğru insanı bulup evlenmek olan ikinci adımları bu kadar da kolay olmayacaktı.

Siz de görüyorsunuz ki benim evlilikle olan ilişkim biraz karmaşık. Çocuklarıma her zaman en başından beri âşık olmaları gerektiğini anlattım. Zaman içinde o kişinin sizin için doğru olup olmadığını anlayacaksınız. Ne yazık ki hiç kimse evlendikten yirmi yıl sonra hâlâ ilk günkü kadar âşık kalacaklarının garantisini veremez. Ama aşkınıza sevgi ve tutkuyla, kibarlık ve sabırla başlayarak ilişkinizin karşılıklı bir saygı ve dostluğa ulaşma ihtimalini güçlendirebilirsiniz. Evlendikten ve çocuklarınız olduktan sonra bir rutin oluşturun ve aşkınızı hayattan birlikte keyif aldığınız bir dostluğa çevirin. Gerçek şu ki evet bu bir *gerçek*, on yıldır evli olan hiç kimse ayda birkaç kereden fazla seks yapmaz. En fazla haftada bir. Uzun süreli bir evliliği yürütmek için sıcak bir seks hayatına bel bağlayamazsınız. Sizi en başta bir araya getiren ortak kimyanızı kullanarak bir düşünce birlikteliği kurmanız gerekir. Partnerinizin beyni sizi diğer her şeyden daha çok etkilemeli. Asla aptal bir erkekle birlikte olamam. Bu hiç ilginç ya da çekici değil. Donald ile çok iyi anlaşırdık. Saatlerce ve saatlerce konuşurduk. Çocuklarımın da ilişkilerinin aynı lav gibi volkanik bir tutku ile başladıktan sonra zaman içinde soğuyarak, aşk ve yaşamın büyümesini sağlayan kalıcı ve besleyici bir şeye dönüşmelerini umuyordum.

Don'un on beş yaşında bir kız arkadaşı olmuştu. Bunu öğrendiğimde onu karşıma alıp ilişkiler hakkında konuştum. Hatta sanki ders verir gibiydim. Ona cinsel yolla bulaşan hastalıkları öğrettim ve eline bu hastalıkların bulaşma şekillerini anlatan bir kitapçık verip ezberletene kadar yüksek sesle okuttum. Görünüşe göre Don üniversitede tam bir kazanovaydı ve birçok sevgilisi olmuştu. Kız arkadaşlarının hep okulun en güzel kızları olduğunu duymuştum ki bu da beni pek şaşırtmamıştı (armut dibine düşermiş). Aynı dersi Eric'e vermeme gerek kalmadı çünkü Don bunu benim için halletmişti. Ivanka'da güvenli seks hakkında neler düşündüğümü biliyor çünkü ona da aynı dersi verdim. Onun için hayatta son isteyeceğim şey genç yaşta hamile kalması olurdu. Bu yüzden de çok dikkatli olmasını ve her zaman korunmasını söyledim.

Çocukların üniversiteden sonraki ilişkilerine hiç karışmadım. Oğlanlar zaten bana kız arkadaşlarını didikleyecek pek bir fırsat vermiyorlardı. Kimle görüştükleri konusunda çok gizli davranırlardı ve bana söylemezlerdi. Don beni yalnızca bir tane kız arkadaşıyla tanıştırmıştı. Çok canlı ve eğlenceli Kanadalı bir kızdı. Birlikte siyah bir Labrador sahiplenecek kadar yakınlardı. Kızdan hoşlanmıştım ama Trump ailesi için pek uygun değildi. Don da bunu fark ettikten sonra kızdan ayrılmıştı. Kız Çek Cumhuriyeti'nde beni ve annemi arayarak onun için araya girmemizi ve Don'a ona geri dönmesini söylememizi istemeye başlamıştı. Çok rahatsız edici bir durumdu. Kıza üzülmüştüm ama yapabileceğim bir şey yoktu. Kıza "Zorla aşk olmaz!" demiştim. "Ayrıldıysanız, ayrıldınız. Hayatına devam etmelisin." Umarım etmiştir ve şimdi mutludur.

Kanadalı'dan ayrıldıktan kısa bir süre sonra Manhattanlı bir manken, aktris ve tenis yıldızı olan Vanessa Haydon ile tanıştı. Don babasıyla birlikte bir defiledeydi ve Donald defilenin başında Vanessa'yı fark etti. (Kız defiledeki mankenlerden biriydi.) Doğrudan kıza gidip "Oğlumla tanışıyor musunuz?" diye onları tanıştırdı. Defile arasında Donald tekrar Vanessa'nın yanına gidip, "Oğlumla tanıştınız mı?" diye sordu.

Kız da "Yani evet. Birkaç dakika önce tanıştık ya." dedi.

Don ve Vanessa bir arkadaşın akşam yemeği partisinde üçüncü defa birbirleriyle tanıştırılacaklardı. İlk tanışmalarında birbirlerini fazla etkilememiş olsalar bile, flörtleşmeye başladıktan sonra çok hızlı bir şekilde ciddi bir ilişkiye girmişler ve bir yıl içerisinde evlenmişlerdi. Don'u bilmem ama ben Vanessa'ya ilk görüşte âşık oldum. Dünyanın en kibar ve tatlı kızıdır. Don'un bir koca ve (yakında) baba olmak için fazla beklemeden sevdiği kadınla evlenmeye karar vermesine çok sevinmiştim. Düğünleri Mar-a-Lago'da gerçekleşmişti ve nikâhı da Maryanne Trump kıymıştı. Çocuklarımdan biri ilk kez evleniyordu ve ben de damadın annesi rolüne cuk oturmuştum. Hiçbir şeyle uğraşmama gerek kalmamıştı, çok eğlenceliydi.

Ivanka da eve bizimle tanışmaya pek fazla erkek arkadaşını getirmezdi. Tabii bu bizden çok çocukların sağlılığı içindi. Donald'a ve bana bir erkek arkadaşını tanıştırmak çok korkunç bir deneyimdi. Bu yüzden de bu işin altından kalkabileceğine emin olduklarını bulmada çok seçici davranırdı.

Ivanka birkaç yıl boyunca eli açık, tatlı, zeki, başarılı yani tüm bu iyi özelliklere sahip olan bir Wall Street bankacısıyla çıktı. Çocukla bir akşam yemeğinde tanışmış ve onunla ilgili her şeyi sevmiştim ama tek sorun çocuğun 1.65 olmasıydı! Ivanka ise 1.82'ydi. Topuklu ayakkabı giyince çocuğa tam tepeden bakıyordu. O gece baş başa kaldığımız bir an bana çocuğu nasıl bulduğumu sordu.

Ben de "Çocuğu sevmedim değil. Ama burama geldi yani!" dedim ve elimi göğsümün hizasına çocuğun yaklaşık boyunun geldiği yere koydum. "Anladın mı? Burama kadar!"

Bence komik bir espriydi. Ivanka'nın da benimle gülmesini beklemiştim ama o bunu pek komik bulmamıştı. Benimle iki hafta boyunca konuşmadı.

Kısa bir süre sonra Ivanka ve ufak bankacı ayrıldılar. Neden ayrıldıklarının özel sebeplerini bilmiyorum. Ivanka bir adamdan boyu kısa diye ayrılacak kadar sığ değildir ama işin doğrusu öbür türlü de hayatının çoğunu yukarıdan adamın kafasına bakarak geçirecekti. İlişkilerini bitirmek için iyi sebepleri olduğuna eminim. Kim bilir? Belki de birbirlerini tanıdıkça Ivanka'da adamın artık burasına geldiğini düşünmüştü.

Ivanka birkaç yıl boyunca Palm Beach'teki sosyete bir ailenin oğluyla çıktı. Çok komik, tatlı ve benim tipim olmasa da yakışıklı bir çocuktu. Ivanka'nın neden ondan hoşlandığını anlayabiliyordum ama çok kendini beğenmişti. Çocukla ilk kez mart ayının başlarında Palm Beach'te Max Mara'da hayır kurumları için düzenlediğim bir kokteyl partisinde tanışmıştık; Ivanka ile birlikte gelmişti. Çocuğa ne iş yaptığını sormuştum. Sorguya çekmiyordum yalnızca sohbet ediyorduk.

"Babamın ve büyükbabamın mülkleriyle ilgileniyorum." demişti.

Belirsiz bir cevaptı ama bunun benim için ne anlama geldiğini biliyordum. Ailesi zengin olduğu sürece hiçbir hırsı olmadığını ve kendi başına hiçbir şey yapmadığını anlamıştım. Aynı zamanda bir arkadaşımın da yeğeniydi ve çocuğu gerçekten sevmek istiyordum. Ama Ivanka ile uzun süre beraber kalacaklarını düşünmüyordum. Ivanka tüm pakete sahip olan birini hak ediyordu: Oldukça yakışıklı bir şekilde kolunda duracak hırslı bir adam. Bu kendini beğenmiş çapkın hayatta asla kendi adına bir şeyler başaramayacaktı. Ailesinin parasını yiyerek partilere gitmekten tamamen memnun görünüyordu. Bunu Ivanka'ya da söyledim ve yine benimle iki hafta konuşmadı ama sonra çok geçmeden çocuktan ayrıldı.

Çocuğun da hakkını yemeyeyim, 2003 yılında bir belgesel çekerek faydalı bir iş yaptı. Ama o film dışında, kendini beğenmiş bu erkek arkadaşı onun hakkındaki şüphelerimi yanıltmadı. Ayrılmalarından on yıl kadar sonra çocuk yanında bir rock yıldızı arkadaşıyla birlikte New York'taki bir gece kulübünün önünde kokain bulundurmaktan tutuklandı. Ivanka ile birlikte olsaydı gazetelerdeki manşetleri hayal edebiliyor musunuz?

Ivanka kendini beğenmiş çocuk ile Jared arasındaki aşk hayatı ile ilgili bana pek bir şey anlatmadı. Sporcular ve film yıldızlarıyla ilgili dedikodular duyuyordum ama öğrenmek için ya da detaylar için arayıp sormadım. Yetişkin bir kadındı. Erkek arkadaşlarıyla ilgili benimle konuşmak istiyorsa her zaman yanındaydım ama o özel hayatını kendine saklamayı tercih etmişti. Bir keresinde Donald onun Amerikan futbolcusu Tom Brady ile çıkmasını istemişti. "Çocukla tanışman lazım!" demişti. Ama Ivanka istememişti.

Ivanka yirmi altı yaşındayken ortak arkadaşları onu Jared Kushner ile tanıştırmıştı. Jared, New York'lu bir gayrimenkul ailesinden geliyordu ve kendisi de varlıklı bir iş adamıydı, aynı zamanda da *New York Observer* gazetesinin de sahibiydi. Onunla yalnızca üçümüzün olduğu bir akşam yemeğinde tanıştım ve hemen çok sevdim. Zeki ve yakışıklıydı. Birbirlerini sevdikleri de her hâllerinden belliydi. Doğal olarak evleneceklerini düşünüyordum ama Ivanka bana "Ailesi Yahudi olmadığım için benimle evlenmesine izin vermez." dedi.

"Ne yapacaksın?" diye sordum.

Çok üzgündü ve ondan ayrıldı. Ama birbirlerini gerçekten seviyorlardı ve bir yıl sonra tekrar bir araya geldiler. İlişkilerinin temel problemi hâlâ değişmemişti. Ona "Din benim umrumda değil. Sen Katolik olarak doğdun ve kökenin değişmeyecek. Ama Jared seni mutlu ediyorsa bunu yapabilirsin." dedim ve Ivanka din değiştirdikten sonra 2009 yılında Bedminster, New Jersey'deki Trump Ulusal Golf Kulübü'nde evlendi.

IVANKA: Düğün hediyesi olarak arkadaşlarımızdan biri bize İtalya'daki güzeller güzeli otelinde beş gecelik tatil armağan etti. Bu tatile ancak bir yıl kadar sonra çıkabildiğimizde çok heyecanlıydık. Sardinya'ya vardığımız ilk gün annemden buralarda bir arkadaşının teknesinde olduğuna ve bizim geldiğimizi duydukları için de demir atmaya karar verdiklerine dair bir mesaj aldım. Kıyıya çıkıyordu ve bizimle görüşebilmek için de aynı otelde bir oda tutmuştu. Annem romantik tatil kaçamağımıza kendini dâhil etmişti! Gündüzleri annemle birlikte geçirdik, geceleri de o kendi eğlencelerine katılıyordu. Akşam yemeği saat dokuzda olunca -ona sanki ikinci bir öğlen yemeği gibi olduğu için- akşam yemeklerini bizimle yemezdi. Onun gecesi daha yeni başlarken biz çoktan yatmış olurduk.

Ivanka ve Jared inanılmaz mutlular ve benim de tek umursadığım şey bu. Sekiz yıldır evliler ve üç çocukları var. Jared harika bir baba ve birbirlerine hâlâ çok âşıklar. Jared güçlü biri. Eğer Ivanka'nın söylediği ya da yaptığı bir şeyden hoşlanmazsa bunu hemen yüzüne söyler. Kızıma annesinin gözü önünde haddini bildirmek cesaret ister ki ben de sizin bildiğiniz annelerden değilim. Ya benim yanımda çok rahat ya da birbirlerini hem tamamlamaktan hem de eleştirmekten hiç kaçınmıyorlar. Ya da her ikisi birden.

Şimdi bir Yahudi kızım ve torunlarım var. En iyi arkadaşım Nikki Haskell de dâhil olmak üzere dostlarımın yüzde seksen beşi Yahudi. Ama bunların çoğu hiç dindar değil, sinagoga nadiren giderler ve yeme içme konusunda da dini kurallara uymazlar. Yani neredeyse hiçbirinin din ile alakası yoktur. Kushner ailesi hariç. Hafta sonları beni Palm Beach'te ziyarete geldiklerinde çay ve kurabiye yemek için sinagogdan Concha Marina'ya yürüyerek gelirlerdi. Yürüyerek! Kavurucu sıcakta, şık kıyafetleri ile kilometrelerce yürürlerdi. Yorgunluktan ölüyor olmalıydılar ve onlara her zaman şoförüm ile bırakmayı teklif ederdim. Geleneklerine göre Şabat günü arabaya binmeleri yasaktı. Bu yüzden Mar-a-Lago'ya kadar geri yürürlerdi.

New York'ta cumartesi günleri Ivanka ile birlikte manikürlerimizi yaptırdığımız da onun paraya dokunması yasak olduğu için ben ödüyorum. (Zaten her türlü ben öderdim.) Bir cumartesi günü evin kapısı beklenmedik bir şekilde çaldı. Gelen en büyük iki çocuğuyla Ivanka'ydı. "Anne hemen giyinip bizimle geliyorsun. Nakit para getir!" dedi.

"Neden? Nereye gidiyoruz?" dedim.

Rupert Murdoch'un eski karısı, Ivanka'nun dostu Wendi Deng ve iki kızı Chloe ile Grace okullarında yeni bir dolap odası yapılması için para toplamak amacıyla Beşinci Cadde'de kek satıyorlardı. Şabat günü olduğu için Ivanka'nın dandik bir kek alması bile yasaktı. Tanesi bir dolardı ve yalnızca beş tane kalmıştı. Üzerimde bozuk para olarak dört dolar vardı ve beş kek için dört dolar önerdim ama kabul etmediler. Sonra bir arkadaşımı gördük -Ivanka'nın kendini beğenmiş eski sevgilisinin teyzesiydi- ve ona "Bir dolara kek almak ister misin?" diye sordum. Kadın Murdoch kızlarının keklerini satın aldı. Sonra Ivanka, Ivanka'nın çocukları, arkadaşım ve ben birlikte Beşinci Cadde'de ufak bir halka oluşturup Wendi Deng'in keklerini yedik. Çok tatlı bir andı. Ivanka cumartesi günleri cüzdanını yanına alabiliyor olsaydı bu ânı yaşayamayacaktık!

Son evlenen Eric olmuştu. Sportif bir pasta şefi ve köpek insanı olan Lara Yunaska ile tanışdığında daha üniversiteden yeni mezun olmuştu. Kız da sevilmeyecek ne vardı? Tanıştıklarında kız *Inside Edition* programında televizyon yapımcısıydı. Günde on kilometre koşar ve ata binmeye de bayılır. Eric ve Lara hiç acele etmediler. Nişanlanmadan önce altı yıl sevgili kaldılar. Çok iyi, zeki ve çalışkan bir kız. Benim bir insanda hayran olduğum tüm özelliklere sahip.

Lara'ya evlenirken evimde bir gelin partisi düzenledim ve Ivanka da dâhil olmak üzere ailemizi ve birçok arkadaşımızı çağırdım. Pastalar, içkiler ve hediyelerle klasik bir partiydi. Bizi eğlendirmesi için bir piyanist tuttum ve Lara'nın sırayla hediyelerini açmasını izledik. Gelen hediyeler arasında iç çamaşırları (tabii ki), parfümler, mumlar, biraz mücevher ve çikolatalar vardı. Partinin sonunda Eric de geldi ve hep beraber birlikteliklerine kadeh kaldırdık.

2014 yılında (Bilin bakalım nerede?) Mar-a-Lago'da evlendiler. Düğünden iki hafta önce Lara ata binerken bir kaza geçirmişti ve bileğini kırmıştı. Lara'nın ata binmesinden endişeleniyorum. Geçen sene yine düştü ve bu sefer de köprücük kemiğini kırdı. Eric'e "Sürekli yaralanıp duruyor, belki de ata binmeyi bırakmalı." dedim. (Bu günlerde pek fazla ata binebileceğini düşünmüyorum çünkü ilk çocuklarına hamile. Bebeğin *baby shower* partisini çoktan planladım bile.) Lara kaza geçirmeye çok meyilli ve bunun Eric'e de geçmeye başladığını düşünüyorum. Bir keresinde birlikte koşuya çıktılar ve Eric ayak bileğini burkmuş şekilde geri geldi. Aylarca değnekle yürümek zorunda kalmıştı. Her neyse... Düğün gününde Lara nikâh masasına yürürken kolundaki alçıyı saklamak için kolları üzerine saten giymişti. Saten parmaklarını açıkta bırakıyordu. Böylece elmas -Ivanka'nın koleksiyonundan- nişan yüzüğü parıl parıl parlıyordu. Yüzük taşıyıcıları minyatür Beagle köpekleri Charlie'ydi ve nikâhı da Jared kıymıştı. (Kayda geçsin diye söylüyorum, nikâh birçok gazete ve dergide yazıldığı gibi bir Yahudi töreni değildi.) Nikâh alanına Eric ile birlikte yürüyerek geldim ve nikâh sırasında da Donald, Melania ve Barron'un yanlarına oturdum; bu da kötü olmamıştı. Akşam yemeğindeyse Dorothy ve Babi ile oturdum ki bu çok daha iyi olmuştu.

O düğün sırasında Donald ile birlikte beraber yarattığımız bu aileye bakarak çok minnettar hissettiğimiz bir ânı paylaştık. Tüm çocuklarımız evlenmişti ve Eric'in oğlu da doğduğunda toplam dokuz torunumuz olacaktı. Altı erkek ve üç kız! (Daha fazla kıza ihtiyacımız var!) Bu aileyi Donald ile birlikte başlattık ve giderek daha da büyümesini, büyümesini ve büyümesini izledik. Dokuz ufak canavarımız var! Ortalık bir sürü Trump ile doldu! Buna bayılıyorum, aynı zamanda korkuyorum da!

- 26 -

BÜYÜLEYİCİ BÜYÜKANNE'NİN GURURU

Ivanka, Vanessa ve Lara'ya kendi üç hamileliğimden öğrendiğim verebileceğim en iyi tavsiyeler kendilerini yormamaları (ki ben bunu hiç dinlemezdim), topuklu ayakkabı giymemeleri (sekiz aylık olana kadar giyiyordum) ve yediklerine dikkat etmeleri. Ivanka her hamileliğinde yalnızca on bir kilo aldı. Geçtiğmiz mart ayında Theodore'u doğurduktan iki gün sonra işe geri dönmüştü (aynı benim gibi) ve birkaç ay sonra Cumhuriyetçi Parti Kongresi'nde konuşma yaptığı zaman da hamilelik öncesi kilosuna geri dönmüş ve harika görünüyordu. Don ve Vanessa ilk torunum olan Kai'i Mayıs 2007'de dünyaya getirdiler. Hastanede yeni anne babaları tebrik ettim ve "Kulübe hoş geldiniz!" dedim. İkisini de bundan sonra ne yaparlarsa yapsınlar, nereye giderlerse gitsinler akıllarında her zaman bu ufak canavarın sağlığını ve mutluluğunu düşüneceklerini söyledim. Don, Kai'i kucağıma verdi ve ona sarılıp öptüm. "Evet, işte tam bir bebek." dedim. Birkaç dakika kucağımda tuttuktan sonra sıkılıp geri verdim. İtiraf etmeliyim ki artık yenidoğan bebekler çok ilgimi çekmiyor. Beş ya da altı yaşlarında onlarla konuşabildiğiniz zaman çok daha eğlenceliler. Kai şimdi dokuz yaşında, dans etmeye ve sahneye çıkmaya bayılıyor. Aynı benim gibi kocaman bir kişiliğe sahip. Donald III (Donnie) sekiz yaşında çok tatlı bir oğlan. Bana Don'u hatırlatıyor. Beş yaşındaki Tristan tam bir yaramaz! Koltuktan koltuğa zıplıyor ve ben de başını vurmasın diye peşinden koşturuyorum. Sürekli gözünüzü üzerinde tutmanız lazım. Geçenlerde Aspen'de kayak tatilinde bacağını kırdı ve tüm bacağının alçıya alınması gerekti. Zavallıcık. Bu ufak baş belasını uslu tutmak için ona, özel kumaş boyaları ve Mickey Mouse kalemleriyle tişörtlerin üzerine resim yapmak gibi projeler veriyorum. Bu onu saatlerce meşgul ediyor. Dört yaşındaki Spencer da büyük erkek kardeşlerinin peşinden ayrılmıyor. Aynı Eric'in Don'un peşinde koşması gibi. Daha şimdiden çok akıllı bir çocuk. İki yaşındaki Chloe yusyuvarlak yüzü ve kocaman mavi gözleriyle melek gibi bir bebek. Çok ama çok güzel.

Ivanka, Temmuz 2011'de Arabella'yı doğurduktan sonra beni aradı ve "Anne, ben de bir anne oldum." dedi. Yeni torunumla tanışmak için hastaneye koştum. Sarıldım, sarıldım, öptüm, öptüm, şapur şupur. Sonra da Ivanka hak ettiği şekilde biraz dinlenebilsin diye oradan ayrıldım. Ekim 2013'te Joseph ile Mart 2016'da da Theodore ile tanışmak için yine hastaneye gidecektim. Doğuma girip elini tutacak tipte biri değilim. O odada anne ve doktorundan başka kimsenin olmaması gerektiğini düşünüyorum; özellikle de babanın. Daha önce de söylediğim gibi kocanız bebeğin çıkışını gördükten sonra artık seks hayatınızı unutun. Altı yaşındaki Arabella tam bir ufak gösterişçi. Bale derslerinden sonra pembe taytı ve balerin kıyafetleriyle beni ziyarete gelip bana şarkı söyleyerek dans ediyor. Aynı annesi gibi o da *Neşeli Günler*'e bayılıyor ve tüm şarkılarını biliyor. Geçtiğimiz nisan ayında o zamanlar beş yaşında olan Arabella bir devlet gezisi sırasında Çin Devlet Başkanı Xi Jingping ve eşi Bayan Peng Liyuan'ın karşısında serenat yaparken tatlı ve utangaç bir çocuk olan erkek kardeşi Joseph babasının ceketinin içinde saklanıyordu. Söylediği şarkı da Çince'ydi. Arabella'nın dadısı Çinli ve ona Çince de öğretiyor.

Hem Vanessa hem de Ivanka çocuklarını anne sütü ile besledi. Bu bana göre değildi ama bir anne bebeğini alıp bir göğsüne yapıştırmak, sonra da bitince diğer göğsüne yapıştırmak, gazını çıkarmak, yatırıp uyutmak ve sonra da uyandığında tüm bunları tekrardan yapmak istiyorsa kendi bilir. Bu benim için kesinlikle mümkün değildi. Ben günde on saat çalışıyordum ve geceleri de üç saatten fazla uyumaya ihtiyacım vardı. Çocuklarımı biberonla beslediğim için hiçbir pişmanlığım yok. Hepsi de oldukça güçlü ve zekiydi, asla hastalanmadılar ve hepsinin de boyu şuan 1.80. Neyi istiyorsanız tercih edebilirsiniz. Önemli olan sizin yaptığınız tercih ile huzurlu olmanız. Endişeli ve stresli bir annenin endişeli ve stresli çocukları olur. Ayrıca arkamda da büyük bir destek vardı. Trudy, Bridget ve Dorothy olmasaydı ne kariyerimde ne hayır kurumları çalışmalarımda ne de çocukların aktivitelerini ve eğitimlerini yönetme konusunda bu kadar başarılı olamazdım. Çalışan annelerin o zaman da şimdi de desteğe ihtiyaçları var! Ivanka çocuk bakım ürünleri vergisi ve uzun süreli aile izinleriyle ilgili bir yasa çalışması ile ailelerin hayatlarını kolaylaştırmak için elinden gelen her şeyi yapıyor. Milyonlarca insana yardımı dokunacağını biliyorum.

Hem Vanessa hem de Ivanka harika birer anneler ve eminim ki Lara da öyle olacak. Vanessa çok katıdır. Hiçbir saçmalığa tahammül etmez. Çocuklarından biri sehpanın üzerine çıkarsa ânında müdahale eder. Ne Ivanka'nın ne de Vanessa'nın ebeveynlik tercihleriyle ilgili hiç dilimi ısırmak zorunda kalmadım çünkü her zaman benim de yapacağım tercihlerin aynılarını yapıyorlar. Bir eleştirim olursa bile bunu kendime saklıyorum.

Bir şey beni gerçekten rahatız etmediği sürece insanlara akıl vermek bana düşmez. Her anne baba kendi kararlarını verir ve çocuklar mutlu, sağlıklı olduğu sürece ve aile de bir arada olduğu sürece hangi stratejileri ya da teknikleri kullandıkları beni ilgilendirmez. Her çocuk birbirinden farklıdır ve farklı ödüller ile farklı cezalara yanıt verir.

IVANKA: Çocuklarım olduktan sonra kendi annemi de farklı bir gözle görmeye başladım. Artık iyi bir anne olmanın ne kadar zor olduğunu görebiliyordum.

Çocuklarınızı cezalandırmak hiçbir zaman eğlenceli bir şey değildir ve genellikle de kendinize zarar verir. Arabella'yı ya da Joseph'i yaptıkları yaramazlıklar yüzünden cezalandırmak için hepimizin heyecanla beklediği tam günlük pazar günü aile gezmelerimizi iptal ettiğim çok oldu. Kötü davranışları görmezden gelmek hem daha kolay hem de doğrusunu söylemek gerekirse daha eğlenceli olurdu ama bunu isteseniz de yapamazsınız. Hayır diyebilmek özellikle de yorgun olduğunuzda çok zor olabiliyor. Bazı günler işten eve geldiğimde o kadar yorgun oluyorum ki tek istediğim çocuklarımla oynayıp onlara sarılmak oluyor.

Vanessa'nın beş çocuğu olmasına rağmen katlandığı ağır iş yükünden çok memnun değilim. O ya da herhangi bir kadın her gün her çocuğuyla ne kadar fazla zaman geçirebilir? Üç çocuk yeterince zordu. O beş tanesiyle bunu nasıl yapıyor hiçbir fikrim yok.

Tüm programlarını, okullarını, aktivitelerini yöneterek sürekli birini bir yerden alıp başka birini başka bir yere bırakıyor. Don ve Vanessa bir çocukları olacağını daha söylerlerse şoka girerim. Seçim kampanyası sırasında Don on sekiz ay boyunca babasına destek olmak için seyahat ederken Vanessa kocaman ailesine tek başına baktı. Dadılardan yardım alıyor bile olsanız yine de her gün yatakta beş masal, beş banyo ve beş ödev saatiyle ilgilenmeniz gerek. Akşam saat ona kadar mola veremiyor. Bununla yalnızca bir kadın başa çıkabilir. Bir erkek bunun yarısı kadar işin altında ezilirdi!

Ben de yapabildiğim zamanlar yardım ediyorum. Her hafta New York'ta olduğum zamanlarda saat dörtte ya çocuklar bana geliyor ya da ben onlara gidiyorum ve 'çılgın saatimizi' yaşıyoruz. Torunlarım bana *Büyüleyici Büyükanne* ya da *Ivanaanne* diyorlar. Birlikte oyun oynuyor, şarkı söylüyor ve dans ediyor, kurabiye ve mumlar yapıyoruz. Çocuklarıma şeker vermek konusunda çok katıydım. Evde tatlı yasaktı. Daha sonraları öğrendim ki anne babam bizi her ziyarete geldiklerinde Don, Ivanka ve Eric için bir bavul dolusu Çek şekerlemeleri getiriyorlarmış. Ee şimdi sıra bendeydi. *Büyüleyici Büyükanneleri* olarak torunlarımı şımartmak benim görevimdi ve onlara istedikleri kadar şekerleme ve pasta veriyorum! İki saat sonra ya da artık ne zaman sıkılırsam onları geri annelerine yolluyorum.

IVANKA: Biz büyürken annemin bize iyiliğimiz için uyguladığı tüm o katı kurallar vardı ya? Ya bunları artık bilerek umursamıyor ya da hayatının bu döneminde bunların hepsini unuttu. Çocuklarımı tam olarak şımartıyor. Çocukların karnının ağrıması ile Büyüleyici Büyükanneleri'yle zaman geçirmeleri arasında tam olarak kesin bir paralellik var. Arabella'yı özel olarak alıp maniküre götürüyor ki ikisi de buna

bayılıyorlar. Onlara tüm seyahatlerinden tişörtler satın alıyor. Çocuklarıma Büyüleyici Büyükanneleri'ne gitmek isteyip istemediklerini sorarsanız cevap her zaman "İstiyorum!" olacaktır. Sanırım en çok sevdikleri şey annemin köpeği Tiger'dı. Tiger annemin dördüncü çocuğu gibiydi. Çocuklar Tiger ile zaman geçirmeye bayılıyorlardı. Tiger'ın bundan ne kadar hoşlandığından emin değilim. Hayvanı sürekli evin içinde kovalayarak hiç rahat vermiyorlardı.

Geçtiğimiz bahar daha önce hiç yapmadığım bir şey yaptım ve bir Yahudi sünnet düğününe gittim. Katolik erkek çocukları doğumdan hemen sonra hastanede sünnet edilir. Theodore ise sekiz günlükken Jared'ın anne babasının evinde aile ve misafirler önünde bir Yahudi sünnetçi tarafından sünnet edilmişti. Önce dualar okundu ve zavallı bebek sürekli ağlıyordu. İzlemesi ne kadar rahatız edici de olsa bu geleneğe saygılıyım. Sonuçta olan oldu. Ivanka ve Jared çocuklarını inançlı bir şekilde yetiştiriyor. Onları bunun için alkışlıyorum ama ben çocukların normal doğum günü partilerine gelmeyi çok daha fazla tercih ederim.

Resitaller/okul gösterileri/futbol maçlarına gidip çocukları izleme geleneğine geri dönmüş durumdayım. Çocukların okulları veli görüşmelerinin yanı sıra bir de anneanne-dede günleri düzenliyorlar. Gelen diğer tekerlekli sandalyeli anneannelere kıyasla kendimi liseli kız gibi hissediyorum. Beyaz saçlı ninelerle bunak dedeleri gördükçe "Benim bu odada ne işim var?" diyorum. Hatta torunlarımın bazı sınıf arkadaşlarının babalarından çok da büyük değilim.

DON: Annem şehirde olduğu zamanlarda çocuklarımın okulundaki Büyükanne günlerinin birçoğuna katılıyor! Bu günlerden birini hatırlıyorum da Donnie ve Büyüleyici Büyükanneleri çocukların masasında boyama yapıyorlardı. Annem ufak sandalyelerden birine oturmuş yaptığı boyamaya iyice gömülmüştü, resmen gözlerimizin önünde hem tekrardan bir çocuk hem de... Onun yanına oturmak için yarışan sınıftaki diğer tüm çocukların da lideri olmuştu!

Büyükanne Günleri'ndeki bir ayağı çukurda olan bu kalabalığı görmek doğrusunu söylemek gerekirse biraz can sıkıcıydı. Kendimi yaşıtlarımın göründüğünden çok daha genç hissediyorum. (Belki de bu yüzden otuz ve kırk yaşlarındaki erkeklerden hoşlanıyorum. Enerji bakımından onlarla aynı yaşlardayım.) Prag'da üniversitemin buluşma gününe gittiğimde ve oradaki birçok sınıf arkadaşımı yaşlanmış veya şişmiş -bazıları ikisi birden- gördüğümde de aynı böyle hissetmiştim. Birçoğu sanki yaşasalar ya da ölseler umurlarında değilmiş gibiydiler. Her gün yataktan çıkmak için hiçbir sebepleri yoktu.

Zamanı kimse durduramaz ama yaşlanmak sizin yaptığınız bir tercihtir. Ben sağlıklı beslenerek, iyi uyuyarak ve kendime bakarak bu süreci yavaşlatmayı seçtim. Her sabah spora gidiyorum. Her yıl aralık ayında Aspen'e kayağa gidiyorum, her şubat ayında St. Moritz'e gidiyorum ve bazen de nisan ayında Aspen'e geri dönüyorum. Fransa'nın güneyinde genç erkeklerle gezip tozuyorum. Her sabah üç gazete ve kitap üstüne kitap okuyorum ayrıca televizyondaki tüm haberleri takip ediyorum.

Dünyada neler olduğunu biliyorum ve hem işimi hem de yatırımlarımı sıkı bir şekilde kontrol ediyorum. Bu kadar çok olup biten varken ve beni canlı tutan bir futbol takımı dolusu kadar torunum varken hayattan vazgeçemeyecek kadar meşgulüm! Ölene kadar hiçbir şey beni yavaşlatamayacak. Belki de ölüm bile!

• • •

Bu kadar çocukla birlikte aile tatili planlamak tam bir kâbus. Bu günlerde ise özellikle artık Gizli Servis tarafından korundukları için bu neredeyse imkânsız hâle geldi. (Bir anne ve büyükanne olarak böyle korundukları için çok memnunum.) Don'un ailesi yedi kişiden oluşuyor. Ivanka'nın ki beş. Eric ve Lara da üç olacaklar. Toplamda da dört köpeğimiz var. Babi ve beni de sayarsanız hepimizin aynı evde kalması için on dört yatak odalı bir eve ihtiyacımzı var.

Mar-a-Lago bunun için kesinlikle yeteri kadar büyük ama şöyle bir sorun var ki orası Donald ve Melania'nın evi. Orada her ne kadar hoş karşılansam da eski kocamın malikânesinde onun üçüncü karısı, oğulları ve karısının ailesiyle birlikte takılmak biraz garip olurdu. Annem, torunlarına ve büyük torunlarına yakın olabilmek için her zaman onlarla birlikte kalıyor. Donald'ın ilk karısının annesinin, üçüncü karısı ile aynı çatı altında yaşaması ona hiç garip gelmiyor.

Ben de bazı bayramlarda geliyorum çünkü başka türlü tüm çocuklarımı aynı anda aynı yerde göremiyorum. Geçtiğimiz Paskalya Bayramı'nda bir günlüğüne Mar-a-Lago'ya gittim. Miami'de gezinmek için kullandığım bir Mini Cooper'ım var. Palm Beach de yalnızca yüz on yedi kilometre uzaklıkta olduğu için kendim arabayla gitmeye karar verdim. Benzin uyarısının ışığı yanana kadar hiçbir sorun yoktu.

Otobanda, içinde bir McDonald's olan Shell benzin istasyonuna girdim ve bir gaz pompasının yanında durdum. Tabelada *HAZIR-SERVİS* yazıyordu. Ne yapacağıma dair hiçbir fikrim yoktu. Arabadan indim, pompayı aldım ve benzin deposunun ufak kapağını açtım ama bir türlü benzinin akmasını sağlayamıyordum. Orada dikilmiş pompayı sıkmaya çalışıyor ve bir salak gibi görünüyordum.

Yanımda genç bir adam eskimiş Ford pikap aracından indi ve ben de, "Affedersiniz, arabamı doldurmama yardım edebilir misiniz lütfen?" diye sordum.

"Tabii ki yardım ederim, Ivana. Kredi kartını verir misin?" dedi.

Kartımı adama verdim ve o da pompanın yanındaki gerekli tuşlara bastıktan sonra benzin akmaya başladı. Başarmıştı! Depomu doldurdum.

Adam, "İçerideki mağazaya girip fişini almalısın." dedi.

Bu tam bir felaket olmuştu çünkü hangi pompanın benimki olduğuna bakmayı unutmuştum. Adam bana bu konuda da yardım etti. Tüm işler bittiğinde adama yüz dolar verdim ve "Benden kendine bir pizza ve biraz şarap al." dedim. "Bir de lütfen I-95 Kuzey otobanına nasıl geri çıkacağımı gösterir misin?"

Otobandayken arabamın tam dolu deposu sayesinde kendimi harika hissediyordum ve kısa sürede Palm Beach'e vardım. Havuz kenarında barbekü yaptık. Tüm torunlarım yüzüyor ve etrafta koşturuyorlardı. Vanessa her zamanki gibi peşlerinden koşuyordu. Don, Eric ve Donald golf oynamaya gitmişlerdi. Annem, Ivanka, Lara, Vanessa, Donald'ın kız kardeşleri ve ben de birlikte oturup sohbet ettik.

Yemekten sonra oradan ayrıldım ve tekrar arabayla güneye döndüm. Miami Havalimanı'ndan döndükten sonra nasıl olduysa kayboldum ve kendimi Miami'nin merkez bir mahallesi olan Brickell'de buldum. Bir polis arabası gördüm ve South Beach'e nasıl gideceğimi sordum.

"Şimdi, Ivana, şöyle yapman gerekiyor..." Polis memuru bana uzun bir yol tarifi yaptı ama iki saniye sonra tüm söylediklerini unuttum.

Yarım saat geçmişti ve hâlâ daireler çiziyordum. Üstü açık araba kullanan bir kadın yanımdan geçerken "Afedersiniz! South Beach'e gitmeme yardım eder misiniz?" diye bağırdım.

"Tabii, Ivana! Beni takip et yeter!" dedi ve beni otobandan doğru çıkışa götürdü, sonunda eve varmıştım.

Daha sonra o gece telefonum çaldı. Arayan bir İtalyan arkadaşımdı. "Bu gün saat beşte Brickel'de bir Mini Cooper'da mıydın?" diye sordu.

Ha? Bunu nereden biliyordu ki? "Evet!"

"Üstü açık arabadaki kadın. O benim karımdı!"

Miami: New York şehri kadar ufak bir şehir. Daha sonra hesapladığımda ailemle güzel vakit geçirdiğim kadarki süreyi arabayla kaybolduğumda harcadığımı fark ettim. Bir dahaki sefere Uber'e bineceğim.

- 27 -

BURADAKİ İŞİM (NEREDEYSE) BİTTİ

Donald ile evliyken her eylül ayında Flushing Meadows, Queens'teki Amerikan Açık Tenis Turnuvası'na giderdik. Kortların hemen yanında altı kişilik bir locamız vardı ve ben ya Çek oyuncular Ivan Lendl ve Martina Navratilova'yı ya da ülkesinden bağımsız olarak o an kim kazanıyorsa onu tutardım. Kazanmak her şey demekti. Donald daha sonra spikerlerin tam yanındaki on beş kişilik, içinde bir uşak ve bir açık büfesi olan daha büyük bir locaya geçmişti. Bazen çocuklar da bizimle gelirdi. Donald biletleri genellikle çalışanlarına verirdi.

Evliliğimizin ilk yıllarında bir keresinde Donald ile birlikte büyük final maçına gitmiştik ve stadyumdan çıkışta limuzinin şoförünü bulamamıştık. Donald, "Gel metroya binelim. Queens'i iyi bilirim." demişti.

Kalabalıkla birlikte metro istasyonuna yürüdük. Trene bindik ve kapılar kapanırken son anda içeriye bir gazeteci atladı. Queens ve Manhattan arası metro ile yaklaşık on beş dakika sürüyordu. Tüm bu süre boyunca gazeteci fotoğraflarımızı çekti. Ne yapabilirdik ki? Saklanabileceğimiz hiçbir yer yoktu. Bu yüzden biz de gülüp izin verdik.

Sonraki gün *New York Post* gazetesi bizim metrodaki fotoğrafımızı ön sayfasına taşıyarak, "Donald ve Ivana da Aynı Bizler Gibi!" diye manşet atmıştı.

Bu hikâyeyi şimdi kitabımın sonunda anlatıyorum çünkü bunu yazmak bana bir anne olarak diğer tüm anne babalarla ne kadar çok ortak yönüm olduğunu fark ettirdi: Çocuklarımız için sağlıklı ve mutlu bir hayat hayalimiz, büyük başarılara sahip olacaklarına dair umudumuz ve aile bağlarını yakın tutma isteğimiz. Benim çocuklarım da kendi çocukları için bunları istiyor. Trump ailesi de gerçekten birçok yönden diğer herkesle aynı.

Tabii ki açık bir şekilde tipik bir Amerikan ailesi değiliz; hatta tipik bir zengin ve varlıklı Amerikan ailesi bile değiliz. Trumplar kendilerine has bir tür. Bu kitabı yazarken hep kendime bizi diğer insanlardan farklı kılan ne diye sordum. Çocuklarımı hangi özellikleri farklı kılıyordu? Neden çoğu zaman yanlış anlaşılıyorlar ve yanlış görülüyorlar?

Bunun altında üç şey yatıyor: Sonsuz bir özgüven, sınırsız bir enerji ve vahşi bir kararlılık. Çocuklarım her zaman için hırslı olacak, kaybetmekten nefret edecek ve sonunda kazanana kadar kendilerini zorlayacak şekilde yetiştirildiler.

Hillary Clinton'ın çocuklarımı övdüğü münzarada Donald da ona bir iltifatta bulunmuştu. Hillary için, "O asla pes etmiyor. Vazgeçmiyor. Buna saygı duyuyorum. Tam bir savaşçı. Uğruna savaştığı şeylerin çoğuna katılmıyorum ama o savaşmaktan vazgeçmiyor ve bence bu çok iyi bir özellik." demişti. Hillary'nin bu özelliğini övmüştü çünkü bu özellik kendisinde de çocuklarında da var. Donald'ın yıllar önce Maxwell's Plum barında benden etkilenmesini sağlayan şey benim enerjim olmuştu. Enerjim diğer herkese göre çok daha yüksek bir seviyedeydi ve o da bunu görebiliyordu. Beni ona çeken şey ise kendine güveni olmuştu. Birlikte ikimizin de en iyi yönlerini almış olan üç çocuk yetiştirdik. Her zaman söylediğim gibi en iyisi olamazsanız, hiç uğraşmayın bile.

Sevgiyle birlikte çocuklarımı sert olacakları şekilde yetiştirdim. Don'un, Ivanka'nın ve Eric'in kararlılığı benim onlara öğrettiğim derslerden geliyor ama aynı zamanda hayat şartları da onları güçlü ve dayanıklı olmaya zorladı. Boşanma. Ölümler. Evden uzakta yaşamak. Duygusal kargaşalar. Biraz sosyal olarak yalnızlık. Başarılı olmak için yoğun bir baskı. Halkın asla kırpmadıkları gözlerinin önünde yaşamak. Basında çıkan sonu olmayan ve çok kaba dalga geçmeler ve aşağılamalar. Ve sonu da asla gelmeyecek.

Kampanya ve seçim çok stresliydi, yorucuydu. Bu uzun on sekiz aylık süreçte çocuklar hep babalarıyla meşguldü. Uçaklarda yatıyor, mitinglerde ve etkinliklerde binlerce kişi ile buluşmak üzere günde üç şehre gidiyorlardı. Bu sırada da eşleri ve çocukları evlerinde onları bekliyordu. Ben de çocuklarımı 2016 yılında pek sık göremedim. Donald'ın başkanlık yemini ettiği hafta onlarla biraz zaman geçirebilmeyi umuyordum ama kısa kesip annemi geri New York'a getirmem gerekmişti. Kışın geri kalanını Prag'da geçirmek üzere geri dönmeden önce dinlenmek için biraz evimde kalması gerekiyordu. Bir daha onu görüp göremeyeceğimizi kim bilir? Annem doksan iki yaşında. Çek Cumhuryeti ve Amerika arasında gidip gelmek onun tercihi. Onu durduramam ama birbirimizden uzaktayken onu merak ederek endişeleniyorum.

Çocuklar da Babi ile ilgili benim gibi hissediyor. Hepsi ona çok yakınlar. Annem şehre geldiğinde Don ve ailesi ile birlikte her hafta sonu onların taşradaki evlerine gidiyor ve Eric ile Lara'yı evlerinde ziyaret ediyor. Ivanka Washington'a taşındıktan sonra Babi onu daha az görmeye başladı ama önceleri Kushnerlerin New Jersey'deki evine ve Ivanka'nın Bedminster'deki evine giderek onu ziyaret ederdi. Babi büyük torunlarına bayılıyor ve onlara bakmamıza yardım ediyor, aynı çocuklarıma bakarken bana yardım ettiği gibi. Yemin töreni ile Babi'nin Prag'a dönüşü arasındaki kısa günlerde üç çocuğum da sırayla eve gelip büyükanneleriyle çay içip vedalaştılar ve artık Amerikan Başkanı'nın ailesi olarak geleceklerinin nasıl olacağını konuştular.

Eric erken geldi. Lara'nın hamile olduğunu daha yeni öğrenmişti ve daha büyük bir eve taşınma olasılığı hakkında konuştuk. Bu arada bilginize, tüm çocuklarım New York'taki Trump binalarındaki dairelerini kendi paralarıyla satın aldılar. Donald sinirlendiğinde, "Çık git evimden!" derdi. Onlar da kendi paralarını kullandıktan sonra artık bu lafı duymak zorunda kalmadılar.

Sohbet ederken Eric büyüyüp böyle bir adam olduğu için çok gururlanmıştım. Tatlı ve kuvvetli, işine odaklanmış hâlde ve çok çalışkan. Trump Grubu'nda başarılı bir şekilde çalışmaya devam edeceğinden ve sonra da golf sahaları ve şarap bağlarından sonra ne yapacağına karar vereceğinden eminim. Kendine güveniyor, kim olduğunu biliyor ve ne yapmak istediğini de biliyor. Televizyon röportajlarında dik oturmasını hatırlattığım ufak çocuktan bu yana çok yol kat etti. Dünyada onun dengesini bozabilecek tek bir gazeteci sorusu bile yok. Zaman geçtikçe basını daha da iyi hallettiğini görebiliyorum. En gençleri olmasına rağmen kesinlikle en güçsüzleri değil. Eskiden onu abisi korurdu. Ablası ise sanki kendi oyuncak bebeğiymiş gibi onunla ilgilenirdi. Ama artık onların yardımına ihtiyacı yok. Kendine güvenen ve becerikli bir adam oldu. Çok da başarılı.

Sonra Don geldi. Onunla da Trump Grubu'nu ve şimdi Donald ile Ivanka şirketin dışında kalacağı için neler olacağını konuştuk. Kimse tam olarak ne bekleyeceğini bilmiyor ve biraz kafa karışıklığı var. Don tüm kafa karışıklıklarını yok etmek ve şirketi büyütmek için canla başla çalışıyor. Oğlanların hâlihazırdaki gayrimenkullerin yönetimiyle bile yapmaları gereken dünyalar kadar iş var ama onlar aynı zamanda büyümeyi de hedefliyor.

Bu esnada on yaş altı beş tane çocuğu ve yönetmesi gereken uluslararası bir şirketi var. Eve geldiğinde çocuklar etrafında koşturarak çığlıklar atıyor. Okuldaki diğer öğrencilerin Don ve Vanessa'nın çocuklarına zorluk çıkarmasından endişeleniyorum. Baş etmesi gereken çok fazla şey var ama hafta sonlarında her şeyi unutabilmek gibi gerçek bir yeteneğe sahip. Hafta sonlarında ailesini alıp şehir dışındaki kulübelerine götürüyor ve orada balık tutarak etrafta ATV'ye biniyorlar. Rahatlamak için gerçekten de ailesiyle zaman geçirmeye ihtiyacı oluyor.

Don tüm çocukların arasında kampanya süresince en ağır saldırılara mağruz kalan oldu ve hâlâ da kalıyor. Çocukların attıkları her adım izleniyor ve eleştiriliyor. Eric ve Ivanka basının saldırılarını görmezden geliyor. Eric'in de dediği gibi, "Nelere karşı koymanız gerektiğini seçmek zorundasınız. Birçok şeyin hiçbir önemi olmadığını fark etmeniz gerektiğini düşünüyorum. Her ufacık şeyden alınırsanız çok zor bir hayatınız olur." Don beni endişelendiriyor çünkü içlerinde en yumuşak kalpli olan o. Basın kardeşlerinden birine saldırdığında o, onların adına onlardan daha çok sinirleniyor. Her şeyi alttan alma konusunda artık kendini geliştirmeye başladı.

Son gelen Ivanka oldu. Kalorama'daki yeni evi, çocukları için olan planları ve başarmak istedikleri hakkında konuştuk. O günden beri yüksek gizlilik isteyen resmî bir devlet görevine sahip. Hepsini nasıl yapacağı konusunda endişeleniyorum: Hem bir anne hem bir eş hem de bir Beyaz Saray çalışanı olarak yeni bir eve, yeni bir şehre ve çocukları için de yeni bir okula alışması gerekecek; tabii bu sırada kendisine de bakması lazım. Annem Ivanka'ya bir şey söylemeyecek kadar diplomatiktir ama o yokken bana kendisinin de endişelendiğini itiraf etti. Kızım otuz beş yaşında ve bu işi aklına koymuş durumda. Ivanka bir şeyi istiyorsa onu alır. Çok zeki ve her zaman da başta Jared ile evlenmek olmak üzere en doğru kararları verir. Jared'ın da harika biri olduğunu düşünüyorum. Bazı dini gelenekleri çok kafama yatmasa da Ivanka yengeç ve domuz eti yemekten vazgeçebilmişse onu gerçekten çok seviyor demektir.

Belki de on beş yıl sonra o da başkanlığa aday olur. Kim bilir? Jared ve Ivanka'nın bunu yapabileceklerine inanıyorum. Washington'da dört yıl yaşadıktan sonra bu konuda ne hissedeceklerini göreceğiz. Benim açımdan, Ivanka ne yapmak isterse yapabilir. Bir şeyleri değiştirmek için gerçekten çalışmak istiyorsa bunu başarabilir. O çok zeki ve çocukluğundan beri de her türlü zorluğa karşı güçlü bir şekilde savaşacak şekilde yetiştirildi.

First Lady olmak mı? Kişisel olarak bana pek çekici gelmiyor.

Ama Başkanın Annesi (First Mother) olmak? İşte bu olabilir.

Bugünlerde artık geride durup çocuklarımı izliyorum. Onların işlerine karışmıyorum ve akıl da vermiyorum. Versem bile dinleyeceklerinden emin değilim! Onlara benim hayatımı bunlara göre yaşadığım ve zor yollardan öğrendiğim en önemli şeyleri hatırlatmaya çalışmak isterim:

1. **Kendinizi size sadık insanlarla çevreleyin:** En yakınınızdakine bile güvenemezseniz zaten yapayalnız

kalmış sayılırsınız.

2. **Kendinize bir isim yapın:** Soyadları Trump olduğu için diğer insanların önyargılarının yükünü çekiyorlar. Buna rağmen ilk isimleriyle kendilerini farklı kılabilirler. Benim firmamın ismi Ivana. Eric ismini yardım derneğine verdi ve artık bununla tanınıyor. Ivanka ismini kendi markasına verdi. Bu başarılı bir strateji.

3. **Kendinize hedefler koyun:** Ben altmış sekiz yaşındayım ve hayatımda verdiğim emeklerin meyvesini yiyebilecek bir evredeyim. Daha önce kendime koyduğum tüm hedefleri ya gerçekleştirdiğim ya da yapabileceğimin en iyisini yaptığım için artık rahatlayabilirim. Umarım çocuklarım da hayatlarında ne yaparlarsa yapsınlar kendilerine hedefler koymaya ve bunları gerçekleştirmeye çalışmaya devam ederler.

4. **Kuru gürültüye kulaklarınızı tıkayın:** Neden sizi tanımayan insanların fikirlerine önem verip onlar için tek bir damla bile gözyaşı dökesiniz ki? Bu tamamen anlamsız.

5. **Hiçbir pişmanlığınız olmasın:** Benim yalnızca bir tane var: Seksenlerde Andy Warhol benim bir portremi çizmek istemişti. Donald 'hayır' dedi ve bu yüzden yaptırmadık. Şimdi olsa çok para ederdi! Bunu yaptırmamak dışında hiçbir pişmanlığım yok. Yüzümü geleceğe döndüm ve asla geriye dönüp bakmıyorum. Bundan sonra neler yaşayacağımı görmek için sabırsızlanıyorum!

- Ivana Trump, New York, 1 Haziran 2017

TEŞEKKÜR

Hayat hikâyenizi anlatmak çok zor bir iş ve çok da fazla yardım gerektiriyor. *Bir Trump Yetiştirmek* kitabımın ortaya çıkmasında emeği geçen herkese teşekkür etmek istiyorum.

İlk olarak çocuklarım Don Jr., Ivanka ve Eric'e sayfalar boyunca kendi hikâyelerini paylaştıkları için teşekkür ederim. Sizin çocukluğunuz hakkında yazdığım bu kitap, bunu birlikte yaptığımız için artık benim için çok daha özel.

Çocuklarımın hayatlarını doldurdukları ve onları mutlu ettikleri, aynı zamanda benim hayatıma da büyük bir neşe kattıkları için Vanessa, Jared ve Lara ile tüm güzeller güzeli torunlarıma teşekkür ederim.

Uzun yıllardır dostum olan, eski kocam Donald'a bugüne kadar yaptığım her şeyde beni desteklediği için ve birlikte sahip olduğumuz mutlu anılar ile geçirdiğimiz güzel zamanlar için teşekkür ederim.

Annem Marie, takma ismiyle Babi her şeyi hatırlar ve bana unuttuğum bazı hikâyeleri de o hatırlattı. Bu kitaptaki yardımların da dâhil olmak üzere benim için yaptığın her şey için sana teşekkür ederim.

Kişisel asistanım Dorothy Curry haftalar boyunca binlerce fotoğrafa bakarak, tarihleri araştırarak ve hafızasını zorlayarak bu kitabı yazdığım süre boyunca bana destek oldu. Tüm yaptıkların için her zamanki gibi minnettarım.

Dostlarıma, başta yıllardır yanımda olan ve hem benim hem de ailemin çok uzun bir süredir fotoğraflarını çeken Nikki Haskell olmak üzere, uzun bir süre boyunca bana büyük bir destek olan sevgili dostum Vivian Serota'ya ve kırk yılı aşkın süredir dostum olan Massimo Gargia'ya teşekkür ederim. İki en yakın arkadaşım olan eski kocalarım Riccardo Mazzuccheli ve Rossano Rubicondi'ye, hayatımda olduğunuz ve geçirdiğimiz eğlenceli zamanlar için teşekkür ederim.

Avrupa'daki asistanım olarak hayatımı kolaylaştıran Eva'ya teşekkür ederim.

Yayın sürecinin her adımında bana büyük bir destek olan yayıncım Daniel Strone, bu projeye olan inancın ve desteğin için teşekkür ederim. Ayrıca Dan'in ofisindeki Katie'e de paha biçilemez desteği için teşekkür ederim.

Gallery Books'taki ekip, ilk konuşmalarımızdan beri -ve sonraki üçer saatlik öğle yemeklerimiz de- harikaydınız. Jennifer Bergstrom'un büyük vizyonu, Nina Cordes'in detaycılığı, Carolyn Reidy'nin bağlılığı, Jennifer Robinson'un harika içgüdüleri ve Elisa Rivlin'in harika muhakeme yeteneği için hepinize teşekkür ederim.

Uzun yıllardır hayatımda olan avukatım Gary Lyman, aynı zamanda ilk okuyucularımdan ve eleştirmenlerimden biri olarak da bu kitaba katkıda bulundu. Mizahın, zekân ve verdiğin bilgece tavsiyeler için tekrar teşekkür ederim.

Bu kitabın yazımı sırasında beklenmedik ve çok üzücü bir

şekilde vefat eden on bir yıllık sevgili ve ayrılmaz dostum Tiger'a, ailemize yeni katılmış olan ve şimdiden kalbimizi kazanmış olan yeni köpek dostum Tiger 2'ya teşekkür ederim.

Son olarak, Valerie Frankel, ilk günden itibaren birlikte çalışması çok keyifli biri oldun. İşbirliğimizin kuvveti ve kolaylığı kitabın her sayfasında kendisini gösteriyor. Val, çılgın çalışma programıma uyum sağladığın ve bu zorlu işi çok eğlenceli bir hâle getirdiğin için sana teşekkür ederim.

Dorothy KOOMSON
Arkadaş
Ufak Tefek Sırlar
Arkadaş
Ufak Tefek Sırlar
En yakın arkadaşınız en zalim düşmanınız olabilir mi?
Sır dolu hayatlarıyla dört kadının hikâyesi!
Dorothy
KOOMSON
Çeviren: Özlem Şimşek